《诗探索》编辑委员会在工作中始终坚持：

发现和推出诗歌写作和理论研究的新人。

培养创作和研究兼备的复合型诗歌人才。

坚持高品位和探索性。

不断扩展《诗探索》的有效读者群。

办好理论研究和创作研究的诗歌研讨会和有特色的诗歌奖项。

为中国新诗的发展做出贡献。

POETRY EXPLORATION

理论卷

主编 / 吴思敬

2019年 第3辑

作家出版社

主　　管： 中国当代文学研究会
主　　办： 首都师范大学中国诗歌研究中心
北京大学中国诗歌研究院

《诗探索》编辑委员会
主　　任： 谢　冕　杨匡汉　吴思敬
委　　员： 王光明　刘士杰　刘福春　吴思敬　张桃洲　苏历铭
杨匡汉　陈旭光　邹　进　林　莽　谢　冕

《诗探索》出品人： 北京人天书店有限公司
社　　长： 邹　进
执行社长： 苏历铭

《诗探索·理论卷》主编： 吴思敬
通信地址： 北京市西三环北路83号首都师范大学
中国诗歌研究中心《诗探索·理论卷》编辑部
邮政编码： 100089
电子信箱： poetry_cn@ 163. com
特约编辑： 王士强

《诗探索·作品卷》主编： 林　莽
通信地址： 北京市丰台区晓月中路15号
《诗探索·作品卷》编辑部
邮政编码： 100165
电子信箱： 18561874818 @ 163. com
编　　辑： 陈　亮　谈雅丽

目　录

新诗形式建设问题研究

朱英诞研究

寇宗鄂诗歌创作研讨会论文选辑

诗歌文本细读

姿态与尺度

新诗理论著作述评

外国诗论译丛

自由诗的自由与难度

师力斌

本文所说的自由诗指新诗。讨论这个话题的动因是，多年来我的诗歌创作一直有一个困扰：新诗要不要格律？如果不要格律，韵律是不是必要？口水诗是不是一种革命性的主张？

关于要格律还是散文化，新诗史上有很多争论，吵得一塌糊涂，最终好像都不能给我明确回答。闻一多、何其芳等人的格律体追求，不能让我信服。艾青、臧棣等人是主张新诗散文化，但他们只是论说了新诗自由的合法性，然后就袖手了，至于新诗可以自由到什么程度，则未置一词。

三十年来，新诗承担了社会转型和艺术变革带来的巨大压力。一种背靠两千年传统的诗歌，频繁遭到来自文化保守主义者、审美懒惰的公众和充斥市场的功利主义者的包围和质疑。与此同时，不到百岁的影视仿佛包揽了全部的民族艺术精华和文化能力，并且以赢得市场的叫好为能事。这就是新诗的当代处境。

抛开头脑发热的诗歌青年对 1980 年代或对历史上诗歌的黄金时代的盲目崇拜，单从新诗在表达世界的广度深度上来讲，也并不逊于其他各个门类。只是由于社会想象中的“古典诗歌”庞然大物的虎视，以及市场化的四面包围，才导致年龄很嫩的新诗的“渺小”。一个基本不读诗歌的人，可以很轻率地指责当下没有李白、杜甫而不会遭人耻笑，但他却完全不会以同样的口吻指责电影电视，他很清楚汉唐宋元明清两千多年里，根本没有出过一个电影导演，也没有出过一个电视剧明星。连对“古典诗歌”一向保持高度警惕的臧棣也觉察到，“我们总能在对新诗进行总体评价的时候感觉到古典诗歌及其审美传统的徘徊的阴影”[①]。

对新诗的这种处境谁都没有办法，谁让我们有两千年之久的诗歌记

① 臧棣：《现代性与新诗的评价》，《文艺争鸣》1998 年第 3 期。

忆呢。想打破两千年培养起来的审美惯性，不会轻而易举。新诗想以新形式代替唐诗宋词那样的旧形式，进而取而代之，成为诗歌主流，需要付出的努力不啻是一场革命。诗歌理论首先必须经历这样的革命性变革。吴思敬的新诗自由观或许可以在这种框架里得到理解。

一　自由诗面临的形式问题

刘慈欣在其科幻小说《诗云》中曾写道，克隆体李白已经将所有的诗歌写出，办法就是把所有汉字的所有排列形式写出来，杰作就包含在其中了。第一首是啊啊啊啊啊，啊啊啊啊啊，啊啊啊啊啊，啊啊啊啊啊。以此类推，以至无穷。困难在于，如何从这些所有的诗歌当中挑选出名作，这是个问题。

这个故事提出了一个诗歌理论问题，那就是，名作和普通作品的关系。普通作品可以有无数，但经典名作是有限的，是挑选的结果。这对新诗的启发是，新诗可以有无数，但好的新诗却是有限的。挑选好诗就成为问题。那么就有人问，到底什么样的新诗是好诗?

至少在当下，更多的人会倾向于下列名单：徐志摩《再别康桥》、闻一多《死水》、戴望舒《雨巷》、余光中《乡愁》、北岛《回答》、舒婷《致橡树》、海子《面朝大海，春暖花开》，等等。我们可以在学校教材、新诗选本、推介文章、朗诵会以及新媒体诗歌介绍中看到这些诗人或文本的名字。这个单子绝不单纯是审美的结果，而是一系列文化生产、传播、评价机制长期运作的历史合力的结果。在这个名单中，可以非常明显地看到古典诗歌审美的影子，比如对于韵律的偏好。新诗尽管已经诞生一百年了，但看待它的眼光仍然是一千年前的，甚至更古老。要弄清这个问题，涉及对非常复杂的文化记忆和文化传统的清理，显然本文无此力量。除去审美的顽固古典羁绊，还有其他诸多因素，诸如政治、社会、经济等外在因素的影响。不要以为诗歌是能够脱离复杂的社会的纯文学的宠儿，其实他始终与中国社会紧密联系在一起。比如，《乡愁》所依赖的两岸分离的政治语境，以及总理级的政治人物引用该诗所产生的巨大社会效应，《回答》所赖以发生的80年代思想解放的文化大潮，众多的研究已经有力地证明，诗歌在80年代的走红不单单是文学本身的力量，与意识形态的合拍是重要原因。《面朝大海，春暖花开》与房地产商的青睐等等，这些非文学的因素都对于塑造新诗名作产生过不可忽视的推动作用。同样道理，新世纪前后的口水诗，丽华体、乌青体的网络走红，背后也牵涉到一系列复杂的文化力量和文化机制的运作。

然而，这样的观点在大众中间基本没有市场。在其他艺术领域，可能还注重思想在作品中的比例，但在诗歌，古典式审美思维最顽固。来自读者大众的质疑集中在一个问题上，新诗没有像古诗那样形成自己的形式规范，你拿不出令人信服的像唐诗那样的统一形式。这个要求似乎与人生来平等一样无比正确。这正是新诗合法性危机最核心的内容。

新诗是不是要追求韵律和形式的规范，与古诗不同的新的规范的形式，要不要成为新诗追求的目标？

我的答案是，不要。新诗绝对不可返回古诗的老路上去。新诗的本质是自由，这是新诗安身立命的本钱，因为自由，它才推翻了古诗的统治和束缚，因为自由，它才在新文化运动之后由小逐渐壮大，因为自由，它才吸引了一代代的年轻人的热爱，也因为自由它才在图像文化充斥世界的今天在网络上占有了一席之地，也因为自由，新诗才保持了在当下文化商业的时代里相对的洁身自好。

正是出于对自由的人性的向往和追求，新诗才在一百多年的历史进程不断发展壮大，直至今天。尽管“自由”和“人性”是两个具有理论陷阱的词（这个话题当另文讨论），尽管对新诗的争论不断，看法不一，但不容置疑的是，它从古诗的樊篱中挣脱出来，独立了，生根了，成长了。现在的问题是，在发展上面遇到了市场的瓶颈，在接受上面备受大众的争议，在形式上面在格律和自由之间摇摆不定，在成就方面缺少更有说服力的诗歌经典。这是诗歌要解决的几大问题。

第一个问题不是问题。因为现在新诗基本上是无功利生存，非市场化。写诗不为赚钱，诗歌的传播基本免费，诗歌的阅读也基本免费。比起戏剧、影视、歌曲、书画、收藏等艺术领域，诗歌是当今最便宜的精神消费。无功利生存反倒使诗歌的生命力更加强盛，不会像艺术收藏市场那样随着行情的起伏而大起大落。从新诗诞生到今天的一百年，新诗的生存经历了革命、运动、战争、市场、全球化等多种历史环境的考验，也从一种青春的冲动、政治的附庸、革命的工具发展成为今天传媒时代独特的交流和表达方式，而且也经历了复古与革新的反复较量，诗歌从青春期、骚动期进入了成熟期。在我看来，当今的诗歌正当年。

第二个问题，在接受方面倍受争议，这不但是诗歌的问题，几乎所有的领域都存在这个问题。不过诗歌的特殊性在于中国诗歌历史的特殊记忆，这是影视、网络等新媒体艺术不存在的。新诗尽管是新事物，但毕竟从古诗化蝶而来，脱胎于传统，因此，无法不让大众将它与古诗作对比。争议并没有将诗歌彻底打倒。打了一百年，诗歌生存发展了一百年，而且还不时小有辉煌。世界上哪种东西没有争议？连美和民主都有争议，何况新诗。争议是前进的动力，没有争议才不正常。

第三个问题是经典的问题，与第二个问题紧密相连。古诗有将近二千年历史，从唐诗到现在也有一千年历史，这在世界文化史上都是罕见的。在这漫长的历史的文化创造中，留下大量的经典，被历代民众广泛阅读、广泛接受，进而积淀为一种民族特色文化心理，它的强大犹如连绵的昆仑山，是谁都无法否认的。新诗只有一百年，你要求它产生和一千年、两千年那样多那样高的经典，首先不公平，其次太着急。心情可以理解，事实上不可能。大众老抱怨新诗没有经典，但实际上，北岛的《回答》、余光中的《乡愁》、海子的《面朝大海，春暖花开》、徐志摩的《再别康桥》，这些诗的经典化程度应该说相当之高。即使新诗今后停下来不写作，以上这些经典也足够新诗骄傲，更何况，80 年代以后的这三十年，中国新诗的数量、质量，反映时代的深度、广度，艺术形式之多样，技艺之精深，已经有了巨大的飞跃。这些问题待以后的章节再交代。许多当代诗人，如于坚、西川、欧阳江河、昌耀、沈浩波、王家新、多多、严力等，这些诗人的诗歌成就相当可观，只是还需要公众有一个认识和接受的过程。优秀的艺术往往是超越于时代的。借助网络这一现代技术的中介，诗歌的接受目前正在经历一个大众化的过程，而这个过程既不是由政府推动，也不是由资本推动，而是由诗人和诗歌的读者来推动的，平民化程度非常之高。这是个非常独特的过程。这个过程也绝非一个诗歌的问题，而涉及文化民主化、社群意识的重新建构、社会交往方式和精神沟通方式的新变化等一系列复杂的社会重构。

第四个问题是新诗的形式问题。这是新诗面临最突出的问题和挑战，也是最难以回答的问题。新诗边缘化小众化的重要原因，就是新诗没有规范化的成熟的形式，这影响了大众的接受。新诗还没有像古诗一样创造出一种被广泛认可的规范的形式，也就是说还没有李白、杜甫意义上的经典。自由诗人面目各异。闻一多追求格律，卞之琳富于智趣，沈浩波相当肉感，西川超脱得出奇。《乡愁》类似于民歌，《零档案》无以类比。昌耀偏爱文字古奥，欧阳江河热衷矛盾修辞。有人押韵，有人散文，女诗人安琪将日记、碑文、会议记录全搬进了长诗，臧棣的丛书又迷宫一般回旋曲折。没有哪一种形式拥有绝对权威，也没有哪一种形式不合理。好像都可以，又好像都不太令人满意。这些感觉可能是阅读新诗的人的普遍感觉。新诗提供了大量新奇的艺术表达，但始终缺乏经典的阅读感觉。经典让你不敢随便质疑，只能质疑自己。正如欧阳江河所说，大众对待古诗和新诗是不公平的，李商隐的诗也并非那么好懂，但很少有人会质疑李商隐的经典性，但是面对你欧阳江河的诗则会问，写得什么呀，不明白。大众“欺侮”新诗的现象时有发生，只不过人们不在意罢了。总之，人们的感觉是，新诗由于缺乏成熟的形式规范，制约了新诗传播；反过来，新诗经典的缺乏又鼓舞了公众排斥和怀疑新诗。我认为，新诗行进一百年的问题中，只有形式问题是需要解决的理论问题，这个问题不解决，新诗在形式方面的创造就不理直气壮，新诗仍然会受古诗和大众的夹板气。

二 自由诗的本质是自由

新诗区别于旧诗的最本质特点是，形式自由。这是新诗被称为自由诗的理由。新诗自由的形式充分保证了诗人自由的表达。新诗通过五四以来一百年的实践，彻底破除了旧诗的形式束缚，诸如格律、对仗、押韵、平仄等。但百年实践并不足以成为理论上的依据。许多人仍然认为，形式自由并不构成新诗的充分条件，自由形式说白了就是没有形式。如何回应这种看法？

缺乏形式规范仿佛是新诗的伤疤。这是新诗认识上最大的误区。恰当的说法应该是，新诗本质是自由的，但这种自由对于形式有比旧诗更高、更难的要求。按照吴思敬的说法，旧诗是制服，是统一服装，新诗是个性化服装，需要因地制宜，因此要求更高，难度更大。每一首诗都要求最贴切最恰当的形式。

过去一百年的实践新诗以自由诗为绝对主流且不说。近年来随着网络的勃兴，网络已经成为诗歌生产、传播、消费的重要方式，新诗的自由特征体现得更为明显。旧体诗虽然也有点市场，但对现实的言说能力远不及自由诗。“走红”的都是自由诗。口水诗、乌青体、梨华体，五花八门，眼花缭乱。自由诗的大众化传播，代表了一种精神自由的追求，无拘无束，绝对自由。没有权威的看管，没有传统的束缚，没有经典的焦虑，我手写我口，诗言志。尽管这种“口”可能是后现代消费之口，这种“志”大部分都是资本和权力所污染的精神意志，但其中不乏个体的生活呈现和精神流露。诗歌成为最便宜、最便捷的文化生产、传播和消费方式，这是其他艺术形态所不具备的。在当代语境，诗歌是最自由的文化表达方式。

吴思敬新诗理论最让我受启发的地方就在于，他彻底解决了有关新诗自由的问题。在他看来，新诗本质是自由的，形式也是自由的，没有给格律诗和古典诗歌的当代迷恋留下任何余地。吴思敬总结了一百年的新诗创作，认为自由诗占到了主流。“与现代格律诗理论探讨和创作日稀的情况迥异，自由诗在诗坛则日趋繁荣。‘五四’以来的重要诗人，如胡适、郭沫若、冰心、戴望舒、艾青，以及以牛汉、绿原为代表的‘七月派’诗人，以穆旦、郑敏为代表的‘九叶派’诗人，全是以自由诗为自己的主要创作形式的。新时期以后，北岛、舒婷等‘朦胧诗人’，海子、西川、韩东、于坚等‘第三代诗人’，直到90年代后涌现的‘70后’、‘80后’诗人，就更是以自由诗为主要的写作手段了。朱自清在新诗的第一个十年所构拟的‘自由诗派’与‘格律诗派’两军对垒的情况不复存在，自由诗成为新诗主流已是相当明显的了。”①

吴思敬在考察了新诗发生史之后认为，“辛亥革命推翻封建皇帝带来的一定程度的思想自由，外国‘自由诗’的影响，是新诗产生的外部条件，而从内因来说，则是那个时代青年学子心灵中对自由的渴望与追求。”②他的两篇文章集中论述新诗自由观，《新诗：呼唤自由的精神》《心灵的自由与诗的超越性》。前者是对中国新诗史的回顾与总结，后者是对一些中外著名诗人的诗歌创作和诗歌观念的不完全归纳。他说，“重提七十年前废名‘新诗应该是自由诗’的判断，意在阐明自由诗最能体现新诗自由的精神，最具有开放性与包容性。而新诗诞生九十余年的实践表明，现代格律诗之所以未能与自由诗相抗衡，是由于与传统格律诗相比，其公用性与稳定性的缺失。当下的诗坛，自由诗尽管占据着主流位置，但也为各种现代格律诗的实验，提供了最为广大的舞台。不过，解决当下新诗存在的问题，还是应该从诗性内容入手，希冀设计出若干种新诗格律来克服新诗的弊端是不现实的。”③“新诗的创始者胡适是把‘诗体的解放’与‘精神的自由’联系在一起谈的：‘……形式上的束缚，使精神不能自由发展，使良好的内容不能充分表现。若想有一种新内容和新精神，不能不先打破那些束缚精神的枷锁镣铐。’”胡适之后，“郭沫若讲‘诗的创造就是要创造人……他人已成的形式是不

① 吴思敬：《新诗：呼唤自由的精神——对废名“新诗应该是自由诗”的几点思考》，《文艺研究》2010年第3期。

② 吴思敬：《吴思敬论新诗》，中国社会科学出版社2013年版，第37页。

③ 吴思敬：《新诗：呼唤自由的精神——对废名“新诗应该是自由诗”的几点思考》，《文艺研究》2010年第3期。

可因袭的东西。他人已成的形式只是自己的镣铐。形式方面我主张绝端的自由，绝端的自主’。艾青则这样礼赞诗歌的自由的精神：‘诗与自由，是我们生命的两种最可贵的东西。’”[①]在《心灵的自由与诗的超越性》一文中，通过对一些著名诗人，如叶赛宁、拜伦、波德莱尔、瓦雷里、英国诗人墨锐、郭小川、郑敏、徐复观、唐湜、卞之琳的例子，说明诗乃自由的结论。尽管是个不完全归纳，也是有相当说服力的。因为我们几乎看不到哪一个诗人是在心灵不自由的状态下创作出伟大诗篇的。吴思敬认为，“有了自由的心灵，诗人才能超越传统的束缚，摆脱狭隘的经验与陈旧的思维方式的拘囿，让诗的思绪在广阔的时空中流动，才能调动自己意识和潜意识中的表象积累，形成奇妙的组合，写出具有超越性品格的诗篇。”[②]这样的观念，无论是对于权力还是资本的批判，无论是对于矫正口水诗对诗歌艺术的简化，还是对于知识分子、学院派写作的复杂化，都仍然有效。《二十世纪新诗理论的几个焦点问题》是吴思敬对百年新诗理论的总结性思考，回答了诗歌现代化的若干理论问题，其中对诗歌是自由诗这一命题的论证占有突出位置。在我们的印象中，戴望舒是格律派诗歌的代表人物，应该对自由诗持怀疑态度，但吴思敬发现，戴望舒由格律转向自由的个案有力地说明，新诗是自由诗。“《雨巷》时代的戴望舒，也曾深受‘新月派’诗人的熏陶，讲究诗的音乐性和画面美。但是当戴望舒接触了后期象征主义诗人果尔蒙、耶麦等人的作品后，他逐渐放弃了韵律，转向了自由诗。”[③]“格律派强调‘音乐的美’,《望舒诗论》却认为‘诗不能借重音乐，它应该去了音乐的成分’。格律派强调‘绘画的美’,《望舒诗论》却说‘诗不能借重绘画的长处’。格律派强调‘格调’、‘韵脚’和字句的整齐，《望舒诗论》却说‘韵和整齐的字句会妨碍诗情，或使诗情成为畸形的。倘把诗的情绪去适应呆滞的、表面的旧规律，就和把自己的足去穿别人的鞋子一样’。格律派强调用均匀的‘音尺’或‘拍子’以及协调的‘平仄’来形成诗的节奏，《望舒诗论》却说‘诗的韵律不在字的抑扬顿挫上，而在诗的情绪的抑扬顿挫上，即在诗情的程度上’”[④]。可以看到，吴思敬在总结新诗格律化实践的过程中，尽管对格律的追求给予肯定，但更重要的是指出了其中包含的消极因素，这为他坚决地主张新诗自由的理论打下了基础。

① 吴思敬：《吴思敬论新诗》，中国社会科学出版社2013年版，第38页。

② 吴思敬：《心灵的自由与诗的超越性》，《文艺争鸣》2012年第5期。

③ 吴思敬：《二十世纪新诗理论的几个焦点问题》，《文学评论》2002年第6期。

④ 吴思敬：《二十世纪新诗理论的几个焦点问题》，《文学评论》2002年第6期。

吴思敬的结论是“对于新诗史上乃至今天，希望克服自由诗的散漫，想为新诗建立一套新格律的诗人和学者，我是充分理解的，并对他们的努力怀着深深的敬意。只不过我还看不出这种种现代格律诗方案对纠正当下新诗写作弊端有多大的可能性。”① 我个人认为，自从吴思敬得出这一彻底的理论后，新诗人可以完全放弃在创作中夹带格律的机会主义努力了，可以将传统对新诗的最后一点束缚彻底抛开了。

心灵的自由比什么都重要,这是现代诗人一百年的历史体验的汇总，也是对未来新诗发展的最重要的告诫。新诗如果依然要依赖韵律，就像电影仅仅依赖画面，好的社会仅仅寄希望于吃喝一样，无疑是极其片面和狭隘的观念，是典型的文化保守主义和文化惰性。它反映了一种消极的、狭隘的艺术观念。

自由诗的形式自由，是人的精神自由的充分外化，是自由诗革命性发展的宪法，是其精神自由的制度性保障。

三　自由诗的难度：设计个性化的服装

自由诗能不能无限自由？换句话说，如何评价口水诗、梨花体？

在百度上搜索，可以看到以下条目的解释：“梨花体”谐音“丽华体”，因女诗人赵丽华名字谐音而来，又被有些网友戏称为“口水诗”。自2006年8月以后，网络上出现了“恶搞”赵丽华的“赵丽华诗歌事件”，文坛出现了“反赵派”和“挺赵派”，引起诗坛纷争。

来看一首梨花体诗：

毫无疑问
我做的馅饼
是全天下
最好吃的

——《一个人来到田纳西》

不少人认为，赵丽华的诗歌在网上引起强烈反应的一个原因，就是“明显的口语化写作”，换句话说，“梨花体”起到祛魅的功能，把诗歌降低为一种随意可为的艺术，给大众参与创造了合法性。正如网上给

① 吴思敬：《新诗：呼唤自由的精神——对废名“新诗应该是自由诗”的几点思考》，《文艺研究》2010年第3期。

出的梨花体写作秘密：1. 随便找来一篇文章，随便抽取其中一句话，拆开来，分成几行，就成了梨花诗。2. 记录一个四岁小孩的一句话，按照他说话时的断句罗列，也是一首梨花诗。3. 当然，如果一个有口吃的人，他的话就是一首绝妙的梨花诗。4. 一个说汉语不流利的外国人，也是一个天生的梨花体大诗人。[①] 梨花诗与芙蓉姐姐的网上走红分享了相同的逻辑，那就是对日益精英化的艺术的嘲讽，和大众分享文化话语权的强烈要求。这是在中国社会贫富分化越来越严重、文化资源的社会分配越来越不对等、网络新媒体提供的技术平等的支持越来越广泛的社会语境下发生的。网络上对梨花诗的广泛戏仿，反映了大众层面对于新诗的大众化诉求，也是对1990年代以来，以所谓的“知识分子写作”为代表的诗歌日益精致化的一种反拨。“知识分子写作”在很大程度上警惕大众对诗歌的要挟，其极端的主张是“献给最少的少数人”，这种说法自有其合理性，但却没有能够征服大众，甚至引起了大众反感。口水诗的出现似乎提供了一种对精致文化矫枉过正的救治方式，它不惜抛弃新诗在艺术上取得的曲折成就。

梨花体式的口水诗提倡怎么写，没有什么问题，但是，将一种低低在下、唾手可得的写作方式作为新的规范加以确立，产生了非常消极的负面效应。口水诗重新祭起了二元对立的思维模式：口水诗等于民主，复杂的诗歌写作等于反民主。梨花诗在艺术上没有新的发现，它吸引眼球的地方在于，彻底去除了诗歌的神秘性，表达了大众对于文化消费的强烈诉求。它是一种新的大众主体意识的表征。放在后冷战时代社会主义在全球化市场化转型的历史语境中，它是一种解构意义上的文化实践。它拒绝精英文化高高在上的姿态，转而呈现低低在下的草根姿态。梨花体以一种唾手可得的随意感和低低在下的草根感，从内容和形式上表达了大众对文化领导权的渴望。在1990年代以来的文化脉络中，王朔、冯小刚、赵本山这些文化符号参与到新的文化主体意识的建构中去，即一种游戏的、消解的、对体制有轻度嘲讽但又非常安全的文化表达方式。这当然不能算李大钊“庶民的胜利”，与毛泽东所描绘的工农兵文艺也相差甚远，而是一种新的社会意识的表达。我们当然要清醒地看到在资本和权力钳制下的意识形态痼疾，要警惕那些虚假的主体性表达，对于盲目乐观的民主化想象以及各种文化梦幻保持戒备，但必须看到这一声势浩大的草根化潮流所带来的思想解放和知识普及，以及公众参与意识

① 相关材料均引自百度。

的觉醒，社会交往的加强等积极层面。正因为我们这个国度艰难而漫长的求索，这些新呈现的现代化事物和现代化意识才显得尤为珍贵。

因此，梨花体诗歌作为一种新的大众意识的表达，自有其文化上积极的意义，但在思想上，没有提供更多的力量。在形式上，它甚至是保守的。一旦降低了新诗的形式难度，也就降低了新诗的思想。如果开个玩笑，梨花体是蹩脚的古诗，李白的歌行体倒是优秀的自由诗。

一千三百年前的李白，不单能写形式严整的格律体诗歌，也有大量形式自由的歌行体，如《行路难》《将进酒》《梦游天姥吟留别》《西岳云台歌送丹丘子》《少年行》《江上吟》等等。郭茂倩选编的《乐府诗集》收集了李白的数首形式自由的乐府诗。在这些诗歌中，李白式抒情似急风暴雨，行云流水，感情洪流从胸中奔涌咆哮出来，形式已经完全不在考虑之中。大跨度跳跃，“烈士击玉壶，壮心惜暮年，三杯拂剑舞秋月，忽然高咏涕泗涟。”阅读这些诗歌可以感到，李白浪漫自由的性格完全受不了法度森严的近体诗的限制。他要自由抒写心灵，因此，相对自由的汉魏歌行体成了他的至爱。只需看一首跟今两千年、距李白七八百年的一首两汉乐府诗，就能明白李白的选择：

有所思，乃在大海南。
何用问遗君，双珠玳瑁簪，用玉绍缭之。
闻君有他心，拉杂摧烧之。
摧烧之，当风扬其灰。
从今以往，勿复相思，相思与君绝！
鸡鸣狗吠，兄嫂当知之。
妃呼豨！
秋风肃肃晨风飔，
东方须臾高知之。

——《有所思》

形式上，谁也不敢相信这是两千多年前的诗歌，它与现在的自由诗有什么区别？相当权威的袁行霈主编的《中国文学史》认为，“李白的歌行，完全打破诗歌创作的一切固有格式，空无依傍，笔法多变，达到了任随性情之所之而变幻莫测、摇曳多姿的神奇境界。不仅感情一气直下，而且还以句式的长短变化和音节的错落，来显示其回旋振荡的节奏旋律，造成诗的气势，突出诗的力度，呈现出豪迈飘逸的诗歌风貌。”[①]

本文引用李白有两层用意，一，把古典诗歌想象为完全的格律诗是一种常识性错误，古典诗歌也有它丰富多变的形式探索。二，李白形式探索的动力来自于情感的涌动，服从于自由的心灵。这又一次验证了吴思敬的理论。放在两千年诗歌史上，即使仅在形式的意义上，李白都是革命性的艺术家。也是在这一意义上，古典诗歌完全可以成为新诗的思想源泉，并非只能引进西方。所谓传统，也是在这样的意义上来思考和继承。因此，口水诗只是新诗大众化的权宜之计。将自由诗的自由理解为艺术形式上的随意绝对是庸俗的，这不会让新诗真正赢得大众，只能让新诗沦为一种轻浮的玩物。

吴思敬辩证地回答了新诗的内容与形式的问题，具有一种理论上的彻底性。新诗在内容上是自由的，在形式上是高难度的。与古典诗歌的统一着装相反，新诗要求个性化的服装。“有人说，自由诗不讲形式，这是最大的误解。自由诗绝不是不讲形式，只是它没有固定的一成不变的形式。如果说格律诗是把不同的内容纳入相同的格律中去，穿的是统一规范的制式服装，那么自由诗则是为每首诗的内容设计一套最合适的形式，穿的是个性化服装。实际上，自由诗的形式是一种高难度的、更富于独创性的形式，从某种意义上说，比起格律诗来它对形式的要求没有降低，而是更高了。”[②] 在另一篇文章里，他从朱湘的诗歌创作得出结论，朱湘“几乎是每写一首诗都在探讨一种新的建行，精心地为自己的诗作缝制合体的衣裳。”[③]

通俗点说，每一首自由诗都像一个人，要求有合体的服装，不可以复制、山寨，只能独创。自由诗不是全裸体。好的自由诗可以是比基尼，也可以是唐装，可以是长袍马褂，也可是西装革履，还可以休闲运动。总之，包裹的是一个自由的个体，展示的是各不相同的个性和风采，甚至不能复制自我和从前，这是自由诗形式的唯一要求。这就使新诗的形式创造不但不是随意而为、信手拈来那样的轻松和容易，反而是独一无二、别无分店般的艰难。形式上的要求与内容上的自由辩证地统一起来，成为新诗革命性的、创造性的、永葆青春的生长机制。吴思敬的自由观抓住了自由诗的先锋性和革命性，彻底解决了自由诗形式与内容关系问

① 袁行霈主编：《中国文学史》第二卷，高等教育出版社2005年版，第222页。

② 吴思敬：《新诗：呼唤自由的精神——对废名“新诗应该是自由诗”的几点思考》，《文艺研究》2010年第3期。

③ 《吴思敬：“不定型”恰恰是新诗自身的传统》，《中国艺术报》2011年10月26日。

题，它甚至启发新诗重新看待古典诗歌的传统。

吴思敬通过对早期白话诗的语言缺陷的反思，提出了新诗形式的难度观，对当下口水诗也有棒喝作用，“正如梁宗岱当年批判初期白话诗的问题一样：‘所以新诗底发动和当时底理论或口号，——所谓‘建设明了的通俗的社会文学’，所谓‘有什么话说什么话’，——不仅是反旧诗的，简直是反诗的；不仅是对于旧诗和旧诗体底流弊之洗刷和革除，简直是把一切纯粹永久的诗底真元全盘误解与抹杀了。”[①] 他认为胡适提倡诗体大解放和白话诗，仅从语言文字的层面着眼，导致“诗人的主体性不见了，诗人的艺术想象不见了，而‘有什么话，说什么话；话怎么说，就怎么说’则取消了诗与文的界限，取消了诗歌写作的技艺与难度，诗歌很容易滑向浅白的言情与对生活现象的实录。”[②] 他严厉批评将自由诗随意化的写作观念：“他们不知道，任何自由都是有限度的，自由诗中不仅有自由的形式，更重要的它还要有诗的内涵。自由诗绝非降低了诗歌写作的门限，而是把这一门限提得更高了。俞平伯早就说过‘白话诗的难处正在他的自由上面。他是赤裸裸的，没有固定的形式的，前边没有模范的，但是又不能胡诌的；如果当真随意乱来，还成个什么东西呢！所以白话诗的难处，不在白话上面，是在诗上面；我们要谨记，做白话的诗，不是专说白话。’”[③]

因此，民众当拿到诗歌民主这个利器时并没有好好珍惜他，而是让民粹主义给毁了。诗歌口水化正是这种打着民主旗号的群众运动，它让大众与好的精神艺术擦肩而过。这是本文反思口水诗的一个用意。提倡一种简单易懂的理论，是基于与足球普及一样的判断：只有当中国民众真正对诗歌在精神上的创造性具备了辨别力，诗歌的传统才能真正激发出来。

［作者单位：《北京文学》杂志社］

① 吴思敬：《二十世纪新诗理论的几个焦点问题》，《文学评论》2002 年第 6 期。

② 吴思敬：《吴思敬论新诗》，中国社会科学出版社 2013 年版，第 43-44 页。

③ 吴思敬：《新诗：呼唤自由的精神——对废名“新诗应该是自由诗”的几点思考》，《文艺研究》2010 年第 3 期。

关于格律，他们其实在谈论什么？

——漫议“新诗格律与语言的诗化”

张洁宇

2000年，90岁高龄的林庚先生出版论文集《新诗格律与语言的诗化》，收录了他20世纪30至90年代之间长长短短数十篇讨论新诗格律的文章。身兼诗人与古典文学研究家的林先生60余年执着于新诗格律的探索与试验，虽然始终有长路寂寞之感，但他说：“我也曾经在苦中得到过一些快乐；乃使我越发对于寂寞愿意忍受下去。”（林庚《甘苦》）借用先生这个大题目来写篇小文章，一是向他多年的寂寞和执着致敬（新诗史上讨论格律问题时，多关注20年代“新月”群体的成就，而对30年代后的相关讨论重视不够，林庚先生作为30年代后新诗格律实践的代表诗人，理当得到更多的关注）；第二个原因是我特别赞同林先生将格律问题与“语言的诗化”联系在一起的讨论方式。虽然，格律并不直接等于语言的诗化，语言的诗化也不止格律一个方面，但二者之间的联系是显而易见的。在林庚先生看来，格律的建设正是追求新诗语言诗化的一个重要途径，这是他的核心观念与基本立场，不明确这一点，就无法真正理解他多年的坚持。

通常，新诗史在讨论格律问题时都会着重肯定20年代“诗镌”诗人群的努力，而说到30年代后的诗坛，则多将重点放在“现代派”身上，讨论的问题也更集中于象征、意象、“智性化”、“纯诗化”等方面，似乎格律已不再成为问题。这样的处理虽是基于历史，但却容易造成误解，将格律问题变成了一个历史性的问题，似乎只与新诗发展的某个阶段相关。而在我看来，格律问题是诗歌艺术内部的一个本体性问题，它不是历史性的，虽然它会在不同历史阶段表现为不同的问题或现象，或在不同时期具有不尽相同的重要程度。在这个脉络上，不仅可以讨论20年代新月派的新格律诗，还可以——也应该——关注30年代梁宗岱、林庚等人的相关讨论，接下去，40年代的朗诵诗、50年代的“新民歌”

及诗歌形式的讨论，直到80年代的口语化问题等等，都可以纳入这样一个讨论的脉络。虽然各个阶段的具体概念和具体问题不同，但其内在的联系是存在的，简单地说，其中一个重要方面就是“语言的诗化”对于诗人的挑战与诱惑。

格律问题不仅关系到诗人对形式、语言问题的认识，同时也关系到对新诗与古诗及外国诗歌传统之间关系的理解。无论是对新诗格律的提倡还是对旧诗格律的研究，抑或探索其他节奏方式来代替格律，其核心都在于思考如何使用（现代）汉语这一材料，以及如何在使用这一材料的基础上改造它，将之充分地艺术化和诗化。新诗打破旧诗传统的过程，即是一种从打破（古诗）语言的特殊性进而到重建另一种（新诗）语言特殊性的过程，历史地考察这个过程，已成为新诗史研究中的一个重要且有意义的角度。

1920年代中期，新月诗人关于新诗格律的主张既是艺术自身的内部要求，同时也有实践层面上的意义。有了将近十年生命的“新诗”，已不仅要“新”，同时还要“诗”。如何在语言形式上更加明确地“与散文划出界线”，实现语言的诗化，这是新诗人面临的任务与挑战。针对早期新诗相对自由不拘的写作风尚，新月诗人提出了形式上和情绪上的“节制”，他们提出建设新诗格律——并非对旧诗格律的重复，而是建立新诗自己的格律——既是对诗歌语言特殊性的进一步探索，同时也是对写作中泛滥散漫风气的抵制。

新月诗派的代表人物闻一多对此贡献了著名的“三美”理论：“诗的实力不独包括音乐的美（音节），绘画的美（辞藻），并且还有建筑的美（节的匀称和句的均齐）。”他特别强调的是第三点——“建筑的美”。他说：“如果有人要问新诗的特点是什么，我们应该回答他：增加了一种建筑美的可能性是新诗的特点之一。”闻一多强调新诗“增加了一种建筑美的可能性”，意思是说，相比于旧诗形式的整齐划一（无非是五言或七言、律诗或绝句），新诗由于获得了语言上的解放，因而可以随意形成长长短短的诗句和变化多端的诗节，拿建筑为喻，就如同可以随意建成高高低低宽窄不同的各种样式。这意味着新诗可以通过格律的方式在自由中追求均齐，又在均齐匀称中保持灵活多样，即他所说的：“律诗也是具有建筑美的一种格式；但是同新诗里的建筑美的可能性比起来，可差得多了。律诗永远只有一个格式，但是新诗的格式是层出不穷的。这是律诗与新诗不同的第一点。做律诗，无论你的题材是什么，意境是什么，你非得把它挤进一种规定的格式里去不可，仿佛不拘

是男人，女人，大人，小孩，非得穿一种样式的衣服不可。但是新诗的格式是相体裁衣”。（闻一多《诗的格律》）

透过格律追求的表面，可以看到新月诗派对于以“均齐”为核心的古典美学的认同。后来转而研究古典文学的闻一多一直对传统文化有所偏爱，其诗学观念的核心就是“表达上的克制和留有余地，避免过分直露和激烈”。他后来在《律诗底研究》中曾提出：“然情感有时达于烈度至不可禁。至此情感竟成精神之苦累。均齐之艺术纳之以就范，以挫其暴气，磨其棱角，齐其节奏，然后始急而中度，流而不滞，快感油然生焉。”在他看来，“盖热烈的情感底赤裸之表现，每引起丑感。”那么，依靠什么才能避免这种“丑感”的发生呢？闻一多举例说：“莎士比亚之名剧中，每到悲惨至极处，便用韵语杀之”。也就是说，格律（如“韵语”）是用来遏制热烈情感之赤裸表现的有效方法之一。

新月诗派的格律理论与重节制的古典主义美学是互为表里的，难怪就连看似最不节制的徐志摩也能写出含蓄蕴藉的《再别康桥》。李健吾曾经说过：“徐氏的遇难是一种不幸，对于他自己，尤其对于诗坛，尤其对于新月全体，他后期的诗章，与其看作情感的涸歇，不如誉为情感的渐就平衡，他已经过了那热烈的内心的激荡的时期。他渐渐在凝定，在摆脱夸张的辞藻，走进一种克腊西克的节制。”（李健吾《<鱼目集>——卞之琳先生作》）徐志摩的遇难与闻一多的搁笔确实在很大程度上造成了新月诗派艺术探索的中断，但是，新诗在形式上的“收”与“放”、在艺术方式上的“自由”与“节制”、在语言层面上的“诗化”与“散文化”等等各种角力与尝试，却在不同时期不同群体的诗人笔下继续进行着。

就在与《诗镌》相隔近十年之后，同样是在北方诗坛上，又出现了一次提倡新诗格律的强音。1935 年 11 月，在《大公报·文艺》副刊上创刊了一个“诗特刊”，该刊由诗歌评论家、翻译家梁宗岱主编，每月两期，至 1937 年 7 月《大公报》（津版）因平津沦陷停刊为止，共出版 24 期，成为 30 年代诗坛上一家重要的诗歌专刊。

在《诗特刊》的“创刊号”上，梁宗岱发表了一篇题为《新诗底十字路口》的“发刊辞”。他说：

我们似乎已经走到了一个分歧的路口。新诗底造就和前途将先决于我们底选择和去就。一个是自由诗的，和欧美近代的自由诗运动平行，或者干脆就是这运动一个支流，就是说，西洋底悠长浩大的诗史中一个支流底支流。这是一条快捷方式，但也是一条无展望的绝径。可是，如果我们不甘心我们的努力底对象是这么轻微，我们活动底可能性这么有限，我们似乎可以，并且应该，上溯西洋近代诗史底源流，和欧洲文艺复兴各国新诗运动——譬如，意大利底但丁和法国底七星社——并列，为我们底运动树立一个远大的目标，一个可以有无穷的发展和无尽的将来的目标。除了发见新音节和创造新格律，我们看不见可以引我们实现或接近我们底理想的方法。

这样一个关于新诗现状的观察和发展前途的思考似乎有点耸人听闻，其中体现了30年代诗坛上的某种观念的分歧。梁宗岱的观点是：自由诗的道路已是“一条无展望的绝径”，如果不去“发见新音节和创造新格律”，现代汉语的诗歌写作就无法获得真正意义上的成功。这个“成功”是在一个更宏大的背景下来说的，那就是世界诗歌传统。也就是说，不尝试现代汉语的新格律诗，中国新诗就无法在艺术层面上与其他语种诗歌的伟大成就相提并论，无法真正拥有“无穷的发展和无尽的将来”。就在此文发表后的第三天，《大公报·文艺》的主编沈从文在同一报纸的另一特刊上也发表了一篇题为《新诗的旧账》的文章，通篇呼应梁宗岱的观点，同样提出了“诗要效果，辞藻与形式能帮助它完成效果”的主张。梁、沈二人有意识地一唱一和，一再强调“诗特刊”的立场：要为新诗格律开辟一个“试验的场所”，以打破中国新诗惟“自由体”独尊的局面，通过发起对“格律”和诗歌“音乐性”问题的讨论和创作实践，重树汉语“新诗”观念，以期达到一种体现现代汉语特征、兼收旧诗传统资源的“纯诗”理想。

与20年代新月派的格律主张相比，梁宗岱诗学观念的显著不同在于，他有一个“世界诗歌”的宏观视野，这反过来促使他更加明确了汉语写作的自觉。他说：“有一个先决的问题，彻底认识中国文字和白话底音乐性。因为每国文字都有他特殊的音乐性，英文和法文就完全两样。逆性而行，任你有天大本领也不济事。”（梁宗岱《论诗》）而他所认同的顺势而为，当然就指的是“发见新音节和创建新格律”。梁宗岱着力强调的“新”，一方面是针对中国旧诗而言，所以他说要彻底认识“白话底音乐性”；而另一方面，这个“新”也是针对外语诗歌的，所以也要彻底认识“中国文字”的音乐性。也就是说，梁宗岱的格律主张在原有的“新”“旧”之别以外又增加了“中”“外”差异的维度，这样，他就跳出了“新诗必须废除旧诗格律”的初期白话诗思维，也无须再像闻一多那样必须通过强调新旧格律的差别来申明自己的新诗立场。因此，他可以更自由更明确地提出他的格律主张，并敢于指出自由体所可能面临的局限。在他看来，单纯发展“自由体”在某种意义上是浪费了汉语本身音乐性的独特资源，他反对将语言上的“白话”等同于诗体上的“自由”，提出要“发见”现代汉语特有的“新节奏”，“创造”符合现代汉语语言特征的、比“自由体”更具永恒性与艺术性的“新格律”。可以说，梁宗岱的汉语写作立场和对自由诗体的反思，在新诗史上都是具有创造性和启发意义的。

曾经留学法国的梁宗岱是西方“纯诗”理论的信徒，也是将之介绍到汉语世界的重要译者，他的诗学观念也因此深受影响。“纯诗”理论高度强调诗歌语言的“音乐性”，认为“音乐性”是诗歌形式的一个关键性元素，不仅可使诗歌在曲调上“更朦胧也更晓畅”，而且还能有效地协助实现诗歌语言的暗示性。最重要的是，“纯诗”理论中的“音乐”并非作为另一种艺术形式存在的音乐，而是诗歌内在禀有的一种品格和精神，即穆木天所说的“诗是——在形式方面上说——一个有统一性有持续性的时空的律动。”（穆木天《谭诗——寄沫若的一封信》）换句话说，“音乐性”在“纯诗”中不是一种修辞方法，也不是被用来安排诗歌语言的技术手段，它是一种内在于语言的、与音乐相似的精神品质。它通过语言自身的特性表现语言之美，所以它不仅事关形式，也不仅诉诸听觉，更不是某种“音乐感”，而是诗歌“至高无上”的理想本身。梁宗岱将西方“纯诗”理论中“音”“义”结合的思想与中国传统诗学中的格律化的艺术方式有意识地结合起来，提出建立一个现代汉语的“纯诗”传统，在这个意义上，他的格律理论就像一个中心枢纽，既连接了世界诗歌与汉语诗歌，也沟通了现代诗学理念与古典诗学传统。

从闻一多到梁宗岱，从《诗镌》到《诗特刊》，从“增加建筑美的可能性”到“发见新音节和创造新格律”，二十世纪二三十年代的新诗格律探索从一个特定角度上展示了新诗观念与写作实践的发展进程。在不同时期，面对不同的文化与艺术需求，借鉴不同的诗学资源与传统，“格律”以不同的问题形态出现，也走出了不同的路径。这里当然不打算——也不可能——梳理出一部完整的新诗格律的问题史，我只想由此说明，格律问题并非一个特定的历史性问题，它也不会因为自由诗体占据主流就彻底失去自身的价值和意义，如果我们将视野放大一些就会意识到，格律主张的背后都关联着更加深广的诗学问题。所以，重点其实并不在于是否能争出个“要不要格律”或“要什么样的格律”的结论，而是通过这一独特角度来重新认识新诗史各个阶段对于“语言的诗化”这一问题的不同理解和多样尝试。

最后，还是回到林庚先生这里来吧。林先生一生进行格律探索，贯通今古，认定诗的形式历史就是在自由与格律之间的反复循环。因此，他本人的写作从自由体开始，中途转向格律，暗自抱有推动这个循环的新一轮运动的雄心。在面对戴望舒等人的质疑时，林先生做出了这样的回应：“诗的重要在‘质’，而诗的成功在‘文’……诗若是有了质而做不到‘文’，则只是尚未完成的诗，虽然它乃正是诗的生命。”（林庚《质与文：答戴望舒先生》）可以看出，林先生与他的师友们一样，并没有将格律看作一个纯粹形式层面的问题，更不曾将之视为一种修辞手段，他同样也是通过格律问题在思考诗歌内容与形式以及风格之间的关系。他多年致力于典型诗行的实验，希望为新诗寻找和建立一种普遍形式，因为，在他看来，“形式的普遍就是形式的解放”，当普遍的“文”为自由的“质”提供了保障，“形式”才能“更有利于诗歌的创作”，这“乃是问题的核心”。因此，直到晚年他还在寂寞中坚持，他说：“自由诗……不是天生与格律诗成为对头的。格律诗所想保证的正是自由诗所要取得的语言上的自由，而自由诗所唤醒的久经沉睡的语言上的艺术魅力也正是为格律诗的建设新诗坛准备下丰富的灵感。”（林庚《从自由诗到九言诗》)今天重读这些，相信仍能对关心于此的读者有所启发吧。

［作者单位：中国人民大学文学院］

音韵、形韵、意韵：诗歌跨行的功用

许环光

国内英语诗歌及其中文翻译类出版物，存在大量的因排版不当而人为造成的诗歌跨行现象，极大地损害了原作和读者的阅读快感。此类现象之所以频频出现，和业界不了解诗歌跨行的重要意义有很大关系。国内学界已有多篇文章探讨过诗歌跨行现象，这些研究大都聚焦于中国“新诗”或“现代诗”，也即自由体诗，区别于《诗经》、唐诗、宋词、元曲等古体诗。中国自由体诗借鉴于西方，于今不过百年的历史。然而除了自由体诗，诗歌跨行连续现象在欧美古体诗或韵律诗里也频频出现，比如英语、德语诗歌。

跨行连续（enjambment，简称跨行）是自由体诗（free verse，或 vers libre）的文体特征和专利，具有很高的艺术性和技巧性。跨行在英语古体诗中也较常见，比如莎士比亚、密尔顿、华兹华斯、济慈等创作的素体诗（blank verse，又作“白体诗”、“无韵体诗”）和十四行诗（sonnet，又作“商籁体”）时有跨行。作为文体特征的诗歌跨行，其重要性不言而喻。*The Concise Oxford Dictionary of Literary Terms*（《牛津文学术语词典》）对跨行连续的解释侧重两个方面，一个是句意的连续，一个是语法的连续，并且强调了它的源远流长[①]。与之相对照的是同一页的另一个术语“非跨行诗行（end-stopped）”，或“句末停顿行”，其特征是每一行的行末都有一个标点符号作为标识，比如逗号、冒号、句号等。如此，诗行的意义和“一个句子、从句，或者独立的句法单位”相切合。国内学者的研究则具体而微。吴思敬在《谈新诗的分行排列》一文中指出，“新诗采取分行排列的形式是自由诗的内在特征决定的”。这里的内在特征主要是指诗的高度集中性、凝练性、抒情性、含蓄性等。因而新诗的分行排列，“是诗人情绪的凝结和外化，也是诗的皮肤和血液；

① Chris Baldi (ed.), *The Concise Oxford Dictionary of Literary Terms*, Oxford: Oxford UP, 2001, p. 79.

它是诗歌内容的器皿，也是内容的结晶。”诗的分行排列，要给人以“运动感”，“整体感”，要有“独创性”[①]，这些论述是非常中肯的。孙立尧《“行”的艺术：现代诗形式新探》一文，认为“行”是“现代诗能够独立于其他文体或者古典诗歌的核心特征”，“跨行”的意义体现在“现代诗的节奏、诗意的连缀与多义、句法的特殊性等诸多方面”[②]。这里提到的“古典诗歌”着眼点很明显局限于中国诗歌，比如先秦的《诗经》、唐诗、宋词、元曲等，而不适用于英语古典诗歌。陈仲义《分行跨行，外形式的雕虫小技？》一文则认为诗歌跨行连续不是雕虫小技，其功用主要有“增强外形式张力”，以及“分行排列的空白效应直接关涉到内形式的意涵”[③]。王泽龙、高周权的《中国现代诗歌分行研究的回顾与思考》一文则系统地回顾了近、当代学界对此问题的研究[④]，上述几篇论文文中都有提及。这些论文对诗行跨行连续的重要性从不同侧面进行了说明，比较具有说服力。一般说来，诗歌跨行其功用还可以大致从音、形、意三方面去理解。下面试分头说明之。

一　音韵的需要

在欧美自由体诗和古体诗中，诗行跨行连续现象都比较普遍。欧美古体诗诗行跨行的一个主要目的便是音韵的需要，而现当代自由体诗诗行跨行往往并不是为了音韵。比如英语古体诗（Metrical verse）中的莎士比亚十四行诗第 116 首：[⑤]

Let me not to the marriage of true minds
Admit impediments, love is not love
Which alters when it alteration finds,
Or bends with the remover to remove.
O no, it is an ever-fixed mark
That looks on tempests and is never shaken;

① 吴思敬：《谈谈新诗的分行排列》，《诗刊》1985 年第 3 期。

② 孙立尧：《“行”的艺术：现代诗形式新探》，《学术月刊》2011 年第 1 期。

③ 陈仲义：《分行跨行，外形式的雕虫小技？》，《南京理工大学学报》2012 年第 1 期。

④ 王泽龙：《中国现代诗歌分行研究的回顾与思考》，《华中师范大学学报》2018 年第 4 期。

⑤ William Shakespeare, *The Arden Shakespeare's Sonnets,* (ed.) Katherine Duncan-Jones, Thomas Nelson and Sons Ltd, 1997, p. 343.

It is the star to every wand'ring bark,
Whose worth's unknown, although his height be taken.
Love's not Time's fool, though rosy lips and cheeks
Within his bending sickle's compass come,
Love alters not with his brief hours and weeks,
But bears it out even to the edge of doom:
If this be error and upon me proved,
I never writ, nor no man ever loved.

我绝不承认两颗真心的结合
会有任何障碍；爱算不得真爱，
若是一看见人家改变便转舵，
或者一看见人家转弯便离开。
哦，决不！爱是亘古长明的塔灯，
它定睛望着风暴却兀不为动；
爱又是指引迷舟的一颗恒星，
你可量它多高，它所值却无穷。
爱不受时光的拨弄，尽管红颜
和皓齿难免遭受时光的毒手；
爱并不因瞬息的改变而改变，
它巍然矗立直到末日的尽头。
我这话若说错，并被证明不确，
就算我没写诗，也没人真爱过。（梁宗岱译）

众所周知的是，莎士比亚十四行诗有严格的韵律结构。每一行都有固定的十二个音节，每两个音节构成一个抑扬格音步（iambic），也即两个音节一轻一重。每一行由五个这样的音步构成，即传统的五音步抑扬格（iambic pentameter）。莎士比亚十四行诗的尾韵结构也是有讲究的。一般都是abab cdcd efef gg，不同于彼特拉克体（即意大利体）或斯宾塞体。不难看出，除了末尾的两行英雄排偶体诗句不涉及跨行连续，其他三个小节均存在诗行的跨行连续现象。他们分别出现在第一、二、五、九行。第一、二行的跨行连续不断为第一、第三行，第二、第四行的尾韵创造了条件，也即minds和finds，love和remove押韵（后面的一对押的是眼韵），同时也让第一、第二行的音节数保持在十个音节的定数上，符合该诗所要求的格律结构。该诗其他行跨行连续的功效可以此类推。

莎士比亚和华兹华斯等所擅长的素体诗涉及的诗行跨行连续功效大同小异。同的是，诗行都是五音步抑扬格节奏，异的是不要求末尾有任何形式的押韵，是故该诗又名无韵体诗。请读《哈姆雷特》（*Hamlet*）[①]第三幕第一场中的那段经典独白的前八行半：

To be, or not to be: that is the question:
Whether 'tis nobler in the mind to suffer
The slings and arrows of outrageous fortune,
Or to take arms against a sea of troubles,
And by opposing end them. To die: to sleep;
No more; and by a sleep to say we end
The heart-ache, and the thousand natural shocks
That flesh is heir to, 'tis a consummation
Devoutly to be wish'd.

生存还是毁灭，这是一个值得考虑的问题；
默然忍受命运的暴虐的毒箭，
或是挺身反抗人世的无涯的苦难，
通过斗争把它们扫清，这两种行为，哪一种更高贵？
死了；睡着了；什么都完了；
要是在这一种睡眠之中，我们心头的创痛，
以及其他无数血肉之躯所不能避免的打击，都可以从此消失，
那正是我们求之不得的结局。（朱生豪译）

该剧诗除了头三行的末尾，各多出一个阴性音节（feminine ending）（即轻音节结尾）外，基本都是标准的十个音节，每个音节都是抑扬格结构。这种韵律的形成，很大程度上得益于诗行跨行的使用。比如第二、六、七、八行，都是典型的诗行跨行，让各行保持在标准的韵律结构里。对应的汉译处理较灵活，没有严格步原诗的节奏和韵律，诗行跨行也没有体现出来。

华兹华斯的很多诗歌也是以这种五音步抑扬格诗行构成的。兹举著

① William Shakespeare, *Shakespeare, Complete Works,* （ed.） W. J. Craig. Oxford UP, 1966, p. 886.

名的《丁登寺》（*Tintern Abbey*）[①] 首八句为例：

Five years have past; five summers, with the length
Of five long winters! and again I hear
These waters, rolling from their mountain-springs
With a soft inland murmur. Once again
Do I behold these steep and lofty cliffs,
That on a wild secluded scene impress
Thoughts of more deep seclusion; and connect
The landscape with the quiet of the sky.

五年过去了，五个夏季，和五个
漫长的悠悠冬季！我再次听到
河水，从山上源头滚滚流出来，
发出内陆河流温柔的潺潺声。
我再次见到陡峭高耸的悬崖
是荒野幽僻的自在风物熔铸于
更加弃绝尘寰的思想意绪中；
使地上景色和宁谧苍穹连起来。（屠岸译）

很明显，该诗对诗行跨行的依赖是非常大的。所引的八句诗行，除了第五、第八句没有跨行外，其他都是跨行的结果。跨行的目的依然是为了符合素体诗的韵律节奏等。

诗行的跨行延续不但在这种严格十四行诗或素体诗中大量出现，在其他格律诗歌种类中同样多见。其目的也大都为了音韵的需要。几乎可以说，不跨行无以成诗歌。英语是由古高地德语演化出来的，因而两种语言有天然的相似处。英语中的诗行跨行在德语诗歌中也不少见。比如海涅的名诗《罗雷莱》（*Lorelei*）[②] 末节：

① Stephan Greenblatt（ed.）, *The Norton Anthology of English Literature*, 8th. Ed. , W. W. Norton & Company, Inc. 2006, p. 258.

② Han Ruixiang（ed.）, *Anthologie der deutschesprachigen Literatur*, 外语教学与研究出版社 2005 年版，第 231 页。

Ich glaube, die Wellen verschlingen
Am Ende Schiffer und Kahn;
und das hat mit ihrem Singen
die Loreley getan.

我想，那小船和船夫，
结局都在波中葬身。
这是罗雷莱女妖，
用她的歌声造成。（钱春绮译）

原诗第一、第三行跨行，帮助全诗节完成 abab 的尾韵形式，即第一行和第三行押韵，韵律节奏是四音步抑扬格，第二行和第四行押韵，韵律节奏是三音步抑扬格。诗行一跨，音韵效果明显。而对应的汉语译文，译者钱春绮进行了灵活的处理，因而跨行连续在汉译中没有体现出来。一般说来，阅读古体诗或韵律诗的快感之一即源于对既定格式的心理预期。心理预期达到了，则感到欣悦，反之，则失望失落随之。

二 形韵的需要

形韵的需要，也即视觉的需要。前文提及的五音步抑扬格除了音韵的需要，同时也是一种形韵的需要：十个音节，五个音步，不多不少，不长不短。其实，形式本身就能产生一种韵律美。《歌德谈话录》第 186 页里有一句引用甚广的话，“建筑是凝固的音乐。”音乐的灵魂在于节奏和韵律，建筑复如是。哥特式尖顶、洛可可式的对称、伊斯兰式穹顶等等，即便在外在形象上已给人强烈的韵律感。诗歌是纸上的建筑，尤其依赖形式。诗歌的跨行能够极大地加强这种韵律感。请读下面的英文：so much depends upon a red wheel barrow, glazed with rain water beside the white chickens。很散文化的一句话，不是么。但事实上，这是一首意象主义名诗，诗名《红色手推车》（*The Red Wheelbarrow*）[①]，诗人是著名的威廉斯（William Carlos Williams）。原诗如下：

① G. Perkins, B Perkins, *The American Tradition In Literature,* Tenth Ed., New York: McGraw-Hill, 2002, p. 1515. 中译参辜正坤主编：《世界名诗鉴赏辞典》，北京大学出版社 1990 年版，第 642 页。

so much depends
upon

a red wheelbarrow
barrow

glazed with rain
water

beside the white
chickens.

这样多地
依靠着

一辆红色的
光的手推车

罩着一层闪光的
雨点

旁边是一群雪白的
鸡雏
（申奥译）

这里有物件的叠加，“手推车”“雨点”“鸡雏”，这里有色彩的对照，“红色的”“闪光的”“雪白的”，俨然一副写生画。诗歌原来可以这么简单，可以这么书写。这些视觉冲击效果无疑是形韵带给我们的。

再举美国诗人卡明斯（E. E. Cummings）《孤独》[①] 为例，其人惯以诗风叛逆著称：

l（a
le
af
fa
ll
s）
one
l
iness

笔者试译如下：

① Cummings, E. E. *E. E. Cummings, Complete poems, 1904-1962*. Ed. George J. Firmage. New York: Liveright Publishing Corporation. 1991, p. 673.

孤（一
叶
秋
落）
单

这样的诗几乎拒绝传译，只能是勉为其难。其意境，以一片落叶嵌在孤独之中入题。其中 a leaf falls 拆成字母，摹落叶飘落状，落叶是秋天的标签，悲秋是诗歌中常见的主题。而“落”的英文 fall，作名词解正好是“秋”的意思，“一”则加强其主题，颇具匠心。

此外，德国诗人荷尔德林也很迷恋诗歌的形式。他喜欢将诗节里的诗行排成台阶形，其中对诗行跨行进行了灵活的应用。比如《生命的历程》（*Lebenslauf*）[①] 前两个诗节：

Größeres wolltest auch du, aber die Liebe zwingt
All uns nieder, das Leid beugt gewaltiger,
  Doch es kehret umsonst nicht
    Unser Bogen, woher er kommt.

Aufwärts oder hinab ! herrschet in heiliger Nacht,
Wo die stumme Natur werdende Tage sinnt,
  Herrscht im schiefesten Orkus
    Nicht ein Grades, ein Recht noch auch ?

你也曾想干点大事，爱情却迫使
我们一一就范，痛苦更把人折腾，
  而我们的生命之弧，却不会
    白白地返回它的起点。

不管是走上坡路还是下坡路！在神圣之夜
沉默的大自然思索着白昼的到来，

① Friedrich Hölderlin, *Sämtliche Werke. Große Stuttgarter Ausgabe.2.1. Ed.* Friedrich Beissner, Adolf Beck, Ute Oelmann. Stuttgart: Kohlhammer Verlag, 1943 – 1985, p. 22. 中译参荷尔德林：《荷尔德林诗选》，顾正祥译，北京大学出版社 1994 年版，第 74 页。

抑或是在最为荒诞的冥府，

不是也有正路可走，也有法则可遁？

第一和第二个诗节分别出现了两个和一个诗行跨行，对应的汉译第一节忠于原诗，也是两个诗行跨行。第二个诗节则进行了灵活处理，虽然也有一个诗行跨行，但调换了地方。在荷尔德林的诗歌中，这种台阶式诗行跨行是非常普遍的。尽管到目前为止，尚没有学者专门研究这种台阶式排列和内容有何关联，然而就笔者来讲，这种台阶式排列，视觉上能产生一种强烈的韵律感，能够让人一看便知，这是一首诗，哪怕他不懂德语。这种感觉，读荷尔德林手稿的影印件时尤其强烈，让人产生一窥究竟的冲动。编者原样刊出，只不过是忠于作者，忠于原著，尽了一个诗歌编辑的基本职责而已。

而诗歌中还有一种图形诗（figure poem，或 Concrete poetry 等），则完全依赖形式取胜了。诗行的跨行在此类诗歌中被应用到极致。比如约翰·赫兰德尔（John Hollander）的 *Swan and Shadow*《天鹅与影子》[①]：

① X. J. Kennedy, Dana Gioia, *Literature: An Introduction to Fiction, Poetry, and Drama*. New York: Longman, 2000, p. 711.

Dusk
Above the
water hang the
loud
flies
Here
O so
gray
then
What A pale signal will appear
When Soon before its shadow fades
Where Here in this pool of opened eye
In us No Upon us As at the very edges
of where we take shape in the dark air
this object bares its image awakening
ripples of recognition that will
brush darkness up into light
even after this bird this hour both drift by atop the perfect sad instant now
already passing out of sight
toward yet-untroubled reflection
this image bears its object darkening
into memorial shades Scattered bits of
ligh No of water Or something across
water Breaking up No Being regathered
soon Yet by then a swan will have
gone Yes out of mind into what
vast
pale
hush
of a
place
past
sudden dark as
if a swan
sang

即便完全不懂英文的读者，看到上面的这首诗也不难猜出它的内容。不错，正如其标题，本诗的主题即一只天鹅在黄昏时停留在一汪池水上面，留下美丽的倒影，然后逐渐被夜色吞没，给人留下无穷的遐思。黄昏的天鹅图景，其意境让人莫名生出“夕阳无限好，只是近黄昏”的惆怅落寞来。诗歌的跨行在本诗中频频出现，反复被利用。本诗35行，如果正常标点，不过十来行，其他都是诗行跨行多出来的。正因为对诗行跨行进行了灵活的编排，从而仅从视觉上便已给读者产生一种由语言文字构成的图像美。该图像韵律感极强，将天鹅的曲线美，以及平静湖面下的倒影，惟妙惟肖地传达了出来。这是主要借助于诗歌跨行排列构成形韵的一个典范。更多的例子可以参阅 Mary Ellen Solt，以及 Emmett Williams 主编的两部图形诗选编。

三 意韵的需要

音韵也罢，形韵也罢，最后都得为诗歌的意韵服务，因为意韵是一首诗的灵魂和目的，音韵和形韵不过是辅助和增强其效果的手段。一首诗，它可以以音韵胜或形韵胜，但没有任何一首诗，能够脱得开意韵而存在。因而诗歌的音韵、形韵、意韵其实是一体的。前文只是为了表述的方便，才分条叙述。上文所引莎士比亚的十四行诗、《哈姆雷特》内的剧诗、华兹华斯的《丁登寺》、海涅的《罗雷莱》、威廉斯的《红色手推车》、卡明斯的《孤独》、荷尔德林的《生命的历程》、赫兰德尔的《天鹅与影子》等，莫不如此。我们在解释他们的音韵、形韵的时候，实际上已经在解释他们的意韵了。如上例《红色手推车》，其诗行排列，凸显了色彩、物件的对比和强调。形韵大大地丰富了该诗的意韵。前文所引陈仲义“内形式的意涵”，这里的“意涵”和“意蕴”意义大同小异。而意韵是意涵和意蕴的综合体。叶橹甚至将“意蕴”同“分行”与“结构”一起并列起来，作为现代诗的三要素之一，“‘分行、结构、意蕴’这三个要素，就是决定现代诗的形式是否能够成立并获得成功的关键”[①]。由此不难看出意韵的重要性。在音韵和形韵缺位或被破坏的情形下，意韵势必受到影响，有时甚至是毁灭性的，上述诸例并非孤证。

① 叶橹：《分行 结构 意蕴——诗的形式要素试探》，《诗探索》理论卷2016年第3期。

文字的跨行连续，有时甚至能够直接决定一件作品是散文还是诗，这里取关键作用的就是诗歌形韵背后的意韵。请读威廉斯另一首常被说到的便条诗（This Is Just to Say）[①]：

i have eaten	我吃了
the plums	放在
that were in	冰箱里的
the icebox	梅子
and which	它们
you were probably	大概是你
saving	留着
for breakfast	早餐吃的
forgive me	请原谅
they were deliciouse	它们太可口了
so sweet	那么甜
so cold	又那么凉

这个便条能够获得诗的意韵，赢得诗的大名，童庆炳认为，它取决于文学语言的独特表现力，让其呈现审美形象的世界，传达完整的、独特而无限的意味[②]。末尾的一条即诗的意韵。在笔者看来，该便条能够成功升级为诗，此外应该还有：其一、跨行排列，使其获得诗的外在形象，身份合法化，此即诗的形韵。其二、便条一旦有了诗的身份，读者不得不以诗的韵味去释读它，此即诗的意韵。其三、威廉斯作为著名诗人的名人效应，让这个便条从出生那一刻起，便含着银匙，经由他的手寄出，便点石成金。再由诗歌编辑成人之美，最终见诸报刊杂志。这并非不可能。在现实社会，名人的马太效应是看得见摸得着的存在。1917年的杜尚，在小便器上题了一个款，并美其名曰《泉》，据说“二十世纪最具影响力艺术品”就此诞生。

① G. Perkins, B Perkins, *The American Tradition In Literature*, Tenth Ed., New York: McGraw-Hill, 2002, p. 1515. 中译参童庆炳：《文学理论教程》（第二版），高等教育出版社 2004 年版，第 55 页。

② 童庆炳：《文学理论教程》（第二版），高等教育出版社 2004 年版，第 54-55 页。

不妨再举一个中文例子，以示所讨论的现象并非英语诗歌专利，而是现代诗的一个共性。请读，“把你的影子加点盐腌起来，风干，老的时候下酒。”不错的散文，对不？可它实际上也是一首名诗，题目《甜蜜的复仇》①，作者夏宇，台湾诗人。原诗如下：

把你的影子加点盐
腌起来
风干

老的时候
下酒

这里有思维的延续和跳跃。首三句三个动作依次排下来，对比强调，颇具延续性。把影子“加点盐”“腌起来”“风干”，鲜明突兀，这是掉包袱。末两句思维跳跃，“老的时候 / 下酒”。真相大白，这是解包袱。全诗要表达的不过是，诗人要把情人年轻时的影像留存记忆，供老来回忆之用，并将之称为“甜蜜的复仇”。只是采用了“陌生化”手法，让全诗幽默风趣，悬念迭出，确实别有风味。第一个诗节三行诗有没有跨行，存在争议，因为原诗没有标点符号。第二个诗节两行诗跨行较明显。因跨行而形成的尾韵有首节的“盐”和“干”，次节的“候”和“酒”。事实表明，行一跨，除了音韵谐和，思维被迫中断，意韵全变。

总之，那些韵律诗、自由体诗诗行的跨行连续，游走行进，看来似乎漫不经心，随性而为，实则匠心独运，苦心孤诣，都有它音韵、形韵，或者意韵的考量。因此诗行是不可以随便断的。遗憾的是，对诗歌跨行的认识，学界目前尚未达成共识。目前甚至连“跨行”这一术语都难统一起来。比如前引多篇论文，讨论的都是“跨行”，却分别出现了“分行”、“行”、“跨行”等不同表述。学界如此，遑论民间。对诗行跨行连续的重要性缺乏必要认识和共识，因此而造成的一个直接后果是：大量低质的诗歌或涉诗类图书出版物的存在。因为排版的不当，大大增加了非技术性诗歌跨行的数量，从而极大地损害了诗歌的内在规则和观赏性。因为不当的排版是诗歌的第二次创作，只不过大都是糟糕的创作，其实际效果往往是对诗歌的戕害和谋杀。此类图书的出版是一个又一个

① 夏宇：《甜蜜的复仇》，余光中总主编《中华现代文学大系》（台湾 1970-1989）诗卷 2，（台北）九歌出版社有限公司 1989 年版，第 1049 页。

灾难。关于国内诗歌出版物的排版乱象，这是另一篇文章的话题。限于篇幅，此处就不展开了。

［作者单位：浙江外国语学院英文学院］

朱光潜《诗论》的形式观

王光明

《诗论》是朱光潜自己比较看重的一本著作，在1984年版的《后记》中，他写道："在我过去的写作中，自以为用功较多，比较有点独到见解的，还是这本《诗论》。"该书在朱光潜留学时期就已开始动笔，写成后曾作为教材在北京大学中文系、武汉大学中文系等地使用。正式出版的有四种版本。最早的版本是"抗战版"，1943年6月由重庆国民图书出版社出版。书前有作者的《抗战版序》，正文十章，附录《给一位写诗的青年朋友》一文。1948年3月，正中书局出版了"增订版"，除保留初版的内容外，正文增加三章内容，分别是"第十一章 中国诗何以走上'律'的路（上）：赋对于诗的影响"、"第十二章 中国诗何以走上'律'的路（下）：声律的研究何以特盛于齐梁以后"、"第十三章 陶渊明"。第三种版本是北京三联书店1984年出版的重版本，这个版本补入《中西诗在情趣上的比较》《替诗的音律辩护》，分别附于第三、第十二章之后。收入《朱光潜全集》第3卷的《诗论》是第四种版本，它涵盖了三联重版本的全部内容，但附录增加了初稿（1931年前后写成）原有的《诗的实质与形式》《诗与散文》两篇对话。之后不同出版社出版的《诗论》单行本（如安徽教育出版社1997年出版的《诗论》和广西师范大学出版社2004年出版的《诗论》），都是按《朱光潜全集》第3卷的内容排印的。

一 建构完整的诗学体系

朱光潜写作《诗论》的动机在《抗战版序》中有明确的表达：主要是由于有感于"中国向来有诗话而无诗学"的状况，"想对于平素用功较多的一种艺术——作一个理论检讨"，通过这个检讨，汇通中西诗学，明辨吸收承继的可能，补益中国的新诗运动。他说：

在目前中国。研究诗学似尤刻不容缓。第一，一切价值都由比较得来，不比较无由见长短优劣。现在西方诗作品与理论开始流传到中国来，我们的比较材料比从前丰富得多，我们应该利用这个机会，研究我们以往在诗创作与理论两方面的长短究竟何在，西方人的成就究竟可否借鉴。其次，我们的新诗运动正在开始，这运动的成功失败对中国文学的前途必有极大影响，我们必须郑重谨慎，不能让它流产。当前有两大问题须特别研究，一是固有的传统究竟有几分可以沿袭，一是外来的影响究竟有几分可以接收。这些都是诗学者所应虚心探讨的。[①]

朱光潜的《诗论》是我国第一部体系化的诗学著作，打破了中外、古今的分立，具有基础理论的彻底性，同时体现了一个美学家对于诗歌美感经验的细致体察。它突出的贡献，以中西会通高屋建瓴的美学视野，深入论述了诗歌的内质、形式，以及人工与自然的关系，为“旧形式破坏了，新形式还未成立”，过于沉醉于“自然流露”的中国新诗，及时提供了理论上的参考。

首先是澄清什么是诗的问题。《诗论》前三章讨论的都是这个问题。值得注意的是，朱光潜讨论诗的特质，所取的角度不是历史追溯角度，分辨林林总总诗歌起源论，而是从心理学的角度展开探讨。在“第一章诗的起源”，朱光潜明确提出“历史与考古学的证据不尽可凭”。他引用中国最早的诗歌理论典籍《诗·大序》中的经典论述：“诗者，志之所之也。在心为志，发言为诗。情动于中而形于言，言之不足，故嗟叹之；嗟叹之不足，故永歌之；永歌之不足，不知手之舞之，足之蹈之也。情发于声；声成文，谓之音。”认为“诗、乐、舞同源”不算新鲜，最重要的是诗起源于人类的“天性”。他从人类的心理、欲望去阐述和分析这些问题，揭示的是人类与诗歌的天然联系：“诗歌是‘表现’内在的情感，或是‘再现’外来的印象，或是纯以艺术形象产生快感，它的起源都是以人类天性为基础。”[②]

那么，这种天然的联系体现在哪里呢？朱光潜在《诗论》第二章“诗与谐隐”中作了非常深入的探讨。在这一章中，朱光潜首先提出不同类型的诗歌都有文字游戏的现象：或是用文字开玩笑，或是用文字编谜语，或是玩文字游戏。他认为这种文字游戏就是刘勰《文心雕龙》中所说的“谐隐”。“谐”就是“说笑话”，“以游戏态度，把人事和物态的丑

① 朱光潜：《抗战版序》，《诗论》，《朱光潜全集》第3卷，安徽教育出版社1987年版。

② 朱光潜：《诗论》，《朱光潜全集》第3卷，安徽教育出版社1987年版，第13页。

拙鄙陋和乖讹当作一种有趣的意象去欣赏”[①]；而“隐”则是“用捉迷藏的游戏态度，把一件事物隐藏起，只露出一些线索来，让人可以猜中所隐藏的是什么”。[②]谐与隐都带有文字游戏的性质，朱光潜考察诗与谐隐的关系，既是要揭示诗歌创作的动力，也是要从阅读的角度揭示诗歌美感的丰富性：引起人的美感的东西不仅包括文本的内容与形式，也包括创造文本的智慧和技巧。他说：“诗歌在起源时就已与文字游戏发生密切的关联，而这种关联维持到现在，不曾断绝。其次，就学理说，凡是真正能引起美感经验的东西才有若干艺术的价值，巧妙的文字游戏，以及技巧的娴熟运用，可以引起一种美感，也是不容讳言的。”[③]

当然，朱光潜从人类天性、从文字游戏出发去讨论诗歌，也是为了在“第三章 诗的境界——情趣与意象”中表达他对诗歌基本特点的理解：本于人生、基于创造的诗歌是“自然与艺术的媾和，结果乃在实际的人生世相之上，另建立一个宇宙”，这个宇宙“本是一片断，艺术予以完整的形象，它便成为一个独立自主的小天地，超出空间性而同时在无数心领神会者的心中显出形象。”[④]这个把人生时空中的一点永恒化与普遍化，并且能够在每个欣赏者当时当境的个性与情趣中吸取新鲜生命的独立宇宙，主要由“意象”与“情趣”两个要素构成，它们互动相生，凝成“诗的境界”。而在凝成境界的过程中，创造性得到了最高的体现。朱光潜认为，诗的境界首先是用“直觉”见出来的，因为“它是‘直觉的知’的内容而不是‘名理的知’的内容”。“见”具有创造性，“仔细分析，凡所见物的形象都有几分是‘见’所创造的。凡‘见’都带的创造性，‘见’为直觉时尤其如此。凝神观照之际，心中只有一个完整的孤立的意象，无比较，无分析，无旁涉，结果常致物我由两忘而同一。我的情趣与物的意态遂往复交流，不知不觉之中人情与物理互相渗透。”[⑤]而主体的“情趣”，既依存于意象，却也让意象获得了生命和完整性，诗人与常人不同，就在于能托情趣于意象，以象会意：“吾人时时在情趣里过活，却很少能将情趣化为诗。因为情趣是可比喻而不可直接描绘的实感，如果不附丽到具体的意象上去，就根本没有可见的形象。我们抬头一看，或是闭目一想，无数的意象纷至沓来，其中也只

① 朱光潜：《诗论》，《朱光潜全集》第3卷，第27页。

② 朱光潜：《诗论》，《朱光潜全集》第3卷，第37页。

③ 朱光潜：《诗论》，《朱光潜全集》第3卷，第47—48页。

④ 朱光潜：《诗论》，《朱光潜全集》第3卷，第49—50页。

⑤ 朱光潜：《诗论》，《朱光潜全集》第3卷，第53页。

有少数的偶尔成为诗的意象，因为纷至沓来的意象零乱破碎，不成章法，不具生命，必须有情趣来融化它们，贯注它们，才内有生命，外有完整形象。”①

朱光潜对“诗的境界”的讨论，值得我们注意之处，既在于清楚阐述了诗歌的基本元素及其相互关系，更在于他卓有见地道明了情趣在诗歌美学中的分量。实际上，情趣是朱光潜美学思想的精髓，阐明情趣对意象的融化，论述情趣与意象的互动相生及其它们的共同超越，是《诗论》中相当精彩的篇章。他让人们意识到：“诗的境界是情趣与意象的融合。情趣是感受来的，起于自我的，可经历不可描绘的；意象是观照得来的，起于外物的，有形象可描绘的。情趣是基层的生活经验，意象则基于对日常生活经验的反省。情趣如自我容貌，意象则为对镜自照。二者之中不但有差异而且有天然难跨越的鸿沟。由主观的情趣如何能跳这鸿沟而达到客观的意象，是诗和其他艺术所必征服的困难。”②

在朱光潜看来，作为诗歌基础因素的情趣和意象，并不等于诗歌本身，它们彼此需要通过对方才能获得超度：情趣既需要意象获得形象，也需要通过意象获得“解脱”（或“净化”）；而意象其“见”出本身便说明并非纯客观存在，它需要情趣才能获得生命和完整性。正是在“境界”超越经验的意义上，朱光潜取消了“浪漫”与“古典”、主观与客观、“有我之境”与“无我之境”的人为区别和对立，而强调诗人跨越鸿沟、征服困难的精神，这种精神就是“从感受到回味”的观照玩索的精神。他说：“一般人和诗人都感受情趣，但是有一个重要分别。一般人感受情趣时便为情趣所羁縻，当其忧喜，若不自胜，忧喜既过，便不复在想象中留一种余波返照。诗人感受情趣之后，却能跳到旁边来，很冷静地把它当作意象来观照玩索。……感受情趣而能在沉静中回味，就是诗人的特殊本领。一般人的情绪有如雨后行潦，夹杂污泥朽木奔泻，来势浩荡，去无踪影。诗人的情绪好比冬潭积水，渣滓沉淀净尽，清莹澄澈，灿然耀目。‘沉静中的回味’是它的渗沥手续，灵心妙悟是它的渗沥器。”③

既有“渗沥器”又能以沉静中回味的精神履行“渗沥手续”的，才是诗人。朱光潜讲“诗的境界”，不是诗要不要抒情言志，而是用什么样的态度和方式抵达情志的审美境界，怎样“调和”、超越情趣与意象

① 朱光潜：《诗论》，《朱光潜全集》第3卷，第54页。

② 朱光潜：《诗论》，《朱光潜全集》第3卷，第62页。

③ 朱光潜：《诗论》，《朱光潜全集》第3卷，第63—64页。

的隔阂和冲突。他把“内质”与技艺统一起来了。

把诗理解为“自然与艺术的媾和”的感觉与想象“宇宙”，自然就带出诗歌作为“人为艺术”的理论探讨。在朱光潜的诗学观念中，诗歌发展离不开“人为艺术”这一特点。从诗起源时的与生俱来的节奏形式，到沿袭基础上的创造，以及超越已有形式的清规戒律，无不体现着“人巧”的魅力与价值。他多次引用古希腊语中“诗”这个词的意义，指的是制作，所以无论是文学、绘画或是其他艺术，凡是“制作”或“创造”出来的东西都可以称为“诗”。朱光潜强调诗歌“人为艺术”的性质，是要张扬自觉克服困难的艺术精神，同时彰显技艺和智慧在诗歌活动中的审美意义。他认为承认“诗的形式是人为的、传统的”这一事实，可以增强诗歌创作方面的自觉。

辨析了诗“人为艺术”的性质之后，自然是人如何“为”诗了：诗人用什么和怎样在人生世相之外，另造一个“宇宙”？或者从主体的角度说，诗人如何向世界呈现他们的感觉和情趣？在讨论这个问题时，朱光潜紧紧抓住语言这个关键因素，对诗歌把握和想象世界的方式作了抽丝剥茧般的探讨。他努力撇清诗与散文的关系，分析同是以语言为媒介的文学写作，在不同文类中运用语言的差异。通过形式、实质两方面的仔细辨析，把诗界定为“有音律的纯文学”，并做了阐述：

> 就大体论，散文的功用偏于叙事说理，诗的功用偏于抒情遣兴。事理直截了当，一往无余，情趣则低回往复，缠绵不尽。直截了当者宜偏重叙事语气，缠绵不尽者宜偏重惊叹语气。在叙事语中事尽于词，理尽于意；在惊叹语中语言是情感的缩写字，情溢于词，所以读者可因声音想到弦外之响。①

在自由诗为主流的新诗运动中，提出“诗为有音律的纯文学”这一观念，是一种理论冒险，但朱光潜令人信服地告诉人们，近代出现的自由诗表面上没有规律，实际上分行分节仍有起伏呼应，仍然是惊叹语的语言策略，仍然有明显的形式感。而诗歌的这种形式感，体现着诗歌运用语言的纪律，就像文法一样，体现着诗歌发展变化中存在着一个不变的基础。正是音律这个不变的基础，使诗来自经验世界却能“和尘俗间许多实用的联想隔开”，成为独立自主的审美世界。在朱光潜看来，“音

① 朱光潜：《诗论》，《朱光潜全集》第3卷，第112页。

律是一种制造‘距离’的工具，把平凡粗陋的东西提高到理想世界”。[①]

不过，朱光潜把“音律”作为诗的重要特质，却与一般人强调诗的“音乐性”很不相同，虽然他也同意诗源于歌，歌与乐相伴，诗保留有音乐的节奏的说法。但他特别强调的是，诗是用语言来想象世界的，“诗既用语言，就不能不保留语言的特性，就不能离开意义而去专讲声音。”[②]在朱光潜看来，一方面，诗歌的妙处正在于它自起源开始就保留了音乐的节奏，又同时含有语言的节奏，所以音乐所不能明白表现的，诗可以通过文字的要素来达到。一首诗可以由文字呈现出一个具体的情景来，所表现的情绪可以是具体的、有内容的。另一方面，诗歌的发展，从民歌到文人诗，是一个不断认识语言内在节奏的过程，或者说是不断试验音义合一的可能性的过程。

在现代诗歌理论中，没有任何一部著作像朱光潜的《诗论》这样全面考察诗歌的音律问题。他分别论声、论顿、论韵，既区别音之长短、高低、轻重，也讨论声音在生理、物理、心理各个层面的反应。他明确告诉我们，四声对节奏影响甚微，却有助于造成和谐。他认为旧诗的顿完全是形式的、音乐的，常与意义乖讹，但新诗倡导完全弃律顺义，是否正是散文化的根源？“韵最大的功用在把涣散的声音联络贯串起来，成为一个完整的曲调”[③]，它是否有重新注意的价值？朱光潜不直接提供结论，他让我们回溯“中国诗何以走上‘律’的路”的历史：从赋对诗文的影响，梳理艺术从自然到人为的过程，从齐梁时代对字音的重视，梳理语言音与义的离合关系，最终标示出诗歌进化的四个阶段：第一阶段，有音无义时期，就是诗歌的最原始时期。这一时期诗乐舞三者同源，所系在节奏；原始民歌、现代歌谣和野蛮民族的歌谣可以为证。第二阶段，音重于义时期。音乐的成分是原始的，诗的音先于义。语言的成分最初为了应和节奏，词是后加上去的。随着人类思想文化的发展，作者以事物情态比附音乐，才使得诗歌不仅有节奏音调还有意义。这一时期诗歌想融化音乐和语言，较进化的民俗歌谣大半属于此类。第三阶段，音义分化。这也就是“民间诗”演化为“艺术诗”的阶段，诗歌的作者由全民众演变成一种特殊阶级的文人。文人诗在最初都是以民间诗为蓝本，沿用流行的谱调加以改造完善。重点转向歌词，渐渐有词而无调了。第四阶段，音义合一。既与调分离，诗就不再有文字以外的音乐了，但

① 朱光潜：《诗论》，《朱光潜全集》第3卷，第121页。

② 朱光潜：《诗论》，《朱光潜全集》第3卷，第133页。

③ 朱光潜：《诗论》，《朱光潜全集》第3卷，第189页。

是诗歌本出自音乐，便无法与音乐绝缘。音乐是诗的生命，从前的外在的联系既然丢失，文人就不得不从文字本身入手寻求节奏。到了音义合一的阶段，诗即便不可歌却必可诵，诵不像歌那样重视曲调的节奏，而是偏重语言的节奏。

在音义合一的阶段，诗的音律回到了语言内部，它内在化了，“可诵”成了诗歌音律的标志。朱光潜揭示而这个特点，既鞭策诗人须从语言的特性出发探索诗歌的节奏，也期待读者改变传统的欣赏习惯，把能诵诗当作“赏诗的要务”：

欣赏之中都寓有创造。写在纸上的诗只是一种符号，要懂得这种符号，只是识字还不够，要在见出意象来，听出音乐来，领略出情趣来。诵诗时就要把这种意象，音乐和情趣在声调中传出。这种功夫实在是创造的。读者如果不能做到这步田地便不算能欣赏，诗中一个个的字对于他便只像漠不相识的外国文，他便只见到一些纵横错杂的符号而没有领略到“诗”。能诵读是欣赏诗的要务。[①]

从诗是什么的心理学角度的辨析入手，进而深入考察构成诗歌宇宙的基本元素及其相互关系，抓住语言这一关键因素，梳理其与其他文学类型的区别，并从其音与义关系的历史演变中总结诗歌发展的规律，最后以一个伟大诗人（陶渊明）标示理想的诗歌，朱光潜的《诗论》为我们构建了一个完整的诗学体系。这个诗歌体系，不仅具有理论的自洽性，而且有相当的历史感，其中西汇通的研究方法和开阔的历史视野，堪称诗学研究的一个典范。

二　朱光潜诗学的意义

朱光潜的《诗论》是中国第一部现代诗学理论，填补了我国诗歌基础理论的空白。其开疆辟土之功，自不待言。其理论体系的完整自洽，其研究方法的中西古今贯通，也为中国现代诗学建构，提供了榜样。但联系 20 世纪以来的中国诗歌变革的历史语境，《诗论》对中国诗歌及其理论批评，至少还有以下三方面的重大意义。

① 朱光潜：《诗论》，《朱光潜全集》第 3 卷，第 248 页。

一、回到诗歌的基本问题

在中国诗学的大格局中，朱光潜的《诗论》之于传统，是把中国诗歌点悟式、语录式的批评转变为诗学理论体系的自觉建构，搭建了一座现代诗歌理论大厦。不容置疑，这个理论大厦是现代的，无论是它的理论体系，还是研究方法，都体现着现代人的理性精神和治学风格。而相对于同时代人的诗歌理论批评，朱光潜的不同之处在于，他不像绝大多数的"革新派"理论批评家那样坚决地站在新诗那边，以批评"旧诗"作为自己的理论起点；也不像新诗运动初期的守旧派那样否定新诗的合法性。他既不站在新诗一边，也不站在"旧诗"一边，而是站在诗歌一边。

正是因为朱光潜的诗歌立场不是"时代的立场"，他的诗学也就避免了时代的偏好与偏见。20世纪的中国诗歌变革年代的理论批评，从胡适举起"新诗革命"的大旗，到袁可嘉倡导"新诗的现代化"，一个基本的主题就是撇清与中国古典诗歌的承继关系，无论语言、形式和意境，都力求让新诗摆脱"旧诗"的阴影。这一点，甚至连主要依靠传统文学资源的冯文炳也不例外，执意要在古典诗歌与新诗之间划出一条界线：认为古典诗歌与新诗是对立的，新诗的内容是诗的而语言是散文的；而古典诗歌则相反，其语言是诗的而内容是散文的。这些理论立场和观点放在现代转型的历史语境中当然是可以理解的，甚至可以欣赏它们充满着时代的激情和诗意。但问题是，一代人有一代人的诗歌与文学，是指一代人有一代人的风尚趣味，还是一代人有一代人的思想语言与形式？诗歌作为人类把握和想象世界的方式，有没有中西古今共存相通的基本问题？

朱光潜《诗论》的意义，首先就在于秉持美学家的真知灼见和理论勇气，揭示了诗歌发展变革不能回避的基本问题：基于人类天性和语言媒介的诗歌，无论怎样变革，都绕不开情趣、意象、音律（节奏）等问题。诗歌的这些基本的成分不会改变，时代只会强调它急切需要的部分，遮蔽其不那么急切需要的部分。但只要是基本的因素，它不可能永远被遮蔽，诗歌最终会回到自己的基本问题上来。就像《诗大序》对诗的六个定义，作为诗体与风格的"风"、"雅"、"颂"会在历史长河中隐匿，但作为诗歌想象方式与技艺的"赋"、"比"、"兴"却世代长存。实际上，白话诗运动之后，无论是"新月诗派"的形式实验，还是现代派诗对"诗是诗"的倡导，或者1930年代一批诗人向晚唐古典诗歌致敬，都可视为"回到基本问题"的诗歌实践。"学习新语言，寻找新世界"

的中国新诗运动，作为一种探求新的可能性的诗歌实践，自然不会也不可能长久离开诗的基本问题和基本规律的。

二、从语言出发揭示诗歌的规律

回到诗歌的基本问题，对朱光潜而言，就是回到语言、回到汉语的根本特性。朱光潜在《诗论》中论诗，表面上看和一切诗歌理论一样，谈的是精神与形式的关系，实际上他与前代和同代诗论有一个很大的不同：别的诗论家都把语言与形式当作表达思想感情的工具，即胡适所谓的让文字体裁“做新思想新精神的运输品”，而朱光潜则能从本体的意义上理解语言形式问题，认为“语言的实质就是情感思想的实质，语言的形式也就是情感思想的形式，情感思想和语言是平等一致的，并无先后内外的关系。”[①] 对语言形式的这种本体认识，使朱光潜能够在情智“征候”的意义上理解语言：第一，精神与语言形式的关系，不是像饼与手那样的传递关系，思想与言说的关系是互动相生的；第二，从语言本身的人为性、习惯性出发，深入探讨了“人为艺术”的特点与规律。

这两方面在“寻思”与“寻言”关系的梳理中堪称范例。朱光潜探讨“寻思”与“寻言”的关系，既由于诗歌从来就面临着书不尽言、言不尽意的困窘，也因为诗歌将迷糊隐约的情趣变为固定明显的意象和情境，是一个艰难的求索过程。在他看来，“寻思”，是一种“解决疑难纠正错误的努力”，就是把模糊隐约的变为明显确定的，把潜意识和意识边缘的东西移到意识的中心；而“寻言”，也是一种“寻思”，搜寻语言其实就是在努力使情感思想明显化和确定化。他还把作品的修改也当作“寻思”与“寻言”的有机部分，因为所修改的并不仅是语言的进步，而是诗意的彰显和整体意境的提升。从“思”与“言”这种互动相生关系出发，朱光潜澄清了许多相通又相异的诗歌创作的理论问题：诸如“偶成”与“赋得”、“自然”与“雕琢”、“说话”与“写作”等。他的基本观念是：从思与言互为表里的意义上理解诗歌，“偶成”与“自然”当然是诗歌理想，但是如果没有经过“赋得”和“雕琢”的训练，抵达理想的概率是很低的；“说话”当然比“写作”更为鲜活和流动，但“写作”的意义是能在流动变化中抓住了一个基础，在“固定”流动中形成思与言合一的结晶，同时形成一种想象世界的方法与规律。

① 朱光潜：《诗论》，《朱光潜全集》第3卷，第100页。

三、回应新诗变革的迫切问题

朱光潜的《诗论》，实际上是一部有明确的问题意识和学术担当精神的诗学著作，这就是从学理上回应新诗革命出现的问题，为新诗健康发展提供理论上的参考。从理论上梳理了诗歌的基本问题和创作规律，实际上已经回答了20世纪初新诗革命中出现的许多问题。诸如“我手写我口”、“作诗如说话”、古今文字的“死”与“活”、写诗的自由与约束等问题。这里特别值得注意的是，由于朱光潜在理论上对诗歌有透彻的认识，他对问题的认识显然比同代批评家深刻。

首先，朱光潜的诗学，不仅体现了本体论的语言观，也体现了本体诗学的发展观。他清楚地分辨了语言与文字的关系，提出文字的死活不在古今而在运用，“散在字典中的文字，无论其为古今，都是死的；嵌在有生命的谈话或诗文中的文字，无论其为古今，都是活的。我们已经说过，文字只是一种符号，它与情感思想的关联全是习惯造成的。”[①]这种分辨，事实上纠正了胡适那种情绪化的、语体语用不分的语言观，从而让人们明白，语言文字无所谓新旧死活，它的生命全在于主体对它的激活。

其次，从思想与语言合一的本体论的语言观出发，朱光潜不仅从理论上澄清了语言与形式方面“新”与“旧”的对立，而且敞明了新诗的“致命伤”：“没有在情趣上开辟新境，没有学到一种新的观察人生世相的方法，只在搬弄一些平凡的情感、空洞的议论，虽是白话而仍是很陈腐的辞藻”[②]。联系朱光潜对戴望舒诗歌“单纯、平常、狭小”的批评和引申出的“脱离旧时代诗人感觉事物的方式”的期待，人们不难发现朱光潜对新诗变革的深刻认识：新诗的语言与形式变革，实际上是感觉、想象方式、美学趣味的现代性革命。

由于上面两点得以澄清，新诗如何变革的问题便不言自明：一方面，必须在思想与语言的互相依存关系上理解晚清开始的新诗的变革，理解朱自清在《中国新文学大系·诗集·选诗杂记》所说的“学习新语言”、“寻找新世界”的内在关联；另一方面，必须根据现代汉语“说”与“写”不断趋近这一趋势来探寻新诗的形式和节奏。朱光潜通过他的《诗论》启迪人们：西方与中国都先后进行过语言文字的变革，现在都到了“在文字本身求音乐的时期”，现代人用现代语言创作的“新诗”，虽不像

① 朱光潜：《诗论》，《朱光潜全集》第3卷，第102页。

② 朱光潜：《给一位写新诗的青年朋友》，《诗论》附录一，《朱光潜全集》第3卷，第271－272页。

古典诗歌那样可歌、可吟，然而仍须有可诵的节奏。因此，中国诗歌现代革新不应以“自然”、“自由”等借口放弃形式秩序探讨，而须从现代汉语的特点出发摸索“可诵的节奏”的规律。

朱光潜的这些诗学见解，后来在叶公超、林庚、何其芳、卞之琳等人的理论和实践中，产生了强烈的回响；相信未来的中国诗歌，仍将进一步彰显它的意义与价值。

[作者单位：首都师范大学文学院]

谫议何其芳“现代格律诗”理论

王 永

自胡适以降，中国新诗一直“尝试”用新的语言和形式，表达和融通现代人复杂细腻的情感与变动不安的生命体验。这是一种未完成的探索，始终具有实践性、试验性的品格。其中，根源于中西文化冲撞和“传统”与“现代”相角力的关于新诗的“律化”与“自由化”之争，一直伴随着中国新诗诗体建设的百年路途。20世纪30年代，以闻一多为代表的“新月派”高举“新格律”的大旗，“第一次聚集起来诚心诚意地试验作新诗”（梁实秋语）。这是在语言和形式上，而不是在内容上，对新诗艺术的第一次自觉而深刻的求索，而不再是一种历史的惯性作用。在吸收了这次求索的经验和教训的基础之上，何其芳在50年代重新提出了“现代格律诗”的理论主张。

“现代格律诗”理论的提出，并非一蹴而就而是循序渐进的，它有一个很长的酝酿生发过程。在20世纪40年代初何其芳进行诗歌创作时，就对新诗的“欧化形式”能否适合中国老百姓的口味产生了疑惑。既对以前写作的欧化的自由体的新诗在形式上发生了疑惑和动摇，又不满于自己所写的五七言体的旧体诗（“几乎每句都要碰到这种句法和口语的矛盾”），这种“写旧体诗不满意，写自由体又不愿意”的苦恼使何其芳1942年以后基本上停止了写诗。此后，他又在多篇诗学文章中表达了中国新诗需要一个“形式”的想法。新中国成立后，几次关于诗歌形式问题的讨论更直接催生了何其芳的“现代格律诗”理论。1954年4月发表的长文《关于现代格律诗》，标志着何其芳思索已久的新诗形式问题在十余年后终于瓜熟蒂落。在这篇文章中，何其芳对“现代格律诗”给出了定义：“我们说的现代格律诗在格律上就只有这样一点要求：按照现代的口语写得每行的顿数有规律，每顿所占时间大致相等，而且有规律地押韵。”[①]在1959年写的《关于诗歌形式问题的争论》一文中，

① 何其芳：《何其芳文集》第五卷，人民文学出版社1983年版，第17页。

何其芳已就其提出“现代格律诗”理论的过程进行过总结梳理，这里无须赘述。本文主要从“现代格律诗”理论提出的目的、资源、价值及局限几个方面进行论述。

一

何其芳之所以提出“现代格律诗”，与前一个“新格律”的重镇闻一多有着不同的旨归和趣向。闻一多提出“新格律”之说，针对的是当时“只重白话不重诗”，忽视诗歌形式以及“浪漫主义”的情感放纵、不节制的诗坛流弊，而且不乏唯美主义的倾向。他理想中的诗歌应该是“中西艺术结婚后产下的宁馨儿”，并搬来西方的“音尺”，构建“节的匀称和字的均齐”的“新格律诗”（后被人讥为“豆腐干”）。闻一多“注重的是诗的艺术、诗的想象、诗的情感，而不是诗与平民大众的关系。”[①] 相比较而言，何其芳提出“现代格律诗”的初衷，不是着眼于诗歌本身的艺术发展和形式的美学意味，而是从它的接受者着眼，主张“为大众”、“艺术群众化”。

在1938年8月来到延安之后，何其芳自愿抛弃了“小我”，结束了唯美的歌声，努力地开始了“思想蜕变”。因为在当时，在解放区，如高兰所说：“作为一个‘人类心灵的机师’的诗人，可不是消遣与风雅的时候了。诗人有着更大的任务。他的诗歌应该是战斗的诗歌，他的诗歌音响，是和所有的战斗的音响相配合，他应该和进步的人群一同迈进，他不再是自我的吟哦自我的表现了，而是反抗者与战斗者的歌声，我们要用这犀利的文艺的武器，向未觉醒的人们呐喊。”[②] 在1940年，何其芳“颇有成就感”地说：“我这个思想迟钝而且情感脆弱的人从环境，从人，从工作学习了许多许多，有了从来不曾有过的迅速的进步，完全告别了我过去的那种不健康不快乐的思想，而且像一个小齿轮在一个巨大的机械里和其他无数的齿轮一样快活地规律地旋转着，旋转着。我已经消失在它们里面。”[③] 因为，当时文艺工作者的首要任务就是服务工农兵，做好政治宣传工作，只有与“人民大众”打成一片，做“巨大的机械”的一部分，才能更好地完成这种任务。1940年，何其芳在创作长诗《北

---

① 王光明：《现代汉诗的百年演变》，河北人民出版社2003年版，第209页。

② 高兰：《诗的朗诵与朗诵的诗》，杨匡汉、刘福春编《中国现代诗论》，花城出版社1985年版，第442页。

③ 何其芳：《一个平常的故事》，百花文艺出版社1982年版，第44页。

中国在燃烧》的过程中，之所以对新诗表现形式发生了疑惑，就是担心"那种欧化的形式无法达到比较广大的读者中间去。"当时的情况也确如萧三在1939年《论诗歌的民族形式》一文中，对文艺和作为文艺的受众的老百姓的关系所做的分析："目下中国的大众，即老百姓，至少有百分之八十不识字。你写的宣传、鼓动、组织他们加入抗战的文字，他们认不得。因为戏剧和诗歌是宣传抗战最有力的工具：演戏他们可以看；唱歌，念诗他们可以听。但是假如唱出的调子，尤其是朗诵出来的诗太洋化了的时候，老百姓一定不会喜欢的，一定不会接受。那么，诗歌的效用便会完全收不到。"[①] 因此，诗歌要成为宣传鼓动的工具，这就要求诗歌有毛泽东所说的"为中国老百姓所喜闻乐见的中国作风与中国气派"。1942年，毛泽东对鲁艺的教员们说，"你们要做文艺普及工作，又要做文艺提高工作。那么，你们向谁普及呢？又从哪里提高呢？我说，你们普及是向工农兵普及，提高是从工农兵那里提高。"[②] 毛泽东的政治权威地位和至高的声望、威信对何其芳等文艺工作者的思想产生了深刻的影响。何其芳随后开始了反省："在普及与提高，在接受文学遗产，在文艺批评等具体问题上，我们都有过一些不清楚的观念。轻视普及，片面强调提高，又不知道应该从工农兵的基础即普及的基础去提高，同时用这种提高去为工农兵服务即去指导普及。"[③] 正是对"向工农兵普及，从工农兵提高"有了清楚的认识之后，何其芳在思考新诗的形式时，一直以"让广大群众接受"作为出发点。（在此后的关于新诗形式的讨论中，毛泽东在延安所确立的"人民群众喜闻乐见"的标准，一直是讨论各方所共同遵奉的圭臬。）这在何其芳的诗学文章中有着清晰的表述——

> 中国的新诗我觉得还有一个形式尚未解决。从前，我是主张自由诗的。因为那可以最自由地表达我自己所要表达的东西。但是现在，我动摇了。因为我感到今日中国的广大群众还不习惯于这种形式，不大容易接受这种形式。[④]

要解决新诗的形式和我国古典诗歌脱节的问题，关键就在于建立

① 萧三：《论诗歌的民族形式》，杨匡汉、刘福春编《中国现代诗论》，花城出版社1985年版，第374页。

② 王培元：《抗战时期的延安鲁艺》，广西师范大学出版社1999年版，第318页。

③ 何其芳：《何其芳文集》第四卷，人民文学出版社1983年版，第49页。

④ 何其芳：《何其芳文集》第四卷，人民文学出版社1983年版，第62页。

格律诗……这种格律诗建立成功了，它的形式比较符合读者的习惯，如果它的内容又符合读者的要求，那就可能使新诗和广大人民结合得更好一些。[①]

何其芳诗歌理论只重外在形式（格律）的“偏至”，究其根源还是受这期间的政治思想影响的结果。无论是在40年代的解放区，还是在新中国成立后的50年代，都是颂歌和战歌交替占据时代的最强音。在这时候，每位诗人的声带都得融入这个高声部，任何稍稍不同的音调都会受到批判。到延安之后，何其芳曾写过《给L.I.同志》这样一首诗：

你说/你总是感到生活里缺少一些东西。//我们在黄昏的路上走过来走过去。//是的，我们缺少糖，/缺少脂肪，/缺少鞋子，/缺少衬衣，/而且我们的生活要求着这些/并不是奢侈。//但是为了革命/很多同志比我们缺少更多的东西，/他们缺少休息，/缺少健康，/缺少睡眠，/甚至于缺少生命的安全。//……我也感到我似乎缺少一些什么。//今天你把这句话对我说了出来，/我只有把我对我自己说过的话再说一遍：/“缺少一些东西又算什么呢，/为了革命/我们不是常常说着牺牲？”//我们在黄昏的路上走过来，走过去。/希望你接受我这一点很朴素的意思。

我们可以看出，这首诗表现出了何其芳正努力向“革命思想”上的转变。而就是对这样一首袒露自己真实心迹的诗，也有人进行了严厉的批评：“事实是并非缺乏什么，而是多了点东西，多了点小资产阶级知识分子的生活随时要求美满的心情和这种特别的情感”。在批评者看来，写什么的问题，比如何写的问题更重要。所以他的结论是，对于何其芳这样的“努力于使自己工农化的小资产阶级出身的作者”，读者大众要求他写自身以外的大众所熟悉的题材，比要求他更彻底地批判小资产阶级知识分子来得更为迫切。[②]另一个例子就是何其芳在延安时出版的诗集《夜歌》的更名。取名为“夜歌”，原因是这部诗集中的诗多是在黑夜时写成的，而在当时的政治意识形态下，为避免被人牵强附会，在1952年重版时改名为《夜歌和白天的歌》。由此可见，无论源自内心抑或生活的“真实”，都受到由于文艺政治学挂帅的历史语境的压力而

① 何其芳：《何其芳文集》第六卷，人民文学出版社1984年版，第69页。

② 王培元：《抗战时期的延安鲁艺》，广西师范大学出版社1999年版，第359页。

进行修正。在这样的历史语境下，何其芳领悟到“形式的基础是可以多元的，而作品的内容与目的却只能是一元的”[①]。这里的“一元”，即“只有从人民生活中去获得文学的原料，并使文学又回转去服务人民”。既然作品的内容与目的是一元的，那么唯有形式还不是禁忌，成了唯一可以讨论的。在40年代，关于诗歌的民族形式问题展开过多次论争。新中国成立以后，关于诗歌形式问题也展开了多次探讨和争论。1950年3月，《文艺报》发表了一些诗人的笔谈，这是新中国成立后关于诗歌形式问题的第一次公开探讨。1953年12月至1954年1月，中国作协又先后召开了三次关于诗歌形式问题的讨论会。何其芳虽多次表白自己“不喜欢搞理论，宁愿写诗或小说”，但他作为中国科学院文学研究所的主要领导者，加之他的诗人身份，对于提出自己的主张，并力图提供解决的途径责无旁贷。在这样的背景下，何其芳经过了十余年的对诗歌形式的疑惑、思考、论争，终于将他的业已成熟的“现代格律诗”理论在1954年的《关于现代格律诗》一文中和盘托出，充分进行了表述。

闻一多等倡导“新格律诗”是自觉的，带有强烈的反拨意识。他们不满于新诗成为郭沫若所说的那种“裸体的美人”，而要主动地为“美的灵魂”赋予“美的形体”。而何其芳之所以提出“现代格律诗”的主张，诗人自身先在的条件和诗歌必然的发展趋势并不构成必要条件，而主要是受到民族解放战争期间所接受的新文化、新文艺思潮的影响，与四五十年代历史语境的压力和社会文化背景密切相关。我们甚至可以说，这种“现代格律诗”的成型有着某种被动的、退守的意味。

二

何其芳是如何提出“现代格律诗”理论的？这就涉及他对诗歌的理解，与他的诗歌经验和知识型构有关。何其芳把他研究新格律诗的几个参照系称为“三大海洋，一个大湖泊”，即古典诗歌、民歌、国外诗歌和五四以来的新诗。他在后来的一篇文章中说，“我在‘关于现代格律诗’里提出的那些意见，就是根据我国古典诗歌的一些格律上的特点并且参考五四以来某些作者试写格律诗的主张和经验而提出来的。”[②]至于对外国诗歌的借鉴，由于政治关系，何其芳目力所及仅限于马雅可夫

① 何其芳：《何其芳文集》第四卷，人民文学出版社1983年版，第255页。

② 何其芳：《何其芳文集》第五卷，人民文学出版社1983年版，第159页。

斯基、罗蒙诺索夫等苏联诗人及民主德国的少数诗人的诗歌创作，且仅限于格律诗范围，对国外占据重要一席的自由体诗歌，特别是自由体现代主义诗歌，采取了战略性的回避态度。因此，如果说，闻一多的新格律诗倡导和实践是借助西方的诗学资源，对“西化”的新诗艺术进行反拨的，那么，何其芳则主要是借助本土资源——“一个老传统，一个新传统”——来完成“现代格律诗”的构想。

何其芳幼年时深受《唐宋诗醇》等古典诗歌的影响，后来又曾多次表达了对古典诗歌的心仪：

我喜欢读一些唐人的绝句。那譬如一微笑，一挥手，纵然表达着意思但我欣赏的却是姿态。[①]

我说过我曾经很喜欢读唐人的绝句，……但我们许多初学写诗的同志，而且可惜还不仅仅是初学写诗的同志，他们的作品所缺少的常常正是这种精炼，这种强烈的形象感觉，这种余音绕梁似的情调和气氛。[②]

何其芳的这种经历为后来的“现代格律诗”准备了一个主体的条件和创作的基础。而且，在新中国成立以后，何其芳还从事过对古典诗歌的研究。古典诗歌是我国古典文学艺术的最高峰，深为广大人民所喜爱。而古典诗歌最突出的外在特征就是“格律”，所以古典诗歌格律的特点成了何其芳提出“现代格律诗”的一个立论的基点。而对于毛泽东所倡导的“大跃进民歌”，何其芳表现出某种犹疑。毛泽东是站在民间本位主义的文化立场进行中国文化的现代化设计的，从30年代开始，他就高度重视民间大众的意义。新中国成立，“中国人民从此站起来了”，工农群众在政治和文化上实现了主体身份的高度统一。毛泽东在40年代预期的属于工农群众自己的文化、文艺，到这时已经具备了实现的前提和条件。毛泽东也由重视利用民间的文化资源与文艺资源，转向鼓励和提倡创造新的民间文化和民间文艺，并把这种由工农群众自己创造的新的民间文化、文艺看作是新的民族文化、文艺的发展方向。因此，毛泽东为中国新诗只提供了两条出路：古典和民歌。为了避免与毛泽东的意见发生正面冲突，何其芳把“以民歌和古典诗歌为基础”之“基础”二字解释为“带有方向性的意思”，即“新诗的发展方向，只能走向中

① 何其芳：《一个平常的故事》，百花文艺出版社1982年版，第8页。

② 何其芳：《何其芳文集》第五卷，人民文学出版社1983年版，第155页。

国化和群众化”。视古典诗歌与民歌为中国化和群众化的同义语虽略有牵强之感，但于此恰恰可见一个意欲表达自己观点的批评家的良苦用心。[①]1958年，何其芳曾写过一首名为《赠范海亮》的诗：“满天的星斗长庚星最明，/古来的诗人李白杜甫最知名。/如今的诗歌谁作得最好？/千千万万个劳动人民。”这首诗其实是对当时的“大跃进民歌”的仿作，何其芳称其为“打油诗”。在附记中，何其芳写道：“一九五八年十一月我到河南参观。不少地方在参观后要求题诗，结果写了几首打油诗，后来都忘记了。只有这首小诗，至今还记得，姑存之。范海亮，河南登封市三官庙乡磨沟村农民，当时是生产队长。‘毛主席的两只眼睛像天上的星星，住在深山的人们也看见它的光明’，这首诗就是他作的。”[②]对“写了几首打油诗，后来都忘记了”，我们似乎可以做出这样的解读：从内心深处，何其芳并不能苟同于毛泽东倡导的“大跃进民歌”，或许他私心以为这种缺乏想象力的即兴口占的民歌颇似“打油诗”，并不足以代表新诗发展的一个方向。从新民歌运动的历史中，我们可以知道，新民歌的兴起和发展主要是政治意识形态作用的结果，而并非五四新诗的内部问题发展的必然结果。新民歌是作为“中国作风、中国气派”的文化民族主义的代表以对抗、压抑“资产阶级艺术形式”而被重新“发明”的。新民歌虽然有着易被作为革命的主体的工农兵接受的意义，但是它也同样易于“不知不觉蹈入旧体诗的故辙。所不同的是内容空虚陈腐之外又加上语调的油滑。”（冯至《自由体与歌谣体》）有着深厚的诗学修养的何其芳，显然是看到了民歌模式就像湖里的水藻似的过度繁殖，而这无疑会窒息诗歌自由创造的空气，并使诗歌写作变得简单并妨碍其多样化。因此可以说，何其芳提出“新格律”之说是具有策略性的，他是想从诗歌的内部问题出发来探索中国新诗自身的发展道路。

何其芳将古典诗歌列为其诗歌理论的头等重要的资源，虽然他表达过自己对古典诗歌的“姿态”、“情调和氛围”的心仪，更主要的原因恐怕是顾念到毛泽东对古典诗歌的提倡并由此引发的“主流想象”，而对何其芳的“现代格律诗”理论的构思成型具有可操作性的借鉴意义的，应该说是闻一多的“格律说”以及其他诗人的格律诗实践，即何其芳所说的“五四以来某些作者试写格律诗的主张和经验”。“格律说”曾对何其芳的诗歌创作产生过深远的影响。他的名诗《预言》即是一例。除

① 黄曼君：《中国近百年文学理论批评史》，湖北教育出版社1996年版，第1024页。
② 何其芳：《赠范海亮》，《何其芳全集》，河北人民出版社2000年版，第26页。

诗情之外，形式的完美和富于音乐性也是这首诗成功的重要因素：该诗共六节，每节六行，每行约四顿，且一、二、四、六行押韵。而且，何其芳也表达过对闻一多的诗集《死水》中的诗歌的喜爱。其实，中国新诗自五四肇始以来，很多人对诗歌的“文”与“质”进行过探索、论争和尝试。在“文”（诗歌的形式）方面，早在1918年，胡适在《谈新诗》一文中就对新诗的“音”（诗的声调）和“节”（诗句里面的顿挫段落）进行过探讨。五四前后，刘半农提出过“破坏旧韵重造新韵”、“增多诗体”的主张；陆志韦进行了“创造新格律的实验”。此后，郭沫若的“节奏”，闻一多的“格律”，叶公超的“音组”、“停逗”，直至后来林庚的“半逗律”、“九言诗”，这些对诗歌的形式方面的探讨和实验业已形成了一个发展赓续的脉系，或者说，形成了新诗自身的一个小传统。所以，何其芳吸收前人关于诗歌形式方面的经验和意见提出“现代格律诗”理论，可视作是五四以来一脉新诗传统自身衍化的结果。值得一提的是，何其芳是较早提出“五四以来的新诗是一个传统”的人，并且，他在《话说新诗》《写诗的经过》《再谈诗歌形式》等文章中多次公开对五四新诗传统进行了捍卫和维护。这不仅表现出了何其芳作为理论家的敏识，而且表现出了一位学者坚持学统的勇气，因为在当时以“从来不读新诗”的毛泽东为代表，很多人是不承认新诗具有传统的。然而，由于五四新诗传统自身鲜明的开放性、创新性，甚至革命性，在席卷全国的“大跃进民歌运动”中，何其芳对五四传统的坚持，甚至退而求其次对“形式的多元”的坚持，也受到质疑和打压。为了护卫他心目中的新诗“传统”的可怜的生存空间，何其芳并没有表现出毛泽东所谓的“柳树性”，而多了“松树性”，他不遗余力地为新诗传统的合法性进行辩护，“激动地”投入到“新诗发展道路”的论争中，“却因‘态度’欠佳受到毛泽东的批评”[①]。

三

马克思主义文化批评家雷蒙·威廉斯（Raymond Williams）曾对作为“关键词”的“传统”（tradition）做过分析，认为它的意义倾向于“敬意”和“责任”。何其芳就表现出了对古典诗歌这个“老传统”和五四以来的新诗这个“新传统”的“敬意”和继承两个传统的“责任”。从

① 洪子诚、刘登翰：《中国当代新诗史》，北京大学出版社2005年版，第36页。

整个汉语诗歌的历史长河来看，格律有着重要的价值，自齐梁开始人们就探索汉语诗歌的声律和形式，格律是思维与想象获得旋律的方式，也是从外部感觉抵达内心的途径，让诗歌写作避免了散文的铺陈和感情的泛滥。何其芳的“现代格律诗”理论，既是直接批判继承闻一多为代表“新月派”的理论遗产，衍续了五四以来的新诗传统，同时又是试图将五四时期断裂的古典文学传统与现代诗歌相联系的努力。何其芳认真研究了中国现代口语的特点，发现了现代口语的基本单位是词而不是字，认识到古典诗歌的“字思维”已不适合于现代诗歌，而且西洋格律诗中的“音尺”理论也不符合中国现代汉语的规律，继而独抒己见，提出了诸如“顿”的理论、两字顿结尾等独到的见解。而且何其芳抓住了节奏的规律化这个格律诗的本体特征，对于探索中国新诗如何适应现代口语表达情感和经验，并形成“常体”，这些理论应该说是有价值的。它影响了如食指、舒婷等后来的诗人的创作，而臧克家在 1977 年提出的新诗形式的具体方案，以及近年来吕进、陈本益等人诗歌形式的主张，不可否认也受到了何其芳“现代格律诗”理论的影响。而更值得嘉许的是，何其芳以学者的开放宽容胸襟，在倡导现代格律诗的同时，并没有否定自由诗和民歌，而是力主新诗的“百花齐放”：

在理论上我们不能否认，用自由诗的形式也可以写出百读不厌的诗来。但事实上我们却很难得读到这样的自由诗。也许自由诗本身就有这样的一个弱点，容易流于松散。但我想决定的原因还是在于写诗的人。[①]

自由诗也是诗歌的一种体裁，而且今后还要存在下去。提倡格律诗并不等于否定和排斥自由诗。[②]

何其芳在阐释其诗学思想的过程中表现出了的这种难得的批判精神和包容气度，使他的诗学理论也具有了一种“原创色彩和超前意识”[③]。不仅如此，“现代格律诗”理论酝酿和成熟于中国新文学的历史转变时期，这时意识形态、极左思想对诗歌发展干扰极大，民族形式和大众化的要求已被规范为政治标准第一和工农兵方向，中国新诗的现代性已濒穷途末路，何其芳此时提出这一理论，对于赓续中国新诗的学术命脉，

① 何其芳：《何其芳文集》第五卷，人民文学出版社 1983 年版，第 6 页。

② 何其芳：《何其芳文集》第六卷，人民文学出版社 1984 年版，第 70 页。

③ 於可训：《当代诗学》，湖南人民出版社 2000 年版，第 102 页。

倡导实事求是的学术精神颇具深远意义。

虽然何其芳的"现代格律诗"理论有着上述的价值和意义，但无论从当时还是现在看来，它都是一种遗憾的理论。一个关键症结表现为实用价值的不足。何其芳的诗歌理论缺乏诗歌文本的有力支撑，他自己也每每尴尬于此：

> 我很不愿意对新诗的形式问题发议论，就因为我苦于至今还不能用实践来证明我这些看法是否正确，谈多了近乎空谈。新中国成立以来，我仅仅写过一首诗，并且仍旧是自由诗，而包括这篇在内，谈新诗的文章已经写了三篇了。这本身就很像是一种讽刺。[①]

> 我对于这种格律诗的实践，除了已经发表过四首而外，另外偶尔练习写而没有发表的也不过几首。这实在太少太少了。在这很少的实践当中，我也感到它的音节的铿锵还是比不上我国古典诗歌。这说明还有一些问题需要探讨。[②]

何其芳所倡导的现代格律诗，虽然以"满足人民群众的需要"为目的，但它不仅不能为当时的人民群众所接受，甚至至今连专业的作者也敬而远之。所以"人民群众的需要"也成了一个虚拟的立场和标准，他所提倡的理论也因此成了一个"虚拟的诗学理想"[③]。这种结果既有历史语境的制约因素，又有其理论自身的问题。

首先，在当时的语境中，何其芳所倡导的现代格律诗无疑是一种文人诗，其过于精细的美学趣味自然与倡导"多、快、好、省"的"大跃进"时代相悖，所以难免孤芳自赏甚至备受讥讽批判的命运。而且，当时处于一种黏稠的意识形态运转机制之中，无论是对于"传统"事实上的继承，还是对于这一问题的理论讨论，都不具备艺术创造所必需的回旋余地和思想盘诘的基本的自由空间。难以获取实质性的成果就更在情理之中。

其次，"诗既是用语言，就不能不保留语言的特性，就不能离开意义而去专讲声音。"[④]朱光潜先生的这个论断极具见地，它精准地击中

① 何其芳：《何其芳文集》第五卷，人民文学出版社1983年版，第19-20页。

② 何其芳：《何其芳文集》第六卷，人民文学出版社1984年版，第31-32页。

③ 於可训：《当代诗学》，湖南人民出版社2000年版，第102页。

④ 朱光潜：《诗论》，生活•读书•新知三联书店1998年版，第148页。

了何其芳这种因专重诗歌的外在形式而显得“偏至”的诗歌理论的要害。虽然诚如何其芳所说的，格律和“诗的内容的某些根本之点是相适应的，而且能起一种补助作用的缘故。诗的内容既然总是饱和着强烈的或者深厚的感情，这就要求着它的形式便利于表现出一种反复回旋、一唱三叹的抒情气氛。有一定的格律是有助于造成这种气氛的。”（《关于现代格律诗》）我们不能完全否认运用“格律”在当代也能产生优秀的诗篇，但它只适合于一定的“情感圈”。而且，从作为现象学的现代汉诗写作（尤其是“朦胧诗”以降）来看，它并不是像何其芳关于诗的定义中所说的，“常常以直接抒情的方式来表现”。这就削弱了格律作为一种工具的作用。实际上，宋代以降，格律诗就在形式符号霸权的统治下，耗尽了活力和可能性。这就需要以内容的物质性冲击几百年来形式符号的霸权，面向不断更新的经验和语言，重新建构一种更有弹性和活力的诗歌符号体系。

最后，从现代汉诗的演化进程来看，一直存在着现代知识学谱系与写作“反规范”构成的复调，诗体规范化的努力与现代汉诗对“可能性”的探寻，形成一种内在张力。诚如周作人在《文艺的宽容》一文中所说：“文学固然可以成为科学的研究，但只是已往事实的综合分析，不能作为未来的无限发展的轨范。”[①]——归根结底，现代汉歌的标准已不再是古典诗歌的“温柔敦厚”的标准，也不再是“金声玉振”的标准，而是现代性的标准。现代性最大的特点是现世化和世界化，是强调当前与传统的差异，强调变化与创新的意识，重述与否定的辩证。现代汉诗的目标即是塑造、探索乃至发明现代中国人的感受力和经验方式，处理、融通庞杂混乱的现代经验。因此，它不仅需要一个能够消化现代人的现代经验和生命体验的“强大的胃”，而且需要一种创造精神和眺望品格，恰如鲁迅在《集外集拾遗·＜引玉集＞后记》中所说，“将来的光明，必将证明我们不但是文艺上的遗产的保存者，而且也是开拓者和建设者。”

［作者单位：燕山大学文法学院］

① 转引自姜涛《“新诗集”与中国新诗的发生》，北京大学出版社2005年版，第163页。

新诗形式建设问题研究

朱英诞研究

寇宗鄂诗歌创作研讨会论文选辑

诗歌文本细读

姿态与尺度

新诗理论著作述评

外国诗论译丛

朱英诞解读新月派诗刍议

王泽龙

一

1939年秋，朱英诞因林庚、沈启无推荐，到北京大学任教，接任废名新文学研究课程，给中文系学生讲授新诗。30年代中期，朱英诞在诗坛开始崭露头角，1935年出版有新诗集《无题之秋》，由林庚作序，1936年编辑的另一本新诗集《小园集》，由废名作序，因为抗战爆发，没能出版。朱英诞在北京大学中文系讲授新诗的时间是1940年秋至1941年春，1941年5月编定其新诗讲义，并作《新诗与新诗人后序》，同时编定《新绿集》（即《中国现代诗二十年选集》，可惜该选集没有保存下来）。[①] 朱英诞的新诗讲授，继续废名的新诗讲授，废名讲授的内容包括胡适的《尝试集》、沈尹默的新诗、刘半农的《扬鞭集》、鲁迅的新诗、周作人的《小河》、康白情的《草儿》、湖畔诗人的《湖畔》、冰心的诗、郭沫若的诗。朱英诞的讲授是废名讲授内容的补充与继续，包括刘大白的诗、陆志韦的《渡河》、《雪朝》（一）（二）（包括俞平伯的诗、朱自清的诗、何植三的诗、梁宗岱的诗、宗白华的诗）、徐玉诺的诗《将来之花园》、王独清的诗《Sonnet五章》、穆木天的诗《旅心》、李金发的诗《〈微雨〉及其他》、冯至的诗《昨日之歌》、沈从文的诗、《新月》（一）（二）（三）（四）、废名及其诗、“废名圈”的诗《诗抄》、戴望舒的诗《望舒草》、《汉园集》（只讲了卞之琳的诗）、林庚的诗《春野与窗》、《现代》的一群（主要讲授施蛰存、艾青、徐迟的诗）。朱英诞的讲授共20讲，其中涉及新月派诗共6讲，

---

① 由陈均整理，将废名、朱英诞的新诗讲义合编为《新诗讲稿》，于2007年在北京大学出版社出版。该版《新诗讲稿》补充了一些原稿中没有的诗歌作品，将废名1946年从湖北回北平后续写的4篇谈新诗的文章（包括《十年诗草》、林庚同朱英诞的诗、《十四行集》、《妆台》及其他）收入其中，另有附录若干。

《新月》4 讲，沈从文的诗，再包括卞之琳的诗。《新月》（一）（二）（三）分别解读徐志摩、朱湘、闻一多的诗；《新月》（四）解读的诗包括臧克家、林徽因、于赓虞的诗。不包括废名 1946 年补充的四篇文章，该讲义讲授新诗的时间范围从五四白话诗到 1937 年抗战爆发为止。

在新诗讲授中，朱英诞对新月派诗歌的关注无疑是最多的。但这并不说明他对新月派诗歌评价最好，相反，他对新月派诗歌整体评价不高，他说："新月诗人别无好处，他们都是在那里认真作诗；只是对于诗太热心了，头脑不能冷静，结果出了毛病，这实在是很可惜的事情。"朱英诞对新月派诗歌也有较多的认可，对沈从文的诗大加赞赏，对卞之琳的诗肯定较多，对徐志摩的诗肯定少、批判多，对其他诗人则赞赏、批判兼而有之。对新月派诗的评价中主要体现的是朱英诞的诗学观念与审美趣味，其中并没有意气之争。我们挑选朱英诞对新月派诗的解读与评价，也主要为了讨论朱英诞的新诗观念，也可以多一些视角重新打量新月派诗人，还可以从朱英诞的诗歌评介与解读中增加对新诗经典形成过程的历史知识，了解新诗接受传播过程中批评家的解读立场与方法。

二

朱英诞不赞同新诗"戴着脚镣跳舞"，主张"散文的诗是新诗的美德"[①]。

朱英诞对新月派三位主将的诗评价都不高。他听说陈梦家编选的《新月诗选》"选得不坏"，可以为自己的新诗讲义编选与课堂讲授帮忙，当看完了徐志摩、闻一多、朱湘三人被选入的诗后，"觉得还是没有用处"，打算另读他们的全集。显然，没有用处的感觉，是对《新月诗选》中所挑选出来的三人的作品并不满意。当他从《新月诗选》中看到沈从文的诗作时，却感到了意外惊喜，因为他只是知道小说家的沈从文，不知道沈从文也写过诗，当他读到沈从文的诗时，"结果是越看越引人入胜"，"眼睛睁得酒杯样大"，将《新月诗选》中选入的 7 首诗，选定了 6 首作为自己要选入诗集（《中国现代诗二十年选集》）之用。这 6 首诗是《颂》《无题》《悔》《我喜欢你》《对话》《薄暮》。朱英诞借陈梦家（也是新月派诗人）《新月诗选》的序言称赞沈从文的诗：用"朴实无华的辞藻写出最动人的情调。我希望读者看过了格律严谨的

① 废名、朱英诞：《新诗讲稿》，陈均编，北京大学出版社 2007 年版，第 233 页。

诗以后，对此另具一风格近于散文句法的诗，细细赏玩它精巧的想象。”朱英诞认为自由诗就应该是散文的诗，“散文诗是新诗的美德”[①]，而沈从文的诗是他心目中散文的诗。我们看看他欣赏的沈从文的散文诗是什么样的。沈从文的《对话》：

你说“我请你看你自己脚下的草，/如今已经绿到什么样子！/你明白了那个，/也会明白我为什么那么成天作诗。”

下面是朱英诞没有引用的第二节，为了进一步理解的方便，我把它补充在这里：

“你说水不会在青天沉默的，/它一定要响；/鸟不会在青天沉默的，/它一定要唱；/你为什么自己默默的，/要我也默默的？”/“可是，你说的那草，它也是默默的。”

这一首诗模拟一对恋爱中的男女青年的对话，大概符合他倡导的辞藻朴实无华，句法近于散文的标准，他认为其中包含了“诗人的诗感境界（空气）、风趣”。严格来说，诗的第二节类似如歌谣，自觉采用了对称句式与重复的节奏，并不是完全散文的句式，“沉默的”“默默的”也不就是口语，两节诗比较起来，第一节比较符合朱英诞的趣味。

再看看朱英诞比较分析的两首爱情诗，一首是徐志摩的《我等候你》，一首是沈从文的《我喜欢你》。陈梦家在《纪念志摩》里说《我等候你》是徐志摩“一生中最好的一首抒情诗”，朱英诞却公开表示自己读了以后“便不很喜欢那一首《我等候你》”[②]，朱英诞节选了下面一段：

你怎么还不来？希望/在每一秒上允许开花。/我守候着你的步履，/你的笑语，你的脸，/你的柔软的发丝，/守候着你的一切；/希望在每一秒种上/枯死——你爱哪里？

朱英诞分析道：《我等候你》那一首里的“户外的黄昏”“希冀的嫩芽”“想磔碎一个生命的纤维，为要感动一个女人的心！”“鸟儿们典去了它们的啁啾”“沉默是这一致穿孝的宇宙”，“类似这样的话岂

① 废名、朱英诞：《新诗讲稿》，陈均编，北京大学出版社2007年版，第232页、233页。

② 废名、朱英诞：《新诗讲稿》，陈均编，北京大学出版社2007年版，第234页。

能算作诗，这不是空生硬凑是什么呢？……而这样的东西乃是新月那一派共同的拙劣。”朱英诞把徐志摩的这一类抒情看作是“空生硬凑”的抒情，他对比肯定的是沈从文诗歌《我喜欢你》：

你的聪明像一只鹿，/你的别的许多德行又像一匹羊；/我愿意来同羊温存/又担心鹿因此受了虚惊。

他说这样的诗“来得大方，这位小说家大巧若拙，却是妙手回春了。”他肯定沈从文的诗“清淡朴讷”，“有不可避免的现代性而无油腻”。他称道沈从文的《无题》“就是那么无理的不整齐也似乎没有问题似的，作者明明是在老老实实的作诗。”[①] 诗并不在外在格律或形式，而重在实在的诗质、真挚的内容。另一首《悔》写春之梦，“表面上看诗人的春是又空虚又平凡，平凡的诗自然最难写得好”，沈从文“觉得它实在的好”：

春天来时，一切树木苏生、发芽。/你是我的春天。/春天能去后归来，/难道你就让我长此萎靡/悴下去么？//倘若你能来时，/愿你也偷偷悄悄地来，/同春一样：莫给别人知道，/把我从懵腾中摇醒！//你赠给我的那预约若有凭，/就从梦里来也好吧。/在那时你会将平日的端庄减了一半，/亲嘴上我能恣肆不拘。

这首诗写对春的期待、春的到来，表达的是对爱情的期待。这一首诗的单纯境界符合朱英诞的趣味。但是，语言中也有“长此萎靡”“悴下去”“恣肆不拘”，也较生硬。总体看来，他对沈从文诗歌的赞赏与偏爱，表达了朱英诞对新诗是散文的诗的彰显，对清新质朴之美的一种倡导。朱英诞也有对沈从文诗歌的批评，他认为沈从文的《梦》这一首诗，“这样滥情去随便地乱写”，“在新月的诗选里也要算顶坏的诗”，（我梦到手足残缺是真尸骸，/不知是何人将我如此谋害？/人把我用粗麻绳子吊着颈，/挂到株老桑树上摇摇荡荡。）朱英诞认为，不一定是真实的就可以入诗，不论是梦的真实，还是生活中的真实（沈从文在《从文自传》中写有诗中这类真实的场景），作者应取似有可能的不可能，

① 废名、朱英诞：《新诗讲稿》，陈均编，北京大学出版社2007年版，第234页、235页、236页。

而舍似无可能的可能，作者要表现的首先应该是具有诗意的内容[①]。

三

朱英诞提倡单纯的诗，反对矫情的诗人习气。

朱英诞在讲义中从《志摩的诗》里挑选了三首诗，分别是《残诗》《雪花的快乐》与《沙扬娜拉》（第十八首）。他认为《雪花的快乐》是徐志摩最好的一首，“这首诗没有一般诗人的‘诗人’习气”，“诗的精神是人类的基本训练之一不能分彼此，我们需要的是某种情感的性质，而手法的巧妙还在其次。”[②]他把诗的内在精神圆满、情感的自然质朴作为单纯的诗的生命，“逞才使气”的诗作是诗意的不足，缺少单纯的诗的生命。他评价徐志摩的有一些诗未免常是支离破碎，常常是诗意不足，用铺张排比来掩盖。徐志摩“有名的诗如《落叶小唱》《她是睡着了》《半夜深梦琵琶》《两个月亮》《海韵》等读之都仿佛是文如其人，就只是可惜其不够完整，并不是没有节制力，实在还是诗意本来就有不足之感，他却铺张排比起来。”“就是这样‘我轻轻的招手’，‘我挥一挥衣袖’的风姿，我也还是嫌它少有做作，不如那一首《沙扬娜拉》。”对照朱英诞对《雪花的快乐》与《沙扬娜拉》（第十八首）的赞赏看，他褒扬自然纯粹的诗情，不认可过于夸张的矫情；提倡真挚单纯的诗风，反对故作姿态的“凑集”。他赞扬《黄鹂》写得好，非旧诗人能写得出来，“这首诗大约很能见出这位诗人的气氛”，“一掠颜色飞上了树”，又“化了一朵彩云”，“照亮了浓密！”又“飞了，不见了，没了——”，“大约正仿佛春光，火焰，热情的样子？很可以代表徐志摩的景况。”[③]

有人推崇徐志摩《翡冷翠的一夜》中的诗“美不胜收”，朱英诞却指出“这正是他诗的过失”，“新月派有许多诗只是诗意及诗料的凑集，

---

① 废名、朱英诞：《新诗讲稿》，陈均编，北京大学出版社2007年版，第236页。收录在《沈从文全集》中的新诗大约60余首主要是民国时期的作品，沈从文的新诗总体风格不完全一致。新中国后沈从文基本没有再写新诗，转而写有近百首现代旧体诗。

② 废名、朱英诞：《新诗讲稿》，陈均编，北京大学出版社2007年版，第241页。

③ 废名、朱英诞：《新诗讲稿》，陈均编，北京大学出版社2007年版，第244页、245页、249页。

未成形的东西故未能称作诗。”他评析徐志摩的《偶然》[①]，虽然有一种“灵奇的气息”，“但是这位诗人的感官并不健全，他只是随手想起来是什么辞藻就贴补在纸上，……他缺少诗的完全，而诗有时也要有点蕴酿。”[②]显然朱英诞的解读也有偏颇。这首诗应该是借天空云影与大海波心的交会（我是天空里的一片云，/偶尔投影在你的波心），表达诗人对一段刻骨铭心爱情的追念，包含了爱恋不舍又不能不舍甜蜜与感伤的回忆，表达了人生偶尔的相逢与必然的分离的一种生命体验（你记得也好，/最好你忘掉，/在这交会时互放的光亮）。应该说这一首诗诗意是完全的，也较为含蓄，而且具有现代思想气息，语言大致通达明快。朱英诞的解读可能与徐志摩的人生经验、生活体验存在错位，产生了一定的偏差。其中，表达了朱英诞不满意新月派“模仿海外的旧诗”的情绪。在30、40年代之交，朱英诞对新月派诗歌的总体评价中，倡导新诗感官的健全，诗意的完全与蕴藉，对新诗欧化倾向的矫正，是具有文学史意义的。

四

朱英诞提倡要心灵的耳朵，不要格律诗的音乐性。

朱英诞不隐瞒他对新月派新格律主张的反感，反对格律诗中包含的音乐性，这与朱英诞主张的新诗的散文化是一致的。他说：“我最不喜欢的还是他们(新月派)的格律或音乐性，其实音乐性这本来是一个假借，而且很明显的是重在音乐的性而不在音乐。”“新月诗人误解了音乐性，这个又是初期诗人已经弄明白了的，即自然的音乐是也。”早期白话新诗派诗人胡适主张用自然音节代替传统的韵律，刘半农提倡新诗用口语或民间的乐调，周作人尝试新诗用散文的语言节奏，他们要从音乐性上突破传统，把诗歌从传统的格律束缚中解放出来[③]。朱英诞认为“五四”以来的“新诗的成功本来不就是新Style的成功”，朱英诞反对新月派模仿海外旧诗所倡导的一套格律体制。他也并不是主张新诗完全抛弃音

① 《偶然》一诗共两节，写于1926年5月，专门为剧本《卞昆冈》（与陆小曼合作）第五幕里的老瞎子写的一段唱词，初刊于5月27日《晨报副刊·诗镌》，随后收集在1927年的诗集《翡冷翠的一夜》中。

② 废名、朱英诞：《新诗讲稿》，陈均编，北京大学出版社2007年版，第250页、248页。

③ 参见拙文《现代白话与五四时期新诗形式建构》，《文艺研究》2019年第5期。

乐，是应该给“内在的耳朵听”，“我们要的是这个内在的耳朵”。[①] 朱英诞所谓的“内在耳朵”说，显然反对的是诗歌外在音乐性，特别是对西方传统诗歌（新月派对英语近体诗模仿）的借鉴或模仿，白话新诗可以不要音乐性，如果需要，它应该是内在的音乐，存在于诗歌的情绪变化上，存在于诗歌散文的语言节奏中。在他看来，诗歌没有唱的可能，这不要紧，重要的是“要看诗的本质之有无”，他在评价闻一多的《洗衣歌》与《忘掉她》时指出，“小调可以具有诗意却终于只能出于小女孩之口吻”，“在形式上说这两节叠词其实还不坏，说起来很麻烦，我是相信一首诗有一首诗的特殊的生命的，这才是自由的诗风。”[②]

朱英诞认为新月派借来的西方形式，限制了新诗的自由，从海外的诗里找来的东西即使是关于韵律的也未必不是自己的诗文化传统，因为我们传统的词曲就是一种伸缩性的文体。新月派的格律主张与音乐性形式还是旧外套。新月派诗“形式的整齐”，正是“诗在构思上欠安适”的表现。[③] 他倡导的是新诗的自然法则与自由的生命。新诗的问题主要不在用什么手段写而首先在写的是什么东西，他认定“今日的新诗之大势是自由诗”，“感情的形式是固定而有限的，而感觉的形式是自然的而无穷的，从这无穷中得其崇高的一致，诗的无形正是其形式，自由中乃有严正的法则。”[④]

当然，我们也不必完全认同朱英诞对新月派关于新诗文体的新格律化探索的评价，新月派关于新诗和谐、节制的诗学观对“五四”初期与20年代诗坛的散漫无序的失范状态是有规范意义的。而新格律理论与实践中回归传统的调和路线也影响了现代诗歌自由精神的发展与自由形式的现代性创造。朱英诞关于新诗音乐性的评价，体现的是他一以贯之地对新诗本质自由品格的主张，在30、40年代之交的民族化文化主潮时期是一种独特性的思考。

五

朱英诞认为诗“用不着缘情绮靡”，美在“诗的情思”。[⑤]

① 废名、朱英诞：《新诗讲稿》，陈均编，北京大学出版社2007年版，第247页、249页。

② 废名、朱英诞：《新诗讲稿》，陈均编，北京大学出版社2007年版，第256页、262页。

③ 废名、朱英诞：《新诗讲稿》，陈均编，北京大学出版社2007年版，第267页、269页。

④ 废名、朱英诞：《新诗讲稿》，陈均编，北京大学出版社2007年版，第263页。

⑤ 废名、朱英诞：《新诗讲稿》，陈均编，北京大学出版社2007年版，第263页。

朱英诞认为"诗不是抒情的东西，世上尽有比在诗里抒情更好的东西；诗又不是说理的。"朱英诞关于诗的本质的理解显然不完全同于中国诗歌感性抒情的传统观念，比较接近他所崇拜的艾略特智性诗学的观点。当我们看过朱英诞论及古代诗歌传统后，又无不觉得他的诗学观更接近古代宋诗传统[①]。应该说，朱英诞对新诗的本质的观点，包含了他对中外诗歌传统的综合吸收后的独到见解。朱英诞推举的闻一多的《玄思》就是这样一首圆满的情思的诗：

在黄昏底沉默里，/ 从我这荒凉的脑子里，/ 常迸出些古怪的思想，/ 不伦不类的思想。// 仿佛从一座古寺前的 / 尘封雨渍的钟楼里，/ 飞出一阵猜怯的蝙蝠 / 非禽非兽的小怪物。// 同野心的蝙蝠一样 / 我的思想不肯只趴在地上，/ 却老在天空里兜圈子，/ 圆的，扁的，种种的圈子。// 我这荒凉的脑子 / 在黄昏底沉默里，/ 常迸出些古怪的思想，/ 仿佛同些蝙蝠一样。

朱英诞解读说，这一首诗是借鉴了西洋诗的写法，不仅是一首抽象的诗，"诗人用不着缘情绮靡，这里也没有格律的困苦，诗思早就是圆满的了。看出黄昏的沉默，诗人正在一思索之间，蝙蝠的印象又飞了回来，于是诗人的玄思是蝙蝠的兜圈子，诗之结果是这样有缘分，写得又是这样兼容并包。"[②] 诗人以蝙蝠自喻，在黄昏的古寺、尘封的钟楼、荒凉的脑子里，古怪的思想就是一只天生盲目的蝙蝠，眼睛看不见世界，她只能靠"玄思"（超声波）感知世界。"诗神这样踏实地走来拜访"，"玄思"巧妙地与表达情思的象征物合二为一，这个不甘愿趴在地上的蝙蝠，虽然找不到鲜明的方向，但是，却为了那一份野心、古怪的思想，甘愿在黄昏的天空，兜着圆的、扁的一个又一个圈子——固执的飞翔。我们仿佛看到一个苦闷生命在思想纠结中的茫然无向与执着探寻。"美在灵魂的悟性"，"玄思"获得了诗意的呈现，不逞才不使气，不故弄玄虚，没有缘情绮靡，用明明白白的话，表达了生命的体验。这也许就是朱英诞赞赏的"诗的情思"吧。朱英诞关于新月派诗歌的解读与评价，整体上贯穿了朱英诞新诗本质的观点："散文的诗"是"新诗的美德"。

［作者单位：华中师范大学诗歌研究中心］

① 参见王泽龙、任旭岚：《朱英诞新诗与宋诗理趣传统》，《学习与探索》2019 年第 2 期。

② 废名、朱英诞：《新诗讲稿》，陈均编，北京大学出版社 2007 年版，第 270 页、269 页。

论朱英诞诗歌的镜意象

魏　蒙

意象是诗歌的重要部分，诗人在诗歌中对意象的选取可以反映其审美倾向和心理情感。诗人朱英诞在意象的选择上对“镜”颇为偏爱，他的诗歌中有许多对镜的描绘，既有以镜为主题的诗歌，也有丰富多样的镜意象。朱英诞诗歌里的镜意象既有着鲜明的个人特色，也有中国古代诗歌镜意象和西方象征主义诗学的痕迹。笔者将对朱英诞诗歌里的镜意象进行分析，具体说明中国古代诗歌和西方象征主义诗学对其的影响，解读朱英诞诗歌中镜意象的意蕴内涵。

一　与古为新：对古代诗歌镜意象的化用

镜意象在中国古代有着悠久的历史渊源。古人从镜子的映照特性入手，将其运用到文学创作中。《诗经》中有“我心匪鉴，不可以茹”的诗句，“鉴”即指明镜。《庄子·应帝王》曰：“至人之用心若镜，不将不迎，应而不藏，故能胜物而不伤。”佛教传入中国后，镜意象增添了空灵虚幻的审美意蕴，也被更普遍地运用。李白、杜牧、李商隐等许多诗人都曾在诗歌中书写镜像。总体而言，中国古代诗歌中的镜是一个客观物象，古人根据其鉴照特点在诗歌中生发运用，形成了中国古代诗歌中的传统镜意象。朱英诞深受中国古典诗歌传统的影响，借鉴中国古代诗歌里的镜意象，结合自己的诗歌创作经验巧妙化用到诗歌里，为镜意象注入了活力，给中国新诗提供了新的意象资源。

朱英诞诗歌中对镜的描写主要是对镜的隐喻，他喜欢将明月和荷叶比喻为镜。这在中国古代诗歌中十分常见，朱英诞继承了古典诗歌中的这种譬喻，结合自己的创作经验，形成了诗歌中兼具古典气息和现代色彩的镜意象。诗歌《对月》中，他写：“从不教我和我自己亲密，你尘封的镜”[①]将水中的月亮比喻为镜，李白的“月下飞天镜，云生结海楼”（《渡荆门送别》）一句也是用镜喻月，以此显出月色的澄净空灵。与李白的平面性比喻不同，《对月》中的“镜”不再是常见的可以用来鉴照的镜，诗人通过联想将水中的月亮比喻为“尘封的镜”，让“我”连照照自己，和自己亲密都不能。这样的“镜”仿佛有了主观能动性，能选择鉴照对象，更显出月亮的冷漠和凄清；《巢——赠小容》里：“黄月如一面温蔼的古之镜，在池荷深柳间如我安寂”将黄月比作一面温蔼的古镜，在比喻中加入了诗人的主观感受，让月亮成了一个包含客观对应物和诗人主观体验的生动意象。将荷叶比喻为镜在朱英诞的诗歌里也很常见，他在散文中多次提到“欲持荷作镜，荷暗本无光”这句古诗。这句诗出自南朝梁人江从简的《采莲讽》：“欲持荷作柱，荷弱不胜梁。欲持荷作镜，荷暗本无光。”梁从简的这首诗通过写荷的“柔弱”和“无光”来讽刺当时的宰相昏聩及朝政黑暗。朱英诞沿用了古人以镜喻荷的诗思，化用在自己的诗歌里，成了神秘又可爱的“荷”镜。他在诗歌《梦中的天空》里这样写道：“荷花是最美丽的灯火，荷叶是最可爱的古镜，每于灯昏镜晓时，我梦着天空沉落在水底，鱼儿戏着我的梦思，船儿在花的岛屿边滑行。”朱英诞同样是以镜喻荷，但这“荷”镜不再是以其黯淡来讽刺黑暗，而是“可爱的古镜”。它有着灵动的神态，映照着诗人的“梦”，池水倒映着天空，鱼儿在水里嬉戏，船儿在荷花与荷叶间穿行，一片轻盈和谐的自然景象。无论是以镜喻月还是喻荷，镜在朱英诞诗歌里都不再是一个简单的客观物象，而是其诗歌的本体，诗人的内在心理情感融入其中，他的“轻吟杂梦寐，仿佛晴雨杂雨云”，在意象的运用中插入诗人对自然的感悟，包含着丰富的情感内蕴。

不仅是对镜的比喻，朱英诞的诗歌中还有许多对照镜这一行为的描写，这是朱英诞对古典诗歌镜意象的现代性运用。古代诗歌里的镜是颇具古典意蕴和想象性的，而照镜则是现代人的日常生活行为，朱英诞将对镜的比喻延伸为对照镜这一行为的描写，使得镜意象日常生活化，具有了现代色彩。如诗歌《镜，瓶和灯》里：“于是，醒来，我照着镜，我放好那新换了水的瓶，”《镜听》里：“每不日清晨醒来 / 照着镜，啊幸福 / 需要些凭借了，像旅愁 / 那长夜的疲倦”《镜晓》里“每日清晨醒来 / 照着镜 / 颜色憔悴的人 / 那长夜的疲倦，像旅愁 / 需要点凭慰

① 朱英诞：《朱英诞集》（第三卷），王泽龙主编，长江文艺出版社2018年版。本文所引用的朱英诞的诗歌均来自此版本《朱英诞集》的现代诗卷，在此作统一说明，后不赘述。

藉了。”虽然古人也会有“当窗理云鬓，对镜贴花黄”[①]的行为，但一般都是女子对镜梳妆，诗歌里的描写也多是为了表现女子情态。朱英诞诗歌中描写的照镜是一个日常生活化的现代性行为，镜中照见的常常是一个憔悴疲倦的面庞。诗人对镜自照，看到的是一个憔悴的自己，更添疲倦和愁绪。陆机在《文赋》中说“遵四时以咏叹，瞻万物而思纷”，[②]中国古代诗人喜欢从自然万物中选取意象，将自然物象与人的心灵感受融合为诗歌中的意象。这也是人与自然和谐同一的中国文化哲学观念的体现。朱英诞继承了古人的这种诗情，在诗歌中常常取自然万物为意象，将个人性灵寄于自然之中。《镜晓》的后半部分写道：“谁想着天末/一个不可知而又熟悉的地方/是谁来点缀呢/山中白云沉默得可怕啊/山鸟是岩石的眼睛/青松是巢住着春风。”由于照镜看到了“颜色憔悴的人”和“长夜的疲倦”，诗人想要寻找些“慰藉”，到哪里去寻呢？自然是大自然里。只是山中的白云也“沉默得可怕”，所幸还有“山鸟”点缀着“岩石”，给这静默的空间增添生机，“青松”上住着“春风”。这样一段对山中景物的描写，缓解了诗歌前半段的低沉氛围，融入诗人对自然景物的主观感受，增添诗歌画面层次感的同时抒发了诗人对自然景物的感受。

诗人余光中认为“古典的影响是继承，但必须脱胎换骨。”[③]朱英诞也有相似的见解：“无一字无来历之说，以及用典，隶事，说理甚至于议论及均有重新认识的必要，脱胎换骨，点铁成金，或者如吴橘渡淮而枳，这是古典作风的正当的使用。”[④]他不赞成对古典作风的直接挪用，而是认为应该有选择性的沿袭，结合个人的诗歌经验，将其内化在自己的诗歌里。在中国古代诗歌中，朱英诞十分推崇晚唐和六朝诗风，钟情于李贺和陶渊明的诗歌。中国古代诗歌对他的影响是潜移默化的，以一种渗透性的方式影响着他的诗歌创作和审美趣味。他发挥诗人的主体作用在中国古代诗歌镜意象中挖掘了新的诗情，对镜意象的化用是他继承中国古代诗歌意象的自觉性行为，也是这种影响的无意识外化显现。

① 朱剑心选注：《乐府诗选注》，浙江人民美术出版社2016年版，第13页。

② ［晋］陆机：《文赋译注》，张怀瑾译注，北京出版社1984年版，第69页。

③ 古远清编：《余光中评说五十年》，文化艺术出版社2008年版，第30页。

④ 朱英诞：《远水自序》，《朱英诞集》（第二卷），王泽龙编，长江文艺出版社2018年版，第140页。

二　象征的运用：借镜意象表达智性体验

朱英诞不仅借鉴中国古代诗歌，还向西方象征主义诗学取法，他在散文中多次提及艾略特和法国象征主义大师瓦雷里等人对他的影响。他认同西方象征主义用象征、暗示的手法作诗，不主张诗歌情感的直白坦露，诗歌应该是有所隐藏的，朦胧深邃的表现诗人的情绪和感觉。在他看来“我们不能无原则地一概地反对晦涩的诗；要想懂诗，须是学诗，要诗人调和某一种口味，而写出诗来只不过是为了供你享受，——有此种要求的人，我以为应该首先学做人的道理：‘行已有耻’。一般的抒情为主的诗人手中是写不出来的。”[①]朱英诞对镜的描写主要通过对镜的隐喻或联想展开，他还在其中融入自己的哲理性思考，含蓄节制地表现自己对万物的感受和生活的智性体验。

朱英诞对镜的联想多由水生发，同样具有鉴照功能的水与镜有内在相通性。他在《海（一）》一诗中巧妙地将镜与海联想：“海是常有风浪孤舟的吗 / 巨涛是为了什么呢 / 珊瑚岛上有珍珠 / 深深的 / 多年的水银黯了 / 自叹不是鲛人 / 海水于我如镜子 / 没有了主人。”“鲛人”的典故出自晋张华《博物志》：“南海水有鲛人，水居如鱼，不废织绩，其眼能泣珠。”[②]李商隐的《锦瑟》里“沧海月明珠有泪，蓝田日暖玉生烟”一句也是化用了鲛人泣珠的典故。诗歌里海水像诗人的镜子，是诗人独自的海，是诗人沉默的心绪。面对神秘莫测的大海，朱英诞生发了充满哲理的疑问：“海是常有风浪孤舟的吗 / 巨涛是为了什么呢？”他在思考大海变幻莫测的原因，抑或说是对人生无常的反思，无论是海里的风浪巨涛还是生活里的曲折坎坷，都必定有其意义。只是陷于混沌中的诗人自己也很难明晰阐释，只得发出“海水于我如镜子 / 没有了主人”的感叹，表达自己的思考和困惑。这不禁让人想起瓦雷里的长诗《海滨墓园》，瓦雷里在《海滨墓园》中将风平浪静的大海比喻为“平静的屋顶”，海面上的白帆则成了“白鸽荡漾”，诗人面对大海陷入了沉思：“我的沉默啊！……灵魂深处的大厦，却只见万瓦镶成的金顶，房顶！‘时间’的神殿，总括为一声长叹。”面对一望无际的大海，诗人陷入了生与死、存在与幻灭等问题的深沉思考，与朱英诞的迷惘不同，瓦雷里在思索后得出了自己的结论：“起风了！……只有试着活下去一条路！”[③]

① 见《朱英诞集》（第十卷），王泽龙编，长江文艺出版社 2018 年版，第 380 页。

② 转引自傅正谷编著：《中国梦文化辞典》，山西高校联合出版社 1993 年版，第 231 页。

③ 冬淼编：《欧美现代派诗集》，郑敏等译，中国青年出版社 1989 年版，第 128-129 页。

把握现在，面向未来才是人生的真正意义。除了对海的联想，朱英诞也会由湖想到镜：“让我对镜睡去，让花朵从寒冷的水中生长出来，像梦之化为月；”诗人在这首《湖上》中由湖想到镜，发出“让我对镜睡去”的慨叹，茫茫的湖面象征着镜，他却想在边上睡去。“让那茶杯上的一抹蓝天，由我的梦体的小舟容与。让我对菊睡去，让那白蝴蝶翩飞，于我的温静的花园里。”“花朵”从“寒冷的水中生长出来”，梦与月、镜与湖都处在一个朦胧的空间里，这是诗人的“温镜的花园”，他在诗歌下面的注释中解释说白蝴蝶用来暗示他的昼梦，一切显得更加模糊和虚幻。“让那一缕秋天的冷香飞入相思，像镜与湖终于不容分析。”营造了亦真亦幻的诗歌意境后，朱英诞在诗歌的结尾写入了自己的议论，在塑造了一系列象征性意象后融入了自己的知性思考，使得诗歌意境和谐圆融又不乏智性之美。

朱英诞写镜的诗歌里，还通过人称代词的运用或一些暗示性的词句营构了一个潜在主体“我”，不断进行思索和追问，使得诗歌具有了个体意识互动的哲理性意蕴。他在诗歌《镜》里直接写道：“镜是我的分身术 / 那古代的幽灵跳舞 / 我冷眼旁观环视了一周 / 没有一个我不认识的”，诗人似乎很爱照镜，他在镜中只为看见一个疲惫的自己吗？这不禁让人想起瓦雷里的诗歌《水仙辞》，歌颂了一个临水自鉴的水仙女神，这意象的来源则是古希腊神话纳蕤思临水自鉴的故事。传说中纳蕤思长相俊美绝伦，受众女神爱慕却不为所动。一次偶然的机会在湖中看到了自己的倒影，从此爱上了自己水中的倒影，郁郁而终，化为了一朵水仙花。纳蕤思临水自鉴的故事是西方文学里的一个重要母题，用来表现个人自我意识的觉醒。朱英诞热衷于在诗歌里写镜、照镜，其实是在凝视自我，关照内心。但自我是一个复杂的个体，这种镜像式的自我凝视，窥探内心，往往会让人更加彷徨和孤独，想要逃避。朱英诞在《涟漪》一诗里道出了这种心境：“如果你是镜子 / 我将逃避你 / 你仍是镜子 / 隔在无数实体外 / 我仍在逃避你 / 风的花朵落在水上 / 鱼的梦寐沉入天空。”这里的镜子不是实体的镜子，而是喻指的湖面，诗人用“我”、“你”这样的人称代词入诗，不仅增加了个体的抒情主体性，还赋予了湖面这一客观事物以生命意义，将它与人置于同体层面，仿佛二者在进行互动对话，而这皆源于湖面中映照的那个“自我”，诗人这种创作手法的运用也是他倾向于关注个体“自我”内心情感体验与变化的体现。而他通过人称代词的转换描写，使得诗歌逻辑关系更加复杂，体现出一种戏剧化冲突趋势，进一步凸显了诗人在直面自我时的矛盾心理。

诗歌《井畔》中诗人面对古井感慨道："那沉潜的孤独者，风雨很少拜访他；唯有赤足的草儿，环环舞蹈。他的天空也染上孤寂味，鸟儿总是惊心地飞过。一个孩子走过来，俯视，一个苹果急的落入/这无人抚摸的镜。经过了一大阵的茫然，才知道他有着最温柔的心。"古井就像一面温蔼的古镜，它静默又孤独地存在于这世间，让诗人感同身受，联想到了自身，诗人用最平实的语言勾画了一个沉默的孤独者形象。诗歌的第一节"那沉潜的孤独者"，连"风雨"都"很少拜访他"，只有"赤足的草儿"围着他绕了一圈又一圈，"环环舞蹈"。这是一口孤独的井，诗歌呈现的画面里仿佛连时间也静止了。诗人用第三人称"他"来指称古井，赋予静态事物以生命和情感，在"他"的空间里，"天空也染上孤寂味"，"鸟儿"是活泼动态的，在这里却只是"惊心的飞过"。诗歌的这两节用平实的语言从自我写到他者，正面和侧面结合描绘了一个孤寂的静态画面，并用"孤独"、"孤寂"等语汇奠定了诗歌的感情基调，也抒发了诗人自己的内心情感。第三节诗歌开始转变，"一个孩子走过来"打破了这沉默和孤寂，"俯视，一个苹果急的落入"，这"沉潜的孤独者"，终于有人来"拜访"他，注视他了。孩子的到来一下使得井畔热闹起来，这"无人抚摸的镜"被激起阵阵涟漪，但这终究只是一个小小的插曲，不久之后古井又恢复了平静，独自守着他那"温柔的内心"。朱英诞的这首诗里从开篇便点明了孤寂的情感色彩，之后便从不同角度渲染这孤寂，而这孤寂的井畔也就是孤独的诗人，诗人面对井畔产生了喧嚣与孤寂的思索，由他者联想到自身，在对井畔的诗意描绘中抒发着自己对人生的知性感悟。

朱英诞在新诗创作中十分注重融入自己的智性思考，为诗歌增添哲理化旨趣。他说："我并不以为诗不容许抒情，但我要说我们的时代所经历大概与以往有所不同了，诗仿佛本质上是需要智慧的支柱。"[①] 朱英诞诗歌中对镜的描写虽然多用象征或隐喻，却并不会显得十分晦涩，通过这样象征性的描写含蓄地表现了诗人的智性体验，他在对镜意象的描绘中融入对自我和人生的追问和思索，使得诗歌的意境更加深刻隽永。

三 对镜的审视：于凝视中探寻生命本体意义

萨特在《存在与虚无》中说："自我意识不是成对的。如果我们

① 朱英诞：《〈盾琴抄〉序》，转引自王泽龙《论朱英诞的诗》，《文学评论》2017年第6期。

想避免无穷后退，意识就必须是自我与自我之间直接的而非认识的关系。”[1]朱英诞在诗歌中在对“镜”的书写审视自我，对镜的凝视显示了他强烈的自我意识，而他内心的深处自我也在镜的映照下清晰鲜明地显现，他对“镜”的逃避其实也是对现实和直面自己内心的逃避。他在对镜的自我凝视中，以一种十分直观的方式洞悉自己的内心，却发现原来逃离现实的结果只会与现实世界更加格格不入，内心的孤独和迷惘不减反增。“‘对镜’的自反式关照姿态印证的是一种孤独的个体生命存在状态。封闭性的审美形式是与孤独的心灵状态合二为一的，因此，这种对镜的鉴照不唯带给诗人一种自足的审美体验，更多的时候则是强化了孤独与寂寞的情怀。”[2]

朱英诞曾言：“心灵不对影响生活，生活征服不了心灵，两者又不能得到调和。人们的一切努力就陷入如理乱丝般，整顿着分裂的精神，这就是现代诗人的命运。”[3]三十年代的现代诗坛似乎弥漫着一股探索自我与生命本体意识的热潮。不只是朱英诞，废名和卞之琳等现代派诗人也都曾在诗歌中通过写镜来审视自我。废名的《妆台》里将自己比喻为一面镜子：“因为梦里梦见我是个镜子 / 沉到海里他将也是个镜子 / 一位女郎拾去 / 她将放上她的妆台 / 因为此地是妆台 / 不可有悲哀。”以镜自喻，并被一位女郎捡去放上妆台，这神秘动人的幻想背后寄托的也只是诗人“不可有悲哀”的心绪。卞之琳的《旧元夜遐思》里写“灯前的窗玻璃是一面镜子，莫掀帷望远吧，如不想自鉴。可是远窗是更深的镜子。”借镜意象营构了虚实相生、层次分明的画面，而这寄托着诗人自鉴的矛盾心理和孤独情感。内心与现实无法调和的矛盾使得那个时代的诗人都有着深切的个体孤独感，他们纷纷从对现实的失望中转向自我内心，迫切地想要在大时代的背景中获得自我确认感，以此缓解内心的孤独和彷徨。规避现实并不能消解孤独，这种“自反性的关照形式则意味着自我与镜像间的封闭的循环，意味着一种个体生命的孤独秩序，意味着自我与影像的自恋性的关系中其实缺乏一个使自我获得支撑和确证的更强有力的真实主体”[4]。如何在认识自我的过程中突破思维局限，

① 萨特：《存在与虚无》，陈宣良等译，三联书店 2012 年版，第 19 页。

② 吴晓东：《临水的纳蕤思：中国现代派诗歌的艺术母题》，北京大学出版社 2015 年版，第 232 页。

③ 朱英诞：《“暗水”——读 < 古诗 > 后》，《朱英诞集》（第八卷），王泽龙编，长江文艺出版社 2018 年版，第 318 页。

④ 吴晓东：《临水的纳蕤思：中国现代派诗歌的艺术母题》，北京大学出版社 2015 年版，第 234 页。

在现实生活和内心世界里寻取平衡成了包括朱英诞在内的现代诗人们不得不面对的问题。

对镜的虚无给诗人带来无限的孤独感，沉迷于审视自我和自我封闭只会陷入更深的寂寞彷徨之中。如果生命从开始便注定了走向死亡的宿命，那它的意义何在呢？人又该如何在时间的洪流中确认自我、消解孤独呢？朱英诞从没有停止对这些的辩证思考，不论是对镜的描写还是对自我的审视，最终指向的都是生命本身，是对生命本体意义的探索。中国传统文化中乐天知命的思想渗透在他的人生理念中，他认为“人可以不寂寞地生活着；至于把生命像赌注压在寂寞上，尽管你兴高采烈地来呼卢喝雉，我怕你还是会输得精光完事！”[①]朱英诞积极地探索着排遣寂寞，充实内心的途径。他将镜意象融入对自然万物和日常生活细节的诗化描绘中，在真实与虚无的对比中探寻生命的本体意义。

在朱英诞看来“诗有‘诗的天空’。正因为天高气清，我们才能俯仰皆是，大地上因之愈卑微的事物，才愈成为真实、愈清晰的存在！”[②]他从日常生活中撷取意象，在生活化的意象中发攫诗意，竭力在被人们忽略的日常化的意象中发现诗。朱英诞将这些日常化的意象与镜意象一起运用在诗歌中，通过意象的对比性运用丰富了诗歌内涵。《燃灯记趣》里伴随着屋外的沉重而快速的马蹄声，诗人的思绪飘远，“仿佛墙外即天涯 / 我仍在默想 / 林间的声音如一面镜 / 可是亲切是小屋的现实 / 我模糊地看着 / 桌子和鳞次的书籍 / 啊可爱的混血鸟 / 母亲轻轻燃起灯来 / 像在远山外。”虽然物外的世界喧闹，诗人的小屋里却是一片宁静，诗人静静坐在书桌前读书。林间喧闹的声音是一面镜，引发诗人模糊的幻想。有“可爱的混血鸟”，还有轻轻为我燃起灯来的母亲。虽然这首诗主要不是写镜，但是诗人用象征的手法将镜意象引入诗中，使得“马蹄”、“小屋”以及母亲点灯这样日常里的琐事具有了一种陌生化的色彩，在镜的烘托下，屋外的纷扰和屋内静默的日常生活都变得虚虚实实，引人遐想，诗歌里描绘的朦胧温馨的细节生活更令人憧憬。《午阴》中白昼和黑夜的转换引起了诗人的思索，他对日夜更替的自然现象展开诗化的想象：“当白昼过于漫长的时候，也是夜过于温柔的时候。”他在这遐想间整理着自己的思绪，将目光转向具体的自然事物，季节的变换也触

① 朱英诞：《在容易与艰难之间》，《朱英诞集》(第九卷)，王泽龙编，长江文艺出版社2018年版，第495页。

② 朱英诞：《<人烟集>代序》，《朱英诞集》(第八卷)，王泽龙编，长江文艺出版社2018年版，第36页。

发了诗人的诗思："夜深了，三色的树叶，飘落到风片上，黄昏了，晚霞是最后的一叶扁舟，航向天涯。"在长长的白昼里感受自然风物的变化，诗人的心情也明媚许多。他直呼："日月有无限的抚慰啊！否则，这里将无所谓我，而我将穿过人群像穿过天空。"诗人想要感受真实的生活，想要在白昼中静静地享受日光和万物的芬芳。他拒绝置身黑夜般的孤独："无人相识，像幻境，我进入虚无。我怀疑你，镜啊，魔术的光明，在于黑暗之外。"朱英诞在诗中借镜来表现虚无和黑暗，与真实可感的细节生活相比，它显得暗淡阴沉。他也直言"如果有浓郁的阴凉和芬芳，我爱阳光和白昼——这样长长的。"越过镜的虚无，诗人在自然里找到了人生的乐趣和诗意，他不再将自己置于黑暗的彷徨中，而是在尘世的生活中感受生命的真正意义。

昌耀在《诗人写诗》中说："在诗化的虚构空间，在一片感恩的合唱声中，高踞于无所不能之上，众望回归的神性，乃是朝圣者自己以音乐的呼吸向外扩散着人道的吁求，是可资品味的人性折射，并是同为整体默契朝向一个光明之顶的向心力，投射出滋润心田的理性光泽。人在造神的心灵恍惚中感受到作为人自身的庄严与精神超越，而排斥可能的沉沦。崇高与神圣成为抵制"荒芜"的本能要求。"[①]朱英诞在诗歌中通过对镜意象的描绘，运用象征、暗示等手法含蓄凝练地将自己对人生的哲理性感悟融入诗中，在对镜的凝视中审视自我，探寻生命的本体意义。清风朗月、花鸟虫鱼以及思念的亲人在朱英诞镜像化的书写中得以一一呈现，他在平庸和琐碎的日常里发现乐趣，感受生命的自在状态，保持内心的宁静平和。如同他在诗歌《拟古恋歌》中的自白："如果我就是你的镜子 / 我将不愿是那冰雪之明澈的。它也不像一口井那么深，而它有着晦暗的反射。晦暗的，但是温和的；淡黄月迟缓升起。"

［作者单位：华中师范大学文学院］

① 转引自谢冕主编《中国新诗总系》（第9卷），人民文学出版社2010年版，第476页。

水流心不竞，云在意俱迟

——从儿童视角赏析朱英诞新诗创作

郭颖楷

墨西哥诗人何·埃·帕切科写过一首诗，名叫《画花》："他在画他的花，/ 敌人未宣战就侵入了他的国家。/ 战斗和失败接连不断，/ 他依然在画他的花。/ 抵抗侵略者制造恐怖的斗争已经开始，/ 他坚持画他的花。/ 为非作歹的敌人终于被打败，/ 他继续画他的花。"面对恐怖，诗中画花的"他"其实非常勇敢，因为他始终没有停止画花。诗人朱英诞又何尝不是这首诗中的"他"，无论时代如何变迁，始终在勇敢而淡然地画着他心中的"花"。

一　透视人生——诗歌创作中的儿童视角

朱英诞自称是一个"大时代的小人物"，他在"美丽的沉默"中静坐窗前，远观春去秋冬尽，近看花落叶飘离，生活点滴、自然万物都成为与他对话的诗篇，小到井旁盛开的石榴花，大到整座古城的灯火黄昏，甚至是浩渺天地和星月宇宙。正如王泽龙在《论朱英诞的诗》一文中所说："朱英诞以追求真实与鲜活的'真诗'为新诗的本色，善于从日常生活与自然世界中捕捉新鲜的感受与思想的闪光；智性体验与诗性感悟融合是他诗歌知性诗化的诗思特征。"[①] 在几十年的新诗创作生涯中，无论时代如何"天翻地覆慨而慷"，诗人朱英诞总是如一只沉静的飞鸟，于俯仰间默默静观着历史的"大江东去"，不露声色地经营着自己的诗艺情怀，"形成了自己美慧的山鬼般凄艳又充盈着人性温暖的艺术世界"[②]。在这位"隐没的诗神"笔下，处处可见山光水色、春花秋月、

① 王泽龙：《论朱英诞的诗》，《文学评论》2017 年第 6 期。

② 彭金山、刘振华：《"美丽的沉默"与时代的错位——论现代诗人朱英诞的诗歌艺术成就》，《中国现代文学研究丛刊》2009 年第 2 期。

草长莺飞，平淡自然的意境与朴实田园的风光显露了朱英诞内心的安宁与静谧。细品他的诗歌，可以发现有一部分就恰如天真的孩童好奇地感受着多变的世界，用那纯净的童眸看到了多彩的自然天地。因此，当我们从儿童视角来看朱英诞的新诗，一扇新的冥想空间的大门开启了。

在文学创作中，儿童视角是指成人作家通过儿童独特的眼光观察世界，从儿童的角度来揭示事物状态，抒发情感。因为具备了儿童的经验，所以创作带有感性、纯真、亲近自然等特点。质朴无华的童心和感性直觉的思维方式，使儿童更善于忠实记录生活的原生态内容，而且当他们“用清澈的目光看这个世界时，他必然要省略掉复杂、丑陋、仇恨、恶毒、心术、计谋、倾轧、尔虞我诈……而在目光里剩下的只是一个蓝晶晶的世界，这个世界十分清明，充满温馨”[①]。在运用儿童视角进行创作的诗歌中，成年诗人选择儿童作为打量世界和感受意境的叙述角度，借助儿童的思维方式进入创作的话语系统时，其实并不是把对儿童世界的描摹和建构作为自己最终的审美追求，而是要将儿童感觉中与成人世界相异的部分挖掘和呈现出来，以宣泄心中多样的思想和情感。从这个意义上说，儿童视角实质上是成人自己观察和反映世界的视角的隐喻或载体。

在人类一生当中，与自然较为亲近的阶段是儿童时代，因为他们的思维像一张相互交织密不可分的网，对外在物理世界的把握与原始人一样处于模糊的混沌状态，分不清物理世界与心理世界，分不清思维的主体和思维的对象，所以也分不清现实的东西和想象的东西[②]。汪曾祺认为儿童依靠直觉感受世界，从而最能把握周围环境的颜色、形体、光和影、声音和寂静，最能完美地捕捉住生活的本质[③]。对于儿童的认知特点，丰子恺则将它归结为“绝缘”二字。他说：“所谓绝缘，就是对一种事物的时候，解除事物在世间的一切关系、因果，而孤零地观看。使其事物之对于外物，像不良导体的玻璃的对于电流，断绝关系。所以名为绝缘。绝缘的时候，所看见的是孤独的、纯粹的事物的本体的‘相’。”[④]这种绝缘式的观察使得儿童的视角更加清澈而富有创造性。诗人朱英诞站在儿童的角度重新感受和阐释世界，在这一新的视角下，诗歌中的世

① 曹文轩：《面对微笑》，泰山出版社1999年版，第252页。

② 王全根：《儿童文学的审美指令》，湖北少年儿童出版社1989年版，第8页。

③ 汪曾祺：《汪曾祺全集》（第六卷），北京师范大学出版社1998年版，第285页。

④ 丰子恺：《丰子恺文集》（艺术卷二），浙江文艺出版社、浙江教育出版社1990年版，第250页。

界秩序和情感经验也得到了别致的呈现和表达。

二　热爱与感悟——儿童视角下的自然万物

朱英诞创作了三千多首新诗，他注重写诗的当下性，不愿刻意修缮和雕琢打扮，讲究任天而动、清绝滔滔。“诗近田野，文近庙廊。”[①]他认为中国现代诗很像“二南”中的桃花，不脱离自然的韵味[②]，在创作中构筑了一种诗意的想象空间来隐形地对抗悲观、破碎的生活状态。朱英诞曾说：“诗有两种，一种美感的反应是：自然物或环境自然而来，例如四候之感于诗，以及非哲学家的哲学、山川钟灵或者我们之号称烟水国之类。一种是自人文而来。但人文实自人性自然出，故二者又是相通相能的。”[③]因此，在他的新诗创作中，透过儿童的视角、纯净的语言和诗意的想象将自然万物与人文情态融汇无碍，来肆意抒发回归本真的赤子之情，使得诗歌部分地淡化了直接抒情和批判的意味，间接地反映了另外一种自然山水和现实人生。

诗人朱英诞热爱自然的赤子之心是一以贯之在他几十年的新诗创作中的，他将这种赤子之心投射到哪里，哪里就沐浴着他心灵之光的独特色彩。对于自然万物的观察和呈现，朱英诞会从儿童视角去接触每一株草木，去思索春夏的交替，去感受自然风光的纯净。新奇感是儿童异于成人的与自然的心灵契合点，诗人忠实于诗性的思维和感觉，与动植物对话，与日月风雨对话，与自我内心情感对话，用童心童趣、爱的期待和朴实的心灵，一路撷取了各式各样充满奇丽色彩的梦幻。在诗歌《雨》[④]中，诗人化身一个稚嫩的孩童，趴在窗前看着雨丝飞扬，雀跃着，跟窗外的雨说：“让我捕捉住了/并且给你系上/一条红线。/隔着玻璃窗，你舞蹈。/……飞呀，飞出去啊，/爬山虎的建筑物，/多么可怕！”在孩子的眼中，飞着的雨是可以紧紧抓住握在手中的，他看到雨丝被布满爬山虎的建筑物隔断便急着和它说“飞出去啊”，内心的急切感充分显示了顽童幼稚天真的心灵，让人忍俊不禁。朱英诞从儿童视角来写雨，

① 废名、朱英诞：《新诗讲稿》，北京大学出版社2008版，第393页。

② 朱英诞：《谈诗》，《朱英诞集》第八卷，王泽龙主编，长江文艺出版社2018年版，第119页。

③ 朱英诞：《知春亭谈艺——代序》，《朱英诞集》第九卷，王泽龙主编，长江文艺出版社2018年版，第68页。

④ 朱英诞：《朱英诞集》第三卷，王泽龙主编，长江文艺出版社2018年版。本文所引用的朱英诞的诗歌均来自此版本《朱英诞集》的现代诗卷，在此作统一说明，后不赘述。

赋予了雨更多的生机与活力，也在这种天真的诗思中展现了诗人自己内心的纯净。在《黄花鱼》中，诗人又变成一个在室外跑来跑去的小孩儿，好奇地观察身边的一切变化，“石榴花还没有开吗？/没什么；樱桃、桑葚上市了，/黄花鱼金光耀目——”也许在成人眼中，这一切并不是那么耀眼夺目，但在孩子看来，他对石榴花的开放充满了期待；可是小孩子往往一转头便会忘记眼前这件事，又被即刻映入眼帘的新事物吸引了——樱桃、桑葚让他眼前一亮；再一转身，闪着金光的黄花鱼又让他心生欢喜。简单的几句诗，从儿童视角来解读就会发现更多乐趣，那双充满探索欲望的好奇的小眼睛让人的心情也美好起来。热爱，是的，这是朱英诞对自然万物的热爱。

儿童视角的书写方式虽然是站在儿童的角度来观察自然、描摹万物，但依然是以表达成年诗人的思考和感受为主的。诗歌中任何富有儿童特征的意象的创造，都不是一种缺乏主观因素的简单呈现，而是儿童目光与成人内心的有机融汇，即诗人长期情感的、思想的、生活的积累的“前缘”与某一客观的“象”相互思慕、相互寻觅的“定数”[①]。这种融汇当然在一定程度上会削弱儿童视角的表达效果，也就是说，即便用儿童的眼睛去审视和观照世间万物，也往往会以一种成人的理解方式对山水万物作历史的传统透视，将时代感、历史感融合起来。因此，诗人对自然山水的领悟其实有着双重的含义：一方面用欢快纯真的笔调抒发对万物深深的热爱和依恋；另一方面是对自然、社会的历史性和感伤性领悟。《和平》这首诗写于1960–1961年间，在时代的动荡和生活的不安中，朱英诞依然宁静淡然地写着如孩童般纯净的诗句，他的眼睛是儿童天真的眸子，“黄土微觉湿润了，/新绿和落红都富有生意，/杨柳枝长满了嫩叶像幼芽，/繁盛的榆叶梅窗前似海”。对于自然万物的热爱依旧让朱英诞内心保持着如孩童般的纯真，初春的到来意味着生机盎然，然而年近半百的朱英诞仍然无法逃避心中对历史的感怀，年复一年，“唯有石头/知道得最真切；/天色永远是柔和的，/无限意，无限意”。所有的时光都附在石头上，让人想到唐代诗人刘禹锡在《金陵五题·石头城》中写道：“山围故国周遭在，潮打空城寂寞回。淮水东边旧时月，夜深还过女墙来。”无论人事如何变迁，历史的步伐向前迈进，自然万物永恒见证着世间的起伏动荡，每一块石头，每一堵城墙，每一条河流，唯有它们对这人类的历史知晓得最为周全。“磁白色的和平，/金黄色的

① 彭金山、刘振华：《“美丽的沉默”与时代的错位——论现代诗人朱英诞的诗歌艺术成就》，《中国现代文学研究丛刊》2009年第2期。

和平，/傍午的钟声拂动了吗？/三月的风已经吹面不寒。”吹面不寒杨柳风啊，不管外界有多少沧桑变化，诗人的内心是如此平静富足。新的春天又来了，时间最是无情，它把多少往事湮灭；时间又最是有情，它让逝去的铭记，让停留的永恒。

在回归生活、回归自然、回归生命的原生态中，朱英诞的诗既展现了孩童看待世界的纯净目光和热爱自然万物的天真心理，又蕴含着深刻的人生意味和诗人自身感怀历史人事的情愫，儿童视角和成人心理的结合构成其诗歌的独特表现方式。在心灵的原野中跋涉，在诗歌现实的大地上耕耘，在优美的抒情中表现沉思与超越，为喧嚣的文坛提供了源于生命的热情和浪漫。用一双儿童的眼睛努力攫取生活中的事件，运用圆熟的技巧表现了柔婉与悲悯的结合，从而呈现一种生命的能量和厚度。

三　幻想与孤独——以儿童视角书写本真

从儿童视角出发，在贴近现实、描写自然万物的诗歌之外，还有一部分是在想象的世界中驰骋万里。孩童最擅长幻想，由于不受现实和伦理的约束，他们的想象无拘无束、天马行空。维柯认为原始人与儿童是有着诗性思维的，异教民族的原始人，即正在出生的人类的儿童们根据他们自己的观念创造了万物；原始人由于他们强壮而无知，却凭完全肉体方面的想象和惊人的崇高气派创造了事物。诗人也常于夜深梦临、灯昏镜晓中冥思静想，关注琐屑微末，思维跳跃，意象组合突兀，却也在独语中流泻出情趣和意境，以及一己的情绪。诗人将这种个体的情绪与儿童天马行空的想象力结合起来，从外部来看，朱英诞的诗歌处处展现儿童的心理世界中探索自然的新奇感，以及无拘无束的想象力；从内部来看，诗人偶有的无法言说的孤独心境和超脱现实的幻想同儿童情感中其本体的孤独感和幻想能力，共同构成朱英诞诗歌的独特内涵。

孤独是童年阶段的一种情感底色。与成年人相比，孩子的孤独比成年人的孤独更隐秘……他的孤独不如成年人的孤独那样具有社会性，那样与社会形成抗衡。在诗歌《我是女巫》中，诗人回到了童年时代，幻想着“我是女巫，/比起山鸟来更老丑，/(它们在雪中/是岩石的眼睛吧，逡巡着)”。在孩童的梦寐中，魔鬼妖怪让他们心生恐惧，反过来又催发出他们惊人的想象力，如果变成女巫，会是什么样子？会在哪里出现？这首诗就从儿童的书写角度告诉读者孩子想象中女巫的形象。然而这种想象又是孤独的，因为他似乎不会被成人理解，孩童的想法总是不被大人重视，所以诗人接下来写道："我是女巫，/比起大地来更孤独；/吞噬着人类，——大地/为飞蝗布置美好的沙场。"儿童的孤独没法与外界抗衡，但是这种孤独催生的想象力却足够精彩。他会幻想自己拥有了女巫的魔力，能够掀起大地的尘埃，飞沙走石。在孤独的心境之外，是孩童渴望长大，渴望变得有力量的心理情感。还有一首名叫《午后》的诗，诗人一开始就想象着"孤独的树啊，/你被关在樊笼里了吗？/伫立在栏杆后面的羚羊，/不动的凝想着/那无人知道的地方。"或许这本就是梦中的场景，又或许是午后看着独一棵的树立在赤裸的风中，诗人的想象力便被激发了，栏杆后面的羚羊是很奇怪的存在，善于想象的孩童把孤独的树和羚羊放在午后的画面里。与其说是树孤独，倒不如说人也是孤独的，"八月的风经过八月和阳光，/经过了你，花朵"。在午后百无聊赖的时间中，想象和思考的苗子正是最茂盛的时候，风吹过，它带来时光的低语，告诉花朵，告诉孤独的树，唯有自由的思索最为永恒。如果说这两首诗还是在从儿童的视角来展现奇妙的想象，那么《孩子的眼睛》这首诗便是诗人直接以孩子的口吻来写诗了，这首诗里的孩子抱怨着："老是搂着，抱着，给我奶吃，/夜里也睡觉，白日也睡觉，/唉，真厌烦！那床是陷阱啊！/我多么想把睡眠驱除！"朱英诞让孩童在他的诗中发出了幼稚可笑的声音，小的时候总是不愿意睡觉，床是陷阱，把儿童对外面的世界的向往也限制了。这个躺在床上的孩童还是不愿意睡觉，他开始想着"各人有各人的眼，/而天空啊/只有一个；而那是谁呀，/提着微茫的小灯走了？"孩童的眼睛往往能注意到被大人忽视了的东西，那"微茫的小灯"出现在这个孩子的脑海中，"正像乡野的大道，/那葱茏的树的拐角是个洞穴；/早晚要吞吃了我啊！……/夜来如轻阴，/花香鸟语多暖意。"不愿入睡的孩子看到了乡野的大道，树下的洞穴，一切都装扮上他的想象，一会儿害怕被黑暗吃掉，一会儿又在轻轻地夜风中闻见花香，听到鸟语，在暖意绵绵的夜晚这个孩子终于安静地睡着了。每一个儿童都是一个拥有古怪心灵和神奇想象的个体，这种对于外界的向往正是孩子对抗孤独的一种方式，但是越向往便越被管束，因而就越是孤独，然后便只能在头脑中开辟想象的新世界。

蔡庆生的文章用"不明言"来评价朱英诞诗歌的主要艺术特色，并高度赞赏了朱英诞诗歌用语奇特、比喻不凡、捉摸不定的特点[①]。朱英

① 蔡庆生：《妙在不明言——朱英诞诗歌欣赏》，《诗评人》2008年第9期。

诞的诗歌在诗意与诗情的营造上也都表现出一种“凉夜独行”的生活状态[①]。他一生与社会不合流，笔下通常会呈现美丽、温馨的情感记忆、故乡风情和儿童般忧伤、孤独的心境。他的诗歌是一缕幽思、一种挚情、一段佳意、一股忧伤，表现刹那间涌上心头的思想情绪。真的诗就生在这神秘与现实之间，仿佛是草生在山水之间。

以儿童的世界、儿童的声音、儿童的话语来描绘喧嚣的世界和复杂的情感状态，朱英诞在对于儿童世界的怀念中构成了创作的儿童视域，是以对世界十分复杂的情感来书写诗歌的。其诗风之浓郁，不仅体现在他丰富的心灵世界中，同时也体现在对世界的想象方式中。他一方面温柔细腻，为其儿童情感的心理世界蒙上一层童话色彩；另一方面，作品中意象瑰丽丰富，想象奇特，为其诗歌勾勒出一副绚丽多姿的意象版图，流露出神秘迷离之美。在语言运用上，有超群出众的想象力和创造力，敢于突破传统对象的限制，扩大了事物对象的时空范围，深入剖析情感。诗人把叙述权限交给天真的儿童，以无邪的童眸充当透视世界的视角，背后也浓缩了对于世界和现实生存的审美观照、哲学思索和社会批判。他所敏感的是人生宇宙的苍凉悲怆，也是饱经风霜的人事阅历和生活洗礼的感受。诗歌中呈现的丰富的心理世界和众多绵延的意象，还有他本人回归生命的本真状态，都体现了他与自然的亲和无间，拥有自然赋予的生命原力和天才与智慧，使他始终坚持一种生命的本真。

四　回忆成诗——儿童视角背后的童年经验

巴乌斯托夫斯基在《金蔷薇》中认为写作就像一种精神状态，在作者的创作还没满几令纸以前，就在他身上产生了，可以产生在少年时代，也可能在童年时代，对生活、对周围一切的诗意的理解是童年时代最伟大的馈赠，如果一个人在悠长而严肃的岁月中，没有失去这个馈赠，那他就是诗人或者作家。对于成人来说，童年就是支持他的根基和最早的几节竹管，他实实在在地存在着，尽管从表面上看，童年早已离他而去。童年的梦想和回忆让每个人终生流连，正如克鲁泡特金所说的儿童的精神园地能种植上终生不灭的记忆。童年经验或情结是诗人重要的精神财富和创作资源，儿童经验作为一种精神和文化资源，一方面不可能原生态地复制呈现，另一方面在诗人的成人经验里不断被修改和经过艺术加

① 杨继晖：《夜行人如最轻的风——读朱英诞诗集〈冬叶冬花集〉》，《诗评人》2008年第9期。

工之后，有了产生新的意义的可能，儿童经验就成为诗人受惠不尽的创作资源。

童年是一个人性格形成的关键时期，童年时代的精神创伤对一个人的影响往往是深刻并伴随其终身的。童年时代的朱英诞“爱跟野孩子玩儿，上天津的郊外跑，玩得挺晚了才回来”[①]。他去捉蟋蟀、粘知了，跑到远郊密林去戏弄变色虫，但是唯独不敢去掏雀儿，因为听说里面有蛇盘踞。朱英诞还回忆在河边戏水，在旷野遇上暴风雨来袭，淋成落汤鸡，然后跑到河边大洗一番。和同伴到西沽村踏青、爬铁栏杆翻墙进公园玩耍的事都给他留下了深刻的印象。朱英诞自己也说：“我想我们在蔬园中偷瓜，越篱逃逸的野趣，非诗而何？”[②]后来，朱英诞写过一首《忆儿时琐事》，“窥探那冰窖的大茅屋，/一大股醉人的水果的香味/像梦想，/冰凉是风的大翅膀。/引我到那时间的热带吧，/你携带着两小时，/和那风波聚首，/穿过大街和旗帜”。童年时期的朱英诞就热爱自然、亲近自然，在万物的怀抱中，他的心灵得到最欢快和舒畅的体验，不惧时光流逝，不畏世事变迁，因为他感受到自然万物永恒不歇，总能给人以新奇和绚丽，这在一定程度上影响了他成年后的诗歌创作。朱英诞的祖母有文化，阴天、下雨的时候就在家里背唐诗，背白居易著名的《琵琶行》，这件事情对朱英诞产生了深远的影响，他老听奶奶念诗，他对诗的兴趣就在这个时候萌芽了。童年时对诗歌喜爱之情的萌芽使得朱英诞能够在诗中保留那一份自孩童时代而来的天真和无限的想象力，而祖母念诗的童年记忆无疑给朱英诞留下更丰厚的回忆，使得他在写诗的过程中动用其记忆因子，在怀旧的情绪下唤回隐藏在记忆背后的深层生命意识和独特情感体验。不得不提的是，朱英诞在九岁的时候就失去了亲生母亲，尽管父亲和其他家人对他关爱不减，可是一个母亲早逝的小孩，他的内心一定是孤独的、不安的，这种情感的缺失没有任何东西可以来替代和弥补，因此他年少时的孤独、敏感、内向和细腻就伴随他一生，在诗歌中也时常体现出这种特质。

朱英诞曾经写过一首《悼童年》，在诗中他感叹：“童年逐渐后退，/但它从不曾转过身去，/它的眼睛从未离开过我，/正如我那墙上的肖像，/我永远走不出它的视域。”可见童年对于朱英诞来说是他一生难以忘却和割舍的回忆，童年的经验影响他并且时刻关照着他。无论现实生存有多险恶、狞厉，无论诗人内心有多凄惶、浮躁，当他面对故乡童年时，

---

① 陈萃芬、陈均：《关于诗人朱英诞》，《新文学史料》2007年第4期。

② 朱英诞：《梅花依旧——一个“大时代的小人物”的自传》，《新文学史料》2007年第4期。

由于它“浸润着强烈的自我情绪，由于它在精神领域内对自身与外界环境相冲突时的自我防御与自我调节功能”[①]，故而会使诗人内心变得温润、熨帖。因此，从情感基调和审美意味来看，以儿童视角书写的诗歌呈现出一些共同的情感特征，都因强烈的抒情性、一定的自传色彩而具有蕴藉温情、温婉忧伤的美学风貌和情感特征。

朱英诞从儿童视角写诗歌，他也真诚地爱着孩子。在《夏天和小孩》中，他写道：“小孩蹲着看蚁斗，/白昼长长的夏之午后，/他的影儿那么小。/他是那么小，/活像一只小鸡雏；/他那么安静，/像一块石头/（他是多么温柔啊）。/他那么小，/大地几乎感觉不到他，/天空更是看不着他，/然而他负载着/整个宇宙是花果了，/幼小的树啊。/白昼长长的夏之午后，/一天一天/小孩熟识了蚂蚁，/熟识了雨……夕阳的胭红抚摸着小孩。”一个内心不平静，心思不细腻，情感不丰富的诗人是无法感受到“夏天和小孩”的美好的，诗人朱英诞的心中装满了爱，他爱这万物繁盛的大地，他爱这大地上的蚂蚁、草木和家园，他爱这稚拙的小孩，他爱这充满希望和爱的人间。

朱英诞的一生平静度过，万人如海，他泯然众人矣。“人间正无味，美好出艰难”，朱英诞经常引用苏轼的这句诗，他把快乐分为两种，一种是自然的快乐，一种是苦口余生的快乐，“美好出艰难”显然属于后者。内心的平静与富足是诗人朱英诞的本真状态，“如果现代都市文明里不复有淳朴的善良存在”，诗人愿将诗作为自己的“乡下”[②]，在诗的“乡下”里得到自洽与自足。正是基于这样的理念，他才能于20世纪三四十年代的战乱中，在六七十年代的文革里得到自足，做到“水流心不竞”。诗人总能怡悦于自然风光，沉醉在古典诗书中，超越身处的喧嚣时代，抒写属于个体的生命独白：

七牵八挂的牵牛，
五颜六色的凤仙，
到处都是
青青的河畔草；
狂得那么好，
那么动人的骄傲！
我能够说些什么呢？——

① 谭桂林：《转型期中国审美文化批判》，江苏文艺出版社2001年版，第250页。

② 朱英诞：《一场小喜剧》，《新诗评论》2008年第1辑。

既然孩子们都已远行，
说是屯垦戍边，
计算不清楚的招摇。
我不复能够潜心写好诗，
或者，在道义上洁身自好；
每晚我呆坐在道旁
看黄昏的天空像黎明，
由多彩到黯淡，如读青史，
诗人告我以：水流心不竞……

——朱英诞《不明言的诗》

［作者单位：华中师范大学文学院］

赋到沧桑句便工
——论朱英诞的“怀母”诗

金美杰

母爱是世界上最普遍、最广博、最无私的一种感情，更是中外文学史取之不尽、用之不竭的艺术母题。作家对母爱的赞颂，在不同的时代、不同的国度都产生了大量脍炙人口的名篇，显示出母性之爱穿透时间与空间的巨大感召力。正因为如此，对于这样一个有着悠久历史传统的题材，再要创造经典依靠的就不仅仅是作家的文笔和才情，更在于个体真切的生命体验与普遍的人生经验的交汇融合。毫无疑问，朱英诞的“怀母”诗已然做到了这一点。他以自身的血肉之思刻下对母亲的无限追怀，道出了每一个“失恃之子”的心声。元好问有诗云：“国家不幸诗家幸，赋到沧桑句便工。”朱英诞自幼丧母，体弱多病，成年后更饱受战乱流离之苦，由此形成了他敏感细腻、沉静多思的性格。当他回望记忆深处的母亲时，坎坷的人生经历给予了他一支哀婉绚烂的笔。那饱含深情、清新隽永的诗行，纯净的、不含有一丝杂质的思母之情，为中国诗坛留下了一道美丽得令人心疼的风景。哪怕这些诗作随着诗人的沉寂而湮没多年，但时过境迁之后的今天，读来依旧分外拨动读者的心弦。

一　伤痕色彩：“失恃之子”的血泪凝聚

（一）寻找的姿态

心理学表明，母亲对一个人的成长具有决定性的影响。一个人从呱呱坠地到长大成人，其间母亲的角色发挥着巨大的作用。对于一个年幼的儿童来说，来自母亲的呵护与陪伴更是不可或缺的。然而在朱英诞的人生中，母亲的角色却过早地缺席了。“母亲于廿四年前故去时，只有廿九岁，我则九岁。”幼年丧母的经历，使得朱英诞一生都在思念自己的母亲。直到去世的前一年，年逾古稀的诗人动笔写自传时，仍是为了献给母亲的在天之灵。漫长的一生，诗人多么渴望向母亲倾诉，多么渴望得到母爱的抚慰，可这样卑微的诉求却是永远无法实现的。爱而不得的人生体验，使得朱英诞的“怀母”诗充满了失母的惶惑，也铸就了诗人不断寻找的怀想者姿态。

在多首诗歌中，朱英诞自称“失恃之子”，语出《诗经·蓼莪》：“无父何怙，无母何恃？出则衔恤，入则靡至。”宝贵的童年就失去了慈母的呵护，而天真稚气的孩子却无法解释母亲到底去了哪里。他只能不断寻找，哪怕一次次寻找换来的只是失望与苍凉，他依旧不忍放弃。“年轻的母亲 / 你到哪里去了呢”（《失恃之子》）“二十九年的惊人的过去 / 呵母亲，你在哪里 / 母亲在那里 / 呵母亲，你并不是你”（《一日，祭母亲》）“从那一条道路上走回去 / 当你想着母亲的时候 / 正如别离一样辽远 / 母亲，你在哪儿？”（《母亲》）在朱英诞的“怀母”诗中，母亲对于诗人来说，如同在水一方的“伊人”，始终是邈远迷离、可望而不可即的。从年幼的孩童，到耄耋的老人，诗人都在寻找最基本的母爱，但无论是现实人生还是艺术世界，都只能是一种单方面的、无果的寻找。诗人注定只能“在悬崖上展览千年”，而永远得不到在母亲的肩头“痛哭一晚”的机会。

（二）感伤的基调

无论诗人怎样地寻找、怎样地想象，母亲终究是不在了，永远的不在了。九岁以后的人生，无论岁月怎样流逝，时序怎样更迭，诗人能看到的母亲形象，就只是一张巨大的照片。也无论诗人怀着怎样的心情走向母亲，看到的永远是母亲不变的笑容。

“谁在我身边监视着我却使我安慰，/ 母亲啊，你巨大的肖像，/ 我在室内走了千里万里，/ 却走不出你的视线。”（《睡莲》）“我在您的永远看着我 / 走过来走过去的目光里 / 我问着这个，问着那个，而您却一味地 / 笑而不答。”（《怀念母亲》）成长的点点滴滴、生活的悲悲喜喜，诗人都渴望向母亲倾诉，而母亲却永远不能回答了。对于为人之子的诗人来说，这该是何等的残忍？因此，童年埋下的创伤性体验，为朱英诞的“怀母”诗定下了忧郁感伤、哀怨无告的情感基调。如果对比现代文学史上另一位以歌颂母爱著称的女作家——冰心，很容易厘清朱英诞母爱书写的个人风格。

试看冰心的几首具有代表性的小诗：“母亲呵！ / 撇开你的忧愁，

/ 容我沉酣在你的怀里，/ 只有你是我灵魂的安顿。”（《繁星·三三》）“小小的花，也想抬起头来，感谢春光的爱——然而深厚的恩慈，反使她终于沉默。母亲呵！你是那春光么？”《繁星·一零二》“母亲呵！天上的风雨来了，鸟儿躲到它的巢里；心中的风雨来了，我只躲到你的怀里。”（《繁星·一五九》）。不难发现，冰心笔下的母亲形象已经褪去了凡俗的面貌，被提升到与大自然甚至全宇宙同一的高度，类似于西方基督教中圣母的形象。母爱不再是具体某个人的专属，而是天下所有母亲之爱汇合而成的“大爱”，具有庇护人类、感化人性、救赎世间一切苦难的力量，是快乐、幸福、温情、希望的源泉。只要拥有母亲的庇佑，孩子就如同进入了风平浪静的港湾，可以安全无忧地成长。对母爱的高度推崇显然与冰心优渥的出身和幸福的童年生活有关。冰心自幼享有充分的父母之爱，形成了她丰富型的健全人格。因此她才能够推己及人，将母爱提升至人间大爱的神圣高度。

而相比于冰心的“优越感”，朱英诞对母爱的占有就显得太过贫乏，就连对母亲的记忆都是残缺不全、浮光掠影的，更不可能在母亲的怀里安然入睡。童年经验会影响作家一生的创作风格。童庆炳曾将童年经验分为丰富性经验和缺失性经验[①]，若用以区分冰心与朱英诞迥然不同的母爱书写也是较为贴切的。母亲角色的缺失使朱英诞不可能将母爱圣化，也不可能从母爱中获得强大的治愈力量。他书写的是一个平凡的母亲，一个普通的知识女性，并且他的笔触是哀伤、含泪的。这种“树欲静而风不止，子欲养而亲不待”的终生之憾，给予了朱英诞“怀母”诗挥之不去的忧郁氛围和感伤的情感基调。

二　儿童视角：伤痛现实的诗意回望

儿童视角就是作家运用儿童的眼光、感受和思维方式描绘外在世界，表达内心感悟，用最本真的笔触建构艺术世界。“五四”以来，随着儿童主体性的发现和得到尊重，儿童视角被中国现当代作家广泛采用，朱英诞也不例外。细读朱英诞的诗歌会发现，诗人总是喜欢以一个儿童的眼光来打量世界，用一颗稚嫩的童心来感受大自然，外界的一切对他来说都仿佛初见一般，焕发着新奇灵动的光辉。在献给母亲的诗歌中，早已成年的诗人化身一个长不大的孩童，不停地对母亲讲述他那童话般的

① 童庆炳：《作家的童年经验及其对创作的影响》，《文学评论》1993 年第 4 期。

儿童世界。儿童声音与成人声音的重叠，构成了朱英诞“怀母”诗巨大的审美张力。

（一）柔光化滤镜的童年经验

毫无疑问，童年经验是影响作家一生的永不枯竭的创作资源。但是当童年经验进入作家的记忆时显然已不是生活的原生态，而是经过成年经验重塑的结果。事实上，作家头脑中留下了哪些童年经验、写作时选择了哪些童年记忆、以及如何看待和书写这些带有主观感情的心理感受和印象都是一种有意识的再创造活动，绝不是机械地复现生活本身。

对于朱英诞来说，记忆的筛选机制过滤掉了伤痛与残忍，更多地留下了爱与美的面影。“母亲二十多岁就逝世了！我想妈妈想了一辈子。除偶忆挨打琐屑小事之外，也记得经过庭院，我怕黑，母亲领着我，用手一扯，道：‘有我哪！’这样的亲切的伟大的声音！呜呼。今年届古稀，好声犹在耳边，并无任何种的风吹可以吹去。”[①] 相比于犯错受责，母爱带来的温存与慰安，才是诗人一生难以忘却的记忆，让他始终渴望希望与光明。“轻轻走来的梦 / 经过了母亲的眼睛 / 夜是途中的化城 / 唯有这里有着光明与和平。”（《母亲的肖像》）

而失去母亲的缺失性体验又为诗人的笔触插上了幻想的翅膀，使经过柔光化处理的童年生活在诗歌中反复涌现与重唱。弗洛伊德认为：“幻想的动力是未得到满足的愿望，每一次幻想都是一个愿望的履行，它与使人不能感到满足的现实有关联。”[②] 享有母爱是诗人在现实生活中无法实现的愿望，但现实之殇却化为“白日梦”，成为驱动诗人创作的原动力，激励着诗人在艺术世界中用想象来弥合心灵的缺憾。因此，在天马行空般的想象之下，朱英诞的许多“怀母”诗，就像一个未谙世事又酷爱幻想的儿童搂着母亲脖颈时的呢喃呓语，充满了未经世俗污染的、天真幼嫩的童心与真情。

“青天老是蜷卧着，我也轻轻入梦”（《追念早逝的母亲》），“而对于你，母亲是谁 / 你不知道吗 / 她是 / 蓝天的一名大海盗”。（《母亲是谁》）“年轻的母亲 / 你到哪里去了呢 / 生命树没有光明啊 / 抛弃你手种的年龄 / 如一个木马或喇叭”（《失恃之子》）儿童的“赤子之心”与大自然具有天然的亲和力，在他们眼中，万物都是有灵性的，山川湖

---

① 朱英诞：《梅花依旧——一个“大时代的小人物”的自传》，《朱英诞集》（第九卷），长江文艺出版社 2018 年版，第 541 页。

② 弗洛伊德：《创作家与白日梦》，《二十世纪西方文论选》（上卷），高等教育出版社 2002 年版，第 317 页。

海、花鸟虫鱼都流动着生命的光辉和情感的色泽。母亲与蓝天、大海甚至路边的一棵树或者一朵野花没有本质区别，都代表着具有“我”之色彩的生命存在。而抽象的概念又是感性思维的儿童所不能理解的，必须借助具体的事物才能进入儿童的认知世界。因此“年龄”竟然是母亲“手种”的，可以像木马或者喇叭一样丢掉；“往昔”如行人一般正在冬夜的灯下“徘徊”；昨天和明天，是蝴蝶的双翼；风是可以看见的；梦是轻轻走来的。这些新奇机敏又无比贴切的比喻和拟人化手法，正是诗人童心未泯的体现。

因此朱英诞经常用一种懵懂无邪的儿童思维与母亲对话，他的“怀母”诗没有任何功利色彩，只是一个单纯的幼童对母亲的真挚依恋。这种接近回到生命原点的儿童幻想，使得经过种种人事变迁的诗人书写童年时，那些伤痛的记忆、短暂的幸福都变得分外珍贵与美好。缺失心理形成的替代性想象为诗人斑驳的童年记忆笼罩上了温馨的面纱，也使得“朱英诞的“怀母”诗超越了“伤痕”文学式的暴露与感伤，达到一种阅尽沧桑后的返璞归真。

（二）日常生活片段的陌生化

朱英诞有母亲陪伴的时间只有生命最初的九年，而能留下记忆的日常生活场景就更少了。如果直接调动这些吉光片羽的童年经验，诗人的创作势必会因为写作资源的匮乏而捉襟见肘。但童年视角的引入，巧妙地弥补了这一永久性缺憾。

儿童的思维没有太多理性的成分，也缺乏抽象思维与严密的逻辑，他们看到的世界往往是一个个缺乏系统性、没有必然联系、零零碎碎的画面和场景。因此朱英诞对母亲碎片化、片段化的零散记忆与儿童非线性、注意力难以集中的直觉式、形象式思维在某种程度上达到了高度契合，不仅避免了写作资源有限的掣肘，反而使朱英诞“怀母”诗充满了“蒙太奇”一般、具有高度浓缩性的日常生活画面的拼接。那些有母亲陪伴的生活日常，在普通人眼里因为司空见惯已经漠然到接近麻木了。可是对于朱英诞来说，它们却是世间最宝贵的财富，并且只能永远留存在记忆之中。因此当他反复书写关于母亲的点点滴滴时，时空永隔的间离效果，使得平凡的生活场景变得陌生化。再是琐屑的生活日常，却因为蕴含着诗人渴望得到却得不到的母性光辉，也因为已经永远消逝，而变得无比珍贵与美好。

《朱英诞集》的整理者王泽龙教授说：“沉默多思的诗人（朱英诞）

善于从日常生活中捕捉新鲜的感受与思想的闪光。”[①]这句话用来描述朱英诞“怀母”诗的陌生化特点也是异常贴切的。朱英诞内心深处的母亲的音容笑貌，像一场电影的美丽剪影。多年之后的他，依然会忆起母亲喜欢微笑着凝视的习惯，也还记得母亲在冬夜的灯光下看报时的姿态；他会用新奇的眼光写到“午饭的香味”、“缭绕的钟声”、“和鸡犬竞赛的孩子们”（《母亲》），那充满浓郁乡土气息的农村场景；他也永远忘不了小时候因为怕黑，由母亲带着穿过黑暗时的感动之情。这些生活细节，对于成长于健全家庭的孩子来说，可能因为每天都在发生而变得熟若无睹、置若罔闻了。但是在朱英诞的笔下，一切都是那么新鲜、那么明净、那么珍贵，一花一草仿佛都具有人的生命与灵性，亲人的一颦一笑都闪现着美好的人性之爱。阅读朱英诞的诗歌时，陌生化的日常生活片段总会在不知不觉中唤起读者尘封许久的情感触角，启发着读者重新感知母爱的可贵、珍惜生活中的美好。

（三）多种声音交织的复调特征

弗洛伊德说：“目前的强烈经验，唤起了创作家对早先经验的回忆（通常是孩童时代的经验），这种回忆在现在产生了一种愿望，这愿望在作品中得到了实现，作品本身包含两种成分：最近的诱发性的事件和旧时的回忆。”[②]也就是说，儿童视角的运用并不等同于儿童的书写，说到底儿童视角依然是作为成人的作家有意为之的叙述策略，是历经沧桑的作家由现实经验触发、以回望的姿态对现实问题的沉思与回答。因此，儿童视角“实质上是成年人自己观察和反映世界的视角的隐喻或载体。”[③]

在朱英诞的“怀母”诗中，显性的儿童声音与隐性的成人声音彼此交织，构成了典型的复调特征。一方面，儿童纯真的童心使得诗人营造的艺术世界呈现出浪漫诗意、瑰丽绚烂的梦幻色彩。那翻飞的蝴蝶、调皮的蟋蟀、清澈的菱塘、飘摇的游船都是美好和幸福的象征。但当诗人不断回望童年时，那些有母爱滋养的时光又分明反衬出现实中诗人内心的哀伤与落寞。尽管诗人用一个儿童的口吻勾勒了种种幸福祥和的画面，但隐含作者回溯式的姿态与思索依旧不断透过文本的罅隙流露出来。“当

① 王泽龙：《论朱英诞的诗》，《文学评论》2017年第6期。

② 弗洛伊德：《创作家与白日梦》，《二十世纪西方文论选》（上卷），高等教育出版社2002年版，第318页。

③ 王黎君：《中国现代文学中的儿童视角》，《文学评论》2005年第6期。

蝴蝶飞来的一日里 / 翅膀上的花正开”，这种新奇的幻想最终依旧落脚在“母亲在那里 / 呵母亲，你并不是你”的失落与叹息之中。“上帝给了我们童年 / 为我们连筑了一个海外的王国”，甜美的梦境背后蕴含的依旧是“我怎样走来 / 谁把我放逐？”的漂泊之人的悲伤与苍凉。儿童话语 / 成人话语、感性印象 / 理性思考、童年记忆 / 现实处境、童真童趣 / 成年隐痛……，一组组二元对立的声音交织成一支多声部的乐曲。诗人显然没有，也不愿将这些声音处理协调，而是让它们彼此交锋、彼此辩驳，在反复交织与重唱的复调中，极大地扩充了诗歌的情感容量与思想内涵。

三　生死之思：生命本质的哲学思考

（一）死亡意象的诗化

母亲的早逝，使九岁的朱英诞就体会到了死亡的存在。十三岁时，最疼爱他的祖母也因病离开了人世，诗人一度“非常痛苦，几不欲生”。就连朱英诞自己，也因为先天性胆道狭窄等多种疾病，终生与死亡保持着若即若离的关系。茕茕孑立的童年生活、成年后渴望一间平静的书房而不可得的现实遭际，都使得生逢乱世的诗人早早地产生了“生死皆细事”的思想。既然家国遭受战乱、个人的命运亦如飘蓬般无力把握，那么死去之人就一定是不幸的吗？死亡带给亲人的就只能是“千里孤坟，无处话凄凉”的悲怆吗？

就像诗人的母亲虽然已经不在了，但她的气息还在，她的叮嘱还在。屋子里数十年摆放着的巨大的照片，让形单影只的诗人喜欢上了与母亲对话，他的一言一行、一举一动仿佛都未曾离开母亲的视线。时光荏苒，无论世事发生了怎样沧海桑田的变化，诗人总要回到墓园悼念自己的母亲，那静寂的夜色、萧寥的灯火证明着母亲的音容宛在，而且永远不曾衰老。

“您永远是那么年轻 / 我如何能够衰老 / 我将如此语默无常 / 在没有见到您之前”（《怀念母亲》）“母亲你已经比我年轻些 / 甚至于我们将来的女儿”（《家严和家慈》）。随着年岁的增长，诗人已为人父母，也逐渐衰老了，甚至已过了母亲去世时的年龄，而母亲却永远保持着年轻的容颜。死亡，让她的生命永远停留在了最美的芳华。相比于苟全乱世、历经沧桑的儿子，那躺在一湾浅浅的坟墓里的母亲是不是更幸福一些呢？毕竟她不用再承受人世间的种种磨难与心酸，岁月的风霜不会在她的脸上刻下皱纹，生活的污秽也不会再污染她永远年轻的心灵。因此，在朱英诞的诗歌中，死亡成了一种独特的诗化意象。因为死亡，生命成为永恒；因为死亡，美丽得到了永久的定格。

这种对死亡的独特理解与诗意化想象，一方面源自诗人自身的生命体验，另一方面又不仅仅是朱英诞的专利，而普遍存在于20世纪30年代的中国现代派诗歌之中。例如何其芳的著名诗作《花环——放在一个小坟上》："……你有珍珠似的少女的泪，/常流着没有名字的悲伤。/你有美丽得使你忧愁的日子，/你有更美丽的夭亡。"少女的夭折本是令人心碎的祸事，但在诗人营建的艺术王国中，小玲玲永远拥有了美丽纯洁的豆蔻年华。对生命逝去的伤痛，在诗歌中化为一抹哀愁的叹息和深切的祝祷。朱英诞对已逝母亲的书写，同样将死亡美化和诗化了。在自由如梦的艺术世界里，母亲得到了永久的生命。

（二）生命本质的哲理感悟

更进一步，朱英诞将对亡母的追思，提升至对生命本质的哲学化思考。当他沉浸在对母亲的追念中时，又及时地捕捉到了刹那间触发的心灵"顿悟"，从而引起诗人对生命与死亡、个体与世界等等哲学问题的思考与阐明。因此，朱英诞的诗歌往往兼具丰盈的情感与深刻的智慧，具有一种抒情之外的知性之美。

"这个人生是死亡的倒影？/还是，死亡是水？/夜色恐吓着我，像母亲那样，/让我悄悄离开河边。"（《怀念母亲》）对母亲的追寻让诗人渴望找到生死的界限，穿过阴阳的阻隔去抓住母亲的衣襟。尽管因为夜色的"恐吓"让诗人最终退却，但他对生死谜题的思考是永远不会停止的。"最初是祖母/后来是我/现在是那陈旧的肖像/但当我即是坟墓的时候/坟墓正怀想着/我和春天。"（《家严和家慈》）疼爱自己的母亲和祖母都先后离开了人世，只留下陈旧的肖像与凄凉的坟墓，但朱英诞想象她们只是藏在一个暂时寻觅不到的角落。总有一天诗人自己也要进入坟墓，但是诗人并不畏惧。在对世界不断地重新体悟之后，朱英诞相信生老病死不过是再正常不过的自然迹象，抑或是命运顽童不断变幻的捉迷藏游戏，本就没有统一的定规与答案。坟墓为诗人带来的，反而是对象征着希望与生机的春天的怀想。

尽管朱英诞并没有刻意追求诗歌的玄想冥思，但在描写与抒情的同时，诗人又不时宕开一笔，加入瞬间的哲理化感悟。此时诗人的笔触往往跳脱了现实主义的羁绊，在生命与死亡、存在与虚无、此在与彼岸的二元时空中自由穿梭与跳跃，具有一种来去无影、寻觅无迹的飘逸洒脱的风格。因此尽管诗人书写的是一位去世多年的母亲，尽管诗人笔下多次出现坟墓、墓园等与死亡有关的意象，但绝不会令人产生阴郁之感。在一派澄明清澈的氛围之中，人世悲欢都如镜花水月一般，原是没有什么值得苦苦留恋的。正因为朱英诞与母亲超越生死的母子亲情，以及由此引发的对生命本体意义的思考与顿悟，使得怀亡诗作的知性之思冲淡了死亡之伤，达到一种浑融通透、冲淡悠远的禅宗境界。但这也并不是说诗人真的飘然出世，而是一种诗情的自然流露与哲思的瞬间迸发，他的情感内核依旧是现世的苦闷与忧伤。

四　节制情感：意象组合与形式建构

（一）中外互涉的意象

朱英诞注重以意象的组合和形式的建构来达到对情感的节制，避免情感的直露与泛滥，这是对“五四”以来自由散漫的白话诗风的矫正。相比于胡适“作诗如作文”的诗歌主张以及郭沫若狂飙突进的自由体诗歌，朱英诞更加注重意象的运用、意境的营造与诗形的塑造，更加追求诗意的丰盈、含混与朦胧多义。朱英诞的“怀母”诗同样践行了他一以贯之的诗歌原则和美学主张。

1. 化古为新

朱英诞出身于书香世家，自幼受到良好的古文训练，因此具有深厚的古典文学功底。他的诗歌继承了中国古典诗歌的优秀传统，善于运用意象来渲染气氛、营造意境，达到含蓄蕴藉、摇曳多姿的艺术境界。而在朱英诞“怀母”诗中，他多喜欢运用偏于柔美、幽静的意象，例如细雨、微风、春水、秋云、明月、轻舟、烟波、柳丝、落红等等，这些唯美的意象经过诗人有机组合之后，很容易营造一种如诗如画、如梦如幻的意境，因此废名称他的诗歌为新诗当中“南宋的词”[①]。

例如《杨柳春风——怀念母亲》：“柳树和不断的春风 / 吹着万里长城 / 而母亲 / 在星月下永远徘徊。”“杨柳”“春风”的反复出现，很容易让人联想到南宋诗人释志南“沾衣欲湿杏花雨，吹面不寒杨柳风”的诗句。杨柳和春风都具有温柔、祥和之意，用在此处能够很好地表现

① 冯文炳：《林庚与朱英诞的新诗》，《谈新诗》，人民文学出版社 1984 年版，第 185 页。

出诗人的母亲温和、慈爱的特点，让读到此处的读者感受到母性的柔情。再例如《母亲的肖像》一诗中，多次出现“如今紧闭的窗外落红满径”的诗句。从屈原“惟草木之零落兮，恐美人之迟暮”，到曹雪芹“花谢花飞飞满天，红消香断有谁怜”，“落花”是中国古典诗词中的一个典型意象，并且往往承载着物是人非、岁月空流、美好不再的感伤意绪。朱英诞在此诗中多次运用“落花”的意象，也正是以“寒冷秋云”、“落红满径”的凄迷现实与记忆中“母亲凝视和微笑”的美好画面形成鲜明的对照，表达诗人现实遭际的不堪忍受和内心无限落寞、哀伤的情绪。

但朱英诞继承传统的同时，也绝不囿于传统。他在运用古典意象、典故时，更多的是化用其意，即化古为新、创造新意。例如《燃灯记趣》：“母亲轻轻燃起灯来 / 如在远山外。”“远山”的意象是古典诗歌的常用意象，并且往往与离人、闺怨有关。例如李白的《菩萨蛮》：“平林漠漠烟如织，寒山一带伤心碧。”欧阳修的《踏莎行》：“平芜尽处是春山，行人更在春山外。”但朱英诞此诗中的“远山”已经没有了男女离别的闺怨色彩，而是母子阴阳永隔、天各一方的亲情之殇，并且更具有朦胧虚无的幻美之感。

“海鸥”的意象也是朱英诞“怀母”诗经常用到的意象。查阅史集发现，“海鸥”的典故出自《列子·黄帝篇》：“海上之人有好沤鸟者，每旦之海上，从沤鸟游，沤鸟之至者百住而不止。其父曰：‘吾闻沤鸟皆从汝游，汝取来，吾玩之。’明日之海上，沤鸟舞而不下也。”[①]海鸥的原典本意代表着人与人之间的信任无猜。唐代诗人王维有《积雨辋川庄作》：“野老与人争席罢，海鸥何事更相疑。”即用海鸥代指人事，表达自己不愿被人猜忌，欲归隐山林的愿望。朱英诞的《远水》：“母亲，你在那里 / 那海鸥们在那里”，则化用中国古典传统中的“海鸥”典故，这里的海鸥代表着人间的幸福。母亲和海鸥都寻觅无果，即象征着母子情深被命运无情拆散、生离死别的千古遗恨，更营造出一种“上穷碧落下黄泉，两处茫茫皆不见”的凄婉迷茫的意境，也很好地契合了朱英诞只能在记忆里寻找母亲的命运以及人在面对死亡时的无力之感。

最得古典精髓又能推陈出新的当属朱英诞的《怀念母亲》：“母亲你为什么不见？/ 问古代的沙表：/ 现在是什么时间了？/ 或者母亲正做着还念我的梦。”在这里诗人并不明言对母亲的思念，而是想象另一个世界的母亲是不是也在怀念自己呢？这种虚实对照、以虚写实的手法显

① 严北溟、严捷：《列子译注》，上海古籍出版社 2012 年版，第 36-37 页。

然与杜甫的《月夜》有异曲同工之妙。“今夜鄜州月，闺中只独看。遥怜小儿女，未解忆长安。香雾云鬟湿，清辉玉臂寒。何时倚虚幌，双照泪痕干。”困顿长安的诗人思念远方的妻子，却想象此时的妻子也饱受着离别之痛，正痴等着诗人的归来让一家人团聚。一轮明月，双照两地相思之人，极大增加了诗歌的情感容量。而现代诗人朱英诞在传统的基础上更推进一步,他想象着已逝的母亲也在做着怀念儿子的“如梦之梦”。多重空间的虚实互渗，使得诗人的思母之情得到了极大强化，产生了极强的情感冲击力。

2. 融汇西方

朱英诞作为主要活跃于 20 世纪 30 到 40 年代的京派诗人，他在汲取中国传统诗歌资源的同时,也受到了西方现代诗歌尤其是以波德莱尔、马拉美、艾略特等人为代表的象征主义流派的影响，他的诗歌中多次出现的镜、水、窗、梦等意象同样也是西方现代派诗歌的艺术母题。因此朱英诞对母亲的书写，既继承着“慈母手中线，游子身上衣”的中国传统，同时又具有明显的现代主义色彩和高度的象征意义。

例如《母亲》：“啊母亲，你的生命的花朵。/ 白色的百合花开了，/ 一个洁白的沉默。”在西方的花语中，百合花代表着纯洁和心心相印的感情。母亲与百合花意象的组合与叠加，象征着如百合花一般美丽、贞静的母爱，也永远烛照着诗人的灵魂。再如《怀念母亲》：“我找不到一条梯形的崎岖山路 / 我终于会找到它 / 但是，母亲，您是怎么到达的 / 那奇异的国土”，不断寻找母亲的诗人，就像一个风尘满面的旅人，渴望找到母亲所在的遥远的奇异的国土。而类似“辽远的国土”的意象，在戴望舒《我的素描》、何其芳《扇上的烟云》等现代诗中多次出现，构成了中国现代派诗歌的一个艺术母题。吴晓东认为，“辽远的国土”意象，“象征着一代诗人理想中的人生形式、想象中的生命的归属地以及一个难以企及的梦中的乌托邦”①。诗人不断地寻找自己的母亲，也就是在不断追寻理想的人生形式，追求那注定无法实现却始终不愿放弃的幻梦，那承载着爱与美的远方。

（二）自然和谐的形式建构

朱英诞主张诗歌的散文化，用自由的形式来承载明净鲜活的诗情。但朱英诞的诗歌形式又绝不是随意散漫的，只是在巧妙转换的诗句诗行、

---

① 吴晓东：《临水的纳蕤思——中国现代派诗歌的艺术母题》，北京大学出版社 2015 年版，第 40 页。

浑然天成的音韵节奏和独具匠心的标点符号使用下，自然流露的情感与疏淡流畅的语言水乳交融，让人看不到一丝一毫雕饰的痕迹，只留下一派如陶渊明一般“质而实绮”、“癯而实腴”的艺术风格。诗人汹涌的感情也由此得到了节制与净化，变成汩汩细流，于平淡中产生了更加触动人心的力量。

例如《怀念母亲》：“当风吹着草叶的时候/我想往访您，/母亲。我想抓住你的衣襟，依旧/像儿时。”在这首诗中，“我想往访您”与“母亲”之间、“依旧”与“像儿时之间”的转行，“我想往访您”之后、“我想抓住你的衣襟”与“依旧”之间都运用了逗号来做短暂的停顿，不仅音韵上优美和谐，而且非常贴合儿童对母亲倾诉时自然停顿的语气，这使得诗人对母亲的爱恋之情如春水一般随着语言的展开倾泻而出，没有受到任何的阻滞。如果诗句的标点符号、诗行的转换发生变化，那么情感的抒发也势必会受到影响。这种看似不经意的安排，正见微知著地体现出朱英诞对语句的锤炼、对诗歌形式多重空间感的追求，也使得他的诗歌具有一种内敛节制的雕塑般的美感，并且丝毫没有损伤诗歌的情感内蕴。

同时，由于朱英诞对中西诗歌资源的兼收并蓄，他的诗歌语言已达到了恬淡自然、行云流水的地步，摆脱了欧化带来的滞涩感。因此朱英诞对西方现代派诗歌的借鉴，已经大大超越了以李金发为代表的早期象征主义诗歌“食洋不化”的晦涩诗风。他将中国古典诗歌传统与西方现代诗艺有机结合起来，达到了“一语天然万古新，豪华落尽见真醇”的境界。

朱英诞是中国20世纪诗坛的一位隐者。虽然生长于动荡的年代，但他一直自甘寂寞，执着地在艺术的家园掘一口井。由于血浓于水的亲情，他对“真诗”的追求在很大程度上体现在了他的“怀母”诗中。缺失性的童年经验使得他的“怀母”诗带有浓厚的“伤痕”色彩，多年之后的回望视角又使得他的诗作具有一种阅尽人间沧桑后的纯真、参透人生现实后的睿智，从而在众多的母爱书写中创造了现代的经典。虽然由于与时代的屡次错位，朱英诞的“怀母”诗没有像冰心那样在当时就引起巨大的反响，但经典是不会被永久埋没的。经过多位研究者的努力，朱英诞在今日已作为一位“隐没的诗神”[①]重新归来。他那具有鲜明个

① 王泽龙：《隐没的诗神重新归来——纪念<朱英诞集>出版》，《兰州大学学报》（社会科学版）2018年第5期。

人风格的“怀母”诗，是应当与他“丰碑”[①]一般的诗歌创作一起，得到世人的公允评价和分外珍视的。

［作者单位：华中师范大学文学院］

① 陈子善：《一座诗的丰碑——为<朱英诞集>问世而作》，《兰州大学学报（社会科学版）》2018年第5期。

新诗形式建设问题研究

朱英诞研究

寇宗鄂诗歌创作研讨会论文选辑

诗歌文本细读

姿态与尺度

新诗理论著作述评

外国诗论译丛

【编者的话】

当代著名诗人寇宗鄂，四川梓潼人。毕业于北京工艺美术学校，后就读于鲁迅文学院、北师大文艺学研究生班。1962 年参加工作，历任助理工艺美术师、《诗刊》编辑、编辑部主任、编委，编审。寇宗鄂说过：“我一生只做过两件事，即一支笔写诗一支笔作画。”身兼诗人与画家的双重身份，寇宗鄂继承了中国古代诗人抒情言志的传统，又借鉴了西方现代诗歌的象征、隐喻等手法，既有诗人饱满的激情，又有画家体物的细腻；同时他又能自觉地把个人的命运与祖国的命运联系起来，把个人感受与哲学意蕴结合起来，使其诗作既有感情的穿透力，又有厚重的思想内涵。寇宗鄂多年来从事诗歌编辑工作，为培养诗坛新人倾注了大量心血，为中国当代诗歌的发展做出了重要贡献。为了总结寇宗鄂的创作经验，以推动和繁荣当代诗歌创作与诗歌理论建设，中国诗歌学会、廊坊师范学院文学院、首都师范大学中国新诗研究中心于 2019 年 5 月 11 日在河北廊坊联合举办了“寇宗鄂诗歌创作研讨会”，来自全国各地的诗人、诗评家 40 余人参加。现从大会收到的论文中遴选出苗雨时、刘向东、武兆强、马淑琴等作者的五篇，另把已故著名诗评家陈超先生 1990 年 5 月 1 日致寇宗鄂的信一并刊出，以飨读者。

读《悲剧性格》致宗鄂的信

陈　超

宗鄂大兄：

您好。在慵倦的春天，我的心与你的诗是那么隔阂。经过各种灵魂的沉浮、排斥、抵消，在我这里，已经变得无所谓了。在这种万事不关的松弛里，我是出于对您的友情、关切，才打开这本集子的。我懒散地掀开了它……

我一首一首地读着它们。噢，宗鄂。我得告诉你，是这些诗渐渐教我僵硬的身子恢复了体温。它悄悄地纯净地弥散在我周围的空气里，慢慢使我觉得，生命尽管是轻描淡写的、无助的，但它又是那么坚卓、高蹈，充满着自如的透明。在这里，灵魂的至善不再需要外在的对象，不再需要相对意义上的可验证性。不！它们在白纸上渐渐显形，本身就构成了一个可能存在的世界！你，诗人，是这至善的发动者，它们远离你又一再返回，在今天，它们不是认识论意义上的种与属，而是自我把持的、自我确立的永恒时刻！这种对个体生命的描述，这种充分自明的反省层次（prereflectiveleuel），使我，一颗年轻的苍老的心，再一次追问自己，难道善、正义、尊严，这些被人类精神历史永恒不替的简单概念，在今天，就真的逃到不力的诗篇里而不再在事物的核心闪耀了吗？如果人不背叛自己晦暗的天性，而采取一种以暗抚暗的方式，那么，我们生存的世界，在最后的一幕开始时，还有什么能纯粹得高高在上，并审判这些罪恶的骚扰呢？在我们生活的这个无神论的世界，除了虚假的因果律之外，难道就没有比自爱更高贵、比艺术操作更重要的美德和“宗教”来拯救和对称、洞察和论证那些压在人们良心上的忧虑了吗？亲爱的宗鄂，是你那些笨拙的、诚实的诗篇，像一把老式的锈钝的刀子，划破我的心，它不锋利，但它留下的伤口更大、更疼。在这些诗里，你并没有回答我，但你强烈、连贯，又一次提出新的问题！因此，这些诗，良心比形式有意义，忏悔比语言效果更显豁。我不得不采取了细读！

宗鄂，我知道，你魁梧的体魄、诚恳的为人，知道羞愧的灵魂，并不是你长大的南方给你的。八六年，在渤海边我见到你，第一感觉就是那些在北方大天空下干活的农民。但，这并不是与生俱来的，你的这些诗告诉我，这是自制、放弃、淬砺的结果。这种自制、放弃和淬砺，使你的这些诗呈现着《悲剧性格》。正像你写的，“让正义的眼睛充血/让声带充血/噩梦在子夜惊醒/匍匐的命运以加倍的勇气/挣扎着。于/跛足的历史人间的倾斜/寻求平衡”。（《悲剧的力量》）在这里，生命的欣悦和“平衡”，绝不是什么超逸、舒畅。而是一种尖锐的互否、拷问、作茧自缚。如果这种“茧”不是一种外在的牵制，而是一个诗人主动寻求的困境，那么，它培育的蛾子本身永远比“茧”更神圣、丰沛，使它周围的空气变冷！唉，在今天，精神的姿势变得比货币还不稳定的时候，谁要想做一个严肃的诗人，一个综合处理时尚和美德、个我和类我、存在和虚无经验的诗人，谁就得有胆量和心肠来承受这种“倾斜中的平衡”！但更使我感兴趣的还不是这些基本层次，宗鄂！我更为惊讶的是，你在努力坚持灵魂的硬度的同时，又深深浸透着宿命的力量！在

《动物世界》里，你运用了还不太成熟的反讽调性，那种过来人的沧桑感，那种快活得发抖的顿悟，一下子就擒住了我的心！呕，“生态平衡的方式”，“没有法律的法律”，“不需要同情和怜悯/不需要善道主义”。这些在瞬间解体的社会和道德意义上评判，是那么坚卓、疼痛，你把心拎出来，它没有流血，这种冷静的认识类型，使这本集子显得更结实、自足、严整。它们与你的基本意识造成互动、抵抗、瞬息的沧桑就覆盖的人们。

宗鄂，我们其实是两代人，说真的，我并不为我没有一个更可靠的意识背景支撑而感到焦虑。在我过去的理论和诗歌写作中，你能看出这一点。但我理解你和你们这一代中年人，你们的灵魂已被塞得太满，兼济与独善、传统与今天、原欲与道义、寻求安全感的天性与粉碎自我重新组合……等等，时刻构成你们生命与写作噬心的纠葛。所以，你们最大的敌人只是过去的“我”。昨天与今天的存遗之争，成了你们诗歌的焦点。在这本集子里，你把它们呈现在那几首展示中年人情感历程的短诗里。它有爱情的迹写，但我更想把它看作某种隐喻。在个体的精神生活中，爱情从来都是一切意识的综合体现，正像我们的朋友伊蕾说的“失去了爱的自由，就失去了一切自由”。她当然指得不光是标准意义上的爱，而是价值确认方式、行为自主性、自我选择和负责等等。你一方面确认，“灾难被时间淡化/心也风化成石头/悲剧无法避免/一切都很自然”，另一方面又宣告，“而我却相信奇迹/即使是上帝的意思/也会有意外发生/命运是可以违抗的”（《动物化石》，《虹视》）。这里爱意、受辱、蒙难，是那么忻合无间。这种复杂的意绪在我们这一代人那里，被外化为无家可归；而你、你们，却让它回到了“家”——那颗悄悄挣扎的、到此为止的中年知识分子的心。宗鄂，你小心地培养它，又怕它长大，当你说“假如能重新生活一次”的时候，我的心充满了泪水，我不想指出，或者说我不忍心指出生命中不存在“假如”，不，那对你是一种轻慢，对善良和承担，这人类中的金子是一种亵渎！你说，“我们的权利是用眼睛和心/爱护活生生的景致/美有了安全感/人间才更加可爱”（《就这样一路同行》）。是的，重要的也许是人可能成为什么，但这是一种知识、一种价值论意义上的判断，而生活！是的，它是实在的形体、秩序，是应然性小于或然性的存在呵。朋友，你苦苦在寻求一种精心而详尽的对善的解释，但你连自己也说服不了，这种没有终的感情流程，恰恰构成了你这类诗歌的张力。相对主义告诉我们，激进和保守是生命中不可缺少的拉力，它们相互涉入、龃龉，在这些中间地带，就可能出现比两端更复杂有趣的意味。“天空是无法触及的/大片的空

白留给人去想象 / 精神的回响 / 仅处于音乐的状态。”（《虚与实》）。理想的冲突在西人那里被外化为理性分析，对它的解释权是在现世生命的神圣性里；而东方，则是一种现在的道义，宗鄂，你就在这两种认识类型间行走，你摇摇摆摆、力不从心，对个体生命而言，这实在算不上幸事，但对诗，噢复活和创造经验的幽灵！对它来说，这种行走，难道不正是有意思的吗？

瞧瞧，我的朋友！就是你的这本《悲剧性格》，你一再谦抑地告诉我它们很差的这本诗集，使我认识了月亮的背面那些布满伤疤的环形山。使我不为所动的孤傲的心，在1990年的春天，再一次想着善、正义、尊严、忏悔，这些蒙尘已久的概念。真的，宗鄂，这些诗从技术上距我的理想差些，它们太稳健，展开得慢了些，尤其使我感到不满的是，它们语义的缝隙里，缺乏更多向的浓密的阴影，仿佛是一次有目的的旅行，没有震惊和措手不及所带来的快意。但我要告诉你，它比你以往的诗集要棒得多，像你的《阶梯》所说，那是“生命和思维从许多点 / 向上盘旋”！诗歌作为个体生命和言语的双重洞开，说到底，重要的不是任何单独的因素，而是二者相互的选择和发现。那么，宗鄂，你忐忑的心自信吧，这毕竟是你不可替代的生命的梅花在开放，正如你在《梅》中说的那样：

而一株梅花和满月
才是属于我的
一如我灵魂中渗出的
血液！

就写到这儿，祝你和你全家幸福。

陈超

1990 年 5 月 1 日夜在石家庄

生态学视阈下的诗与画

——评寇宗鄂

苗雨时

生态学文学批评，产生于20世纪70年代。它与社会快速的工业化进程及所带来的自然环境的破坏有密切关联。自然环境的污染与恶化，直接威胁着人类的生存和发展。于是，人们越来越多地反思和关注环境的保护和人与自然的和谐相处。由此，生态学在文学批评中确立了独特的价值尺度、批评原则和方法。中国生态文学批评的出现，是新世纪以来前几年的事，并成为时下一个学术界的热点。它反映了我国社会科学发展中必然的历史文化吁求。

寇宗鄂先生，是诗人，也是画家。他的部分诗作和画作，集中表现了对人与自然的生态状况的观照、考察和哲学省思。他的这部分创作，正处于中国社会转型与演变的历史情势下，即工业化、市场化的大力推进，在社会生产力和人们生活水平获得提高的同时，也付出了环境污染和自然资源浪费的巨大代价。如何改变这种状况，便成了亟待解决的时代性课题。文学艺术首当其冲。寇宗鄂先生是较早意识到这一点并勇于探索和担当的一位艺术家。因此，他致力于诗画创作，并展现了明确的精神向度和独有的艺术风采。

首先，表现了对自然的热爱与依恋。他深切地体悟到，人与自然的相互依存的关系。人从自然中来，自然是人类之母。正如马克思所说："人靠自然界生活，这就是说，自然界是人为了不致死亡而必然与之不断交往的人的身体。所谓人的肉体生活和精神生活同自然界的相联系，也等于说自然界同自身相联系，因为人是自然界的一部分。"（《1844年哲学—经济学手稿》）。所以，归依自然，就是珍爱自我的生命。诗人出生于四川梓潼，此地，物产丰饶，自然风光优美。在依山傍水间，那"三月的油菜花"，经由冬天的孕育，一夜之间，于大地的"激情四溢"里，那么美好而热烈的绽放。这油菜花曾涂染了他的童年，至今回忆起来，仍如在眼前（《故乡的油菜花》）。这里，是养育他的生命的所在，“我的皮肤我的血液里 / 至今有苞谷和红薯的养分”，乡恋，是一条割不断的母与子的脐带，尽管风雨如晦，但终将叶落归根（《根》）。他的乡愁，归依乡土，但回归自然也是一个极为重要的精神维度。

而他的画，也多是对自然的描绘和迹写，并在笔墨中充盈着亲近与挚爱。例如《火狐》《山雀》等，或以茫茫白雪作映衬，或于山林中点染，对比鲜明，灵动飘逸，表现了大自然中生命的独立、自由和激荡。而那幅《秋天的白桦林》的画作，更是自然色彩的欢歌，尤其是各种黄的、明亮的暖色调，仿佛拉开遮挡太阳的帷幕，瞬间，迷人心醉的美丽扑面而来，居于此种美丽之中的是一个如真似幻的梦，几行白鹭翩翩起舞，两三只鹿儿欢蹦乱跳，令人不觉间进入这明媚、跃动而又宁静、自在的时光之中，受到心灵的冲击。这就是大自然的生机与美妙。

其二，对自然遭受损毁的忧思与感喟。人生活在大自然之中，大自然养育了人类。掠夺自然，破坏自然，无异于戕害人类自身。汤因比在《人类和大地母亲》中说：“人类在以往二百年间对生命层所获得的权力是史无前例的。在如此纷乱的情况下，肯定可以提出一个假设：人，大地母亲的孩子，不会在谋害母亲的罪行中幸免于难。”这是沉重的警示。诗人的诗《失火的森林》，一场大火，毁灭了一片森林，造成了“前所未有的悲剧”。“损失和死亡”堆积成一座废墟。只见废墟上劫后余生的枯枝上，“托着半个鸟巢”，“偶尔有鹿的哭声隐隐传来 / 哀鸣着寻找失去的家园”……这无望的悲凉与荒芜，不能不激起我们关于生存还是灭亡的人与自然关系的生态学的思考与惊醒。又如《悼念一片桑树》，村前的一片桑林，被人们以一个荒诞的理由人为地砍伐了。从此，没有了采桑女“水灵灵的歌声”，也没有了养蚕和织锦。而土地埋露在烈日之下，洪水来临，“留下累累的齿痕 / 一直疼痛至今”。这种“没有桑的日子很瘦弱 / 瘦弱的日子吐不出丝”，也因此，不可能再有柔软、温暖和幸福”……

至于画，由于其自身的特性，多正面描摹，直接批判现实的较少，只在一些小品画中有所着墨。例如《林殇》，在冰雪之中，几个被滥砍盗伐留下的树桩，个个兀立着，戴着雪帽，仿佛纱布裹着伤口，在默默地做着无声的抗议。而更多的是对保护自然生态的呼吁与渴望。《湿地即景》，红色基调，但由于渲染和变幻。在润泽与葱茏中，变幻出无限的生气和无尽的遐想。这种自然生命仅存的景观，在礼赞中也潜隐着某种难以言说的痛楚……

第三，对人与自然和谐共生的向往与追寻。爱默生在《自然与精神》中曾说："喜爱自然的人，其内、外的感觉一致；他把童年的精神状态保留到成年。他与天地的交流为他每日的需要。纵然确实有悲痛，在大自然面前他却心醉神迷。"尊重自然，虔敬自然，即使自然万物自在、安宁，又让人在亲和自然中达到物我合一。例如诗人的《诗之谷》，他来到一片蛮荒的谷地，历经古老的岁月，尚未被现代开发。那里有"山峰与森林"，由"金黄和纷红的花朵/构成奇异而神秘的世界"。世界里，有各种动物和鸟雀，也有食物链，但大多是悲剧与喜剧和谐上演。而这就是他的诗之谷，诗歌生长之地。诗与自然的关系，恰如他在《诗歌与花朵》一诗所吟哦的："诗歌/是心灵绽放的花朵/花朵/是大地彩色的诗歌/诗与花/同属于春天"……

他的画作，赞美大自然的很多，"外师造化，中得心源"。不仅再现了自然的自在美，而且也灌注了某种人文气韵。例如，他的画《秋天林系列》，博大、神秘、温暖的树林，是故乡的影子，是梦境的回响，是童年纯净的记忆。从这些画幅中，你似乎听到了声音，秋林间清风的呢喃，花田上空清幽的鸟鸣，你也似乎闻到气息，秋野的馨杏，红叶的呼吸，这声音和气息，也都带着温度，雾的湿气，雪的冰寒，阳光的暖……一切感知和领受，从画面上脉脉地发散出来，亲切而又陌生，感人至深，沁人心脾。

宗鄂的诗与画，都抵达了一种令人敬畏的高度。因为它们共同表达了在人与自然关系中对人类生存命运的思考和对人的存在的终极关怀。这就指向了天地之大道，也就是中国古代哲学的"天人合一"。正是这"道"，让他的诗与画在高处携手。

诗与画，表现了同一的精神价值取向。但二者毕竟是不同的艺术品种。它们既有共同点和相互借鉴性，也有各自独立的特殊性。两者同为艺术，其生命底层必然有相道之处。那就是中国诗画中高雅而纯正的艺术精神。它们承继中国的艺术传统，重表现，重意境，重个性创造和独特风格的形成。苏东坡曾这样评说王维的诗与画："味摩诘之诗，诗中有画，观摩诘之画。画中有诗"。用到宗鄂的身上，也可以作如是观。他的诗，体物精微、细腻，他的画，意寓丰赡，生气远出。然而，诗与画，作为不同的艺术，也有相异的特质和表达方式。诗，有画所不能达到的了悟，画，也有诗所不能表现的感受。按莱辛在《拉奥孔》中的说法：诗是时间艺术，画是空间艺术。诗，多用来达事物的动态和过程。画，以反映事物的静态为主。因此，具有各自的艺术规范：诗动中蕴静，化美为媚；画以静制动，静中生动。宗鄂的诗，感悟生命，意象鲜活，蕴涵丰厚，境界开阔。而他的画，最大的特点是有“形式感”。同样的色彩、线条、结构，按照画家的个性和审美趣味进行不同的组合与变化，就形成了独特而有意味的形式范型。从而，赋予画以呼吸和生命。共表现是，笔墨单纯，色彩明丽，清雅俊逸，韵致悠远。

然而，诗与画总归出于一个人之手。他所致力的艺术追求：不仅承继本土的艺术传统，而且也吸纳域外现代艺术的营养，通过个人心灵体验的暗道，把二者加以融汇和创造。既有人文情愫，又有审美特质，既有历史感，又有现代性，以此形成他自我的艺术生命和格调。总的看来，宗鄂的诗是知识分子的诗，宗鄂的画是文人的画，诗与画同源而同构，都氤氲着一种书卷气，并共同型塑了他文雅而峻峭的人格风流。其对当代诗坛与画界的贡献是：他创造了具有东方文明神韵的卓绝而又幽渺的现代艺术！

［作者单位：廊坊师范学院文学院雨时诗歌工作室］

善的习得方式

——在寇宗鄂诗歌研讨会上的发言

刘向东

诗有不同的读法。最基本的一种，可以名之为欣赏式读法。这种阅读法的目的是感受美，体会诗人对人生的感触，并获取共鸣。它让阅读者俯仰于、沦陷于或痴迷于诗自身携带的情绪。另一种可以被视作启示性读法。启示性读法的目的不在感受美，甚至不在获取共鸣，而是要从某些诗作中，获取诗学方面的启示。读宗鄂先生，当然哪种读法都有效。按欣赏式读法，我从他的六十多首自选诗中读出大量我喜欢的诗，它们是《又见克隆》《蜘蛛岛》《母性的泥土》《悼念一片桑树》《虎坊路甲 15 号》《根》《祖母》《车祸》《哭墙》《听你叫我的名字》《遗弃的钉子》《心塚》《心语》《骨头的硬度》《马的忠诚》《郎当驿》《晋柏》《故乡的油菜花》《皮影》，我可以充分感受它们的诗意，也可以稍加解读。比如这首《蜘蛛岛》：

在明媚的阳光之下
在浓密的枝叶和
一棵树与另一棵树之间
悄悄地张开了
一张张不大不小的网
再明亮的眼睛
也难以辨认这敏感的神经

毒蜘蛛就守候在
它们精心编织的网上
身穿漂亮的迷彩服
貌似盛开的花朵

采花的蝴蝶和麻痹的蜻蜓
触网是必然的
即使有一双飞翔的翅膀
亦无法躲避这
柔软的武器
透明的埋伏

这样的诗篇有独到的发现和表达。往远了说，与瑞典诗人哈利·马丁松的《尺蠖》有一拼，首先这是一首以小见大的诗，它貌似来自诗人对动物世界的一次细察，而其中的刻画却成为人生的生动隐喻。从另一个视角看，在看似平凡的事物当中，其实蕴含了神秘命运。诗人就是能够说出这种神秘命运的人。往近了说，这样的诗颇得牛汉先生真传，有如《华南虎》描写深陷囹圄之中的猛虎在无奈与默然之中潜伏在心底的生命力，集中表现生命在受到禁锢与残害之时的挣扎。宗鄂先生的生命体验生成于毒蜘蛛精心编织的网以及那一双双飞翔的翅膀，也生成于诗人的想象之中，成为诗人的心灵幻化出来的生命意识。

但是今天，我更乐于用第二种读法也就是启示性读法来表达我对宗鄂先生诗歌的体味与敬仰。

宗鄂先生是我的父辈。我常常听家父说，谁谁的人品是从自己的诗文里养出来的。我常常想起这句话，也注意体察。我发现包括宗鄂先生在内的老一辈的诗文，总是伴着自己的经历，培养自己，他们的人格和气质，都是从自己的诗文中脱颖而出的。

我曾经与宗鄂先生一道在他的故乡四川梓潼行走，亲眼见他为他的生身之地写下深情的诗篇，有些诗他没有选到自选诗中来，但给我留下深刻印象。

宗鄂先生的故乡梓潼，西枕潼水，东倚梓林，峰列锦奇，地罗紫姹，蜀道载千年之韵，古柏铺万象之廊，乃文帝祖庭，文昌圣地。今年我又去一趟，参加文昌祭祖大典，诵读祭文，其中有这样的句子："北孔子，南文昌。文昌乃神话之孔子，孔子乃人化之文昌。曲阜庄严，梓潼安详。庄严则圣人多难，安详则吉人天相。洪秀全造反，先捣孔庙，张献忠剿川，不犯文昌……熠熠桂香殿，森森翠云廊。将军秉持铁如意，诗人吟诵白玉堂……一祭兮，典章灿烂，二祭兮，阴骘辉煌，三祭兮，是非明白，善恶昭彰。恶魔以斗为乐，文昌以善为纲。善行为目，纲举目张！"

我之所以读了这么一段，我是想说，宗鄂先生的诗画，深受他文帝祖庭的影响，正如他在诗中确认的那样，梓潼，是他的根，是其心灵慰藉之福地，精神寄托之家园。

在这儿我想借助“文昌以善为纲。善行为目，纲举目张！”，集中说说宗鄂先生的诗根——善，以及诗人心性与其诗保持的一致性。

我的老师陈超先生早就注意到宗鄂先生诗歌的善。他在读宗鄂诗集后说：“它悄悄地纯净地弥散在我周围的空气里，慢慢使我觉得，生命尽管是轻描淡写的、无助的，但它又是那么坚卓、高蹈，充满着自如的透明。在这里，灵魂的至善，不再需要外在的对象。不再需要相对意义上的可验证性。不！它们在白纸上渐渐显形，本身就构成了一个可能存在的世界！你，诗人，是这至善的发动者，它们远离你又一再返回，在今天，它们不是认识论意义上的种与属，而是自我把持的、自我确立的永恒时刻！这种对个体生命的描述，这种充分自明的反省层次，使我，一颗年轻的苍老的心，再一次追问自己，难道善、正义、尊严，这些被人类精神历史永恒不替的简单概念，在今天，就真的逃到不力的诗篇里而不再在事物的核心闪耀了吗？如果人不背叛自己晦暗的天性，而采取一种以暗抚暗的方式，那么，我们生存的世界，在最后的一幕开始时，还有什么能纯粹得高高在上，并审判这些罪恶的骚扰呢？在我们生活的这个无神论的世界，除了虚假的因果律之外，难道就没有比自爱更高贵、比艺术操作更重要的美德和“宗教”来拯救和对称、洞察和论证那些压在人们良心上的忧虑了吗？亲爱的宗鄂，是你那些笨拙的、诚实的诗篇，像一把老式的锈钝的刀子，划破我的心，它不锋利，但它留下的伤口更大、更疼。在这些诗里，你并没有回答我，但你强烈、连贯、又一次提出新的问题！因此，这些诗，良心比形式有意义，忏悔比语言效果更显豁。”

陈老师早年的感受和判断，拿到今天来看依然恰如其分。

这又让我想到公木先生曾经说过的话：“只有真的才能是善的。倾向性源于真实性。只有真的，又是善的，才能够是美的。美是真与善的形象显现。只有真的，又是善的，又是美的，才能够是诗。堪称艺术的诗是真善美的完整融合，从内容论，是美的真与善；从形式论，是真与善的美。恶是假的妻，丑是他们的儿子，现实生活中的假恶丑，也可以摘取作诗的素材，但必须照耀以真善美的灵魂之光，让人从中更能观照到真善美，受到感染，得以提高。虚伪的歌颂是阿谀，恶意的揭发是诽谤，都不是诗。诗的本质是实践，具有改造现实的性能。作诗如此，做人亦然。首先是做人，然后才是作诗。”

这也令我想到更多，并从宗鄂先生的诗作得到更大启示。

纠缠现当代中国诗人的核心问题之一是：诗人的心性是否必须与诗本身保持某种一致性（或称同一性）。宗鄂先生的创作实践让我破译诗人寄存于作品之中的自我形象，让我再次见证，所谓写作，不过是对善的习得方式之一种，也就是，“修辞立其诚”，善由写作而荣膺心性的主要部件。

按照苏珊·桑塔格的观察，唯有心性上的“倒错”而非中正，“才是现代文学的缪斯。”这等惨境的来由无非是：“我们这个时代，是一个有意识地追求健康、却又只相信疾病包含真实性的时代。”现代人更愿意相信：病态才是真相，健康不过是幻觉，或者假想和假象。于是，新诗人们普遍处于心性分裂的状态之中，或许他们也希望自己所创的诗篇，能与自己的心性相一致。但此事之难，实在与“华亭鹤唳讵可闻，上蔡苍鹰何足道”（李白：《行路难》之三）相等同。也有相反的情况发生：新诗人们干脆破罐破摔，在诗中把心性的反面（或侧面）呈现给读者。这样做的好处或合理性，在韦恩·布思一连串的虚拟式反问中，得到了完好呈现：

假如我们不加修饰，不假思索地倾倒出真诚的情感和想法，生活难道不会变得难以忍受吗？假如餐馆老板让服务生在真的想微笑的时候才微笑，你会想去这样的餐馆吗？假如你的行政领导不允许你以更为愉快、更有知识的面貌在课堂上出现，而要求你以走向教室的那种平常状态来教课，你还想继续教下去吗？假如叶芝的诗仅仅是对他充满烦忧的生活的原始记录，你还会想读他的诗吗？假如每一个人都发誓要每时每刻都“诚心诚意”，我们的生活就整个会变得非常糟糕。

似乎，诗作中的面具出于迫不得已，它是被逼而成的产物，并趁机把自己哄抬到了新诗现代性的制高点。

在现代性的语境中，真诚意味着直接的死路一条吗？宗鄂先生用诗给出了答案。在他的作品中，面具被移开了，或者面具干脆就没有存在过，政治行为也被规避了，不是朦胧诗那样的在反意识形态中受制于意识形态的诗歌写作。他诗中的“我”态度诚恳，心性质朴，先乎情，始乎言，切乎声，深乎义，心性与诗完全合二为一，哺育和反哺相辅相成。或许正如陈超老师暗示过的，还有可能强化表达之难，弥补在现代性方面的缺失，但宗鄂先生这种古典性维度上心性与诗篇的一致性本身已经够难了，反倒应该成为现代主义效法的榜样，是一剂疗治现代诗病的良药。

［作者单位：河北省作家协会］

拾捡诗的余音

——寇宗鄂诗歌创作简论

武兆强

我和寇宗鄂相识于"文革"后、改革开放之初，至今四五十年已成过往。这么漫长的时间真的可以算是老朋友了。同为同时代人，先后染上诗的痼疾，虽未一命呜呼，却也因痼疾难愈一闹就是几十年。所以今天前来参加宗鄂兄的诗歌创作研讨会，竟然生出了一种类似突破了什么封锁线的感觉，一到"解放区"一切都豁然开朗！在这片人生的开阔地上重新相逢，心里不禁泛起十足的亲切感和交融感。

回顾以往，诗写得不多，但留下的感慨却不少。可能是因为上了年纪，首先令我感慨的是，在与诗歌一道前行的路上，我们常常会看到不少人兴冲冲地来了，不久就走了，进入诗坛而又销声匿迹。凡此所谓"半个诗人"在我国诗坛并不少见，而宗鄂兄却以超拔的内在创造力跳出了这一吞噬性的磁场。为此，我为宗鄂兄倍感高兴。一个人对于一份事业的执着与坚守，与其说是尽到责任，不如说是一种能力、一种品格的表现。其实，这里有着一个对于一个诗人来说不可回避的命题，那就是一个诗人如何在漫长的人生岁月里始终保有一颗易感与敏感的心灵，不被岁月的磨损而"钝化"，不被风尘的包裹而"昏瞎"，这无疑关乎他的写作能力和写作走向。好奇心要求我们始终保持对未知世界强烈的渴望与探求；感受力则要求我们心智饱满，触觉灵敏，能对掠过我们内心的世间万物具有及时而又准确的反应能力。所谓反应能力，对一个诗人来说，也就是葆有历久弥新的言说能力，这是一种迫使思想、情感以悟的形式自动现身的能力。我认为，作为一名优秀诗人，尽管宗鄂兄已经步入老年，但他始终保有一颗未被"钝化"的心灵，始终能在生活中得到五味杂陈的感受，并以诗的声音加以表达。仅以资料为例，最近几年他就先后写出了《只有时间永远年轻》《心塚》《遗弃的钉子》《心语》《诗殇》《骨头的硬度》《马的忠诚》《晋柏》《无风的日子》《故乡的油菜花》《陶俑》《皮影》等一系列各具声色、各有发现的诗作。不过分的话，这或许可以被视为宗鄂兄的又一个创作的小高潮。题材更广泛，触角更灵活，视野更开阔，语言更生动，更加靠拢生活经历和人生经验的诗的综合。

比如《只有时间永远年轻》，一般说，由于物理“时间”对于任何一个活体都具有永恒的意义，所以诗人较之其他人对于时间更加敏感，诗人也的确常常在“时间”光影的变化中幻化诗情，特别又因为“时间”与生命的直接关联，而诗又恰恰是以生命感受为前提的，所以诗人对于“时间”——无论是作为物理概念，还是作为生活场景瞬息万变的催化剂——都更加情有独钟。故以“时间”直接入诗者不计其数。在此情形下，我们再来审视宗鄂兄的这首诗，就不难发现此作确实有诗人独到的发现和透彻的言说。

这首诗的起首就别具一格，它将“时间”比喻为一位经过“化妆”且有些“跛足的老人”，使“时间”这一抽象概念马上获得了一种形象感，而且作为此一形象的延续与补充，马上加缀了“而我们永远都/落在它的后面”，为“时间”做了先入为主的塑形，从而过渡到第二节、第三节，除了继续强调古往今来“唯有时间不死”之外，叠加进“不觉自己也已是风烛残年/死亡是个绕不开的话题”，正因为死亡无人可以回避，所以诗人一语中的地发出了“时间与生命的博弈中/时间是永远的赢家”这一千古感慨！但至此还未结束，而是继续将读者的思绪引向深入，以至采用极而言之的反向妙语，诙谐地指出谁“也不能把时间吞进肚里”，并再次以“跛足的老人”象征“时间”的“一瘸一拐不慌不忙地踽踽而行”，并与首节相呼应，最后以“尽管/人用生命喂养着时间/仅留下一缕白烟/一堆白骨与灰烬”，揭示时间置人于死地的“残酷”，而恰恰因了这种“残酷”而又“永远年轻”。

——生命或许就是用来衰老、用来死亡的。如果我们这么想，时间是否也就失去了它的所谓“残酷性”？不过，那将是另外一首诗了。

整体而言，宗鄂兄不屑于抒发凌空虚蹈之情，不屑于玩弄玄虚、奇幻、艰涩之言，而是始终专注于流淌在自己身边的社会生活，专注于自身的真实感受和内省的生命体验，以真情实感的抒写为己任，为我国新时期诗坛奉上自己的诗作。不做作，不矫情，不虚妄，总是顺心而为，魂魄归身。正如他所言：“真实情感是诗的生命。它传递出我对以往生活的真切感受，也反映我对诗的探索过程”。事实是，在现实主义写作的大范畴里，宗鄂兄几乎比其他任何诗人都更加主动而激进地靠近生活，这从他居然能把所谓“住房问题”直接搬进诗里即可看出。我们知道，所谓“住房问题”不仅为老百姓所关注，而且也是社会焦点热议之一，其敏感性自不待说。以此为题材，这在一般人看来纯属自讨苦吃，费力不讨好，但在他那里却是心之使然，好像非要从这种诗意贫区中挖掘出诗意不可，可见他对诗之所为的探索是多么执着，性情又是何等倔强！好在他在处理这类题材时并没有停留在一般描述和鼓而呼上，而是把空间的狭小、拥挤以及日夜来袭的噪音，用诗的语言提升到对人的精神影响层面加以表现，涉及百姓的精神冷暖，使之具有了诗的温度、纵深感和可喜的诗意提取，如《虎坊路甲 15 号》和《陋室》里出现了这样颇具思想内涵的诗句：“阳光对我却是吝啬的 / 总是在窗外徘徊 / 或在一眨眼之间 / 从我身边迈过去了 / 和我擦肩而过的不仅是温暖 / 幸运与我常常只差一步 / 搭末班车是启程而非到达 / 当然也有侥幸 / 遇车祸却有惊无险。”这岂不是普通老百姓窘迫生活和困顿心理的真实写照？！当然，诗人也不乏对未来生活的期盼和向往：“高楼大厦，毕竟在 / 动荡遗留的瓦砾堆上崛起 / 一座又一座新城在 / 希望的地平线上崛起 / 从陋室到新楼 / 从拥挤、难堪到舒展的日子 / 不再是吃力而漫长的马拉松 / 我夜夜有梦 / 在那一片崭新的楼区 / 有我期待的驿站 / 和喘息的欢喜”。他又以社会主人公的昂扬精神发出最美好的祝愿：

我像春天的燕子衔泥一样
辛勤建造生活的大厦
大厦中必然有我劳动创造的天地

——《陋室》

下边，就宗鄂兄的短诗简要说说我的鉴赏和认识。第一首，《饵与刺》：

人在诱饵里
埋伏着钩
鱼在肉里隐藏着刺
上钩和
卡刺
是必然的事

出于突显与节奏的考虑，此作分为七行，恰到好处。细看，它实际上只是由四句话组成。如此短促却揭示了事物总是相互制约的这一哲学命题，相生中有相克，相克中有相生，而事物的原本趋向，“上钩和/卡刺”又完全“是必然的事”。此作，可谓小诗中的精品。

第二首，《躺在湖中的树》：

躺在湖中的树
是一段壮美的死
曾经与湖厮守
即使再热烈再执着
湖水里也只有
梦一样的影子
当你投入湖的怀抱
化为水中之骨
一个不死的爱情
活在水晶的坟墓里

抓住“躺在湖中的树”这一象征性意象，把爱情写得如此凄美而又奇特，可见功夫不凡。尤其是“水中的骨”、“水晶的坟墓”，意象贴切、鲜明而强烈，使人微感震撼，过目不忘。

第三首，《有时》：“有时/死亡和生一样伟大/活着的死亡/不仅是自身的悲哀/还泛滥成他人的灾难/像流行的瘟疫/把痛苦传染给世界//挥霍无度的权力一旦死去/这一刻/将成为盛大的节日”。

严格来说，诗人的书写都是“有时”。就是说，诗人常常是从偶然出发而抵达必然之岸。这首诗以“有时”为题，既是一种符合题旨的顺写，又是对诗人即将所言做出时限性的提示。在这里，看似仅仅是“有时”，实际是对“有时”做出的暗示性强调。在这种强调中，我们的确感到了诗人胸中的块垒，感到了涤荡在诗人胸中的隐隐激情，即在对生与死做出人格意义上的冷静的审视之后，笔锋一转，直指权力的滥用，并预示着当“挥霍无度的权力一旦死去/这一刻/将成为盛大的节日”。

第四首，《放下又拾起的》：“放下又拾起的/是历史的遗物/拾起又放下的/是一生的财富”。

一个放下又拾起，一个拾起又放下，这在诗人眼里该是多么有趣而又无奈的一种尘世真相啊。轻轻地反讽，作者自解的所谓作品之“灰”

也就“灰”在这里吧。

第五首，《化石森林》：“沉睡亿万年后 / 重新站立起来 / 成为一座年轻城市 / 沧桑的背景 // 历史与现实相遇 / 像老夫少妇的婚配 / 让衰老 / 焕发青春”。

城市的崛起是我们这个时代的特征之一，诗人抓住这一特征与时代相呼应。

第六首，《日子》：“日子也长着 / 一对势利的眼睛 / 分得清贫富 / 富日子是 / 一匹狂奔的马 / 穷日子是 / 一头负重的毛驴。”

自原始社会瓦解，穷与富就一直伴随着人类，中外古今，概莫能外。而现今，由于种种原因，使我们对传统意义上的穷汉富翁难以做出评断，但对穷日子富日子却可以加以描摹，或如狂奔之马，或如负重之驴，不但喻体形象逼真，使人不禁联想到所谓“富家百事无愁，穷户度日如年”，且对当今世界贫富悬殊做出了入木三分的刻画。

无疑，宗鄂兄是一位制作短诗的高手，他注意以形象启动思辨，注重选择最恰当的意象为文本服务，注重将艺术视野的独异性与诗歌语言的独到性相结合，努力实现言简意赅，凝练节制的诗歌美学品质，为丰富诗坛的短诗创作做出了卓有成效的努力。

最后我想说，好的诗，一定能让读者感知到诗背后的那个人，他的眼神、呼吸、脉搏、体温与心性，以及他聆听并抵达世界的方式，一句话，一定能触摸到他的心。这时，只有这时，诗写者的灵魂才会获得短暂的安宁。

［作者单位：中国艺术研究院］

吾师宗鄂

马淑琴

人之一生，除了亲人的养育，最大的幸运，莫过于遇到一位好老师。师的恩泽既有初级的心智启迪，也有生命质量的升华与飞跃。

自幼喜文，尤喜诗歌。但工作后却与文学无缘，整天泡在繁杂事务与机关公文的海洋，文学情愫虽时时萦绕，却总是慨叹不能兑现生命对于文学的承诺。

天无绝人之路。47 岁时的一次工作调动为我撬开一条通向文学的缝隙。

工会主席职务不仅接地气，而且支配时间相对主动。我先把本职做成了市区典型，同时抓紧迎接文学迟来的惠顾，最先捧起最为钟情但遗落多年的诗歌，并一发不可收。虽在报刊发了一些，但深感底气不足，除了自学，急于找寻一个学习机会。看到《诗刊》举办诗歌艺术高级研修班的通知，毫不犹豫报了名。

研修班是函授，除寄送学习资料，每周交一次作业，指导老师批改，好作品还可在《诗刊》或《新诗人》发表。我的指导教师是《诗刊》编委、编审、编辑室主任寇宗鄂先生。

我认真完成每周的作业，寄出之后，急切盼望老师的批改。宗鄂老师把我寄去的每一首值得修改的诗都认真改过，字斟句酌，最后还要给我写封信，谈他对作业的整体评价、修改理由及努力方向。有时，老师会在我的诗行边批注：此节有牵强之感……有时诘问：你写的神秘感在哪里？没过多久，便在一封信里郑重指出：你的诗富有激情，有感而发，不无病呻吟，但语言和表现方式显得有些陈旧，有的概念直白，缺少新意。宗鄂老师对我有批评，有鼓励，鼓励满腔热情，批评一针见血。根据老师意见，我认真揣摩，不断摸索。

令我终生难忘的是，我寄去一首写建筑工人放线的诗，罗列了理想与信念等词汇，拆开老师回信，映入眼帘的是缀着惊叹号的四个大字：

“文革遗风！”像是四发炮弹，先把头炸懵了，然后是心情的七零八落。我恨不得将这四个毫无情面的字从纸上抠下来。

短暂的苦恼与沉默之后，我收到宗鄂老师的信，这次没过多谈诗，而是邀请我到《诗刊》或家里面谈。一天，我叩开虎坊路一家的房门，开门的正是宗鄂老师。迎我进门，看我带来一些刚收获不久的核桃，严肃地说：“到我这里来，不需带任何东西，你想把我搞成贪官吗？”

像是犯了错误的孩子，坐在老师面前，等待听他批判我的“文革遗风”。出乎意料，寇老师并没批评我，却说：“我和你一样，都是“文革”的亲历者，也曾写过一些言不由衷的、假大空的诗。可我们现在不能再走老路，不能再重复那种陈旧的腔调。写诗仅有好的愿望或正确的主题是不够的，文学创作也必须与时俱进。‘诗歌随世运，无日不驱新’。古人尚且有这样的理念，何况处于伟大改革时期的今人呢。‘转型’是时代发展进步的必然规律，是读者审美的需求。语言方式的改变，不是赶时髦，不是哗众取宠，是追求艺术创新的需要。”听着老师的教诲，如一股清泉浸润心田，倍感清新明澈。老师的语重心长不只让我感动，更让我感受到他的一颗真诚坦荡的心。

从那天开始，我努力在诗歌生命中实现一次涅槃。嬗变是痛苦的，也是幸福的。我认真学习诗歌理论，阅读优秀的诗歌作品，并在寇老师的指导下，在一块诗的试验田里不仅辛勤播种，而且下力气改良品种。一年很快结束了，我又续了一年，继续在观念的改变中提高，在诗的炉火中重塑。

经过痛苦地反思和实践，终于从心灵深处获得了嬗变的自由和乐趣。一股清新的风，驱散烟霾，让诗的翅膀找到了天空。2001 年秋，从陕西采风回来，写了三首诗，受到老师的肯定。其中《阴谋的乾陵》和《黄帝城遗址抒怀》分别在《北京日报》和《京郊日报》发表，《秋雨访太白山》不仅在《诗刊》发表，还被选入《诗刊》编发的《2002 年全国最佳诗选》。

2005 年，第二本诗集出版，宗鄂老师欣然作序，题为《从故乡情结到内心风景的嬗变》。他说：“从收在集子里的诗，便可以清晰地感觉到马淑琴诗歌可喜的变化。也是许多作者所经历过的创作过程。大而空和实而又实都绝非传统，传统也是发展的，绝非一成不变。走出传统的误区，艺术才会获得生命的活力。从表现客观的风景到融入主观的感受、到创造意象和内心风景，这一由外而向内的转化，很明显地使马淑琴的诗发生了质的改变。她有很好的悟性，写故乡的山水也超越了指称的意义，更加关注人的命运和生存环境；她还不断开拓诗的空间，把视野从故乡扩展开去，让目光更加高远。通过内心情绪，以小见大，折射出独特的个性和志向。”

由于我在文学上的努力和进步，2002 年 7 月，我被任命为区文联常务副主席兼秘书长，终于干上了与文学有关的工作；2006 年 7 月，被批准加入中国作家协会；2008 年，从工作岗位退休后，作为北京作协的签约作家，通过深山农村的数月采风，创作了反映山村农民改革开放 30 年和新中国 60 年生存状态与精神状态发生巨大变化的 3000 行长诗《山月》，由中国书店出版，宗鄂老师又及时地写了题为《诗性文本的整合与呈现》的评论。他说：“作者选择自己最熟悉的故乡为背景，以真人真事为基础，通过典型人物和典型故事情节及细节的描述，以浓墨重彩的特写手法为我们描绘出一幅英雄群像和雄浑壮丽的画卷。经历过苦难与贫穷的山村农民，及时把握社会变革的机遇，发奋图强，终于改变了家乡面貌。诗中的人物故事增加了叙事的成分，从而使以抒情为主的长诗，巧妙地避开了冗长空泛的抒情。通常，诗的主题和结构确定之后，诗性文本的整合与呈现便是对作者最大的挑战。主旋律题材除了理性的担当，也应不可缺少阅读的审美和诗的韵致，否则就很容易流于图解政治的既干巴又抽象的概念。作者善于把握整体构架和运用微调技巧，使一部长诗富于变化，气象葱茏，从容有度，既有历史的纵深又有时空的开阔。”

通过诗句的引用和解析，宗鄂老师指出：“长诗《山月》在构思和象征性的运用上颇具匠心。诗的象征是当代诗歌的表现手法之一。通过具体可感的形象，其含义与本体相通或相对应的特点，使本体的内容得到含蓄而艺术的表现。它更富暗示性，可以避免直抒胸臆的直白，展开更为丰富的想象。”

宗鄂老师认为，“《山月》的收获是多方面的，尤其是故事的叙述、诗意的表达，给人留下尤为深刻的印象。文字清澈朴实，口语入诗；意象单纯疏朗，无虚张声势和故弄玄虚之嫌，自始至终都很自然。诗并没有回避社会矛盾，而是直面现实，真实地揭示生活的背面，借以烘托正面的灿烂与温馨……”“假如说前面某些章节受真人真事的局限而谨慎持重的话，而后面则逐渐放松，手顺心畅，有如乘兴纵马，向深处写去，使心与手更加默契……”

宗鄂老师的评论对于我的激励也是多方面的，从他理性并饱含温度的文字里，凸显对于学生，对于诗歌艺术的满腔热忱、一丝不苟和高度负责精神，也呈现出他学为人师、行为世范、授业解惑与自觉担当的情操与品格。

对于家乡的文学艺术事业，宗鄂老师一如既往地支持。永定河文化采风，他不仅参加，而且写出很有见地的论文；百花山诗会，除了写诗，还作画，因为，宗鄂老师还是一位很出色的画家，曾经在美国、波兰、澳门、北京等地举办画展，他的画作很有文人范儿，被称为“有色彩的诗篇”；诗人写京西活动，被邀请的诗人每人写2—3首诗，宗鄂老师一气写了8首；举办诗歌大赛，他是评委，本来不用写诗，他又极其认真地写了4首，只是不参赛。他说，我刚参加工作就被分配到门头沟深山植树，对门头沟的山水和人有感情，对诗歌有感情，这是两种感情的融合。我的诗友马炳臣生病，他带着全家前来探望，炳臣病逝，宗鄂老师在外地，听说后痛心不已，执意到深山墓地去祭奠。我和家乡人多次被宗鄂老师这种正直率真、毫无功利之心的深厚感情和闪光人格深深打动。

20年了，宗鄂老师的人品、学识与才情不断影响着我和我们，时间的厚度不断累积着我对老师的敬仰。宗鄂老师不仅为我打开了一扇诗歌的大门，也给了我一个被诗升华的人生。

［作者单位：北京市门头沟区作协］

从“田园牧歌”到“都市悲歌”

——论寇宗鄂的诗歌转型

吴　昊

如果从1962年算起，寇宗鄂从事诗歌写作已经有近60年的时间了。这期间诗人的写作是不连续的：“文革”使诗人的学习与工作都受到影响，并且禁锢了诗人自由创作的权利，直到“文革”结束之后，寇宗鄂才重新释放出创作热情。寇宗鄂在“文革”后最早写下的一批诗歌大多都是“田园诗”，浸透了乡村的淳朴、大自然的美丽，同时他也为乡村的变革而感到欢欣鼓舞。但这些“田园牧歌”，从艺术角度来说还属于“半成品”，缺乏语言的锤炼与打磨。80年代末90年代初，寇宗鄂在诗歌创作方面开始了一次有意义的转型，他不再仅仅触摸生活的表象，他还深入到生活的内核，对社会现象进行反思。他也不仅写乡村的风景，现代化都市也成为寇宗鄂诗歌的重要题材。寇宗鄂的诗歌基调也从早期的明朗、欢快逐渐过渡到沉稳、凝重，甚至有时还带有悲剧色彩。可以说，寇宗鄂的创作是经历了由“田园牧歌”到“都市悲歌”的过程，这也是时代给诗歌留下的印记。但值得注意的是，无论寇宗鄂的诗歌在题材方面如何转型，他始终都是一个面向现实、深入时代的诗人，秉持着严肃认真的写作态度与现实主义写作风格。这种转型中的“不变”，从一定程度上受到牛汉诗歌写作的影响。

一　“田园牧歌”的轻唱

“文革”之后，寇宗鄂从“遵命文学”中解脱出来，重新获得书写“个人”的自由。寇宗鄂的心情可谓是轻松而喜悦的，改革开放的春风更是让他感受到生活的美好与希望。这一时间他的作品写作基调是明媚、欢快的，大多写乡村风景。并且诗人在写作过程中也充分利用了自己作为画家的才能，使得这些写乡村的诗作具有较强的画面感。正如诗人自己所说："1978 年思想解放和政治、经济改革开放，是一次生命的苏醒。由长久禁锢到开放的喜悦之情，激发着我的创作热情，1980 年至 1990 年的 10 年间，可谓是我诗歌创作的旺盛期，是个人精神的释放和观念的初步更新的亢奋与奔跑。然而主要是八行或十行体的风景诗，通过画面描绘对现实的歌唱，画面感和唯美倾向，受当时沙鸥的诗风和法国巴马斯派影响。"[①]1983 年寇宗鄂出版的诗集《野蔷薇》可谓是其早期诗风的代表。这部诗集里多是短诗，从"北方风俗画""江南写意""爱的记忆""生活的节奏"等标题中可以看到寇宗鄂在改革开放初期所关注的主题。他写北方风俗与江南风景的诗通俗易懂，有民谣小调的特点，比如《太行农家》：

山石墙，石片瓦，
荆条扎一圈篱笆。

二月清明，窗前
开满树桃花。

白露前后，豆角满架，
屋檐上吊着老大的倭瓜。

秋分。房后的鸭梨黄了，
小院里的玉米垛像撩人的火把。

这首诗没有刻意细描，寥寥几笔，就使一幅生动的"太行农家图"展现在读者面前，类似于"写意画"的笔法。每句末尾押 a 韵，读起来响亮明快，增加了作品的趣味，使诗歌不仅有"画面感"，还有"音乐性"。寇宗鄂写"江南"的诗作也有此特点，如《太湖唱晚》：

夕阳收起一把金色的伞，
落霞泼一湖朱丹。

渔村的孩子向岸边跑去，

---

① 寇宗鄂：《我的写作经历及诗观》，未刊稿。

欢蹦着迎接迟归的渔船。

正鱼汛时节，帆篷似飞翔的沙鸥，
大橹咿呀摇落银星万点。

渔家女还在唱拉网小调，
太湖渔歌比米酒还甜。

这也是一首“画面感”与“音乐性”兼具的诗歌，只不过将场景从北方转换到了江南。闻一多早在1920年代就提倡诗的“三美”：“音乐美、绘画美、建筑美”，而寇宗鄂的早期诗作正是“三美”在当代的体现。但寇宗鄂并不是刻意在诗中表现“三美”，因为他本人就是一位画家，他只是自然地流露自己的才能。他对乡村的描写类似于“田园牧歌”，在乡土风光中撷取诗意。

寇宗鄂的早期作品虽然注重意象的使用，但不晦涩，读者很容易理解他的作品。但这样的写作同时也隐藏着一种危机：如果只是停留在对风景表面的书写，就很难对生活、对社会有更加深入的思考。并且，如果一首诗太“易懂”，就难免会因为过于直露，而缺少蕴藉。寇宗鄂也认识到他早期写作中潜藏的问题，他认为自己的早期诗歌“表象化，浅薄粗露，缺乏内涵和纵深度，形象代替了技巧。这与知识眼界狭窄相关”，虽然他出版了《野蔷薇》这部诗集，但也只能算是“懵懂的诗”，“思想没有完全放开，不知深入，下笔时仍心有余悸”[①]。这种现象恐怕是经历了“文革”的一代人常见的心态。不过，随着时间的推移，寇宗鄂也在不断反思自己的写作，并在1980年代末1990年代初开始了有意义的转型。

二　“都市悲歌”的低吟

寇宗鄂的诗歌写作转型，是随着改革开放进程而展开的。在题材方面，寇宗鄂的目光由之前的聚焦乡土风光转向关注城市，并注意发现城市现代化进程中出现的问题。其实，在《野蔷薇》这本早期诗集中，寇宗鄂就已经发现了“城市”对于诗歌写作的价值，不过这时，他对城市

① 寇宗鄂：《我的写作经历及诗观》，未刊稿。

现代化的建设的认识还比较简单，甚至于有些理想化。在《立体公路桥》《“嘉陵”从街上驶过》《楼顶花园》《我买来一盆吊兰》《我设计，我是——》《我骑车穿过一座城市》《她和洗衣机》等诗中，寇宗鄂热情地歌颂立体公路桥、“嘉陵”摩托车、洗衣机、三居室的单元，甚至为城市的发展设计蓝图，体现出他对城市建设的高度热情。然而，随着改革进程的深入，寇宗鄂逐渐发现城市不总如他理想中那样美好，现代化给人们生活带来便利的同时，也在改变人们的心灵。为了利益，“生活开始模仿艺术”，人们“纷纷进入状态”，“争相扮演其中的角色”。于是寇宗鄂不再一味地歌颂城市建设，他开始反思城市建设中出现的问题，“田园牧歌”的轻快也逐渐向“都市悲歌”的低吟过渡。

在1980年代出版的诗集《悲剧性格》中，寇宗鄂就已经感受到了“田园牧歌”的消逝。因为“田园牧歌”所象征的是未现代化之前的乡村社会，而改革开放的浪潮却使得诗人的目光从乡村转向城市。城市是一个万花筒，既有寇宗鄂所歌颂的一切现代化事物，但也充满了金钱与欲望。尤其是在市场经济刚起步的时候，光怪陆离的社会现象让寇宗鄂陷入了“虚与实”的沉思：“地位很高贵/名誉很虚无/等级很森严/房子和汽车很具体/待遇是个热气球/载着欲望飞升”。诗人还看到“特别慢车”上的人们“说年轻的倒儿爷能成百万富翁/爱情线连着三个情人/谈生命在于运动当官在于活动/谈知识分子坐花轿/没有文化的不三不四赚大钱”。可以说，在现代化蓬勃发展的同时，人们的精神状态也在悄然发生变异，诗歌逐渐走向了边缘。寇宗鄂为这种现象感到感慨：“诗生性孤独而痛苦。诗与权力和金钱无缘。在商品经济时髦的今天，俗文学和声像艺术占着绝对的优势。诗被挤在有形或无形的夹缝之中，苦苦地挣扎，呼天抢地，如弃妇一般。”[①]在城市的高楼大厦、灯红酒绿掩盖之下的，是现代人精神的缺失；而诗歌的高贵正在于反思现代化，揭露与治疗现代人的精神病症。《又见克隆》即是一首反思与讽刺交织的作品：

这样的发明真是妙不可言
没有脑袋没有思维
任有头有脸的人宰割
没有嘴巴不需要吃喝
连哼也不会哼一声

① 寇宗鄂：《悲剧性格》，文化艺术出版社1989年版，第94页。

没有眼睛看不见操刀手
没有耳朵听不见密谋
没有鼻子自然也闻不到
血腥味儿
唯一的功能是向文明的人类
提供新鲜的内脏
去修补那些
被权力磨损和
被金钱腐蚀的心肝

科技的进步是现代化的一个突出表现，科技在改变人们生活、给人们带来便利的时候也在改变人们对伦理的认知。寇宗鄂的《克隆方式》《又见克隆》《人与神》等诗反思的不仅是科技本身，也是在思考人心。他认为“为生活充电”“为灵魂输氧”已经成了“刻不容缓的事情”。寇宗鄂早期诗作的乐观、轻快的基调在这些颇具现实意味的诗作中消失了，取而代之的是沉重甚至悲观的心态。这是时代给予诗人的重担。

寇宗鄂的“城市悲歌”是对现代化建设的反思，也意味着他的诗歌写作趋向成熟的境界。在寇宗鄂诗歌写作转型的过程中，有一位诗人对他产生了重要的影响，那就是牛汉。

三　牛汉对寇宗鄂诗歌写作的影响

老诗人牛汉曾这样评价寇宗鄂的诗歌：“他的诗意象情境都是经过心灵的多次锤炼而生成的；自然、质朴，没有芜杂的铺陈，没有外露浅薄的装饰，绝无玩诗的恶习。他的诗是带着现世的苦难、悲壮，以及圣洁的理想，每个语句都浸润于人生的洪流中，得到了洗练之后的光彩。因此内在的情韵也比较深邃，富有哲理色彩。近两年来，又读到他有不少新作，他的诗仍是堂堂正正的，面对复杂而动荡的现实，没有回避现实的考验，并清醒而明智地置身其中，他的诗会获得新的突破，逐渐到达更高远的审美境界，使意象更加丰满起来。”①可以说，牛汉充分肯定了寇宗鄂诗作的价值，并鼓励他追求更高的艺术境界，体现出前辈诗人对后辈的殷切期望。而寇宗鄂也的确十分感激牛汉对自己的评价，他尊称牛汉为“老师”，在诗集《西爿月》的后记里全文引用了牛汉的评

① 宗鄂：《西爿月》，作家出版社2001年版，第156页。

语，并下决心“定会把老师的话，当作终生努力的目标，也是我写诗的信心和毅力”[①]。实际上，牛汉确实对寇宗鄂的诗歌写作产生了一定影响，这种影响主要体现在写作态度和写作风格两方面。

首先，牛汉是一位“以生命为诗”的诗人，吴思敬称他为“中国诗歌的良心”[②]，孙玉石也认为牛汉有着“铮铮风骨，大美诗魂”[③]。无论是1940年代的诗歌还是“文革”后复出的诗歌，牛汉的写作始终秉持着严肃认真的态度，他决不媚俗，决不迎合“流行”而作，他的为人与作诗是合二为一的。从寇宗鄂的诗歌观来看，他的写作态度与牛汉是一致的，并且在牛汉的鼓励下，他更加坚定了自己的写作观念。寇宗鄂始终认为：“诗是从灵魂深处发出的声音，是一个民族的心跳。”[④]即便是身处于商品经济时代，他也不会被金钱而蒙蔽双眼，不会为名利而写作。这些年，寇宗鄂始终默默坚持诗歌写作，不为“诗坛”的风云变幻所惑，也从不搞“小圈子”，为出名而炒作。因为寇宗鄂深知，诗人虽然不是什么“贵族”，但诗歌一定是高贵的。诗歌不能成为诗人的“奴婢”，为其博得功名利禄而使用，诗人要做的是为诗歌葆有一方净土，并为诗歌的持续发展贡献自己的一生。

其次，牛汉的写作是植根现实的，他那些渗透着苦难意识的作品，往往都是将个人的“小我”与时代的“大我”结合在一起的。寇宗鄂作为牛汉的学生，他的作品与牛汉保持了一致的现实主义风格。寇宗鄂认为：“诗是社会的良心，是从人民之中发出的欢欣或者疼痛的声音。平民身份和心态，人文关怀，忧患意识和社会担当是诗人的禀赋。”[⑤]的确，无论是寇宗鄂早期的“田园牧歌”，还是他转型后的“都市悲歌”，他的眼睛始终关注着中国社会的现实，关心着人民的生活。寇宗鄂的写作手法并不“新潮”，甚至有点保守，他并不刻意在语言修辞方面赶时髦，他的作品很朴实，没有雕琢的痕迹，当然也并不晦涩。可以说，寇宗鄂的诗歌写作是“接地气”的，读了他的作品，读者不仅能够进入他的心灵世界，还能从他的作品中看到他对现实的认知。

牛汉去世后，寇宗鄂曾写过一首悼念牛汉的诗：《长虎须的诗人——悼牛汉老师》。诗中写道：

---

① 宗鄂：《西爿月》，作家出版社2001年版，第156页。

② 吴思敬：《牛汉：中国诗歌的良心》，《北京日报》2013年10月10日。

③ 孙玉石：《铮铮风骨，大美诗魂——深切缅怀诗人牛汉先生》，《新文学史料》2014年第1期。

④ 宗鄂：《西爿月》，作家出版社2001年版，第155页。

⑤ 宗鄂：《宗鄂抒情诗》，漓江出版社2014年版，第471页。

生活里有一种
被稀释的人格
一种钙质的流失
让人深深地惋惜
奴性植入的膝盖
和被铜锈腐蚀的心脏
永远无法替代
生性的刚健与遒劲
因而令人感到悲哀
唯有一身坚韧的筋骨
才能承受生命的重量

虎的站立与躺卧
睁眼与闭眼
同样让人心生敬畏
一位刚强的汉子
用涅槃的诗和
他坚硬的骨头
为我们点燃
一盏不灭的灯

这是寇宗鄂对牛汉的深切悼念，同时也是对牛汉人格与诗风的深度认同。在当前这个浮躁的社会，真正能够植根现实的诗人已经为数不多了，寇宗鄂对牛汉写作风格的传承，无疑是可贵的。

从“文革”结束到现在，寇宗鄂的诗歌写作经历了由“田园牧歌”到“都市悲歌”的转型，在转型中可以看到时代变化对寇宗鄂的影响。但是，无论寇宗鄂的诗歌在题材方面如何变化，他都认真遵循着牛汉对他的教诲，高度关注社会与人民。因此，寇宗鄂的诗歌在“变”中有“不变”的品质，他始终是一个现实主义诗人。

［作者单位：廊坊师范学院文学院］

新诗形式建设问题研究

朱英诞研究

寇宗鄂诗歌创作研讨会论文选辑

诗歌文本细读

姿态与尺度

新诗理论著作述评

外国诗论译丛

彭燕郊《混沌初开》细读

邱景华

《混沌初开》是神品。

它具有一种前所未有的想象力：以自我反思的知性为核心，把“太空时代想象力”和“原型意象想象力”融为一体。它的文体创造力也是一流的，吸收和融合了现代小说多种手法，开创一种前所未有的长篇散文诗的新文体。

《混沌初开》是孤品。

在当代诗人中，很少有人像彭燕郊这样对波德莱尔诗歌有独到的领悟，是苦难给予他内省的智慧。在60年代，在“文革”期间，他就开始秘密研读波德莱尔诗歌，思考它与世界现代诗进程的关系。否则，他不可能在80年代初期，就在湘潭大学讲波德莱尔诗歌，同时在香港《大公报》上连载他研究波德莱尔的诗学随笔（当时国内的主流观点，还是把波德莱尔看成是“恶魔诗人”或“颓废诗人”）。

在当代诗人中，也很少有人像彭燕郊这样自觉继承鲁迅的传统。鲁迅，对彭燕郊精神上的启迪和影响是全面而巨大的。正是受鲁迅开放精神的影响，他才会对波德莱尔情有独钟。并且从思想上，把鲁迅和波德莱尔连接起来：“《野草》和《恶之花》一样具有里程碑的意义，它不是一般的散文诗，它和《恶之花》一样是开一代诗风的……”[①]

彭燕郊认为波德莱尔是西方现代主义诗歌的源头，提炼出波氏以“痛苦的思考”为核心的新诗学，并且发现鲁迅的《野草》，在精神上（自我反思和自我拷问）与《恶之花》（而不是《巴黎的忧郁》），是一脉相承的，从中获得慧眼和灵感，写出新诗史上独一无二的《混沌初开》。

① 彭燕郊：《彭燕郊诗文集·评论卷》，湖南文艺出版社2006年版，第82页。

一

《再会了，浪漫主义》长达八万多字，是晚年彭燕郊呕心沥血的新诗学。此文以世界性的视野，和独特的立论，在梳理世界现代诗发展的轮廓中，勾勒出中国现代诗的进程。没有数十年的思考和探索，写不出这样的宏文，其独特的见解，相异于当代诗学的主流观点，发人深省。这是当代诗学最独特也是最重要的理论之一，可惜由于各种原因，少有人知，未能产生广泛的影响。[①]

此文写于80年代初、中期，完成之后，彭燕郊才开始《混沌初开》的创作。他是在理解和把握了世界现代诗和中国现代诗发展进程的基础上，确立自己独特的艺术追求之后，才放手创作。或者说，前者是新的诗学，后者是新诗学的具体实践。这是我们理解彭燕郊晚年诗歌的一个重要前提和关键所在。如果不研读《再会了，浪漫主义》，也就很难理解和把握《混沌初开》的独特性，因为两者是互为因果的。

《再会了，浪漫主义》最核心的观点，就是告别浪漫主义的自我抒情，转向现代诗的痛苦思考。彭燕郊认为：世界现代诗的源头是《恶之花》，是波德莱尔开拓了人类心智的新景象：痛苦的思考。这种痛苦的思考，就是不顾一切地拷问自己，挖掘自己，表现为心灵的搏斗。“他审视的是他自己，诗人总是通过审视自己审视世界。”[②]

为什么彭燕郊特别推崇鲁迅的《野草》？就是因为《野草》也是深刻地表现了作者内心的自我拷问和自我搏斗。

这种痛苦的思考，属于西方现代诗最基本的特质：“知性”（又译智性）。所谓的“知性”：“它一端要区别于感情，与之相对照；而另一端则要区别于思想、智力、说教，并与之相对照。”[③]也就是说，诗学中的“知性”，不是一般的思想、智力，而是一种现代诗的想象力。为了便于表述，本文称之为“知性想象力”。它不是来自书本上的人文理论，而是源自诗人的人生经验。用艾略特的话来说，就是“思想对于邓恩来说就是一种经验，它调整了他的感受力，当诗人的心智为创作完全准备后，它不断地聚合各种不同的经验；一般人的经验既混乱，不

---

① 《再会了，浪漫主义》，最早以《关于现代诗》的题目，收入彭燕郊《和亮亮谈诗》一书，后记写于1986年7月。此书1991年5月由三联书店出版。2006年，再收入《彭燕郊诗文集·评论卷》，改名为《再会了，浪漫主义》。

② 彭燕郊：《彭燕郊诗文集·评论卷》，湖南文艺出版社2006年版，第8页。

③ 李媛：《知性理论与三十年代新诗艺术方向的转变》，载《中国现代文学研究丛刊》2002年第3期。

规则，而又零碎，……而在诗人的心智里，这些经验总是在形成新的整体。”[①]

诗人通过“知性想象力”，把许多人生经验的片断，集中起来而后产生新的整体，创造出现实生活所没有的艺术世界。

当代诗界，普遍把“知性”看作是西方现代主义诗歌总的特征。但彭燕郊的“知性想象力”有自己的特点，它不对西方现代诗的简单模仿，而是具有民族文化和本土经验的再创造。具体而言，其“知性想象力”，是通过“太空时代想象力”和“原型意象想象力”的融合而表现出来。这是西方现代主义诗歌所没有的。

初读《混沌初开》，都会被主人公在“混沌天体”和“全光天体”中的遨游而惊叹，因为它所反映出来的是罕见的宏大、瑰丽而神奇的“太空时代想象力”。

虽然中国古代有所谓的“游仙诗”，有很多古代诗人写过幻想中的天上仙境、月宫、和脚踏祥云的神仙。比如李商隐的《嫦娥》，特别是李贺的《梦天》《天上谣》等诗，反复写到天上的月亮，甚至想象在月宫上俯视人间：“遥望齐州九点烟，一泓海水杯中泻”。

但这些毕竟是古人的幻想。

到了20世纪，人类的脚步终于来到遥远而神秘的太空。1957年10月，苏联将第一颗人造卫星送入太空，1969年7月，美国发射的宇宙飞船，将航天员送到月球。随后，人类不断进行太空探险和研究，开启了所谓的“太空时代”。对于文学艺术而言，“太空时代”也改变了人类的想象力，诞生了“太空时代的想象力”。比如，台湾著名画家刘国松，在人类登上月球以后，他就感悟到：“以往我画的山水画都限于地球，视觉空间只有地球自然，太空发展以后，把我的视觉面拉宽，拉广了。”[②]于是，刘国松画了许多以月球和太空为题材的新作，与中国传统山水画相比，其宏伟壮丽的时空感，令人耳目一新。

彭燕郊认为：“在科学发达的时代，想象似乎越来越难，圈子太大了，这就是想象的时代感。激光出现之后，人们对光的观念就改变了。现代的想象必须具备一定的自然科学知识。”[③]要具有“太空时代想象力”，诗人就必须具备一定的现代自然科学知识。彭燕郊提出的是一个长期受

① 艾略特：《玄学派诗人》，《艾略特诗学文集》，王恩衷编译，国际文化出版公司1989年版，第31页。

② 刘国松：《刘国松画选·代序》，中国友谊出版公司1985年出版，第2页。

③ 彭燕郊：《彭燕郊诗文集·评论卷》，湖南文艺出版社2006年版，第223页。

到忽视的重要诗学命题。《混沌初开》最突出的特点：就是具备了以现代自然科学知识为背景的“太空时代想象力”。

1979年10月，彭燕郊到北京参加全国第四届文代会，见到了一大批饱受磨难的文友们。回来后，他创作了散文诗《$E=MC^2$》。如果没有对爱因斯坦相对论有一定的了解，就不可能以爱因斯坦相对论的公式$E=MC^2$：能量等于质量乘以光速的平方，作为题目。这首诗是以聂绀弩为原型，在他身上，彭燕郊看到长期被摧残的生命，依然顽强地在发光。这种生命之光，也就是生命的能量，靠的是不断地思考，犹如光速不断地更新着生命，不断医治生命的创伤，发出新的光芒。

《$E=MC^2$》是一个重要的信号和标志。它表明：在长达23年的苦难岁月中，彭燕郊一直在孜孜不倦地读书学习，其中包括自然科学知识。他曾经是长沙十大藏书家之一，与许多身处厄运的诗人相比，彭燕郊的知识更新一直在悄悄地进行着，并没有落伍。这主要是受鲁迅的影响。他说：“鲁迅，由于不断地以新的科学思想丰富自己，始终有现代意识……”。[①] 比如，与艾青相比，两人同样以“光”为核心意象，晚年艾青《光的赞歌》中的“光”的意象，依然是传统的；而彭燕郊《$E=MC^2$》，对“光”的理解和想象，已经有了“光速”的现代自然科学知识，是“太空时代的想象”了。

正是对以爱因斯坦相对论为核心的现代科普知识有相当的阅读和了解，现代自然科学知识才对彭燕郊的艺术思维产生巨大的影响，造就了他独特的现代“宇宙意识”和“太空时代想象力”。不了解这一点，就读不懂《混沌初开》。但只了解这一点，还不能完全进入彭燕郊精心创造的艺术世界。

“太空时代想象力”，不全是诗人的主观幻想，而是要以现代自然科学知识为依据，想象出具有真实感的意象、细节和情境。这是一种崭新的艺术真实，它与古代游仙诗的最大不同，是因为古代诗人的想象，并不具备现代自然科学知识。比如，《混沌初开》写地球人在虚构想象的“混沌天体”中“行走”，原本难以让人相信。但作者细细写来，你不得不信服：

空旷饱和、丰满，而且天然地是敞开的。当你跌进空旷，你却没有羽毛的感觉，雪片的感觉，而是一种介乎铁片与成熟的果实下落时的感

① 彭燕郊：《彭燕郊诗文集·评论卷》，湖南文艺出版社2006年版，第112页。

觉，然而不是下坠，也没有失重感。这里当然不会有地心吸力。你就是你，精密的有机体。凌空而去，而来。旋转比直线行进自然，自如。无须任何解释，你仍是固体，含水分的固体，并没有汽化，但已开始现出透明的剖面。

在这段想象的叙述中，融入“失重感”“地心吸力”“有机体”“固体”“汽化”“剖面”等现代科学术语，不仅给想象以现代自然科学的理论依据，而且在散文诗的语境中，由自然科学的术语，变成崭新的诗的意象语，给读者以新鲜的审美体验。假如不了解现代自然科学知识，就无从作这样的想象。彭燕郊想象：“混沌天体”不同于太空，是因为人在其中没有失重感，但又有一定的“分量”，是“一种介乎铁片与成熟的果实下落时的感觉，然而不是下坠”。有了这种特殊的感觉和细节，“混沌天体”就有了艺术真实感。

两万多字的《混沌初开》，从头到尾都充满着这样奇光异彩的“太空时代想象力”，在“混沌天体”和“全光天体”中，我们看到许多新奇的意象、细节和情境，都内含和融化了现代自然科学知识。换言之，现代自然科学知识，激发了诗人彭燕郊无穷无尽的奇异的灵感和想象，这在20世纪新诗史上，似乎从未见过。

二

西方诗歌有着源远流长的“天国”想象，是源自《圣经》的重大影响：从但丁的《神曲》到歌德的《浮士德》，再到艾略特的《四个四重奏》。仰望天空，西方诗人很难摆脱“天国”的原型想象力。

但《混沌初开》虽然有宇宙天体的想象，诗中并没有“天国”；有的是中国远古神话“混沌初开”的“原型意象想象力”。“混沌初开”原本是中华民族所特有的创世神话，上古先民们认为：洪荒时代的“混沌”，是天地相连未分开，宇宙间充塞着奇大无比的“一团元气”的模糊状态。“元气”，是宇宙生成的始元。后来，终于“混沌初开”，元气中的清气上升为天，浊气下凝为地，于是，天地分开，世界始成。这是中国上古时代有关宇宙起源和天地形成的神话，其后代代相传。明清启蒙读物《幼学琼林》的开篇，有这样的描述：“混沌初开，乾坤始奠，气之轻清上浮者为天，气之重浊下凝者为地。”

“混沌初开”的远古神话，对于历代中国人来说，都是耳熟能详的，是个“原型意象”。所谓“原型意象”，就是源自民族的神话传说，积淀着民族文化的基因，是“种族的记忆”，有着深广的文化蕴涵，能激发和唤醒读者的集体无意识，产生广泛的共鸣和深远的影响。“原型意象想象力”，就是根据民族的“原型意象”进行再创造。表面上看，源自中国远古神话的“原型意象想象力”，与以20世纪现代自然科学知识为背景的“太空时代想象力”两者明显矛盾对立、难以融合；但是“知性想象力”，恰恰有着综合矛盾因素的能力，能将对立的因素强行“铸”在一起，并产生新的知性关联和新的意义。

彭燕郊是以自我反思的知性，将“太空时代想象力”和“原型意象想象力”融为一体，从而产生具有民族特色的“知性想象力”。

那么，彭燕郊自我反思的知性，是如何形成的？

晚年彭燕郊不断回顾和思考长达23年的苦难历程，他主要不是对造成苦难的原因追问，也不是批判造成这种浩劫的历史罪人。他认为，造成这种苦难的原因，自己也有一份，“谁叫我们这样天真，又为什么总是去不掉这份奴性？”[①] 他的反思，不是“责人”，而是“责己”。不是对历史的外在反思，而是自我反思，反思自己的过失：自我拷问和自我搏斗，在痛苦的反思中，他感到自己的精神在长期的苦难中被“异化”了。弗罗姆说：“异化意味着一种经验的模式，其中，人感到自己是分裂的，他从自身中离异出来，他不能体验自己是自身的核心，他不是自己行动的主导者——倒是行动和后果，成了他的支配者，人要服从它。”[②] 自从成为“胡风分子”，彭燕郊就觉得自己：“……被迫丢掉自己的特质，扮演一种角色，承担某种没有人性的功能，使人丢掉人的本质，变成畸形发展的东西，成为非人……”[③]

“平反”后的彭燕郊，渴望消除异化，让精神重新获得自由，让生命重新发光。那么，如何表现这样一个自我反思的过程？

彭燕郊在《再会吧，浪漫主义》中告诉我们：现代诗不是描摹现实的具象，不是像伤痕文学那样再去表现各种“分子”们的悲剧经历，和“平反”后的新生，而是通过内心的思考所产生的幻象，再造一个现实生活中不存在但具有艺术真实的想象世界。于是，《混沌初开》就想象出宇宙中的两个天体：“混沌天体”和“全光天体”。

① 彭燕郊：《彭燕郊诗文集·评论卷》，湖南文艺出版社2006年版，第112页。

② 转引自叶廷芳《现代审美意识的觉醒》，华夏出版社、安徽文艺出版社1995版，第157页。

③ 陈焜：《西方现代文学研究》，北京大学出版社1981年版，第301页。

“自我反思”，为什么要在这两个天体而不是在地球上进行？这是因为，自我反思要拉开距离，时空的距离。彭燕郊观察和思考问题，喜欢俯视的角度。于是就借助“太空时代想象力”和“原型意象想象力”，从想象的宇宙天体，俯瞰地球社会，俯视渺小的自己。换言之，“知性想象力”是一种从天上俯视地下的反思角度，这种俯视视角，有助于看清：人，在地球上被异化的严重性和生存的畸形状态，有助于“自我反思性”的深入和完成；希望从一已苦难的生存中挣扎出来，从复杂的社会关系中挣脱出来，从作为一个古老灵长类动物在地上永远直立行走中飞翔起来。

有了“知性想象力”，彭燕郊就能对中国远古神话的“混沌初开”进行现代转换，形成新义和多义。中国神话的“混沌”状态，因为其后始分天地，产生万物和人类，所以有孕育万物生命，创造人类新生之义。彭燕郊就根据“混沌”能孕育新生之义，想象出能帮助地球“异化人”进行“自我反思”和“自我更新”的“混沌天体”；其二，神话中的“混沌初开”，原本是分开天地的，彭燕郊据此想象出地球“异化人”，经过“混沌天体”的“自我反思”之后，达到自我更新的精神境界，于是“混沌初开”，进入更高一层的“发光天体”，变成“发光人”。

这样，“知性想象力”就把原本是中国“混沌”和“混沌初开”的远古神话，转换成地球“异化人”，经过在“混沌天体”和“全光天体”的自我反思和自我更新，最终消除异化，获得精神自由，回归生命本真的大隐喻。

这就是《混沌初开》的主题。它没有什么玄妙的混沌天道，也没有什么晦涩的哲学，更没有什么神秘符号系统；有的只是现代人对消除异化的强烈渴求和痛苦的自我反思。

彭燕郊的想象力，之所以说是“前所未有的”，是因为它包容了：以自我反思为核心的“知性”、“太空时代想象力”和“原型意象想象力”。这三个不同审美维度的想象力缺一不可。假如没有“太空时代想象力”，“混沌天体”和“全光天空”，很可能只是类似古人天马行空式的幻想，没有现代自然科学知识为背景的时代感；假如没有“原型意象想象力”，将无法引导读者进入中国古代神话瑰丽而宏大的想象大空间，其民族文化和中国气派则无法表现；假如缺少自我反思的“知性”，那么，“太空时代想象力”和“原型意象想象力”，不仅无法融合，而且即便融合了，也只是宇宙间宏伟的想象而已，无法展示现代人渴望消除异化、追求精神自由、回归生命本真的理想和意义。晚年彭燕郊了不起的天纵之才，就是将这三种想象力融为一体。本文只是为了便于分析，才将它们分开阐述。实际上，在彭燕郊雄浑的想象中，它们是水乳交融、无法分开的。

三

彭燕郊“知性想象力”，不仅创造了“混沌天体”和“全光天体”；更神奇的是，想象出地球上的“异化人”“来到”这两个天体中，产生的种种生理和心理的变化，变成“混沌人”和“发光人”的经历。换言之，《混沌初开》主人公的自我反思过程，不是理性的“说教”，而是通过从“异化人”到“混沌人”再到“发光人”的“脱胎换骨”的具体描述，真实地展示出来。

“知性想象力”的另一个特点，是“思想知觉化”，就是把思想化为感觉，化为充满着感觉的意象、细节和情境。换言之，《混沌初开》是长篇散文诗，必须要有众多的意象、细节和情境，虚构的“异化人”“混沌人”和“发光人”，才能“立”起来，具有真实的艺术生命。

地球“异化人”，来到虚构的“混沌天体”，这个无涯际的天体是一个洁净的纯气体，没有人类，没有社会。也就是说，地球上导致人异化的社会环境已经不复存在。所以，“异化人”可以在自由遨游中进行自我反思。（此中是否有这样的暗示：要想在地球的社会环境中，消除异化，则难以做到。）

“异化人”来到“混沌天体”中，所引起的生理和心理的变化，作者进行非常细致入微的描述，充满着细节的真实性。在地球的人世间，经常被政治运动整得无处藏身的“异化人”，刚来到“混沌天体”，习惯性地寻找“掩体”。但“混沌天体”中没有人与人的斗争，不需要寻找隐蔽的角落。这样，“异化人”在“无人之境”中，处在精神完全放松的状态，自由地进行“自我反思”：

坐飞毯的世纪早已过去了，从历史的酷刑里漏网的幸存者能有几个？你呀，你如今免不了要扪心自问：你对自己所做的事知道多少？要做的事还有多少？你能有多少能量？你发现可怕的差距。你不是刚才还在心头七上八下，还在嘴唇焦干，不停地吞咽口水，左顾右盼而把身体扭成一段麻绳。你发现你太软弱了！难道真的就这么直不起腰来……

于是，通过不断的自我反思，挖掘出“异化人”在人世间的苦难岁月中，为了苟且偷生，不得不学会说谎、不但怕死，而且怕事，奴性十足……通过不断的“自我拷问”，“异化人”被扭曲的心灵得到初步的解放，同时伴随着生理和心理的不断变化，逐渐变成“混沌人”。

“异化人”变成“混沌人”，不单单是心理上的巨变，而是生理上也由不适应到适应，出现了新的功能：“你那丰富的触觉正经历着无情的淘汰。有一些衰退了，又有一些从迟钝变为锐敏。痛觉被无痛觉所代替，压觉隐退出现了超压觉。没有热觉、冷觉，只有恒温觉、体位觉，而代谢觉则是全新的。”

但“混沌人”要真正在精神上去掉奴性，还要更深入的反思和灵魂搏斗。于是，主人公长期渴求自由，期盼彻底去掉奴性的强烈愿望，外化为三个幻象：“第二我”“巨人的影子”和“非我”。不必去考证这三个幻象是什么？它们是现实生活中并不存在的内心幻象，是主人公在消除异化中渴望达到的理想目标。渴望像这三个幻象那样自由自在地生活，精神上没有包袱，直起腰来，做一个有血有肉的真正的人！

在诗中，“混沌人”通过与这三个幻象不断对比和交流，进行更深层次的自我反思和自我修复。

“第二我”类似“人工智能”，它没有脸，所以不必像人那样要看“别人的脸色”做事；它没有嘴，不必像人那样为了生存而“说假话”；它没有肚脐眼，不是胎生，不必像人类那样背着沉重的历史遗产。“第二我”活得无忧无虑，整天乐呵呵的。相比之下，“异化人”却活得如此艰难：“多少年来你只有偷偷地问自己：是否我注定了要成为历史的祭品？还能有什么方法使自己的存在不至于成为无益的消耗？骏马已经失蹄，船已搁浅，生活的链条哗哗断散，你必须以最冷静的勇敢注视这些孤零零的生命碎片，你还在努力愚弄自己，磨钝身上残存的知性触角吗？”这样痛苦的自我反思才是深刻的，触及灵魂。

“异化人”，多么羡慕在宇宙中自由来往的“巨人影子”：“……被是非历史观念压得透不过气的你，看见巨人的影子漫不经心地踢翻一道道栅栏，跨过一条条壕沟，真太够戏剧性的了，一辈子说不清的是是非非散了箍，教条规范破碎得不可收拾，也只好由它了。”对于曾经被众人踩在脚下的“异化人”，多么希望像“巨人的影子”那样，做精神的强者，毫无顾忌地、轻松地踢翻自己精神上种种“教条”和“规范”的“铁箍”。

“非我”，是生命无意识的化身，也是生命意识还原于欲望，渴望挣脱一切社会的罗网，回归生命本真的幻象。与“非我”相遇之后，“混沌人”扪心自问：“而你，你却是被注定了要被钉在平淡无奇的日常琐事里被淹没，在层层关系网的清理和修补里费尽心机……”逆境中，能做的只剩下：“可怕的可悲的自怜自保综合征。”

“混沌人”经过与“第二我”“巨人影子”和“非我”的相遇交流，经过一次次的自我反思，不断顿悟、彻悟了。

最后，完成了自我反思和自我修复的“混沌人”，达到“混沌初开”的境界，来到“全光天体”，变成“发光人”。不仅是隐喻层面的“发光人”，而是真实的会发光的生命体：

你的躯体深处开始了不明显的轻微的骚动，烦躁、不安，频率逐渐增高，并向外部延伸，体温在上升，通身上下感到刺痛。躯体有冰层的灰白，灰白里透出星星火花的晃动。冰层下面，起伏流淌的波浪溅射起光点的水珠，炽热而尖锐，你的躯体成为一座喷水莲蓬，布满透光的小圆洞，光点的水珠一个劲儿向外冲去，你发光了，就像一只鸟想飞的时候展开翅膀一样自然地发光了。

“发光人”的心理，更是彻底蜕变：

你已经是一个活泼的存在，而不是某个类目里的某一个抽象的称呼，你已不只是一个躯壳，而是一个有血有肉的人，整整一个首先属于你自己的世界。

总之，“异化人”、“混沌人”和“发光人”，因为具备了生理和心理的艺术真实性，就不再是虚构的想象，不是“抽象人”或“幻想人”，而是具有艺术生命的“天体人”。

四

彭燕郊认为：散文诗是一种新兴的文体，还处在“文无定法”的生长期，其广阔天地，可让诗人们自由创造。所以，他对散文诗有着长达五十年的实践、思考和探索。

在当代曾经流行这样一种说法：诗与散文的融合，产生散文诗。这种貌似正确的说法，其实过于粗陋，容易引起误会。因为它把散文诗看成是诗与散文这两种文体的简单相加，误以为在体裁的划分中，散文诗既可以归入诗，也可以归属于散文，或是处在两者中间的独特文体。针对这种误判，谢冕先生准确地辨析："散文诗与其说是散文的诗化，不如说是诗的变体。……它始终是属于诗的，它与诗的关系，散文在外，诗其内，是貌离而神合的。"[①] 散文诗，只能归属于诗而不属于散文。在散文诗的发展进程中，必须坚守诗的特质，这是不变的核心和基础。彭燕郊认为：《恶之花》不仅是现代诗的起源，也是散文诗的源头。他在《恶之花》诗集中，总结出现代诗的特质：内心的自我拷问和自我搏斗，并以此作为更新当代散文诗文体的内在动力。总之，彭燕郊一直是把散文诗当作诗来写，而不是把它归属于散文。这也是我们研究《混沌初开》散文诗文体的前提。

晚年彭燕郊关注的重点是：散文诗文体应当如何变化和更新，才能更好地展示对内心的自我拷问和自我反思？他认为："潜意识的开拓更进一步改变了文学的内容和形式。小说的意识流手法就像诗的象征—意象手法一样，给文学带来了新的气象。对人的内心的不倦的挖掘，使文学的语言处于不断的革新之中。同时，也使文学体裁间的差别逐渐减少，诗与小说的差别的减少继诗与散文的差别的减少之后突出起来，大量内心独白运用使小说更富有诗的素质，对人物精神活动的描绘已细致到描绘人物感受的形成过程，小说更多地出现了诗的语言结构方式。诗更加精粹也更加率真了。"[②]

传统的散文诗，从波德莱尔《巴黎的忧郁》，到鲁迅的《野草》，虽然都是表现人的内心世界，但篇幅简短。这是因为散文诗功能的"片断性"决定其文体的"小"和"短"。晚年彭燕郊对现代散文诗的文体创新，就是把散文诗从原来表现内心世界的"片断性"，变成表现思维过程的"完整性"和"过程性"。

散文诗文体自诞生以来的发展方向是：向散文靠拢、不断吸收散文文体的各种要素；晚年彭燕郊却认为，散文诗要表现思维过程的"完整性"，必须向小说靠拢，吸取小说文体的多种手法，才能创造长篇散文诗的新文体。由此改变了当代散文诗文体发展的审美方向。

彭燕郊从年轻时候起，就喜爱陀思妥耶夫斯基小说，陀氏以"人类灵魂的伟大审问者"著称。所以，他的小说，用大段大段的内心独白和

① 转引自王光明《散文诗的世界》，长江文艺出版社 1987 年，第 30 页。

② 彭燕郊：《彭燕郊诗文集 · 评论卷》，湖南文艺出版社 2006 年版，第 50 页。

自由联想，来展示现代人复杂的内心世界，特别是主人公的自我思考，是意识流小说的先驱。后来，西方现代小说的发展，是向现代诗靠拢，不断吸收诗的表现手法。特别是意识流小说，用内心独白和自由联想所构成的意识流动，代替小说原有的故事和情节，并且用诗的语言写小说，所以更接近于诗歌。如伍尔芙的意识流小说，有的作品就是散文诗。

在世界性的文学视野中，彭燕郊不断吸收诗歌和小说表现自我反思的多种手法，特别是从意识流小说中获得灵感。《混沌初开》散文诗新文体的创造，首先表现为结构的创新。由传统散文诗的“片断性”结构，变成长篇散文诗“完整性”的结构。但不是借鉴小说的故事性和情节性，而是像意识流小说那样，用内心独白和自由联想所组成的类似意识流小说的结构。

《混沌初开》第一节和第二节，写地球“异化人”来到“混沌天体”所引起的生理和心理的变化，并通过不断的自由联想和内心独白，进行自我反思，逐渐变成“混沌人”；第三节和第四节，写“混沌人”与“第二我”、“巨人的影子”和“非我”，进行对话和对比，进入更深层的自我拷问和灵魂搏斗；第五节，已完成自我反思的“混沌人”，在“混沌初开”之后，来到“全光天体”，变成“发光人”：消除了异化，获得精神自由，回归生命本真。如果采用“片断性”结构，就无法展示主人公自我反思和自我更新的“完整性”和“过程性”。

其次，《混沌初开》新文体的创造，表现为采用小说第二人称“你”的叙述方式，这是很少见的。诗歌也有采用第二人称叙述，但大都是与第一人称相结合。即“我”与“你”同时出现，第一人称的“我”多为作者，第二人称的“你”为“主人公”。基本的叙述模式是：“我”对“你”说，“我”对“你”进行抒情或歌颂。如艾青的《大堰河——我的保姆》，光未然的《黄河颂》。但《混沌初开》只有“你”而没有“我”，不是“我”对“你”说，而是“你”对自己说，即“叙述的你”对“过去的你”说，也就是“自言自语”。所以有人认为：第二人称叙述，是固执的自言自语。

这种第二人称叙述方式，最适合表现主人公的“自我反思”。因为所谓的“自我反思”，不是对他人或历史的反思，而是“叙述的我”（新我）对“过去的我”（旧我）的自我反思。在意识流小说中，第一人称是“直接内心独白”，第三人称是“间接内心独白”，更接近于内心分析和反思。《混沌初开》第二人称的内心独白，兼有“直接内心独白”和“间接内心独白”的效果，在叙述上更加灵活和自由。其目的是既有间离效果和客观间接性，又能突出“自言自语”，可以更好地进行自我反思和自我拷问。这种多样化的叙述，对于《混沌初开》这样的长篇散文诗来说，尤其重要。

《混沌初开》的第二人称叙述，还暗含着一种“自我嘲讽”的语调。“自我嘲讽”不是自卑，也不是自怜，而是通过“自我嘲讽”，表现出“现在的我”对“过去的我”的反省和超越。也就是通过自我解剖、自我拷问之后的觉醒。“自我反思性”就是通过叙述的“自我嘲讽”手法，鲜明地表现出来。

再次，《混沌初开》新文体的创造，表现为大量运用“自由联想”和“内心独白”的意识流手法。“内心独白”原本是戏剧手法，后来被引入小说，在陀思妥耶夫斯基小说中得到广泛的运用，并加上“自由联想”。再后来，“内心独白”和“自由联想”，又成为艾略特现代诗的基本手法。到了意识流小说时代，“自由联想”和“内心独白”，得到更广泛的运用和更多的创新。但《混沌初开》的“内心独白”和“自由联想”，是为了表现“自我反思性”，多集中于知性层面；不同于西方意识流小说的“内心独白”和“自由联想”，没有那种来自无意识的非理性，或模仿意识和潜意识流动的无序和混乱，更接近于伍尔芙意识流小说的诗意。

《混沌初开》的内容，一是主人公的主观叙述：他来到“混沌天体”和“全光天体”之后，变成“混沌人”和“发光人”所引起的生理变化；二是他的心理变化，采用大段的“内心独白”和“自由联想”来呈现。因为第二人称叙述，就是主人公的主观叙述，所以与同样是主人公主观心理的“内心独白”和“自由联想”，很自然地融为一体。

《混沌初开》的叙述模式为：每节以主人公的主观叙述开始，叙述他在“混沌天体”或“全光天体”的所见所感和生理变化。比如：“停下来，歇一口气，发一阵愣吗？不，不行，停不下来的。混沌里没有‘站’，停住不动是不可能的。‘停’下来也还是在动，来自肌体内部的共振不会中断。”接着是主人公的“自由联想”，对以前在地球人间的回忆和随想：“动身的时候你留下了什么？你带来了什么？你的头上从来没有过光晕。你什么也没有带，你不再感到沉重。你只是光身一个，你早已把口袋里的最后一个子儿甩掉了……”在“自由联想”之后的是“内心独白”。主人公的自我反思，主要靠大段大段的“内心独白”来呈现：

愤怒和痛苦，都曾经那么顽强，带着剧毒的芒刺。不知需要多大的狡诈，才能得到多大的误解。你不也是曾经在热诚的熔点中，被浇铸进一个模子的吗？天上呢，还是人间？你离不开那些如影随形的幽灵，你必须承担永远也说不清的隐私，关系到某个人的清白无辜的秘密，闲言碎语有意无意地伤害，种种对人类异化力量传统的默默承担。

“自由联想”与“内心独白”的区别在于，前者多为回忆性的随想，感情色彩较浓，后者较为理性，主要是自我分析，自我反思为主。所以，《混沌初开》的“内心独白”比“自由联想”的篇幅多得多。“自由联想”在叙述中主要是联系现在天体的主人公与过去地球主人公之间的桥梁，是一个过渡。有了这个过渡，外在的主观叙述与内在的内心独白就很自然地融为一体。但在具体的叙述中“自由联想”与“内心独白”很难区别，二者常常如水乳交融。虽然“混沌天体”和“全光天体”是虚构的，但主人公的“内心独白”和“自由联想”却是真的，依然是地球上“异化人”的真实心理。所以，他的自我反思是深刻的，触及灵魂，特别能震撼读者的心灵。

《混沌初开》是通过“自由联想”和“内心独白”来展示、呈现主人公内心世界的“意识流”。从语言层面讲，“意识流”还要转换成“语言流”。这种艺术的转换，却并非是易事。为此，彭燕郊还吸收和消化了法国象征派的语言诗学。兰波曾提出“心灵的语言”概念，认为语言“应该是从心灵到心灵的，有音响、有色彩、有香气，同时能引导人深入于思考。”[①]《混沌初开》所追求的不是表现世界表象的理性语言，正是这种“心灵语言”，来自心灵，有诗的感觉和想象，并能引导读者深入思考。要得到这种“心灵的语言”，必须“使语言摆脱作为诗人的感性和意念的载体的被动地位，而发挥出相对独立的活力，造成诗的多层次结构，和从文字引起的新意义和解释。”[②]换言之，只有语言摆脱了诗人的理性控制，“心灵的语言”才能从潜意识和无意识中，自动地“涌”出来、“流”出来。

《混沌初开》“心灵的语言”，是以“内心独白”和“自由联想”所形成的“语言流”而表现出来。“语言流”主要是采用经过诗人艺术提炼的当代口语。而第二人称“你”的“自言自语”的叙述方式，使“语言流”“说”的特征，更加明显、流畅。《混沌初开》的“语言流”不是单一和单调的，而是如交响乐那样有着丰富而变化的多声部。它的叙述内容有三个方面：“异化人”来到“混沌天体”和“全光天体”的所

① 彭燕郊：《彭燕郊诗文集·评论卷》，湖南文艺出版社2006年版，第33页。

② 彭燕郊：《彭燕郊诗文集·评论卷》，湖南文艺出版社2006年版，第66页。

见所感的主观叙述；“异化人”以光速的“自由联想”，把天体与地球不断地联结起来，在回忆中反思；“异化人”自我反思的“内心独白”，时而自我质疑，自我诘问，时而幡然醒悟。这三个方面不同的内容，引发不同情感的变化，形成“语言流”内在的节奏，决定了语句的长与短，即“语言流”速度快与慢的变化。

这种前所未有的、长达两万多字的第二人称叙述的“语言流”，是以长句式为主，充分体现了“语言流”的特点；但随着主人公情思的跌宕起伏，长句式也随之改变：或长句变成短句，或长句与短句交错，或由短句开始，逐渐变成长句……灵活多变的句式，产生鲜明而流畅的内在节奏感，一种歌吟的调子和抒情性，有着强烈的音乐美。用彭燕郊的话来说，犹如在听自己谱写的一首交响曲。

在以前的散文诗中，不论是波德莱尔的《巴黎的忧郁》，或是鲁迅的《野草》，还是郭风的《叶笛集》，从未见过这样以“内心独白”和“自由联想”进行自我反思的“语言流”。《混沌初开》给当代散文诗带来的是一种崭新的文体。

五

像诗歌史上的众多经典都是展示诗人自己博大精深的精神成长史和蜕变史一样，《混沌初开》的主人公，其实就是彭燕郊自己，或者说是他的“精神自画像”。

一顶“胡风分子”的帽子，把他从“新四军战士”“革命作家”，变成“反革命”，被捕入狱并打为“另类”达23年之久。晚年彭燕郊之所以值得我们敬重，就在于他在“平反”之后，既不像多数作家那样“责人”：批判社会、批判他人；也不像极少数作家那样，极力否定和掩盖自己在政治运动中的“丑态”；而是坦然地“责已”，把自己在逆境中被撕裂的灵魂和异化过程，呈现出来，并进行痛苦的自我反思，渴望重获精神的自由和回归生命的本真（他曾经写过《把本真留给自己：原谅我，我是两面人》，可惜没有刊出）[①]。

虽然在现实生活中，诗人常常受尽强权和暴力的钳制和压迫，直不起腰来；但在诗人的创作中，却可以借助自己神奇的想象力，以光的速度在宇宙遨游。对彭燕郊而言，想象就是思考，思考就是想象，让想象

① 见彭燕郊《野史无文》，武汉出版社2006年版，第109页。

带着思考在宇宙中飞翔，不断提升诗人的精神境界。

表面上看，《混沌初开》的“混沌天体”和“全光天体”，是彭燕郊想象出来的天上“乌托邦”；实际上恰恰相反，诗人写它们的目的，不是要把读者引向世外桃源，逃避现实社会，而是通过“混沌天体”和“全光天体”与地球社会现实的比较，让读者明白：在现实社会中，人是无法逃脱被异化的命运；但可以努力去消除异化：不是靠别人救赎，而是靠自己的痛苦思考，不断地自我反思和自我拷问，才有可能找到病因，从而不断自我更新，让残伤的生命重新发光。它给予读者的启迪和力量是巨大的：“你想信光，你得到光，你发光了。”

当然，要表达这样艰难而痛苦的精神蜕变的全过程，并不容易。彭燕郊认为：首先要继承从波德莱尔到鲁迅的传统。他对20世纪中国散文诗的发展，感到不满意；认为《野草》之后的散文诗，逐渐背离了鲁迅开创的表现内心世界的自我搏斗和自我反思的传统，也脱离了鲁迅开创的从世界散文诗发展的大格局中广泛吸收新的艺术营养，融合创新的传统；变成偏重于表现“风花雪月”和自我抒情的“小摆设”。所以，他反复提倡必须回到《野草》的传统，但在文体上又要突破《野草》的短章式的格局，顺从世界散文诗的发展趋势，创造出一种能展示现代人复杂而多样的内心世界的长篇散文诗新文体。

《混沌初开》是两万多字的长篇散文诗，这在20世纪中国散文诗史，乃至世界散文诗史上都是罕见的。它对散文诗艺术功能的重大拓展和更新，不是小打小闹，而是划时代的、里程碑式的贡献，其深远的影响，现在还难以预见。所以，《混沌初开》被有识之士誉为自鲁迅《野草》以来，中国散文诗最重要的鸿篇巨制，而且在世界散文诗史上，也是无愧于与外国大师们比肩并立，具有民族意识和中国气派的大作。

［作者单位：福建省文联海峡文艺发展研究中心］

《寻墨记》在寻找什么

高鹏程

文化史学者、艺术理论家余秋雨在他早期著作《文化苦旅》中提到，他一直有个心愿，想深入探寻一次中国传统文人共同的精神素质和心理习惯，但却迟迟无法诉诸笔端。因为面对体量庞大源远流长的中国传统文化，说任何一点共通都会涌出大量的例外。但思忖良久后，他还是欣然落笔。他找到了能够代表中国传统文化和文人的文化符号——一副笔墨。虽然笔与墨本身并不包含任何文化精神、意味和倾向性。但是，它牵连着一个完整的传统文化的世界。余秋雨由此写下了他的名篇《笔墨祭》，完成了他对中国传统文人一种心理习惯的深入探究。

现在，摆在我面前的不是散文《笔墨祭》，而是长诗《寻墨记》。它同样面对的是烟波浩渺的传统文化，同样把焦距对准了它的一个显著的符号—— 一锭漆黑、沉默的墨块。那么，面对烟岚缭绕、水汽淋漓的传统文化，《寻墨记》要寻找什么，诗人胡弦会用他怎样的生花妙笔另辟蹊径，探幽触微，为我们带来耳目一新的阅读盛宴？

且让我们跟随胡弦走进他的《寻墨记》。

在由11个章节组成的长诗《寻墨记》里，第一节显然是一节“定调”之章。

光线腐烂后，另外的知觉从内部
将它撑满。

长诗起句，用了一个包含多重悬念的肯定句式，为读者带来了一连串的疑问：这里的光线是指什么？它从哪里来？它的光源在哪里？光线为什么会腐烂？另外的知觉又指什么？它在什么内部？它为什么能将它撑满？

开篇之处，强烈的悬念让人不由自主陷入了某种迷局。也激发了读者为寻找答案迫切的阅读欲望。

当胶质有所觉悟，又有许多人逝去了。

这里，胡弦有意使用了一个关键词：胶质。一方面暗示出了他所抒写的对象——墨块。另外当他从墨块中剔出胶质这个词，更大的用意在于，他已经洞悉了胶质对于一块墨的意义。它是墨得以凝结成块的关键性的物质。它的凝滞、粘连又是影响发墨和书写的原因。而当他赋予墨更多的象征寓意时，胶质一词包含的意味同样开始变得丰富。而它的觉悟又是什么？作者并不急于揭示出答案。而是继续向前，去呈现觉悟后的结果：

浩渺黑暗，涌向凸起的寂静喉结……

如此漫长的时间，如此浩渺的黑暗里，谁试图发声，它将发出怎样的声音？当黑暗的一部分也忍受不住如此长久和浩渺的黑暗试图发声时，它将会是怎样的一种声音？

——傍晚，当我们返回，新墨既成，那么黑如同
深深的遗忘。

第一节的最后一句，我们同样可以这样来解读。第一，它从形式上对应了长诗的小标题，这是一首借以和X谈话而开始抒写的长诗。X是谁？作者也没有交代。我们自然可以有多重理解，它可能是作者现实中的某个朋友（这在诗中后面的一些章节同样还有涉及），也可以认为这只是作者的一种书写策略。X，往往有着不确定的指代，也许就是很多人。这样的一种书写策略，可以使诗意情境和日常描述自然契合，使诗人在现实语境与内心镜像之间自由穿插。同时，这一句还从内容上回应了长诗的正题《寻墨记》，是的，《寻墨记》寻找的就是一种黑，就是如同深深的遗忘的一种黑。

读到这里，我们已经可以约略回头再审视一下我们阅读中那些悬念。尽管依旧无法得出确切的答案，但我们能够确定的是，这里的光线，肯定是曾经烛照过墨的光线，烛照过这一块墨所寓指的某种黑的光线。但是它已经不存在了。已经腐烂、消失。因此，我们的寻找不是从外而内

的寻找，而是借助那一团墨、一团黑从它内部获得的知觉，从它寂静的欲说还休的喉结里去探寻我们所遗忘的东西。细读这一节，我们不难发现，胶质是作为“另外的知觉”的对应物存在的，胶质是凝结的话，另外的知觉就是撑开，就是打开一块墨内部空间的力量，基于此，我们对于作者所提到的“另外的知觉”已经可以约略忖度出它的喻指。

本雅明说，历史的每一个瞬间都反对着它自己最终的目标，因此，天堂的神灵的踪迹就能够在它自己的彻底的对立面中被发现——在无尽的灾难中它是世俗性的，被称之为进步的风暴从天堂吹来。这句话用在这里，也是恰当的。当外部的光线消失，我们不妨从墨的内部入手，借着另外的知觉为我们撑开的空间，去探寻墨的本性，探寻那被我们所遗忘的美与救赎。

诗歌由此开始进入。

在长诗的第二节，胡弦没有继续去探究这一锭模块里到底存在着怎样的知觉以及它的黑里面究竟包含着怎样的遗忘，而是写到了四个与墨为伴的人。

我熟知四个与墨为伴的人：
第一个是盲者，他认为，将万物
存放于他的理解力中是正确的，因为不会被染黑。
他对研墨的看法：无用，但那是所有的手
需要穿越的迷宫。
第二个说：“唯有在墨中才知道，
另一个人还活着。”说完，他的脸
就黑下来，出现在皇帝、美人、佞臣们身边。
在那里，墨成为色彩存在的依据。
第三个刚从殡仪馆回来，一言不发且带着
墨的气味、寒冷，和尊严。
第四个在书写，在倾听
一张白纸的空旷，和那纸对空旷感的处理。
他告知打探消息的人：事情
比外界所知的更加离奇，但所有
亲临现场者都要保守秘密，
因为这是结局。

这四个人，胡弦并没有给出他们明确的身份。但通过他富有意味的描述，我们不难有自己的判断。其中的盲者，是和墨有着某一种同等属性的人。是能够理解墨中之黑的人。也是对于墨的意义持消极态度的人。这让我想起传统文化中的老子代表的道家的观点。在他看来，用黑来处理黑，是毫无意义的，唯一的作用是穿越迷宫或者抵达宁静。而第二种人，和盲者恰恰相反，这是一个试图从墨中获取意义的人。或者说，这是胡弦在利用某种人的声音试图为我们探求墨中蕴含的意义。至少在他看来，墨是色彩存在的依据。无论色彩存在于墨中或者恰恰因为墨的映衬使得色彩变得更加清晰可辨。在我的解读中，我愿意把他看成一个代表正义、道德力量的裁决者，或者一个受儒家文化影响的文人的形象，一个相信墨迹、文字的力量但似乎并不得意的文人形象。我甚至想到了李白。第三种，用一个经历生死的人的形象，暗示出墨的另一种意义，在死亡面前，在“生”的意义终结的地方，墨同样也应该有着自己的尊严和价值。第四个人，应该是一个洞悉了墨和书写的终极意义的人。是的，他洞悉了墨这样一种文化符号所代表的传统文化，或者更大层面上事物发展规律和最终结局——一张白纸的空旷。也明白这结局的不可言说。

也许我们没有必要去细究胡弦设立的这四个与墨相伴的人究竟是一个怎样的具体定位。也许他的确有着现实中某四个人的影子，但出现在这样的一首诗里，它也就天然地具备了一种形而上的隐喻意义，这也是诗歌的魅力所在。它区别于小说散文等其他文体，当然更区别于划界谨严的学术著作。它用形象说话，在语言的能指和所指之间保持微妙的平衡。作为诗人的胡弦当然深谙诗歌语言的奥义，他的用意当然并不在于为我们严格界定对于墨不同看法和态度的四种人，而是通过四种与墨息息相关的角色，完成对于墨，对于墨中之黑意义的概括性的探究。但他一开始似乎就陷入了某种吊诡的悖论，他试图探询墨中隐含的意义，但也预知了这种探求最后的真相——一张白纸的空旷。那么，接下来的探究是否还有意义？如果有，它的意义究竟在哪里？相对结局的空无，或许，它存在于某种过程与变化中？那么，该从哪里找到路径去进入一块沉默墨块的内部，进入它那漆黑外表下的斑斓世界去探求那些在过程和变化中的意义呢？

长诗的第三节，印证了我们的阅读猜测。是的，所有事物的意义，并不是固定存在的，而确乎存在于某种变化中。在这一节里，胡弦借助对一张太极图的描述，为我们提供了这种观点的佐证。

那年在徽州，对着一个硕大的太极图，你说，
那两条鱼其实是
同一条。一条，不过是另一条在内心
对自己的诘问。
——但不需要波浪。正是与水有关的念头
在导致感官的疯狂。

同样，在我们对一块陈年的墨进行探究的时候，也是与黑有关的念头，在导致我们思考的艰涩。

“……如果已醒来，
它就不再完全像一个物体。”

是的，当历经长久的时空变迁之后，就是一块墨恢复了内部的知觉，但是，外部的光线已经腐烂，时过境迁，我们已经无法再去用一成不变的眼光去审视它了。

这一观点，也正如余秋雨在《笔墨祭》中所言：一切精神文化都是需要物态载体的。五四新文化运动就遇到过一场载体的转换，其中一种更本源性的物质基础，即以”钢笔文化”代替“毛笔文化”。作为一个完整的世界的毛笔文化，现在已经无可挽回地消逝了。在他看来，古代书法是以一种极其广阔的社会必需性为背景的，因而产生得特别自然、随顺、诚恳；而当代书法终究是一条刻意维修的幽径，美则美矣，却未免失去了整体上的社会性诚恳。

因此，对于某种文化符号意义的探知，有时候必须要回到这种文化符号所依附的整体性背景中去。胡弦无疑也在此获得了顿悟，在从太极图的黑白转换、互生互化、周流不息的玄机中看到了这种存在于流转变化中的意义，存在于墨色中某种更深更黑的东西。同时，正如本雅明指出的那样：悲剧的、空洞的、石化的对象，它的意义已经流失，能指和所指的分裂，就像商品一样，仅仅在空虚的、同质性的时间中作永恒的重复。这种无活力的面貌，分裂为最小单位的风景，不得不在寓言化符号、已死的文字或者没有生命的手稿中第二次具体化。寓言家能在废墟中挖掘曾经相联系的意义，用一种惊人的新的方式来处理它们。神秘的内在性得到净化，寓言的指涉物能被修复为适宜于多样性的使用和阅读。

我想胡弦也熟知这个道理。在接下来的第四节和第五节诗行中。胡

弦为我们设置了两个截然不同的文化背景。第四节，为我们重构了一副中国古典文化的经典氛围：庭院古老，红梅绽放，稍显颓废的文人倚窗望远，窗外是郊原的空蒙。窗内是残卷、药香。而闭上眼，神思中依旧是游丝般的音乐，薄如蝉翼的爱人……而一锭墨，在这样的语境中，自然能够幻化出它难以名状的销魂的色泽和美感。

而当这样的背景消失，取而代之的是另一种时空之后，一切都已变得光怪陆离。难以言喻。在长诗的第五节，胡弦把我们的视线从烟雨空蒙的传统文化场景拉回了荒诞的现实情境。在一个特定的特殊年代对文化中的某种黑的成分，进行了盘诘和追问。

长诗第五节可以分为两部分。前一部分，胡弦在此用对"X"倾诉的方式，回顾了当年求学时对于墨的使用。年轻学子怀揣庶愿，是试图用多种方式甚至利用艺术跨界的方式去探求墨的意义。事实上他探求的是传统文化和现代艺术某种结合的可能性，但是，结果并不容乐观，在失去传统文化整体性背景之后，对墨的意义的探寻已经如同猜谜，变得扑朔迷离："多年前我们在南京求学，那时，对墨的使用如同猜谜。"而且更吊诡的是："即便偶尔猜到谜底，某种至关重要的东西又会抽身离去。"

接下来的诗行中，胡弦把这种探寻转向了更为荒诞但又不得不面对的文革背景中去考察。我们知道，十年"文革"，不光是政治意识形态领域的一场浩劫，也是对世道人心的一次摧残，更是对传统文化的毁灭性的破坏。胡弦再次为我们设置了两个猜谜人：

一个满头白发，端坐，不为谜面上堆积的狂热所动；
另一个善于隐形，所有人都走了他才重新回来……

我们不难看出，这两位一位是传统文化的旗帜鲜明的坚守者和维护着，另一位则是失语者。或者说，他们分别代表了传统文化里的仁者和智者的形象。我们无法判定对于我们一度敝帚自珍的传统文化，在遇到这样荒诞不经的现实境遇时，到底是哪一种态度更为合理有效。但有一点值得肯定：

"没有幽灵做不到的事，只是你
要保持耐心。"

是的，当一种文化强大到成为一种传统，它自身便具有了强大的自我生存、繁殖和延续的能量。“六和之外，圣人存而不论”。长久以来，中国文化似乎一直被限定在一个封闭性的类似于太极图的圆中。不关心六和之外的存在。儒释道都是闭合的圈子，都是在自足中存在。都不需要外在的补充。这种顽强的生命力是惊人的，尽管这种自足和闭合阻碍了对外来文化的接受，导致了文化的单一性。但是也同时使它具备了沿着自身轨迹运行并能自我修复完善的可能。

长诗的第六节，胡弦再次将眼光移向了浩瀚的历史文化的长河中，去观察，去寻求它生生不息的脉搏的搏动。他发现，苍茫的江河两岸，河网始终密布，始终有人泛舟其上，带有墨痕的河流和梦境从未断流，始终在缓慢更新……而如果我们否认了这些，如果我们认为自身能够完全脱离传统文化的影响，那么的确连失控的明月也不配做伴侣。

“某种存在不可再问及，它已
脱离命运的钳制，比如被命名为追忆的想象……”
——那是被虚构出来的空间，并且，
那空间已自作主张。

是的，传统文化的生命力如此强大。哪怕在现实中，适合它生存的背景荡然无存，它依旧可以存在于我们的追忆和想象中，而且在追忆和想象的空间里，它依旧能够自作主张。任何一个国家的文化，都有其既有的传统、固有的根本。抛弃传统、丢掉根本，就等于割断了自己的精神命脉，就会丧失文化的特质。事实上这也的确是每一个有艺术良知的中国人都无法割舍的东西。写作《笔墨祭》时的余秋雨无疑是冷静的：“我真希望有更多的中国人能够擅长此道，但良知告诉我，这个民族的生命力还需要在更宽广的天地中展开。健全的人生须不断立美逐丑，然而，有时我们还不得不告别一些美，张罗一个个酸楚的祭奠。世间最让人消受不住的，就是对美的祭奠。”

但是，相对来说，我更钦佩的，是那些熟谙它初始、本源之美，并且深深热爱它的人。尽管沉溺其中，甚至还会带来某种悲剧性的后果。比如我所喜爱的《人间词话》的作者王国维。国学大师陈寅恪先生在谈及王国维的死因时，曾陈述过类似的观点：“凡一种文化值衰落之时，为此文化所化之人必感苦痛，其表现此文化之程量愈宏，则其所受之苦痛亦愈甚；迨既达极深之度，殆非出于自杀无以求一己之心安而义尽也。”“盖今日之赤县神州值数千年未有之巨劫奇变，劫尽变穷，则此文化精神所凝聚之人安得不与之共命而同尽，此观堂先生所以不得不死，遂为天下后世所极哀而深惜者也。”这样的观点，我深以为然。

在接下来的诗行里，胡弦试图进一步打通古典情景和现实境遇之间的藩篱。它既像陶渊明笔下通向桃花源的隐秘山洞，又像横隔在两种咫尺事物之间的窗户纸。而当它被打通、被捅破，另一个世界由此出现了。面对这样一个全新的世界，我们的反应是什么：

他变成了自己的陌生人。
他拿不准，人在画卷里会想些什么……
但他学会了珍惜：“作画时，要常常屏息因为
另一个世界的人也需要氧气。”

当我们从现实的境遇中试图强行进入到一个依靠墨色濡染而成的艺术的世界，总归会有那么一些不适应：“他沉溺的描绘使他，几乎无法在这世上生存。”但是，不能不说，这也是我们在当下现实境遇里不得不面对的难局和不得不付出的代价。

长诗的八节、九节里，胡弦借助绘画、书法这两种和墨息息相关的艺术形式，继续着对以墨为符号的传统文化和现代境遇之间如何传承转换的思考与探寻。如果说以画为喻，胡弦探寻的是传统文化是否能和现代语境相互交融的一面，那么以书法为喻时，胡弦借助和 X 的对话，通过幼年习书的细节的描摹，更强调了传统文化自身的风骨和在变幻中始终恪守的某些特质：

“笔画从不轻佻，那变幻中
藏着有形的椎骨。”
“所有的曲线，都要对直线有所了解……”

而作为现代人，作为我们对于这种特质的传承，并不那么容易。甚至会遭遇尴尬：“我们手上沾满了墨，鼻头上也是。”但是我们必须要有足够的耐心。因为这“关乎墨的本性”。以笔墨为符号的传统文化自身强大的气场，并不是我们想绕开就能绕开的，也并不是我们想抛弃就能抛弃的。它已经成为每一个中国人血脉中天然存在的东西，我们的文化基因：

当更多的面孔闪现，如同家谱在空气中打开，
——我们的名字已在其中。
仿佛在生前，我们就已完全接受了自己。

寻墨，其实就是寻找我们血液里流淌的混合着墨痕的文化源流，灵魂里散发出的混合着墨香的艺术精神，我们的基因编码里有关墨的那一点黑，那一点墨的本性。

至此，胡弦通过寻墨这一方式，完成了对于传统文化的一次巡礼式的关照，一次诗意的招魂。这里既有对传统文化自身特质、存在奥义和演进方式的探寻，有对不可抗拒的美的消逝的祭奠，也有它在现代语境下如何对接、传承的思考。

在完成这样的探寻之后，我们可以稍稍松一口气。可以稍稍跟随胡弦和一块墨静坐于黑暗中。再次感受一下某种孤独的侵袭：

“没有完整的孤独，也不可能彻底
表达自己。”如果
有谁在黑暗中说过话，这话，是那话的回声。
有时，和墨一起坐在黑暗中，
我们察觉：墨已完全理解了黑暗。
——它护送一个句子从那里通过，
并已知道了什么是无限的。

面对一锭墨，面对和黑暗一样孤独的一锭墨，我们的探寻终止了吗？没有。因为一切都是无限的。

毫不讳言，《寻墨记》是我近几年有限的阅读视野中不可多得的长诗力作。长诗的写作，不光是对一个诗人技艺的磨炼、心智的砥砺和情感掌控能力的考验，更是一个诗人综合素养的测试。因为它往往涉及一些重大题材的处理。它往往是一个成熟诗人个体心路历程和民族文化精神相互作用的结果。是诗人对本民族文化精神和心灵秘密传承自觉的承担。一些伟大的诗人都在自己创作生涯鼎盛时期，留下了与之相关的不朽诗篇。

圣卢西亚当代诗人德里克·沃尔科特的长诗《奥美罗斯》被誉为“加勒比的庄严史诗”。沃尔科特通过《奥美罗斯》颠覆了西方话语，重建了加勒比历史，书写了加勒比人的创伤，为长期处于无根状态的加勒比文化构建起自身的经典文本，从而确立了加勒比地区独立的、不可否认

的文化身份。

墨西哥的大诗人帕斯，也在自己盛年写下了长诗《太阳石》。一方面继续在聂鲁达开创的道路上探求，扎根于印第安民族文化；另一方面以一种更开阔的世界眼光，表现出印第安文化与西方文明的对话和沟通。时间成了《太阳石》的主题。对瞬间与永恒这种既矛盾又同一的令人困惑的现象的反复沉思，就成为推动《太阳石》圆形时间不断循环的内在动力。裹挟着叙事者个人回忆的人生碎片，和人类历史上伟大事件的瞬间，而不停循环的永生的圆形时间，成就了这部世界诗歌经典的奇观。

胡弦也似乎在做着类似的尝试，用汉语诗歌探究我们的民族文化和心灵秘史，而且它呈现出的汉语之美，东方美学意蕴，也同样有西方诗歌无法替代的地方。在这个意义上，我有足够的理由向写作《寻墨记》的胡弦致敬。

长诗的最后一节，是全诗的尾声。胡弦再一次向我们坦言：这一切，都不过是一个不断离开和不断归来的过程。一切都是否定之否定。

> 要不断归来，把一张大字临完，因为
> 正楷和篆字，都可以拒绝令人作呕的痛苦。
> 而一阵风在草书中移动，轧过荒诞年月……
> “某种抽象的力量控制过局面，但用以描述的线条
> 须靠呼吸来维持。”
> 再次否定后，又已多年。有人在向宾客解释这一切：
> 假山，后园，镇尺般的流水，某个道理的
> 替代物……
> ——香气氤氲，烂漫锦盒里，一锭彩墨
> 由于长久封存发生的哗变……

为什么在深深的遗忘之后，我们还要去探寻？因为这里面有用以疗治我们精神苦痛的秘药。有我们用以抵制荒诞现实的力量：

> 正楷和篆字，都可以拒绝令人作呕
> 的痛苦。
> 而一阵风在草书中移动，轧过荒诞年月……

为什么那么多的韵脚和行程被更新之后，我们依旧要踏上寻找之

旅？因为这是一条未竟之路。

为什么要一次一次面对那一锭墨？因为它里面有我们不愿触及的黑，因为那黑里能幻化出无尽之美，那让我们欲罢不能的荼靡烂漫。

［作者单位：浙江象山文联］

新诗形式建设问题研究

朱英诞研究

寇宗鄂诗歌创作研讨会论文选辑

诗歌文本细读

姿态与尺度

新诗理论著作述评

外国诗论译丛

“带着病痛”，燃亮一束微光

黄桂元

一

海明威被记者问到“作家成长的条件是什么”，曾给出一个十分肯定的答案：“不幸的童年。”这个答案也应验了范以西的破碎身世。范以西曾把自己的母亲当作“耻辱”“污点”，很长时间“始终拔不出嗓子眼里那根刺”。多年后，他颠覆了以往的价值观，视母亲“为莫大的荣耀”，并用诗句泣诉自己的失母之痛：“我到哪都在找你，/ 找你空气里的黑胶卷和你气息里的空气。/ 在被时间分割的同一地点。/ 在街道、在树下、在花园、在昨日的窄门后面……/ 可是，我究竟到哪去找到你/——已不在任何地方又充满任何地方的你。”（《我要到哪去找到你》）却又恍惚觉得，母亲没有离开，正把“她海一样丰盛的情感化为我骨头里的诗句”。

这是一次惊世骇俗的自我蜕变和重生。

在泰戈尔看来，人的“自我认识”是其第二次诞生，即继“肉体自我”之后的“精神自我”的诞生。范以西为这第二次诞生付出了血泪代价。他从小遍览群书，满脑子“不合时宜”，未及弱冠，即离开故乡昭通独自飘零，又一次次跌入人生的深谷。“而立”那年，他只身经川陕，越青藏，赴拉萨，历尽冷暖，一路向西，走遍大半个中国，难道只为证实冥冥之念——这个“肉体自我”何以具名“以西”？回到昆明，他果真已然是浴火重生的小精灵了。他的人生七零八落，混乱不堪，仿佛容纳了百年岁月，一世沧桑，完全可以写一部汁液丰盈、痛点密布的生命读本，但他不可能奉献那类与励志有关的文字，而偏偏要打翻内心的“潘多拉魔盒”，释放锥心刺骨的生命痛感。伍尔夫认为成就一个大作家，“必须生活过、爱过、诅咒过、挣扎过、享受过、痛苦过，而且要有巨人的胃口，吞食下生命的整体”，这个被吞食的过程，仿佛专为范以西量身定做，几乎就是宿命。诗集《在岛上》的诞生，也由此成了天经地义。

二

古今中外的文学主张千奇百怪，五花八门，概括地说，不外乎审美与审丑两种。过去我们习惯了审美、崇高的灌输，如今还应该接受“审丑”“祛魅”的造访。所谓“审丑”“祛魅”，并非后现代解构主义的特有产物，康德很早就肯定，“恶”也是人类历史的动力。而在韦伯、阿多诺的解释里，所谓“祛魅”，是指破除神秘化和拜物教，含有觉悟、清醒、醒悟等启蒙意味，他们说的“世界的祛魅”，也可以翻译成世界不再令人着迷。到了20世纪，一些启蒙思想家意识到，排除“审丑”，同样是文明的失衡，人性的残缺。凡事允许矫枉过正，走到极端就不太靠谱。作为一种后现代思潮，反崇高、反中心、反意义，对于思想界的拨乱反正不无积极意义，但一些诗人过度扩张，一味地拒绝文化，拒绝审美，拒绝抒情，拒绝修辞，拒绝隐喻，拒绝意象，就很可怕，这么拒绝来拒绝去，诗歌还能剩下什么？只能是剥离了写作难度的轻佻游戏、口水垃圾。

如今诗歌泡沫很多，真正的诗人则少。人们写诗，求取虚名者有之，偏爱风花雪月的小资情调有之，哗众取宠博取眼球者有之，更有相当多的人写诗只图娱乐消遣，就像泡吧、玩票、打牌，彼此牌友、票友、球友一样称兄道弟。但也有一种诗歌圣徒，写作有如放血。范以西即是。他的诗多为未刊稿。他生性敏感，内心悲观，对那种“乌合之众”的集体无意识天然抵触：“一个模具里压出的灵魂/亢奋如岩浆在其间流动/那不是血液或自主的意识/它是死的，从未曾活/他们像影子在大地上移动/沉默、抑或消失/在另一些影子中存在/散佚、最终遗忘/千万人只是同一人/又被同一把尘土埋葬”（《民众》），他对那种太过正常的生活模式充满警惕和不屑，不允许自己的生命成为徒有其名的空壳，而只想让诗歌成为个人化的灵魂容器。“她张开双腿/平躺在祭坛之上。/腹部在森林与丘壑间，/其中传来鸟的嚣叫。/请快些，再快些……/在一切崩塌以前，/呻吟是最后的狂欢。”（《世界末日》）如果这个世界是正常的，那么他的诗就是呓语；反之，如果他是正常的，那么这个世界就很有问题。弗洛伊德认为，一切艺术都与人的精神病症有关，若身心一切都正常，诗人与常人无异，怎么会产生艺术？范以西的回答是，“想到什么就写什么，/ 尽管写一堆凌乱的句子 / 像一个疯子的呓语。/ 去他的结构，/ 去他的修辞，/ 去他的精神正确。// 我才不在乎，/ 你们管不管它叫作‘诗’。”（《疯子的呓语》），在人类俗世社会，他是一位独行侠，一位诗意梦游者，不隶属于任何煞有介事、喧嚣而轻浮的诗歌流派。

三

人如何走出自己的存在困境？或曰，人怎样抵达现实的荒野？

浪漫主义者罗曼·罗兰主张，“认识生活真相之后，依然热爱生活”，存在主义者加缪则信奉“西西弗斯”精神，面对荒诞的现实选择反抗，“重要的不是治愈，而是带着病痛活下去”。两位大师的文学姿态反差极大，却曲径通幽，都不肯就范于生活的摆布。范以西选择的是加缪式的反抗，义无反顾，走上不归路。“山边一棵树倒下，/ 灵魂还站着，/ 北风吹得呜呜响。/ 呜咽似的呓语，/ 远远听清了 /——泅我啊，渡我啊。/ 不见人来回答。”（《轮回》）于是身陷孤岛，与一种放逐感如影随形，神秘，荒凉，尴尬，绝望。

茫茫宇宙中有无数生命谜团，它们无时无刻不在纠缠着人类。诗人何为？本雅明说，“浪漫主义的核心是救世主义”，他们试图以诗歌的名义承担救赎的使命，却发现拯救灵魂的呼唤，终成空谷足音。“时间于我如齑粉，/ 万物于我如前身。/ 我在死掉的世界苟延残喘，/ 我在活人的世界已经死去。”（《观照》）范以西貌似颓丧，一身反骨，活下去，“只为变成更加面目可憎的自己”（《长大》），看上去他什么都不在乎，骨子里却怀揣滚烫的赤子之心。他不打算指路迷津，也不会无所作为。曼德尔斯塔姆谈到，人活在世上不能什么都接受，必须选择一条路径，范以西需要背负一个十字架，踉跄着，一路跋涉：

这是宇宙的最后时刻
一只大手正从存在之上攫走
时间与未来的所有可能
星星向内崩塌、死亡
黑暗四处吞噬、扩张
终极的唱诗响起

来为虚妄的世纪送葬
……
森林在烈火中燃烧
小鸟腾到半空
翅膀带着两团火焰
我们曾不吝赞美的一切
如今竟要眼见它们毁灭
直至照耀与被照耀的
仇恨与被仇恨的
都被塞进一粒骰子
回归上帝的股掌

——（《劫毁》）

种种宗教，都力图破解终极意义的生命观，而被智者称为一轮“围绕着人转动的”虚幻的太阳。范以西目光虔诚，内心肃穆，却无法漠视“与世界越近，离真相越远”的废墟般现实。这时候，后现代解构语境接纳了他，“去他的三一律，/去他的象征主义，/去他的隐喻譬喻借喻什么什么喻”。

范以西是云南边地的“土著”，其诗歌却鲜见地域风俗色彩，他关注的是人的境遇。他喜欢做梦，借助梦洞悉隐秘的人生真相。那些梦四分五裂，扭曲变形，“一只干瘦的手从大地里出来/露出半截手臂，探向天空/有力引领它向上/试图攀住什么/暴风在周围聚集/围住一团微弱的光亮/他抓住乌云，云在疾驰/他抓住雨，雨在坠落/他抓住闪电，被闪电所伤/他抓住风，风穿过了它。”（《呼救》）孤独与他形影相吊，合二为一，“他内心孤独，/他害怕孤独。/他爱他，/一个害怕孤独的人爱上了孤独，/——或说，和孤独住在一起。”（《悖论》）但他很享受孤独，也由此着迷于暗影，“世上最好的诗句一定不来自情绪的花房，/它们藏在最寂静的星空，/与孤独睡在同一张床上。”（《诗性》日本作家谷崎润一郎认为，“世界上任何事情，它的韵味都藏在阴影里，而不是光线的直接照耀之下”，博尔赫的解释则更深了一层，“上帝创造了夜间的时光，用梦，用镜子，把它武装，为了让人心里明白，他自己不过是个反影”。范以西热衷于放大“反影”，为的是留住黑夜。吞噬了白昼的黑夜，象征着无尽的沉默，死般的虚无，“落幕的不是黑夜，/是虚无。/升起的也不是黎明，/是虚无。”（《夜从城的那端落下》）

黑夜使他思维活跃，灵感迸发，还可以与惺惺相惜的同道各自享受孤独，“醒在深夜的不是诗人就是无家可归的荡子，/他们或是同一个人。”（《无题》）其实，他的灵魂深处，有相当大的空间氤氲着前现代的古典悲剧气息，那是白昼即将结束的一抹黄昏景色，破败，苍凉，却朦胧，迷人：

钢琴在沙漠中
四周竖起风的屏障
弹琴的人已不在这里
留下一只怀表和空酒瓶
时间已不再需要他
纵乐不便拥有他
他将要决裂的世界
早在语言形成以前死去
成为不被阐释的隐秘

——《钢琴在沙漠中》

沙漠中的钢琴象征了文明的破败，又何尝不是文明复苏的隐喻？

四

这个时代的一些真知灼见，往往以碎片形式内化为文化典藏，“于碎片之中/得以拼凑。/于自身之中/被一再分裂。”（《我》）这是人类骨殖深处的精神丝缕，“在世上已凋零，/又在记忆里成圣。/远游只为虚构，/却又回来拆穿。”（《故乡》）它们注定代代不息，在社会暗角熠熠生辉。诗集《在岛上》还收进了一些小诗体作品，很显然，碎片般的小诗体未必没有大作品的潜质，它们记录了诗人的冥想与顿悟，短短几行，有如碎片，意到即止。用海子的说法，“磨难使句子变得短促”，它们带着体温和脉跳，精短，简劲，硬冷，悲悯，密布着针刺般的痛感和灵魂诉求，将遣词、造句、炼意、哲思、说理、叙事、状物融为一体，在语言和意义层面互为养殖，结晶成范以西特有的悖谬式智慧和镜像符号，灵光乍现之后，深味无穷。比如，“卢卡对少年说，/你在这等，/找到吃的我便回。/他沿着另一条路，/走了很远、很久。/有天满载归来，/少年已离开。”（《卢卡和少年》）句子单纯，质地透明，具有寓言的哲理特质。更多的是悲喜莫名的剧情，“以一座山的沉默 / 一条路的消磨 / 以云的漂泊 / 或，一只青春鸟的哭泣 / 以昼夜的、昨日的消逝 / 以相逢的悲哀 / 或告别的解脱 / 来庆祝，荒唐的一生”（《将》），生命的真相以记忆编码的方式被储存于意识的冰山之下，适时发作是因为诗人的存在，才有了阿赫玛托娃所惊叹的效果，“诗中，步步都是秘密，左右都是深渊”。“深渊”同时构成了诗的“缄默”境界，它不单是技巧的运作，更多的是对存在的切肤体验，并赋予其某种形而上的向度，最终完成诗人对于世界的淬炼性的智性陈述。这意味着，好诗应该具有一种概括性，古代诗歌虽然简短，语词却可以包含无尽内容，这种概括能力的衰退已是当下诗人的短板，令人扼腕。

在轻度写作演为时尚的今天，范以西是一个病痛的“悖论”诗人。“如果有天我再也飞不动 / 我最亲爱的你 / 请把我的骨灰撒进大海 / 一颗微粒都不要留给陆地 / 不要留给我早已厌弃的城邦 / 就让终日不歇的流动 / 偿还我半生的漂泊”（《我是被缚住翅膀的鹰》）。身体在他的诗中并不等同于肉体，而是思想的身体，疼痛的身体，解构的身体。他用诗歌疗伤、镇痛，他对那些细小、浑浊、晦暗的人性溃疡洞察幽微，或者说，他的一些诗根本就是身体溃疡的产物。“他用左手写诗，/ 在灯下，/ 颀长的手指，/ 散开像一把水仙。/ 五分钟前，/ 他曾用同一只手自慰。”（《完整》）诗歌借助反讽，完成了一次隐秘的自我辨析。

五

自从阿多诺以一句“奥斯维辛之后写诗是野蛮的”的惊天浩叹，起诉了芸芸众生中的诗人，这个世界再出现夜莺的声音，似乎就成了一种原罪。但谁能否认诗歌是人类心灵的最后一束微光这样的事实？“我已经什么都没有，/ 有的只是灵魂的干净”（《如果有天我突然消失》），人类需要能够净化灵魂的诗歌，如果这束微光熄灭了，世界将跌入万古洪荒，即使地球拥有再多再繁盛的动、植物生命，也是一片“意义”缺失的混沌，代表人类为空无的世界填充存在的“意义”的只能是诗人，其使命，正如海德格尔所说的，“是在有限的预定的生命时间段里考虑无限的事情”。

于是我们可以理解了，范以西何以写下如此澄明美丽之作，“认认真真看一块云变化 / 认认真真，经历草木的四季 / 认认真真读一本书 /

认认真真写一首诗 / 认认真真与一个人相爱 / 认认真真缅怀，并且前往”（《认认真真看一块云变化》）。“带着病痛活下去”，对于他，是解脱，是激励，也是超越。而世界的荒芜一角，终会被这一束微光照亮，乃至照耀。

［作者单位：天津市作家协会］

都市里的最后一株植物

——姜米粒诗歌创作试论

包临轩

繁华喧嚷的都市生活，其中的沉静部分往往是被遮蔽的，只要不能进入公共领域，那沉静中的沉静，甚至就此陷入永远的无声和历史的匿名，淹没在无常的命运之中。而那沉静中隐藏着光芒的金属和珍珠，有时竟也无缘得见天日。想来这不仅是金属和珍珠自身的哀痛，同时也更是公共生活品质的一种缺失和遗憾。具体到诗坛，对于一个诗歌创作观察者来说，其任务之一就是努力觅得骊珠，然后把它呈现出来。

哈尔滨诗人姜米粒的创作面临的就是这样的一种状况：她的写作沉潜而深入，其作品意蕴丰富繁茂，其诗风摇曳轻逸，但是却未能进入当今诗坛的评论视野，远离诗坛的热闹。这种远离，平心而论，倒不是她的主动选择，或者有意的闪避姿态，而是写作的自为性，个人的“自性”所致，另一方面也说明诗坛的某种生态特征，诗坛和评论有意无意间的忽略，使这种遗珠之憾时常发生。但此种情形也不算异常，文学史上的这类故事时常上演。

将姜米粒诗歌创作置于当代诗坛予以观照，我觉得她的作品风格的某种唯一性和稀缺性其实是十分突出的，她那种极具个性难于归类的抒写吟咏方式，为当代诗坛贡献了新的质素，使得关注和阐释成为某种必要。

1、一株植物：不只是诗歌意象组群的特性，也是诗人自身的精神个性隐喻

姜米粒给人总体的诗歌形象是孱弱、静好而又坚强的，令人想起某一株滴着水意的植物。然而这株植物并不生长在别处，而是独自生长在钢筋水泥的丛林之中，成为无边无际灰色中的一抹妍丽，永无止歇的喧嚣世界里的一个静音。她寂寂地开放在城市的一个角落里，却有着月夜

之下绕篱倚石的曼妙沉吟。诗人曾经写过一路花团锦簇的山谷，以细致入微的笔触，状写了白屈菜、蒲公英、小雏菊、美女樱、轮叶百合等，但是诗歌题目为“那里就是翡翠河”。实际上，那当然不是真正的河流，而是花丛的纵向铺展，是一条真切的“花之河流”。作者对于花的痴迷于此可见一斑，其“花之河流”的想象力也是奇特新颖的。

关键之处当然不在于诗人对于花和话语题材的选择，而在于其植物情结与其自身命运的内在关联。植物是什么？植物是生命的一种形态，固着生活，自我生存和成长。但是今天，植物面临着巨大的生存危机，尤其在都市中，诗人个体如孱弱的植物一样，散落于命运的偶然安排之下，其独自面对风险、变数，生命的每一刻幸运的延续，都可以“奇迹”之名冠之。对于人间来说，植物或许是风景，令人心生怜惜，但是就植物自身而言，其负荷之沉重几乎无以言之。都市中的诗人的言说，正好是对于其所处环境的一种心声。到了姜米粒这里，她的诗歌以其对于花卉世界的特殊敏感，以其对于生活的细微体察，让人觉得诗人自身的“植物”特性，构成了与外在世界的鲜明反差，后者的强大和不可一世对于“植物”的挤压，反衬出“植物精神”以柔弱胜刚强的那份令人心颤的诗性，是如何闪耀着绿宝石一样璀璨的光芒。“一些事情 / 写在叶子上，/ 写在彩色便签上”，叶子们经过几个轮回的环节，经过书签、床头、裙裾和柜子、蕾丝，却一直不肯谢幕，“画出白昼与黑夜的界限 / 一些梦境变成浅暗的金色。”（《写给秋天的情书》）这说的，或许是植物本身的某种坚韧和不灭。在《回家》一诗中，她写道：“暗昧的阳光进入房间 1.5 米 / 花卉恹恹 / 有点失水 / 地板平平 / 轻蒙灰尘 / 蟑螂僵硬 / 空气凝滞 / 钟表无声转圈 / 走进去 / 进 / 去”。这样的无助，这样如同盆景一样被压缩得如此渺小的生活，映照出四周庞大的冰冷和交流与沟通的严重缺失。这难道不是个体的微弱在与时代，与生存世界搏击后的一种难以直视的感喟和处境吗？

所以，诗人描述的不只是植物世界，表达的或许只是对花卉世界的怜爱，但是却泄露了诗人自身与花卉、与植物的同根性和内在的一致性，而植物与卑微的个人共同面对的，是这个日益无感的物性世界。而这，正是我们当代人面临的困境，和左冲右突找不到出路的艰窘。

当然，诗人并不提供答案，她只以自己独有的经验和方式，给出这份近乎含泪的质疑。

以诗歌方式给出对都市和生活的质疑，这本身并不奇特，奇特的是姜米粒以对自身经验的真实具象化和柔性表述，与一般的诗人，尤其是与其他女诗人们区别开来。一是她的女性意识出自天然，带有先天性的"自发"，因而呈现为一种真切和自然，体现为艺术上的浑然。与某些过度展示女性角色、女权主义的"自觉"诗作不同，姜米粒的诗歌所体现的柔性光辉，散发着亲和力和融合性，其落脚点在于对生活和世界的理解，而不是胶着于女性自身。二是她诗歌写作的"审美洁癖"，似乎有意回避了通常的对浪漫主义的全盘抗拒，在所谓浪漫、现代和后现代之间，她并不自我"定格"，而是将其打通，这些不同的元素闪烁其间，但是始终保持了女性诗人特有的优雅，这份优雅是"植物性"的，而有意回避了"动物性"。你在她的诗中，可以很自然地联想到根、茎、叶、脉、果实和绿意的晶莹剔透，但是独独没有血淋淋和极端的场景，仿佛那样的诗歌倾向，会把她吓着似的。当然这并非保守，她的诗歌一点也未曾因为这种表达的"知性"，而牺牲其艺术效果的有效到达。

2、以叙事的"从容"而非观念主义的"急切"，完成对"象征"的指引，忧伤的暗流直抵"先锋"

诗人是常常"出神"的。我总的感觉是先锋诗人自我出神的时候比较多，即使讲述别人的故事，也总是要时不时跳出来那个几乎忍不住的自我。更有甚者，现在有更多的诗人已习惯于自说自话，与人对话甚少，与己对话甚多，与神对话甚多，与历史和宇宙对话也甚多。但是我在姜米粒的诗中，看到了她的目光凝住于都市的生活场景，捕捉于自身之外的诸多事物，在无我的细节和故事里，发现了"我"在他人的世界中，他人其实也在"我"之中。

在身边的世界和物事中发现诗歌的对象，其实就是对自己内心的再发现。这一切其实是长期思考的结果，也是自我灵魂在这个世界的投射。在此意义上，诗歌因为对外在世界的关注，是从另一途径中返回了自身，但自身本身也不是最终目的，灵魂的归宿才是。姜米粒有相当数量的诗歌讲述的正是这样一些故事，而那些故事都是借来的火，点燃的，却是她自己的烟。她讲了一个街边卖水果的女人的故事，其中的细节是极其平民化的，她那一缕从前额耷拉下来的焦黄的头发，她的绒线帽、大羽绒服、羊毛衫、保暖内衣，她以层层叠叠的穿着御寒，她叼着烟，她的盖着水果摊的棉被，使她看起来就像是"俄罗斯套娃中最外面的妈妈"，她卖水果却从不曾尝一口，也从不吆喝。她是一个普普通通、生活艰辛、对生活失去任何感慨的市民。她站在冬天寒冷的街头，经营着她的生活，而那样的生活是自发状态的，里面似乎没有自觉的人生意识，但是她的存在，她的生存方式却刺痛着诗人的神经，她以《水果大姐》为题貌似客观，甚至是乐观的语气描述了这道都市司空见惯的一景。是的，诗人此外什么也没说，但是我们的眼泪就要流下来了，或者是欲哭无泪。她的诗触动了我们的什么？不是居高临下的同情心之类,更不是什么悲悯，也不引发呼号。我们有的，是和诗人一样难以名状的痛苦和难过，我们从水果大姐身上发现了自己和命运，是某种一生一世也无法说清的触动心底的东西。

这是姜米粒以近乎轻松的语感讲述的场景，而在其他类似叙事的篇什，其叙述语气也不尽相同，有的调侃，有的诙谐，有的反讽，但是无一例外的，是它们都恰切地表达了作者个体的体验，它们都是具象的，细节是精确的，对我们的触动是直接的。这就是我在此要说的，她从未给我们先锋式的做作与刻意，她的讲述是无斧凿之痕的。我们从她的诗篇中读到的，分明是一个弱女子的心地，洞达而质朴、诚恳而真挚、善良而纯净。这样无雕饰的一颗诗心，在人间烟火里，在都市的日常，在日复一日的奔波行走之中。实际上，这里包含着作者的自觉：先锋的观念主义写作，与似乎并不“先锋”的叙事化写作，存在着这样一种鸿沟，前者因其观念的自觉导致理念绝对化，理念在先，理念一直“在线”，使写作沦为技术主义的干瘪的木乃伊，因为“观念”是可以复制的，是必然重复的，无论多么新潮的观念，都无法摆脱这一命运，而后者，在消化了观念之后，将其转化为意念，转化为一种大致的方向。剩下的，就是感性生活对观念的验证和洗礼,就是活生生的生命历程对观念的“校对”，而最终，开放的、无限丰富的社会进程本身，将突破观念的羁绊而冲向新的思想和人类经验的辽阔大海。姜米粒无疑属于后者。

姜米粒以其鲜活的诗歌写作，再一次确证了叙事写作所包含的一个重要艺术事实：在创作主体意识确立的前提下，真情实感和对当下的体察与感悟，大于对观念的模仿，大于在所谓超前观念的“自觉”引领之下的批量生产。为什么要说“大于”？因为观念主义做不到对情感的真切撞击，而后者可以，请看对太阳岛历史变迁的讲述：“那时，太阳岛是岛 / 没有围墙 / 松林里有木屋别墅 / 里面曾经住着瓦西里和娜塔莎 / 后来他们不知去向 / 院子住进了小强和小芳 / 白色油漆剥落栏杆的阳台 / 晾晒着大葱和白菜 / 后来小强和小芳也不知到了何方 / 木屋别墅变成园中园 / 门口有大爷大妈 / 另收门票”（《最后一班轮渡》）。这短短的几行，概括了一座岛的历史，更重要的是，也同时揭开了深藏着的一座城市人文情感沧桑的精神“黑洞”。这样的叙事，你可以理解为具象，但是也同样可以理解为“抽象”，两者是统一体，难以分割。

3、诗歌建构的“洛可可式”风格，文体的自觉多变和诗意的繁复，却穿插着一线简洁明快的溪流，最终抵达单纯静美之境

姜米粒的诗歌，其主旨意象的筛选和确定，以及由此展开的叙述，总体上是富于象征性的，并且为这种象征物赋予了极强的形式感。她在《揉皱》一诗中，用了五种物事，其中的每一件物事，又由一系列意象、动作和细节予以演绎，传神地状写着线团、图绘、织布、成衣和裙裾，最后是穿着裙裾的女性站在夕阳中的一株海棠树下，其中隐含着迟疑、徘徊、疑惑、沉吟和哀切、烦忧，这些意象连缀出来的若干场景，是一个巨大的暗示，情绪似乎是李清照式的，意象结构则是当下的和都市化的。还有一首写猫的诗《只是为了一个喘息》，把一只完整而干净的白猫的生活习性写得惟妙惟肖不说，更写出了猫的轻巧随性的生活对独立自主的某种诠释，猫从不需要人类的同情和怜悯，人类在它的心目中，或许是一个多余而笨拙的施爱者，却又缺乏自知，猫的最终离开是为抖落人的目光的羁绊，奔向它独自体会的自由，并且从不瞻前顾后。在她的这一类诗歌中，呈现出一种工艺品式的精致，令我想起洛可可风格。洛可可的艺术特征是轻快、华丽、细腻、柔和婉转，所谓“卷草舒花，缠绵盘曲，连成一体”，同时透出一种忧郁的气息。在这个意义上，洛可可式不仅意味着一种样式，同时也内在地呈示着作者心思的缜密和精灵般的情韵。

诗歌的形式建构从来都是不可回避的，阶梯式诗歌是一种有序的铺排，当年朦胧诗派的杨炼追求史诗的宏大，当下追求长诗写作的诗人似乎也不乏其人，但是就总体而言，汉语诗歌的基本趋势是求短，求“少”和“简”，即使有些长诗写作，我以为其文体之“长”，更多的是由于内在的叙述冲动的自然后果，很难看到其呈露于外的自觉成型的形式追求。

形式建构虽然是极为复杂的艺术问题，往往莫衷一是，但是从姜米粒的创作态势来看，她的诗歌形式追求还是相当自觉和大胆的，有着相当的成熟度。她有的句式很长，很是铺排，有一种语感的不可中断的连贯，体现为对内在叙述需要的满足，而绝非冗长。例如她的《走进你》是一首 80 多行的“长”诗，作者以密集蜂拥的意象群，细致入微的大量动作场景细节，写出了宏大的诗剧气势，而我们知道，她写的不过是一家众所周知的连锁快餐店，是一种“小”，但作者以其深入绵长的诗歌叙

事，将“小”演绎为“大”，将微观世界演绎为宏大世界，如下面这一段：“不知那一杯咖啡是面壁而坐的中年男一天的开始还是结束 / 他用后背面向众人 / 而即使我漫不经心的一瞥 / 也知道他肩头的抽搐 / 意味着的是努力控制下的但数量依然很多的泪水……”这样的句式，对于我们感受都市芸芸众生相，其实是绝对必要的，无法省略，也不是简约可以做到的。这些装饰不是羽毛，而是翅膀本身，它们以其有机性，构成了“飞禽”之美的要件。

诗歌叙事不间断导致的“黏性”，会否影响诗歌的跳跃之思？这是一个重要的技术问题。我想这首先取决于一首诗的核心目标是什么。如果一首诗创造的，主要是一种情绪氛围，是一种需要令人沉浸其中的大的规模化的情境，或者说，她不是盘亘于具体琐碎的“小我”，而是向人们呈现一个她所感知的世界格局，和诗人与这个格局的某种内在关联，这样的叙事化，则有助于将读者和作者同时“导入”，令其置身其内，从而体验作者的良苦用心及其感知的那一切。那么，这样的句式和从容的陈述，当然就是必需的。防止这种叙事倒向散文的危险的界限在哪里？界限在于，作者诗意的主观观照必须自始至终是绝对的，一分一秒都不偏离，无论多么客观的叙事，都是从头至尾统摄和聚焦在诗人的主观执念上，譬如在本诗中，诗人的执念不是咖啡的众生相，众生只起道具的作用，其种种表现皆出自诗人的精神投射，然后在紧要处又被诗人的点睛之笔收回：快餐店“你随时让我进来 / 让我死去的一半活转”，“我要在薯条火炬的照耀引领下走出暗黑的森林”，快餐店的一次停留，仅仅缘于诗人精神在都市中的无所皈依。这就是诗，尤其是现代诗与散文的根本不同。作者不过是借助快餐店的种种景象，聚合与重塑了都市精神溃散无依的浓重阴影。

长期置身于工厂车间的场景之中，身心一直黏滞在流水线上的职场经历，让“这一位”从特殊角度见证了都市的庞大性与个体精神坚韧生长之间的矛盾、挣扎与超离，见证了都市文化的诱惑魔力令人既不得不依存又渴望摆脱其束缚的一部历史。这样的心理路程通过植物摇曳一般的诗歌，留下了深深浅浅的面影和印记。相信这样的都市叙事诗既非开始，也非结束。自然，姜米粒的诗歌创作的“洛可可风”并不止于繁复，有时也呈现为简约，那是洛可可风的另一种，她对轻风的描摹，对其女孩式的暗喻，如“麻纱轻轻掀动蕾丝的窗前”（《小轻风重叠在我的身上》）的句子是极为精巧的。她写树叶变黄的过程极为精细而精准，从黄绿、浅黄、明黄、金黄到正黄，“那代表了整个秋季里草木色变的黄

色 / 更何况又添了一层雨中的水色”（《漫漫湿雨》），她将观察、猜测与想象融为一体，使其作品像曼妙而精美的织物。她写“昨夜的月光把我惊醒”时，让你感觉都市里那植物一样柔美的灵魂，又是多么因不堪风折而引起“疗救”的注意。她的诗作，分明是个体生长对日益物化的世界的一系列抗拒符号。

姜米粒不仅仅是一个诗人，在更多的时候，她是一位专栏作家和散文随笔作家。多年来，她在国内若干有影响的时尚杂志开设个人专栏，谈生活、谈音乐、谈花艺、谈电影、谈生活美学，不一而足，其行文所呈现的知性和空灵，令其在文坛独树一帜，她不久前出版的生活美学专著《穿越电影的美味人生》在读者群中有着重要影响。这位从未离开哈尔滨，从未离开工厂的作家诗人，用自己经年累月的纤纤笔触，创造了一座精致的精神花园。而诗歌，则更像是她个人秘密的、无人走近的一条幽深曲径，是她安抚自己内心的一小块芬芳领地。如果说她的散文随笔是写给他人、公众和社会的，那么诗歌似乎更多的是写给自己的，但其中对生活世界的观察和内心的反馈，却从个体溢出，成为打动人心的浅吟低唱。这样的一位诗人，在悄然和静默中，与外面的世界一点点地相互走近。

［作者单位：黑龙江日报社］

新诗形式建设问题研究

朱英诞研究

寇宗鄂诗歌创作研讨会论文选辑

诗歌文本细读

姿态与尺度

新诗理论著作述评

外国诗论译丛

没有陈超的世界将更显空寂

——关于《转世的桃花：陈超评传》

雷平阳

一

《转世的桃花：陈超评传》是我读起来最疼痛的一部书。一个发了疯的写作者，差不多是在用燃烧的字词紧张、迫切、痉挛式地诠释着一个殉道者爆炸式的一生。我不得不一次次中断，力图在空隙中用阅读让-保尔·迪迪耶洛朗的小说《6点27分的朗读者》来减轻我的疼痛。然而，这个小说中却出现了一个名叫朱塞佩的纸浆公司的工人。他在清理图书粉碎机时失去了双腿，双腿被搅碎在了纸浆中，而由这些纸浆生成的纸张，则印成了一本名为《从前的花园与菜园》的书。他认为这本书里有着他的"骨与肉"，遂开始搜集此书，收回自己失去的"骨与肉"，让自己重归于完整。霍俊明不是朱塞佩，但朱塞佩这个虚构的人物形象，却在我的眼前一再的与霍俊明重叠。《转世的桃花：陈超评传》致力于将殉道者"粉碎的身体重新抬回地面"，但霍俊明同时又将自己撕裂了存活在文字中间。两份剧痛由一束诗歌的圣光融汇在一起。

二

天蝎座、失眠、抑郁症、自杀……霍俊明将自己能够查找到的与它们相关的伟大灵魂，一一邀请至陈超的身边。狄兰·托马斯、西尔维娅·普拉斯、哈罗德·布鲁姆、罗伯特·洛威尔、海子、顾城……这当然不是红色雨棚下或西郊墓地上的一次聚会，不是。他们是一群将神谕、天堂之火和生命诗学溶冶为一支火炬，高顶在头顶上互相传递的不死者，天各一方，却视世界为一张圆桌，一个壁炉，一部诗集。他们各自弃世，但又在对方的身体上生还，循环不息，一直是漆黑人世领空上不会熄灭的路灯。陈超飞升至他们中间，霍俊明只是一个告诉我们这个消息的使者。

三

《转世的桃花：陈超评传》厚达648页。几乎每写一个章节，霍俊明都要写到2014年10月31日凌晨陈超往生的那一刻。那一刻如火山喷发，所有的热烈之物若桃花般迸射在天空的天花板上，决绝、遽然、短暂，但它也一定是有着隐秘的步骤，负重、疾病、尊严感丧失、自责、容不下个体瑕疵，乃至对疾病的误判等一系列公开和未知的元素，均是滚烫的岩浆，一步步推进，最终促成了那向着天空的一场自我清空的怒放。没有预兆，如他的诗歌拔地而起，奇幻瑰丽，斩钉截铁。不留半句遗言，如他的诗学，另起孤峰，别开生面，自成绝响。一头“温顺的狮子”一步步走到悬崖上，完成了纵身一跃。这一跃，这一场清空式地怒放，因其在转瞬之间，因其散发着末日的气味，从而在霍俊明的世界中变成漫漫长夜。霍俊明坦诚地引用了伊丽莎白·布朗芬的言论：“关于死亡的艺术再现激动人心的一点在于，它让幸存者替代性地体验了死亡……”。这个言论，与霍俊明自述中陈超走后他长时间反反复复的“辗转反侧，难以成眠”的灵肉历程结合在一起来衡估，我发现，即使写不写这一本书，霍俊明都把自己交了出去，不仅仅只是“体验死亡”，而是将自己当作了陈超的命运伙伴。“自杀”让陈超脱离绝望（假如他真是因为绝望而自决），而绝望由霍俊明主动继承了下来。这不是一份师生情谊所能决定的，骨头冷硬如霍俊明者，两者之间须得存在一次隆重的灵魂交割仪典，须得有前者对后者的洗礼、碾压、重构与传灯，当然也得有后者对其前者发乎于内心的精神世界的遵守和拓疆。从这个角度看，这本书乃是陈超存在于文字中的墓碑，筑墓人与守墓人由霍俊明一个人担负。因此，以诗歌筑墓，以诗学筑墓，以爱和人品筑墓，加上那大地上的一座，陈超是一个有着五座墓碑的人，或许更多。我的诗人朋友费嘉离世一年后，我写过一首纪念他的诗，其中有几句：“你已经去了天国 / 我还在人世上漫无边际的找你 / 这苟活者的偏执显示了活人的心病不轻……我甚至对你死亡的过程 / 对你人潮汹涌的葬礼，也充满了羡慕……”。感受与霍俊明有相同的地方。

四

2006年前后，林建法先生主持的《当代作家评论》组织了一个关于我诗歌的评论专辑，其中一篇《“融汇”的诗学和特殊的“记忆”——从雷平阳的诗说开去》，是陈超先生手笔。他从“融汇”与“记忆”论我，当时我被吓了一跳，认为他目光如炬，一下就找到了我写作的策源地。尤为重要的是，这篇文章里，他是第一个对我写作的“综合能力”做出充分肯定的批评家，等于在我的心脏上安装了几台马达，“命令”我继续动力十足地写作。如此知遇之恩他赐赠过无数人，我不因为自己只是其中的一个而认为分量不重，重，非常重。

一个以山峰为道路的人，他送给每一个人的礼物都必然是山峰。所以，后来的两次见面，也就是我们终于面对面地坐下，我的记忆中，他均无心于闲聊、酒席，而是坐在我的对面从他的口袋里，不停地把火焰、冰山、燕鸥、海啸……摆放到桌面上，他的肯定与激励，充满了召唤与接引。面对这么一个身上带着彩虹或鹊桥的智者、美的信徒，我受益良多。特别是其对生命诗学、噬心主题和独立人格之于诗人的洞见与阐释，令我如见一线天光。也难怪霍俊明会说，写这本书时，“我的心一直是悬空、倒挂、焦虑的，甚至有时候很烦躁。”为什么？因为他得与陈超的灵魂交流、交锋、达成一致并设定诗学中新的高度，而陈超又时时俯视着他、逼问着他，甚至有些时候还对他的智识与答案不满意，天秤两端，霍俊明感受到了自己的轻，得继续往自己的衣袋里多放些砝码。此书也就因为有着作者与主人公之间的较量而格外抓人心，格外有质量。不少人写过西南联大的那一群民国大师，很难找出一本可以让你读得下去的，原因就是作者与大师不匹配，写不到大师们的灵魂里去。灯塔耸立，不得其门，只能绕着灯塔转圈子。与此相反，霍俊明也许是人世上唯一可以进入陈超灵魂的那个人。

五

我读书从来不愿在书上画杠、圈圈子、作批注、写体悟，阅读此书却破了自己的习惯，画了很多杠和写了不少的瞬间感受在上面。原因当然是由于霍俊明的赤诚、无私与奋力。一方面他毫无保留的贡献出了他和陈超的诗学观念和审美理想，另一方面他还将他花了大力气搜罗、整理、形成体系的世界范围内有关诗歌的精辟论断和诗歌华章，既理性又失控地呈示在了每一个章节之中。为了雕刻陈超，他选择了万有、万象和万物作为背景，而这些背景竟然如此地光芒四射，灿如星空。陈超有不朽之作《那些倒扣的船只》，他找来罗伯特·勃莱的不朽之作《圣诞驶车送双亲回家》做伴；陈超言及个人化的历史想象力、求真意志、童年经验之于写作者的意义，他迅速找来布罗茨基、伊丽莎白·毕肖普对此做出备注；那些仿佛就是为了呈现陈超而产生的，能让人狂喜或沉痛的闪光的论语和诗句更是俯拾皆是。

汉语新诗的现状和国际诗歌的现实，系统、客观、准确地在陈超的四周画卷般展开，而且没有影响到作为风暴眼的陈超精神与世俗形象的还原与重塑。那个顽劣的山西少年、坐在红旗与锣鼓堆中初恋的宣传队队员、在文学母亲的启蒙下开始写古体诗的文青、知青、大学生、温顺的狮子、情郎与爱人、孝子、优秀的父亲、北方冬夜的诗人、冥想者、抑郁症患者……自始至终都能从星空里跃起，从激流与巨浪间独立的抽身而出。这繁复的简单，类似于给一个远航者在所有的海岸上都建起了码头和灯塔。霍俊明的书写，给了我一个百宝箱，也给了我向他由衷致敬的理由。

（霍俊明 著《转世的桃花：陈超评传》，48 万字，
河北教育出版社 2018 年 8 月版）

［作者单位：云南省作家协会］

诗性光芒的年代记忆

——评姜红伟《诗歌年代——20世纪80年代大学生诗歌运动访谈录》

芦苇岸

一

回望百年汉语新诗，可谓起于青萍之末。上世纪初叶，新诗以新文化运动排头兵的姿态断裂于古诗词统治中国诗歌一千多年的历史，一头雾水地扎进新的语境和向度，尤其是在艺术探求上，表现出更为独立的姿态与发声。由于社会形态的急剧变化，新诗受制于各种外因，始终未能步入良性的发展轨道，磕磕绊绊，跌跌撞撞，一直艰难地活在残缺的世界，其短暂的历史，总是回荡于自废武功与不断纠偏、又茫然失蹄、再矫枉过正的争议之中，并派生出官方与民间这种背离艺术本体的粗蛮分野，以至于造成泱泱诗歌大国写诗的多于读诗的，中国诗歌立于世界文学的荣耀，异常无奈地定格在遥远的唐朝。然而，诗歌本就含有"不甘平庸"的质素，随着体制的松绑，和各种西方文艺思潮洪流般涌入，诗歌陡然异常活跃，诗人几乎成了新时期中国文学率先崛起的一群，而这股"诗潮"率先卷席于校园。"在20世纪70年代末期至80年代末期，由于拥有着对诗歌共同的热爱，来自全国各地高等院校的大学生诗歌爱好者们高举着理想主义、英雄主义、浪漫主义三面大旗，从四面八方聚集到80年代诗坛，组成了一个上百万人参加的具有强大创作力量的大学生诗歌创作队伍。他们这些像群星一样闪烁诗才光芒的学院诗人，创作了一首首脍炙人口的经典诗作，撰写了一篇篇颇有价值的评论理论，组织了一个个团结协作的诗歌社团，创办了一份份质高品佳的诗刊诗报，编印了一部部荟萃精品的诗选诗集，开展了一次次形式多样的诗歌活动，在校园内，在社会上，在诗坛上掀起了一场人数众多、声势浩大、波澜壮阔、狂飙突进、影响深远、非同凡响、卓有成效的大学生诗歌运动，在中国当代诗歌史上开创了一个重要的诗歌流派，谱写了一页辉煌的经典篇章。”因着这样的历史辉煌，那么，作为诗歌建设的一份见证和联通未来的启示录，是很需要有人站出来的。

作为那场具有年代意义的“大学生诗歌运动”的研究者，姜红伟的“觉醒意识”萌蘖得如同早春二月的蜡梅，他解析了原因：“这场罕见的运动既是空前的，又是绝后的。但是，因为当时没有强大的话语权，没有得到诗歌评论家们的高度关注，没有得到诗歌理论权威们的充分认可，没有引起诗歌界足够的重视，在有意无意之间，那场曾经轰轰烈烈的 80 年代大学生诗歌运动被诗歌史遗忘，大学生诗歌运动的历史功绩成了一段被湮灭、被忽视、被淡忘、被失踪的诗歌史。”从中可以看出他决心编制这个大型“访谈”的蓝图与动力。

于是就顺理成章地，在时隔三十余年后，他以一己之力，在有限的条件和局促的财力等多重困难面前，创办了“80 年代诗歌纪念馆”，着手收藏那场轰轰烈烈运动中的大学生诗歌资料，潜心编著中国第一部全方位、立体式、多角度描述 20 世纪 80 年代大学生诗歌运动史实的长篇诗歌史料著作——《诗歌年代——20 世纪 80 年代大学生诗歌运动访谈录》（北岳文艺出版社 2019 年 5 月版，以下简称《诗歌年代》），做了至少需要一个庞大课题组才能完成的浩大工程，这种愚公移山的精神，带给当代诗歌的是一座光芒闪耀的丰碑。

二

这部《诗歌年代》，涉及北京大学、复旦大学、吉林大学、武汉大学、湖南师范学院、东北师范大学、中山大学、安徽大学、北京广播学院、山西大学、内蒙古师范学院、青海师范学院、南京大学、杭州大学、安徽铜陵师专、天津师范学院、杭州师范学院、贵阳师范学院、中国人民大学、扬州师范学院、甘肃师范大学、四川大学、河南大学、江西师范学院、贵州大学、暨南大学、西安财经学院等全国为数众多的大专院校；文学社及校园刊物有早晨文学社、春笋文学社、五四文学社和《这一代》《红豆》《雁声》《秋实》《赤子心》《耕耘》等自办杂志；访谈的作家、诗人及评论家有陈建功、张胜友、徐敬亚、张桦、骆晓戈、邹士方、邓万鹏、苏炜、韩云、郑道远、蒋维扬、兰亚明、史秀图、徐永清、李建华、赵健雄、燎原、邹进、林一顺、王自亮、江文波、唐绍忠、孙昌建、穆倍贤、马莉、叶延滨、李黎、曹剑、游小苏、陆健、彭金山、沈天鸿、王剑冰、张品成、李坚毅、吴秋林、郭力家、孙武军、詹小林、汪国真、沈奇等，其中大都是当今中国诗坛的中坚力量。书中所包罗的诗人诗事像闪亮的群星，成网状结构覆盖了神州大地的东西南北中，熠熠生辉，蔚为壮观。

这本《诗歌年代》，以全局视野和局部精细进入百年新诗的列阵，当众多诗人以战地黄花的姿态投身于当代诗歌的一线现场，在放大自我的书写中建构个人理想，期待留芳诗歌史时，姜红伟先生却以另一种书写格局介入新诗建设，这种集观察、研判、整理、提纯，最终进入文本集成的"个人行为"，更像是一份诗意的"功德"。

作为一种书写姿态，姜红伟的意义暗合了法国哲学家米歇尔·福柯所说的"书写的角色本质上是疏远，是度量距离"，只不过，这个距离，已经不是诗歌意识窄道方面的哲学思考，而是现在与过去，是"我"（诗歌观察者）与"彼"（诗歌运动场）之间的一种"度量"。显然，那些彼时态的隐秘的真理和衍生的价值与意义，在客观与主观的二重空间里，诗歌生态链被盘活了的同时，也"意味着我没有死，我在我书写那些已死之物的时刻没有死"，也是因为这样的背景考量，"诗心永存"才不至于只是装点门面的花言巧语，姜红伟也因了如此"书写"而确立了个体生命意志与当代诗歌的关系。

在此之前，《今天》的创刊人之一芒克写有一本散文集，名为《瞧，这些人》。芒克以回忆录的方式记述了20世纪七八十年代的诗人们的诗歌轨迹，并配有诗人们的代表作。此书为研究中国新诗发展提供了鲜活的素材。文革留下的空白造成文艺思潮断档，不过诗歌的暗流从未停止涌动。事实是，20世纪70年代末，诗歌作为先锋的文学体裁，像一把利剑，划破长空，在思想活跃的领域全力领跑。当然，由于视野局限，散落在诗界深处的珍珠也绝非芒克所呈现的那样寥寥可数，有许多被遗忘的诗人、诗社、诗歌事件没有被开掘。如果从广角看，芒克的视线显然只在房前屋后打转，而至于比朦胧诗更广阔的、更为有生的诗歌力量，更具广阔的时代背景和奋斗历程的档案式、交互式、更鲜活的关于80年代诗歌的"解密"资料，还得由志存高远的人来完成。偏居边区的姜红伟，自建八十年代诗歌纪念馆馆长，自发研究80年代诗歌史和校园诗歌史，自得其乐地收藏全国诗歌报刊资料，以真诚而严谨的态度以及敏锐而富有远见的诗歌嗅觉，完成了宝贵的文本结晶，即这本《诗歌年代》。他立足诗歌、尊重诗人、坚守立场，集学术性、史料性、客观性于一体，不仅全方位回溯了当时的鲜活动态，也客观再现了一份关于中国新诗阶段性的历史记忆。

该书以散点透视的形式记录诗歌历史，真实地采撷了1977年和1978年范围内大学生诗歌运动面貌的精华。从北京大学、复旦大学、武汉大学等诗歌重地，到各省大专院校；从文学社团领袖人物陈建功、张胜友、徐敬亚，到著名诗人叶延滨、汪国真等，访谈中都各有侧重和亮点，在新诗百年之后，作者秉烛伏枥，和时间赛跑，用详尽的诗性文本，向发展中的中国新诗献礼，向历史长河里的诗潮与诗人们致敬。

作为一本访谈录，如何聚焦诗歌运动的核心，避免泛泛累述，姜红伟先生作了很深的“功课”。或许在他看来，以诗人及其作品的影响力与传世价值为坐标系，尤其是那些诗潮涌动、奔流激荡的版图，是关注的重点。比如北京大学这个诗歌策源地，就不可错过，陈建功说：“我们北大77级文学专业的同学，入校后适逢思想解放运动兴起，文学创作风气炽盛。”新三届的大学生们是幸运的，也是火热的。他们站在历史的节点上，激扬文字，以梦为马，以诗铸剑，开拓了中国新诗的先锋。他们投入了巨大的精力，参与创办了《这一代》，进一步壮大了“五四文学社”，助长了一大批优秀作家。如黄蓓佳、王小平、查建英、刘震云、海子、骆一禾、西川等，有的作家如今依然延续着旺盛的创作力，那些留在文学史上的诗人和作家，其文学梦想就是启航于大学时代创设的文学社及社刊，也可以说，因为青春和诗歌，他们的生活有了更高的起点和更为遥远的终点。

一次次艰辛的采访，一句句肺腑的真言，那些曾经的年轻人依然生机勃勃地活在当下，记忆更不可抹去。因为深度访谈，属于中国的“80年代”，被赋予一层超越时间概念的意义。一个个校园诗社，一本本自办刊物，一个个活动发起人，带着审视的目光，带着深切的情怀，带着诗意的回溯，带着史实的新鲜，悉数闪亮出场，使“80年代”沉淀的诗学意义，更加空前、深广！

在访谈著名诗歌评论家徐敬亚时，姜红伟采集到了“80年代”是“被诗浸泡的青春”的论断。“浸泡”二字足以代言那个时代激情高涨、风起云涌的诗歌氛围。人们的精神渴求、诗歌理想、生命张扬，是当下所不可比拟的。亦如西川所说，80年代，不写诗的人是不正常的。而当下，写诗的人却被视为异类。两相对照，让人唏嘘感叹！由此观之，《诗歌年代》这部诗意纵横的大书，警示读者，曾经的“我们”离诗歌是那样的近，那些事实真相，甚至比诗歌本身更有意思。其中有些“爆料”，是非常宝贵的，如诗评家徐敬亚说《赤子心》的创刊比《今天》还要更早些。他以三十六年前的往来信件为依据，出具陈晓明、王小妮、吕贵品等人都特邀参与建社的事实。《赤子心》共出版九期，徐敬亚借此还参加了首届“青春诗会”……凡此种种，表明这部访谈录超越历史时空的意义，对诗歌史的深度挖掘，展现了积极作用。

毋庸置疑，诗歌史学工作是枯燥的。作为大学教材推广的《中国近代文学史》的编写路数有板有眼，重视流派和理论，多有乏味。而姜红伟所采写的《诗歌年代》一改传统诗歌史的编著形式，采用接地气的口述策略，结合当事人的现实境况，以坐而论道的亲切对诗歌的历史真实进行客观的筛录，这种生动的编写技法，更加贴近读者，也更易还原史实真相。在采访燎原时，作者将他的创作历程和作品结合在一起观照，还顺带出《昌耀评传》和《海子评传》的创作形成过程。这样的角度切入，便于揭示一个诗歌评论家的心路历程，也侧面反映了当时人们的诗歌信仰，真实回眸了一代人的诗性光芒。

三

当然，80年代的诗歌发展是曲折的。“文化大革命”刚结束不久，百废待兴，许多在地下运行的诗刊，像《今天》一样，因为局部的思想先锋的缘故，遭到了不同程度的封杀。但诗歌的火焰没有熄灭，当时的诗人们并未就此却步，而是在夹缝中寻求新的突破。精神的可贵与曲折的进程，更让那段辉煌不可遗忘。王自亮在访谈中披露——1979年，全国13个高校的文学团体，联合出版了一个民间刊物《这一代》。年底，《这一代》创刊号（也是终刊号）终于寄到了杭州。但中间少了16个页码，根据目录，正好是一辑诗歌“不屈的星光”，包括徐敬亚的《罪人》、黄子平的《脊梁》、王小妮的《闪》、超英的《沉默的大游行》等，第96页之后也不知少了多少页，翻译的日本电影剧本《犬神家族》才印了个人物表，正文都还没开始。扉页上临时油印了几句告读者书：“由于大家都能猜测到、也都能理解的原因，印刷单位突然停印，这本学生文艺习作刊物只能这样残缺不全地与读者见面了。”估计类似这样的残缺事件，还有不少，胎死腹中的，莫名夭折的，被强制毁坏的……各种阻力都对诗歌进行围追堵截，但星星之火一直在燎原，诗歌的春笋在此起彼伏地破土，最后形成一派盎然的生机，从这个意义上，扎加耶夫斯基的“尝试着赞美这残缺的世界”，更像是“80年代”诗歌运动的写照，“残缺”不可避免，但“赞美”依然高亢。诸多鲜活的细节，在《诗歌年代》中满血复活。由此可见，《诗歌年代》不仅完成了对20世纪80年代诗歌的梳理，同时具有填补诗歌史空缺，充实诗歌在中国新文学长廊的丰富与活力的价值。

在传媒业高速发展的今天，选择“访谈”这种相对比较自由的特殊交流方式，客观上便于采访者与被采访者之间有很好的沟通。做这个访谈，作者与嘉宾只有对20世纪80年代的诗歌脉络一清二楚，对各个诗歌运动的前因后果一目了然，才能有的放矢地把握大局，鞭辟入里。虽然访谈指向的都是80年代大学生诗歌运动，但是在内容上，完全做到了不重复、不累赘，而是互为补充，各有精彩。有的访谈侧重诗歌活动；有的则将大学生社团作为主体；有的注重被访者的创作故事；有的则是把诗歌创作技巧和诗歌评论着力点作为主要话题。

在诸多的访谈中，孙武军撰写的《青春的聚会——忆1980的青春诗会》是个例外。孙武军多层面回顾了1980年青春诗会上的17位诗人的作品和相关事件。“没有目的，/在蓝天中荡漾。/让阳光的瀑布，/洗黑我的皮肤。/太阳是我的纤夫，/它拉着我，/用强光的绳索/……/我要唱/一支人类的歌曲，/千百年后/在宇宙中共鸣”（顾城《生命幻想曲》），“空白的一代”中重点推荐了顾城的诗作，这么构思显然意在表明“黑夜给了我黑色的眼睛，我却用它寻找光明”是20世纪七八十年代的年轻人的精神实况。的确，诗歌就是那个时代的太阳，诗人们在诗歌的隧道里蜗行摸索，寻找思想的光。除了言及顾城，孙武军还谈到自己的发表经历，交代了转型期的徐敬亚、朦胧诗代表人物舒婷、“老顽童”黄永玉、海子的自杀之谜、艾青和杨炼的诗人故事等。曾经意气风发，那样的如诗如歌的他们，用精神之光，照亮了80年代诗坛。

四

据姜红伟介绍，《诗歌年代》系列三部曲，书稿总量达100余万字以上，附录各种珍罕图片500张以上。这无疑是目前中国诗坛关于年代诗歌记忆的综合性强、特点鲜明而典型的厚重文本，具有独家的原创性、珍贵的史料性、可读的故事性、对象的代表性、话题的多元性、精彩的文学性、丰富的学术性、理论的创新性等诸多良好特征的呕心沥血之作。目前出版的是该书的第一部，以后将陆续出版该书的第二部、第三部。

20世纪70年代末以来的二十多年是中国新诗历史上成就突出、思想活跃、探索积极、诗意勃然的时期。伴随着文学的全面复苏，新的诗歌艺术潮流出现了，因其在艺术形式上多用总体象征的手法，具有不透明性和多义性，故被称为朦胧诗，其代表诗人有北岛、舒婷、顾城等，他们的诗歌作品极大地推动了诗歌在大学校园的传播。就目前受访的诗人们的反映看，普遍认同“20世纪80年代是中国大学生诗歌的黄金时代”这一定论，也都期待有人挺身而出，予以情怀的结晶和付诸实践的行动，进行书面的提炼与传播。

80年代的大学生诗歌运动轰轰烈烈、硕果累累，现在当我们回望那个时期的诗歌运动，绝对不辜负“空前绝后”这个形容词。可悲的是，它并没有引起诗歌界足够的重视，而且长期地被忽略和淡忘，以致游离在中国诗歌史之外。幸运的是，《诗歌年代》的作者姜红伟先生通过创办八十年代诗歌纪念馆，积累了相当丰富的诗歌史料，他看到了发生在20世纪80年代大学校园里的这场诗歌运动的价值，清醒地意识到了这场运动是文学景观中一个独特的、永远不可抹去的文化现象，在中国新诗历史中有着非常重要的地位。

这本书展现了大学生诗人们在那个年代的思想动态和生存状态，本书也可以说是近距离记录了他们在青春成长期的生活片段以及写作状态，具有极高的学术和历史价值。此外，诗歌爱好者可以通过这种访谈形式，诗意地进入到当时那个激情燃烧的诗歌岁月，分享大学生诗人们的诗歌智慧和热情，因为被访谈的这四十一位诗人是那场诗歌运动的亲历者和优秀代表。他们穿过时间的街巷，进入我们的阅读视野，面对姜红伟先生的提问，嘉宾们娓娓道来，不回避，不掩饰，生动而具体，充满了反思的力度和深度，让读者产生极强的现场感，以及超乎个体生命的历史感。毕竟，那时的客观条件与社会环境是今天的人们很难想象的。在某种程度上，我们感受到了当时大学里浓郁的诗歌氛围，他们的勇毅和奉献、赤胆和热血；他们的激情和失落、峻急和彷徨，他们的追求与躬行、忘情与忠诚，都在访谈中得到了重新确认，并通过这样的途径，重新找回他们曾经的精神气质，或许其中一些远离诗歌战线的“急先锋们”会因为这事的触动，再次义无反顾地返回诗歌现场，为式微和落寞的当下诗歌倾力摇旗呐喊，在诗歌建设的征途，投身于更具挑战性的鼓与呼。

尽管迄今为止，还没有什么学术机构和个人对 80 年代大学生诗歌运动进行如此系统而全面地收集整理，但令人欣喜的是，志在心中的姜红伟潜心修为，筚路蓝缕，向诗坛交出了一份优异答卷，他自觉而自发从事的工作，是献给新诗百年的厚礼，在这样的默默付出中，他在助力复活诗性光芒的年代记忆的同时，也让自身光芒涌入！

[作者单位：吴越出版社]

新诗形式建设问题研究

朱英诞研究

寇宗鄂诗歌创作研讨会论文选辑

诗歌文本细读

姿态与尺度

新诗理论著作述评

外国诗论译丛

毕晓普致安娜信[1]

李嘉娜　译

【译者前言】

这里是毕晓普与美国作家安娜·史蒂文森的一篇文学通讯，当时安娜考虑撰写一部关于毕晓普创作的专著，因此去信请教在巴西的毕晓普。毕晓普在这封回信中谈了许多对创作的理解，如关于她的诗歌、美国现代诗人等，其中谈到达尔文，毕晓普对达尔文细致观察自然做了高度评价，这个段落后来被业内称为著名的"达尔文信件"，它准确反映了毕晓普创作对细微观察的高度认同。总之，这一封致安娜的信件是毕晓普论创作的重要资料，毕晓普生前难得发表关于创作的文章，而在这些回答问题的娓娓道来中透漏了诗人自己的创作理念，对研究者和读者深入解读毕晓普诗歌具有重要参考价值。

亲爱的安娜，　　　　　　　　　　（巴西）萨玛拜亚，1964.1.8

我希望你收到了我寄给你的挂号大信封。这几天邮件很乱——我居然收到九月份的杂志，还收到一封寄给"巴西卫理公会教堂主教"（英文"主教"与毕晓普名字是同一个词——译者注）的信。

现在继续我的回答。我在研读艾肯（Aiken）的书后认为你不妨这

① 译自 Lloyd Schwartz edit: *Elizabeth Bishop*: *Prose*, pp410-417, New York: Farrar, Straus and Giroux, 2011。

样写我的生平："1916 年其母罹患不可逆转性精神病，经过几次复发，最终于 1934 年去世。" 我从未披露过这些，尽管我不喜欢把此事弄得太喧嚣。可是，这个事实对我肯定重要，我后来不想再见到她了。

我住在彼得罗波利斯市，和洛塔共同拥有一幢"现代"房子——洛塔在我来巴西前就开始设计这个房子，此后我们一起参与建造，这幢房子在七年前大致已建好。房子获得格罗皮厄斯（Gropius）建筑设计奖并在不少节目、杂志、书籍里出现。说这些并不是要炫耀而是因为我对建筑感兴趣，如果要我说——我认为这是一幢好房——不是气派，而是高雅、完美，如此而已——这在巴西很难，即使你有钱。1960 年 6-7 月的法文版《今日建筑》第 66-67 页刊载过这个房子的一些美照，尽管他们拍照时房子还未完工。（万一你感兴趣！）我却愚蠢地给你的信没有用复写纸，恐怕我的信内容一直在重复——不过另一件事我已完成，到巴西来以后就开始着手翻译一本恩里克·明德林的大著《当代巴西建筑》。我翻译英文版的一部分并设法提升作者的介绍部分，可非常不顺。与此同时在 1962 年我还为《生活》杂志《世界藏书系列》巴西部分撰稿（此前我说过这事吗？）。我写这个是为了赚钱，可还未完工就与编辑处得不愉快。我已经拒绝替他们为新版做改写——政治章节已大多过时。文本多少是我的，却莫名其妙地充斥了他们的烂语法、陈词滥调等，这让我相当沮丧，。我对那些字幕（大多错误严重！）和照片概不负责，虽然我力争换照片，也换了几张。不管怎么说——试想一本介绍巴西的书里居然没有一只鸟儿、野兽、蝴蝶、兰花、繁花等。他们从我文本里删掉了这些以及介绍著名自然学者的段落。尽管如此，近日到这里旅游的朋友告诉我说他们感觉这本书非常"有用"（介绍巴西的英文书籍极少），因此，我尚能较冷静看待此事。你若看到这本书，请多多包涵！

当然这些事与诗歌无关。你在信中谈到翻译，也许你已经看到 11 月《诗刊》翻译部分？那是梅格·内托（Joao Cabral de Melo Neto）一首长诗的一部分。我很快也要发表卡洛斯·德拉蒙德·安德拉德（Carlos Drummond de Andrade）的两组诗歌翻译，一组发在《诗刊》，另一组发在《纽约评论》。我对诗歌翻译考虑不多也无意去做，——只有当我认为我喜欢的某个诗人作品可以被译成英文而不至于流失太多的时候，这意味着不一定是诗人的某个佳作。我的翻译尽我所能贴近字面，——这些巴西诗人作品都具原始节奏，只要英文节奏能够与葡萄牙语节奏相符合就行——两者体系不同。我不想用罗威尔（Robert Lowell）的"模仿"法去翻译，虽然他经常能翻译出优秀的罗威尔式诗歌。本·贝利特

(Ben Bellitt)的翻译(你提到)很糟糕——看到他翻译的兰波了吗？——极具悲伤，显然他处理过分了。

《肯庸评论》春夏季刊将发表我翻译的巴西作家克拉蕾丝·里斯蓓克特（Clarice Lispector）三篇很短的短篇小说，希望这是我这一段时间里做的所有翻译任务。

我认为最令人满意的诗歌翻译是那些《企鹅诗人》，页面底端附上直译的散文文本——至少就我略知的那几种语言都译得非常优秀。你曾经提到叶夫图申科，他在我看来似乎有些居高临下。——（我的俄语正好够我看懂这些一般押韵）当然帕斯捷尔纳克也会让人感觉良好——很惊讶看到叶赛宁似乎非常出色——这些都是妄胆假设和猜测。我从来没有像那年夏天独自在布里塔尼那样享受阅读兰波,那时法语还真不行(当然我还是能够感觉他是个超凡作家）。

你再次提到聂鲁达。我可能说过，我致玛丽安·摩尔的诗是基于他的一首严肃诗歌，也是他的杰作（而我的那首不严肃）。因为我在遇见他之前就对超现实主义感兴趣，我不认为他的诗歌对我有太大影响。可我多少还是喜欢一些——往上追踪包括他的《马丘比丘》诗歌，他的后期诗歌多是宣传性的，不见得好。这是我第一次与一个正儿八经共产党诗人接触的经历，事实上是我唯一一次接触到一个好共产党诗人（坏的很多，到处都是——布莱希特也许也是好样的）——他忧愁，我肯定他意识到自己才华显露。他谈到许多让我感觉到这一点，并且他还告诉我别去读他的那些政治诗歌（我在战争中认识他），因为那些诗不好。我是很偶然遇见他的；不喜欢他的政治。我也被介绍给在墨西哥的其他党派，我认识并也喜欢维克多·塞尔吉等——

我从未有意识地研究过“意象派”、“超验主义”或其他主义，我只阅读那些我能弄到的诗歌，不论古今。在 15 岁时我喜欢上惠特曼；16 岁有人送给我刚重印的霍普金斯诗歌（那时我已经会背诵手头哈丽雅特·门罗选编文集中的霍普金斯几首诗歌）。之前我并不真正喜欢艾米丽·迪金森，除了她的几首自然诗外，直到几年前她的全集出版，我用心阅读迪金森，依然不喜欢她那“啊所遭痛苦”之类诗歌，但我欣赏她的其他许多诗歌，更多的是诗歌短语而不是整首诗歌。我尤其欣赏她敢于面对、一路孤独走来——这点有点像霍普金斯（我的一首小诗比邻他们诗歌并把他们比拟为两只自我关闭的笼中鸟，可还未写完）。这是我个人偏好——可我不喜欢无幽默感的玛莎·葛兰姆（Martha-Graham）而她确实喜欢艾米丽·迪金森……

事实上个人偏好很大程度上左右了我的品味，我一生中大多时间都非常幸运地拥有一些机智型朋友——指那些真正具智慧、灵敏、拥有疯狂幻想和让人又哭又笑的语言（我似乎注意到当下文学群中有一种倾向认为任何不友好或充满似是而非的批评是“机智”，另外，古老的“模棱两可”今天也被当作“机智”，可这不是我的意思）。我最喜爱的那个姨妈是个有趣的人；我的亲密朋友中有不少都是有趣的，洛塔有趣，波林·海明威（海明威的第二个夫人），1951 年去世，之前一直是我的好朋友，她是我认识的男女朋友中最机智的人。玛丽安非常有趣——当然卡明思也是这样。也许我需要这样的朋友为我鼓劲。他们通常淡泊、冷静、表情具鼓动性。巴西的穷人，那里人民的幽默感真正使这个国家在大多时候可以让人忍受。然而他们不是“勇敢”——还谈不上——只是政治笑话一直不断。桑巴舞曲歌词、诨名等都焕发着光芒和慰藉——不幸的是大多不可译。只是他们的幽默感不时为贪婪腐败而产生令人厌恶的混乱抹了点甜味剂而已。

我隐约觉得能让我们感悟良多的——是当别人对我们一直奉为圭臬的东西突然间来个搞笑版，我指对生活、世界及一切。这也是一种个人偏好。我不喜欢太书呆的人（有几个碰巧是我所爱的人，可我想他们如果不那么书卷会更好），我也很不喜欢作家老在闲聊文学上的趣闻轶事或把其他作家来个序列编排。批评是重要的，“除草也是必做的”（R·罗威尔），可我不这样想。我认为艺术无须这一套大可也能一路挣扎下去。我相信自己的品位，并且通常不去做解释——同时我有时希望我能让艺术自己解释自己更好。

你又提到恩斯特，哦亲爱的——但愿我从未提到过他，因为一般来说他是个糟糕的画家，我喜欢之前提到《自然历史》，他的照片拼贴非常了不起。我还喜欢克莱，当然，还有施威特——后来——我非常喜欢画画，比如修拉的画——瓮弗勒斯镇一个安静的灰蓝小画面，桅杆从海滩伸出——就在纽约现代艺术博物馆——但愿我也能画出那样的画！我经常想自己丢掉了天职，有时也真的操起画笔——可画得一点都不好。我也一样喜欢音乐，音乐是这里最多人错过的，我相信自己一定具有“艺术气质”。

这里私下跟你说说吧，上面提到的波林·海明威曾把我的第一本诗集寄给在古巴的海明威。他写信告诉她喜欢这本诗集，并提到《鱼》。他说，“但愿我能像她那样懂得如此之多。”权当讨好前妻的恭维之词——可对于我，这个评论真正胜过那些文学季刊的任何赞美。我知道就内在而言，海明威先生与我真正存在许多相似之处。我只是喜欢他的短篇和早年的两个长篇小说——可悲的是之后他出现一些错误——但他许多看法是对的（不是关于枪击动物。我以前也喜欢深海捕鱼，现在偶尔还出海，可没有太大乐趣，而在我年轻艰难的日子里也喜欢过斗牛，但今天我再观看斗牛根本就坐不住）。他说纽约的批评家就像“瓶中钓饵蠕虫”，太可怕了。也许吉本（Gibbon）说得更好，“一堆过眼云烟的批评家、编辑、评论家抹黑了学界的面貌，婉拒天才最后只能使品味堕落。”

我不喜欢争论（不幸的是在我现在住的地方争论已成为一个热门行当，大多是关于政治话题……），我赞同D.H.劳伦斯，他说他讨厌人们热议政治和共读一张新闻报纸的状态。我钦佩海明威和劳伦斯——这一类人——生活在真实世界中知道如何做事。我为自己有做事能力而得意，也许——也许我幸运拥有自己的兴趣、阅历、朋友（而另一方面，我也耗散了自己的能量）。可我经常被那些天分比我高得许多的作家的无能、无知、品味粗鄙、缺乏处事常识、缺乏观察力而感到震惊。缺乏观察在我看来是极罪之一，该为太多的残忍、丑陋、平庸、无礼去买单——还有普遍的不幸。

这些与艺术或我的诗歌关系不大——除非我的诗歌表达了这些思想；我无法很好地诉说自己。我的意思当然不仅仅只是“观察”或知道怎样照料婴儿、划船，或进入画室（有些马克思主义批评家已经阐述过了，我想）！这是一种在现实生存必备的双重条件，即非知识来源的智慧和同情心（当然海明威和劳伦斯也都具可怕的暴力——我为什么要以他们为例呢？）。举一个更好的例子，我在巴西反复读的作家是契科夫。但愿更多的艺术家能够成为像他那样好的艺术家。和他相比较太多人简直就像猪——他并没有为自己的艺术牺牲什么。如果我能写出一篇关于巴西的短篇——或诗歌，能比得上他的《农民》的三分之一，对我就是死而无憾了。

现在谈谈你书的章节问题。I.我的那些尚可容忍的诗歌多是在遇见罗威尔或读到他第一本诗集前就写下的。尽管如此，在许多方面他对我的影响依然很大。他是我可以自由、随便地讨论写作的少数朋友之一，他对艺术反应灵敏、本能、谦虚、大度。除了玛丽安·摩尔，在认识卡尔（罗威尔）前后我的其他朋友几乎都不是作家。

II.是的，我同意你的说法。我想这也是我上述话里极力要表达的。不存在“分裂”。梦幻、艺术作品（一部分）、对日常生活永远做一番较为可行的超现实主义审视、不期而至的移情时刻（不是吗？）都抓住那些我们从来无法正视但却极为重要的周边视觉。我相信我们不是完全的非理性，我确实钦佩达尔文！而读达尔文的书你钦佩他在那无穷无尽、勇敢无畏的观察中建立起的一个个美丽而又扎实的案例，几乎是无意识和自发的——之后突然得到一个启示、一个久违的词语，你立马感觉到他事业的独特之处，看到那个孤独的年轻人，双目紧盯在事实和微小细节上，沉入或忘我地潜入到未知世界中去。在艺术及其体验中我们似乎也有同此需求，这对创作很有必要，一种自我忘怀、完全无功利的全神贯注[①]（从这个意义上总是‘逃避’，不是吗？）。

Ⅲ.我最近还读了梭罗的诗歌，事实上是散文。然而我同意你说的。同时，我一直都认为对“大海”最具深刻洞见的作品之一是兰波的《永恒》：

那是大海与
太阳交晖

我想这大概叫作“美学显现”（威廉·詹姆斯？）。我最喜欢的两个诗人（不是最好诗人）是赫伯特（Herbert）（我一辈子都在不间断地读他的诗）和波特莱尔。我无法调和他们——可你显然是个非常聪明的女孩，也许你可以！

关于“失落感”你可能是对的，这个出处可能已经很清楚了——不是宗教意义上。我从来不是一个正式的宗教徒，也不信奉。那些我认识的基督教传教士的说教，我十分的不喜欢，更不用说他们居高临下的态度了（也许是我运气不佳）。通常他们似多似少滑向了法西斯主义。可我对宗教有兴趣。我非常喜欢读圣·特雷莎和克尔凯郭尔（很久以前我就读了他很多书籍，那时他还不是这么有名气），还有西蒙尼·威尔等——可就人而言我更喜欢契科夫。我一直保持着对天主教兴建的建筑非常感兴趣，可在这个天主教国家天主教存在与否都让我心生恐惧（比如在美国直到现在，也就是去年，神职人员才在种族关系上采取了几个世纪前就应该采取的立场，这是野蛮和无耻的）。尽管如此，还是有好的基督教徒！就像这个地方在巨大的惯性和几乎整体腐败里你偶尔还能见到某个行业里真正的专家在默默不停、兢兢业业地投身工作。（这里研究蝴

① 这一段关于达尔文的正是被业内称为著名的“达尔文信件”。——译者注

蝶的最权威专家是一个曾经多年的邮递员——在这里没有人比他更普通了——最终他被认可并获奖。去巴西前我在欧洲就听到他的名字了。请千万别以为我把这样的人物浪漫化。这种人多地去了，在教会、政府或艺术领域，都能给人以希望。）

你提到威廉斯，我也许受到他的影响，一直在读他的诗作。当然，最喜欢的还是他恭维印象派的诗歌，不是他那力图深刻的诗歌（他后来的诗歌我喜欢《日光兰》）。太过的宣传就会心机耗散（像庞德的诗歌）。威廉斯关于语言的理论并不聪明——可就在刚刚我突然想到（我一直在高保真上听现代音乐），他也许真的能像1900年前后作曲家那样可以向前推进一步，随着一套新式规则出台他的诗歌将会更加有趣、令人满意——就像音乐中“音节序列化”，如此形容不是非常准确——可我觉得他和庞德以及追随者若他们作品或其他立足“系统”意识的话那将会极大地改善……（我若一个小时读威廉斯就真的想甩开去读豪斯曼或考珀的赞美诗，——我满肚子都是赞美诗，顺便说一下，这些赞美诗来自礼拜做后——新斯科舍寄宿学校，大学唱诗班唱诗——我自己的诗歌经常会出现赞美诗的回声。）

华莱士·史蒂文斯对我影响更大，在大学我就几乎能背《簧风琴》（《在韦尔弗利特涉水》是唯一受到这首诗影响的）。可我后来对他厌烦了，觉得他浪漫浅薄——尽管非常有趣。因为，尽管他的批评理论（非常浪漫），他把那些生僻词语把玩得津津有味，找到自娱自乐的最高手段。卡明斯也经常这样干，对吧？

现在我对不上你的章节了。嗯——我平常确实喜欢有形式感的诗歌，对16、17世纪诗歌曾经很投入（某种意义上现在依然）。我曾经好几天在纽约公共图书馆从那些假面剧上抄写歌曲（现在你可以从书里获得，可在30年代——大部分你都找不到）。在大学时我也曾经严格模仿康皮安、纳什等进行创作（有一两首刊在《试衡集》）。我说过我对赞美诗特别钟情——还有考珀的《被抛弃的人》等。

我不必给你开个人涉猎的阅读书单吧——

你对《早餐奇迹》里圣餐的看法是对的，我之前从没有注意，直到几个月前有个巴西人——天主教徒当然——把这首诗歌翻译成葡萄牙语时候也跟我说过相同的话。

IV. 这一点提得好，你所说的我同意——

V. 这点好像也很有道理。奇怪的是你说到《睡眠中的爱》中的“光学”问题，因那个时候我正在读或刚读完牛顿的《光学》。（又是之前没有意识到，你指出后才想到！）（我觉得诗末尾男的是死了。）听起来像似谷克多（让·谷克多 Jean Cocteau，1889–1963，20 世纪法国先锋艺术家），让人见笑了，我记得告诉过你战后我曾经在基韦斯特海军基地的眼镜店干过一阵子？大多活儿是擦拭和调整双目镜。我告诉过你——我喜欢这份工作，可不得不离开，因我对擦拭棱镜片的酸会产生过敏。

VI. 这个有点难——我的“贡献”！由于我的时代、性别、条件、教育等，至今我感觉我所写的是有些“过分讲究”的诗歌，虽然我很反对过分讲究。但愿事情不是这样，但愿一切可以重新开始。人们大多钦佩那些俄罗斯诗人——他们自恃清高，也许真这样。至少那个党似乎害怕他们了，比较下，我怀疑可曾有过任何美国诗人（除非可怜的庞德）诟病我们的政府。记得 16 世纪晚期出版的诗歌都会被人瞧不起；而真正好的诗歌是靠手抄本流传下来的。因此，不应该去顾忌太多个人地位、更不应该去考虑吻合“当代”问题。

我的世界观是悲观主义。我认为我们还是野蛮人，野蛮人每天在生活中都会犯上百个不合乎礼仪和残忍行为，也许未来时代会看得见。但是尽管如此，我想我们应当快乐，甚至偶尔心花怒放——让我们的生活过得下去，使我们自己“崭新、温柔、灵敏”。

这几个月我在考虑如何适当回复你的信件，现在可以把这团乱麻寄出去了。你有什么问题可以直接问我。只是未告知前请不要逐字引用好吗？——因为我觉得自己写得不好。也许，说了这么多的喜欢、不喜欢，但愿不会打扰到你。但愿你能够到此地来一趟——我相信你来待几天我们能够一起探讨一些有趣的看法。请告知你什么时候去英国？愿新年一切美好——此时写这封信时还正是年初——

你忠实的

伊丽莎白

又：我指出过，对用眼观察的人来说，“每日超现实主义”比其他可想象的更可行，或更精彩。昨天我找到刚才提到的另一个好例子，我还有一些话也必须添加。我去看了《审判》——太可怕了。你看过吗？我已经很久没读这本书了——可是尽管卡夫卡疾病缠身，我喜欢回忆他对着朋友大声朗读自己短篇小说时因大笑不止而不时停顿的情景。看电影过程中我不断想到巴斯特·基顿（Buster Keaton，1895–1966，美国演员，导演——译者注）所拍的电影带给观众除了好玩，就是人类情景的悲剧感以及由此过程产生的一切怪异——而所有这些，低劣的奥逊·威尔斯（Orson Welles，1915-1985，美国导演——译者注）则倾力美化、恭维。通常情况下我不喜欢沉重的——德国艺术。德国艺术似乎经常沉湎于自我——像曼（Thomas Mann,1894-1955, 德国小说家）和瓦格纳。我想人可以既有趣，又深刻！——或者说，怎么能严峻而没有呻吟呢——

霍普金斯“令人难受”的十四行诗很令人难受——但他写得短，还有形式感。

这也许等于说是一种“良好风度”，我不太确信。好的艺术家认为观众具有一定的敏感度，他们不会竭力去博取同情和理解。（同样我认识的“基督徒”就缺乏良好风度，他们不肯承认别人也是善良的，因而不停地显示出高人一等而不自明。而且——现在我认识到了——共产主义者也是如此！我的极左熟人到这里来指着贫民窟问我是否视而不见——12 年了——我是怎么忍受生活在这里等等……）

［译者单位：福建师范大学外语学院］

Poetry Exploration

(3rd Issue, Theory Volume, 2019)

CONTENTS

// RESEARCH ON THE FORM CONSTRUCTION OF NEW POETRY

// RESEARCH ON ZHU YINGDAN

// THESISES COLLECTION FROM SEMINAR OF KOU ZONGE' S POETRY PRODUCTION

// CLOSE READING OF POETRY TEXTS

// POSTURE AND SCALE

// REMARK AND INTRODUCTION ON WORKS OF POETIC THEORY

// POETRY TRANSLATION STUDY

(Contents Translated by Lian Min)

图书在版编目（CIP）数据

诗探索.15 / 吴思敬，林莽主编. —北京：作家出版社，2019.9

ISBN 978-7-5212-0733-0

Ⅰ.①诗… Ⅱ.①吴… ②林… Ⅲ.①诗歌—世界—丛刊 Ⅳ.①I106.2-55

中国版本图书馆 CIP 数据核字（2019）第 203278 号

诗探索·15

主　　编：吴思敬　林　莽
责任编辑：张　平
装帧设计：杨西霞
出版发行：作家出版社有限公司
社　　址：北京农展馆南里 10 号　　**邮　　编：**100125
电话传真：86-10-65067186（发行中心及邮购部）
86-10-65004079（总编室）
E-mail：zuojia@zuojia.net.cn
http：//www.zuojiachubanshe.com
印　　刷：三河市紫恒印装有限公司
成品尺寸：165×260
字　　数：408 千
印　　张：25.5
版　　次：2019 年 9 月第 1 版
印　　次：2019 年 9 月第 1 次印刷
ISBN 978-7-5212-0733-0
定　　价：80.00 元（全二册）

《诗探索》编辑委员会在工作中始终坚持：

发现和推出诗歌写作和理论研究的新人。

培养创作和研究兼备的复合型诗歌人才。

坚持高品位和探索性。

不断扩展《诗探索》的有效读者群。

办好理论研究和创作研究的诗歌研讨会和有特色的诗歌奖项。

为中国新诗的发展做出贡献。

诗探索 15

POETRY EXPLORATION

作品卷

主编 / 林莽

2019年 第3辑

作家出版社

主　　管：中国当代文学研究会

主　　办：首都师范大学中国诗歌研究中心

北京大学中国诗歌研究院

《诗探索》编辑委员会

主　　任：谢　冕　杨匡汉　吴思敬

委　　员：王光明　刘士杰　刘福春　吴思敬　张桃洲　苏历铭

杨匡汉　陈旭光　邹　进　林　莽　谢　冕

《诗探索》出品人：北京人天书店有限公司

社　　长：邹　进

执行社长：苏历铭

《诗探索·理论卷》主编：吴思敬

通信地址：北京市西三环北路83号首都师范大学

中国诗歌研究中心《诗探索·理论卷》编辑部

邮政编码：100089

电子信箱：poetry_cn@163.com

特约编辑：王士强

《诗探索·作品卷》主编：林　莽

通信地址：北京市丰台区晓月中路15号

《诗探索·作品卷》编辑部

邮政编码：100165

电子信箱：18561874818@163.com

编　　辑：陈　亮　谈雅丽

目　录

// 新诗集视点

诗坛峰会

诗人闫秀娟

作者简介

闫秀娟，女，生于陕北。曾在《诗刊》《中国作家》《星星》《诗林》《绿风》《扬子江诗刊》《诗神》《诗潮》《延河》《人民日报》《工人日报》等二十多家报刊发表文学作品，并入选多种文学选本。曾在《诗刊》《人民文学》等举办的诗歌评奖中获奖项三十余次。先后出版《闫秀娟诗选》《手影子》《云影子》《光影子》等诗文图集四部。系中国作家协会会员，陕西省作家协会会员，陕西省摄影家协会会员。现任神木县文联主席。

诗人闫秀娟

闫秀娟诗二十三首

谁会唤我的乳名

船远了
她还在河堤边瞭着
没有呼喊没有招手
甚至没有风轻轻撩动
她的白发

挽发髻的老人
穿长大襟黑衣服的老人
站在那里一动不动

她不知道
我在不远处
也站了那么久
想等她转身
想看看她的面容

黄河边的母亲
站在那里
让我有一些激动
她的背影
让我想着一个声音
在一声一声唤我的乳名

老乡见老乡

怕你不知道是黄河
怕你忘了是黄河
黄河有一点点黄

有一点点响声
真好

这么多葵花一路开着
给你一个人开着真好
比山丹丹开花红艳艳还好
真想和谁招一招手
真想
真想这些黄河边的村子
面对面还想
比想还想

从窑洞里出来进去真好
手里有农具真好
风在枣树林子乱跑真好
有人放开来唱
有那么多庄稼打拍子合唱真好

天蓝得不会蓝
比蓝还蓝
有鸟飞过真好

乡　戏

绿绿的菜还在篮子外露一点
小锄头明晃晃的也外露一点
裤腿子一头高一头低
就站下看戏了
学校才开学
谁家女人怀里抱一抱课本
上面压两只鞋底子
也站下看了

台上锵锵锵锵锵锵唱戏

黄河两头的人多时不见了
说上笑上看上
看着看着眼泪就出来了
谁家孩子
被抱来抱去抱了
都是些不大不小的婆姨
谁知道是谁家的

谁家老人
远远儿端一碗小吃
坐在长条凳凳上
就吃就看了
粉皮夹在筷子上
溜了
他也不知道

老人怕是老得连
碗也端不动了
还半张着口看了
管它看见看不见看了
管它听见听不见听了

想亲亲

我们在公路上边
白家沟在公路下边
越看越像是画出来的白家沟
能听见黄河声响的白家沟
满村子回荡着《想亲亲》
（想亲亲想得我手腕腕儿软
拿起那个筷子呀端不起个碗）

一半声羊叫也传得很远
和蓝天和窑洞黄土地

抱得紧紧的白家沟
想亲亲想不够的白家沟
在陕北民歌里看我们
和半坡上的向日葵一样看我们

让我们站在那儿
听来听去
看来看去
想不出是哪个圪梁梁上上来的人
唱民歌唱得
这么好听
让我们这些路上的人
像一群疯子
一会儿冒出一声《想亲亲》

奔 跑

在米脂杨家沟
刚从毛主席转战陕北纪念馆出来
猛风猛雨就来了
就把中巴车顶子当键盘敲了
就把农业学大寨时修的梯田
就把一群羊就把一条河
当键盘敲了

和乌云一样
和那个放羊汉一样被风雨
追赶在天堂和
地狱之间的羊群
比羽泉唱的奔跑还叫奔跑
像是要回到天上去了

闪电照亮了跑在后面的那个人
照亮了那条河

照亮了和那个人
那条河一起奔涌的羊群

乡　亲

大爷喂完猪看猪吃了
转身了才发现我们
大爷笑了
大娘比大爷还爱笑
大娘正在晾金针
大爷说快给亲亲烧水拿纸烟

大娘说还有一瓶啤酒了
还有半瓶饮料了
忙得就走就擦汗
又要和我们说话
又要给我们上炕铺毡
猫跳下炕跑了

我问大娘你年轻着是不是
可漂亮了
大娘用最快的速度说
是了嘛是了嘛
羊圈里的羊叫上没完
喊也喊不住

又来了跟前的乡亲
硬把八十来岁的大爷大娘
往一起推了
我把他们害羞的样子也
照下来了

周文清

常家沟的周文清
四十四岁的周文清
提一筐筐剪纸的周文清

跟前围了一群人的周文清
剪纸铺开来一大摊
还说上唱上剪上
剪窗花的那只手全扛成死肉的周文清

说画画儿那些娃娃们来她家
她拿出瓜子花生大红枣
放开由他们吃了
说娃娃们吃上她唱上剪上
娃娃们可愿意买她的剪纸了

周文清正想唱《三十里铺》呀
不知谁说了一句又说上没完
说那些广州湖北来的娃娃可亲了
还给他们担水扫院打枣了
临走着把准备换洗的衣服
都给她们撂下了
说还要来她们家过年了

我们坐在车上了才想起
还没让周文清唱《三十里铺》呢

享　福

郭家沟的郭老汉
年轻着供两个娃娃念书要卖窑了
老人不让卖把棺材卖了
说是他一块石头一块石头背上来的

说是卖了窑就连圪蹴处也没有了

郭老汉的儿女
去深圳的去深圳
去日本的去日本
郭老汉十几年见不上儿孙
郭老汉想死也见不上
说想也想死了

外孙女满月着
他老伴去了一回大地方
在大酒店见了一回女婿
就再也没见
女婿一大早就让车接走了
晚上忙完都睡了
他老伴光给女婿洗衣服了
可见不上人

他老伴住了几天就回来了
说那算个什么地方
连个说话的人也没
住也把人住灰了

进　村

我们刚从坡上下来
大白狗就一跳一跳的
大娘就扬手就喊也不听
随手拉一根棍子
虚晃几下
问狗叫甚了
把狗教训了一顿
又像哄小孩一样
给狗说这些人不是坏人

不是偷人的
说了一遍又一遍
说得我们都笑了
她笑得更厉害
笑得满嘴就露那一颗牙
就像她一个人住的黑窑洞

谁的花被子

我就坐在暮色里
想栏杆上是谁的花被子
想这几十只燕子
年年来这里
年年这时候落在电线上
像是谁家的亲戚
还有被子上的红牡丹
红凤凰粉凤凰
一有风就想动起来

红布鞋

草味地皮味
羊粪珠珠味汗水味
两个人一前一后
两个人的扁担咯吱咯吱响

几筐子羊粪倒进发酵的大瓮里
爱文起鸡叫睡半夜搅羊粪
跟抢银行一样搅羊粪
直怕天亮了让人笑话了
阳光照着羊粪味汗味
照着十几亩西瓜出花坐胎
照着两个人一锹一锹挖沙井

爱文一脚踩下去
实纳红布鞋底子折了
爱文脚不疼心疼了
娘家陪的七双布鞋
三年不到全穿烂了

爱文舍不得扔了红布鞋
阳光把红平绒照得红红的
和结婚那天一样红

地　头

跟前放半篮篮枣
老人孩子婆姨女子坐着
那个穿军黄衣服的光棍老汉
不怕出丑
就扭就唱了

就剩那么几颗门牙了
黄黄的一点不整齐也不好看

他唱他想妹妹想得心慌了
树底下的婆姨女子
嘴掩也掩不住笑了

桃花正开着
地才刚刚开始犁上
几个孩子爬在榆树上

黄河不远
抬眼就看见了

花蝴蝶

山药开花花了
三姨姨不让我进地里逮蝴蝶
我坐在地畔畔上看了数蝴蝶了
有只花蝴蝶朝我飞过来了
落在我的花条绒鞋头头上
我一动不动也不敢出声
跟偷蝴蝶似的
我听见自己的心跳了
我可怕听见自己的心跳了

我可怕花蝴蝶也听见我的心跳了
我就怕它飞上走了气也不敢出
花蝴蝶在我的鞋头头上停了好一阵儿了
先动了一下翅膀膀又动了一下翅膀膀
我想说的话我知道不能说
我怕风吹过来我怕再有蝴蝶过来了
我要牢牢记住它上面的图案
我要挑尽四季的花色记住它上面的图案

现在它还在我的鞋头头上
谁也不要过来　谁也不要叫我
花蝴蝶偶尔动一下翅膀
我的心也跟上动一下
它比我想象的停在那儿的时间还长
我偷偷看它的眼睛就怕它看见我了
一只鸟儿飞过来了叫得那么厉害
花蝴蝶呵花蝴蝶
终于飞上走了
飞进另一个孩子的童年去了

手影子

月光照得人睡不着
几个光屁股孩子在炕上
乱跑乱跳
谁也不睡

外婆用手撕了两块纸片片
一片粘筷头头上
一片粘手背背上

外婆手里握着筷筷在
下炕墙上给我们耍把戏了
筷子在外婆手里
一头高一头低
手一动就像在锄地了

墙上的手影子出来了
是一个人一下一下锄地了
锄头是锄头　人是人
太好看了
我们也拿了筷筷纸片片
也跟上外婆锄了
怎么锄也锄不像
外婆让我们慢慢锄
一下一下锄
不要把苗苗也锄了

外婆看见苗苗了
我们看不见　哪有苗苗了
外婆手把手给我们教了
我们跟上外婆锄了
我们比赛了

好多年以后
我还是不明白
再有没有一个童年能有
那么好的月光
再有没有一个外婆能把
劳动比画成那样

再　见

听见鸟叫
看不见鸟
看见几个乡下孩子
在高圪堵上
全跳起来
仰着小脸指着天空
叫飞机　飞机　飞机　飞机

我在下面
看着他们跳
看着她们挥手
声音长长的
再见　再见　再见
像真的看见谁一样

我看不见飞机
在某年某月某日
我和他们一样
非常想喊再见
非常想为春天流一次眼泪

围白羊肚的那个人

大下雪天
要不是他头上的白羊肚
我怎么也不会站下来看他
看他穿一身秧歌服
看他在一个人的大街上
一手握把
一手接电话

自行车蹬得飞快
后面夹个彩条包
像夹着一大包元宝
大声笑大声接电话
让他头上的白羊肚
特别喜庆
特别像一首民歌

他不会是只为了
牛一回吧
不会是耍酷吧
不会是刚排练完秧歌吧

大雪直往他身上飘
这白羊肚围得可真好看
真像三哥哥

米脂婆姨

秧歌完了
人就散了
她还说上没完
说她和我有缘分
又碰上了

说她是米脂的
离米脂还有几十里地
我说那你也是米脂婆姨
她就笑了
说她可爱看秧歌了
长这么大还是头一回
看这么多秧歌
说她今天看秧歌才看好了
就和人常说的一样
锣鼓一响
端上尿盆子
也想跟上扭了

我以为我听错了
她又说了一遍
真的是说尿盆子
我就觉得这个婆姨
今天真的是遇对了

正笑着
过来一辆摩托
她拉了我一把
拉住我的手
我不好意思放开

我们就这样
手拉手
像两个老姊妹一样
站着说了很多话
拉住手不放

水坑坑

在大昌汗
在几堆石头垒的
包包中间　桂林和羊群
过来过去

十九岁的桂林
一头装着窝窝头
一头装着历史书
一点不知道自己是
走在秦长城遗址上

她要带领自己的羊群
到头道河里的水头上去
桂林知道羊和她一样都爱喝
水头上的甜水水

天很热
一路上她要走湿地
她要在湿地上掏坑坑
她要等水渗出来
身子全伏下去喝水
她要一连挖上好几个坑坑
让羊和她一样喝水
让羊和她一样在水坑坑
照自己的影子

她要洗把脸
要和水里的那个自己说话
要看水里的白云飘过来
她要掬在手心里
舔一舔
白云的滋味

一棵树

树全砍了　孩子们抢
树枝子当马骑
只有一个小姑娘
花枝招展着
认认真真
拿起树枝枝对着太阳照
满地找树枝枝的影子
她比画来比画去
树枝枝
一会儿在头上
一会儿在腰上
身子拧来拧去看自己的影子
怎么看怎么像一棵树
红纸纸
忘了母亲是掏什么了
掏出了那点儿红纸纸

忘了一共有几次
发现母亲裤兜里
什么也没装
就装一块儿红纸纸

很小很小胡乱折起来
比指甲盖大不了多少的

红纸纸

让我想了好多年了
都不知道母亲究竟
要那块儿红纸纸
做甚了

没怎么记得
母亲洗脸梳头换衣服
除了那件蓝涤卡上衣
（只有扣眼儿那儿是蓝的
再处都有点褪色了）
也不记得母亲有什么衣服
而那块儿红纸纸
不知在当时算不算是
母亲的口红

这么多年了
我都没好意思把它说出来
再说母亲那时候还真的很年轻
再说我也没问

味　气

就那么个土房子
就那么个年轻女老师
就那么几个年级
几个学生

老师背着个孩子摊玉米饼饼
把他们几个光身身的孩子
站在门上馋着了
老师把饼饼夹成几块
分开来给他们吃了
他们走了一阵儿
还能闻见那个味气了
原弯回来站门上了
老师又给他们分开来吃了

拉骆驼的人说
几十年过去了

赶记得那是他吃过的
最香最香的东西
就是那个味气
让他记住了那个老师
他还记得那个老师叫李维俊

那个人像是回到了过去
一个人慢慢说
李老师
啊啊　李老师
他还不知道我就是
李老师当年背上背的
那个孩子

叶　子

那是哪一天
我一件一件往出拧衣服
洗衣盆里不时有一片落叶

弟媳妇从医院回来
什么也没说
我直怕她说什么了
她站下看我一件一件
往出拧衣服

忽然我听她说
妈的病转移了
声音轻轻的
好像说了　又好像没说

洗衣盆里孤零零地漂一片叶子
我好像看到自己脸了
我什么也没说

胳膊支在大腿上
想把那件衣服拧得干干的
可怎么用力也拧不动

我什么也没说
还是想把衣服拧得干干的
拧下去的水滴滴嗒嗒
比眼泪还多
那片叶子是
最大的一颗

十年过去了
我还是没能从
那片叶子中走出来

余　音

母亲要听《打樱桃》
要一遍一遍听了
母亲写了一辈子阿拉伯数字
一辈子没怎么跳过唱过
病倒了却要听《打樱桃》了

直到母亲坐也坐不住
我在背后扶着
眼泪噙也噙不住
啪一下滴在手背上

直到磁带听了无数遍
停在了中间
再也听不见了

直到另一个世界
樱桃花儿开了

秀娟的诗

刘亚丽

诗歌的奇妙在于：借助有意味的文字即分行的有节奏的形式，获得比已有的现实更丰富更宽广的世界。面对一个事物，普通人看见了一，诗人就能看见二、三，或者更多，看见了比这个世界更高更远的事情，看见了事物里面和背后的东西。

我是个写诗的，却不大愿意跟一些诗人交往走动，因为见识过太多造作轻狂、装腔作势，语不杀人死不休的所谓诗人，诗歌这东西弄不好真的像从前一位老诗人的作品，是匕首，是手枪，是狼牙棒，害人害己，因写诗自杀他杀，不结婚不生孩子，不食人间烟火者大有人在。一个写诗者，首先是一个过正常生活的正常人，然后才是一个诗人，人不能活反了。

理想中的诗人形象就是秀娟那样：不张扬，不古怪，不癫狂，不高蹈。在她身上很少有一些女诗人惯有的娇、骄、矫三气，有的是热闹祥瑞的喜气；飘洒超然的逸气；磊落阔朗的大气；永远像早晨八九点钟太阳一样的朝气。显然上苍亦喜欢这样兰心蕙质、自然天成的女子，把她降生安放在神奇的木质的遍地太阳的金色土地，又赐她美满幸福的家庭，风雅颂一样美丽的工作，她衣食无忧、闲云野鹤又怀有树欲静而风不止的情思意念，写诗之于她是一件水到渠成，不做不行的事情。

诗如其人，秀娟的诗给人以温暖、体贴，细致入微、舒缓灵动的感觉。她的诗情诗意缘于她对日常平凡生活细枝末节独特的领悟和感知。

平庸的诗人习惯或懒惰地讴歌抒情这个世界本身诗意的事物或古往今来约定俗成的诗意对象，优秀的诗人会在没有诗意的地方发现诗意的光泽；在平凡事物的背后和内部挖掘出奇妙丰富的东西。秀娟正是这样的诗人，在她的诗集里我们读到太多这样平凡写实又意味深长、奇妙丰富的诗歌。在一般人眼里视而不见，没什么感觉的稀松平常的人和事，在秀娟的意识里仿佛是第一次看见，第一次被触摸到，她像一个不谙世事的孩子，看这个世界的眼神充满了好奇、新鲜、陌生和探究。她写出了熟悉里的陌生，写出了庸常里的非常，写出了平凡里的不平凡。在她眼里，生命总是灿烂着那么多惊喜和美丽；她善用白描的手法勾勒出“一个个乡土守望者的写实肖像，字里行间却回旋低吟一曲忧郁哀伤的农业文明的挽歌，写出了真正意义上的“乡愁”，一帙无处安放，业已消失的农业文明的乡愁。

看不见摸不着的东西才好写，大可任意而为、天马行空地抒情写意、象征隐喻，也能把人唬得一愣一愣的，一头雾水读下来连北也找不着，读者不怪诗不好倒责怪自己水平不高读不懂高深莫测的大手笔。看得见摸得着的东西最难写，写成好诗则难上加难，即要求诗人具有“用看得见的显明那看不见”的过硬本领。写这只小文时正值三八妇女节，收到一位男性朋友调侃女性的短信：“妖的叫美女，刁的叫才女，木的叫淑女，蔫的叫温柔，凶的叫直爽，傻的叫阳光，狠的叫冷艳，土的叫端庄，洋的叫气质，怪的叫个性，匪的叫干练，疯的叫有味道，嫩的叫靓丽，老的叫风韵犹存，牛的叫傲雪凌风，闲的叫追求自我，弱不禁风叫小鸟依人，不像女人的叫超女。”截然不同的两种东西怎么可以混为一体？可见好与坏，真理与谬误，优诗与劣诗面上看有时差别很小，一不留神就不分彼此，一模一样了。

读秀娟的诗歌，如稍微粗心粗眼一下下，就很容易把阳光读成傻的，把才女读成刁的，把修炼之后的看山是山看水是水读成修炼之前的看山是山，看水是水。

时代是这样急功近利地向前狂奔，人类像逃命一样慌乱仓促、浮皮潦草地活着，有谁会静下心来去辨识欣赏一首好诗，又有谁会回过头来在慢节拍里品味一下那变幻莫测、温暖奇妙的时光流水，去想想那些水草平安。

眼睛与心灵（小传）

闫秀娟

一个地方，始终是在心里，生了根，发了芽，越长越大，牵系着我们的悲喜。就这么沉甸甸的，凝结着每一寸光阴的芳香。高家堡，有我生命里的第一声啼哭，第一个脚印，第一次牙牙学语，有着母亲般的气息和乳汁。纵有万千的幸运和缘分，都不及生在这里长在心里。

没有哪个人的童年会被轻易忘掉的。山药地里的蝴蝶，城墙上的追逐，小河边晒干的衣裳，上一道坡坡下一道梁的云影子，扬起一路黄尘的班车，都可以叫童年。窗户上的印花玻璃，总要擦拭罩子的煤油灯，用来打铃的好长好长的那根绳子，都可以叫时光。包括那许多总也找不回的味道，外婆家的沙盖饭、新玉米窝窝、糯米粥、奶子饭、油调豆面，机关食堂里冒着热气的熬酸菜，西红柿面，炸馍片，都可以叫幸福。如果一个人的童年有什么色彩的话，那就是大舅买给我们几个孩子的透明塑料凉鞋，放在炕上能有一堆，软软的明明的亮亮的水晶般的色彩，一下就把我吸住了，都是我想要触摸的色彩。在哪里见到了，都要多看上几眼，多享受上一阵子。

母亲在县城周边教书那几年，走哪里都带着我，走哪里都是广阔天地。母亲从这个学校教到那个学校，或步走或坐毛驴车车，风雨自不必说，总是朝着爱的方向。最大的一次惊喜，是我天天盼着大雪能停下来，果真就盼来了母亲的身影闪过窗口。我们在县革委会的窑洞里住了几年，又住进神木中学那排很长很长的窑洞，这之后姐弟们才算是住在了一起。这中间，有我对车站、钟楼洞、西门河滩的记忆，有毛主席逝世和打倒“四人帮”的记忆，有我对神木中学那两扇木门和两边罗马柱的记忆，有我在儿童节穿上新衬衣和蓝色的松紧口胶鞋的记忆，有我积肥捡骨头勤工俭学的记忆，有看露天电影唱革命歌曲的记忆，唯独没有对饥饿和贫穷的记忆。吃过的饭是至今都没有吃够的，穿过的衣服都是没有穿够的，想着都愿意紧紧贴在胸口。

一个人发呆的时候，意念中总是要回到神中后窑院那些日子。我蹲在树坑边漱了口，背起那个写有红军不怕远征难的黄色小挂包，穿过街巷经过电影院跟前的几户人家，叫上女同学一起去学校。她家的房子坐东向西，虽然不大，却也很让我羡慕，和电影院一墙之隔，想着做梦也能和电影连在一起。直到后来，我每每路过那个巷口，总要习惯性地往里瞅一瞅。除了上学，看电影，更重要的是它还通往粮站。有时候母亲会领着我们，回来时每人肩上搭小半袋供应粮。能养育我们的总是那些精神和物质的味道吧。

那个时候的德智体全面发展还真是可以，在神木城关小学砖铺的大院里，我拿着小笤帚一边打扫卫生区一边默背政治，生怕考试考不好。学习算不上用功，思想却是积极的。犹记得升初中以后往农场抬大粪舀大粪，在神木中学老书记的带领下浇花浇树，老书记浇上没完我们就没完。更多的锻炼应该归功于我的父亲，带着我们拉水、拉沙子、扣砖坯、捣石子、当小工，不到上学时间不准离开，感觉是一种小小的改造。到我考上高中，父亲想让我住卫校，我不去，后来又跟在应届班复读，准备考小中专。都是学过的，也没有往深了学，在课堂内外还是比较活跃。偶尔也在同学的新笔记本上写上几行所谓的诗句，偶尔也在细雨中体味生活感受家乡。我都留着自己多年的作文和书信，最高的评语是“言之所至令人叹服，这才叫文章”。叹服不敢当，鼓励却是不少，我都能从老师眼里看到我“自己”。记得在校图书馆借阅过《红红的雨花石》《雾都报童》《新儿女英雄传》，偶尔也买本杂志。看过铁凝的《哦，香雪》，路遥的《人生》，买过一本席慕蓉的诗集。对于文学，谈不上痴迷，却也享受着一种与众不同的慢时光。除此之外，还开始涂抹起了颜色，在一次学校的画展中好不容易才找到了自己的《小猫钓鱼》。母亲那时在二中教学，想让我跟美术老师学画，我大致对照了一下自己的理想，还是没学，把这种喜欢偷偷埋在心里。复读时光短暂而漫长，不觉已是考小中专前一天，我还在门前侍弄花池子，花开了有好几种，有一种我也叫不上名字。后来见过山丹丹，觉得很像那种花的样子，就想应该是山丹丹了。那时父母确实很忙，父亲更多的时候是在自己开辟的工地上打石头，挖窑子烧砖，用时间和汗水诠释着劳动光荣的教育意义。母亲又当班主任又带毕业班，总被评为这样那样的模范。当我一个人去教导处填报中考志愿时，看了几遍表格最下面的榆林师范（包括幼师班）一栏就是不想填，我又特意问教导处刘主任不填师范行不行?主任果断地说行了，声音很高很坚决，让我下定了决心。结果成绩出来只够幼师班的录取线，说什么也晚了。母亲把我一个人送上去榆林的班车，因为没有座位，我强忍住泪水直到车离开。也是因为有本家在地委工作，只可惜见面说了一句就让我回去吧。现在想想当时最对不住的是母亲，多年后我才隐隐觉得这是个太大的“失误”。难为母亲在我复习时又是白糖水又是绿豆汤，一边还要加紧给我辅导数学文字题，午休一会儿我都梦见小猫在玻璃窗户上拍苍蝇。母亲后来说看见我睡梦中笑了，怕是考不上。母亲这样担心，我却没当回事。我对自己的总结是跟上应届班溜了，辜负了母亲，也是走了弯路。

“好好学习天天向上”多好的一句话，就是做不到。在我的成长过程中，父亲的两句“无用论”无形中起了作用。一句是“咱又不出国，学英语没用”，另一句是“念大学有什么用，还不如学点技术”。直到现在还这么认为，非常决绝。等我上到高中的时候，英语考分已占到百分百，而我不听英语课已经很久了。语文自然要好一点，随便怎么考分数都在前面。后来有一位老师问过我为什么不选理科，我总不能说我不爱做题吧。也许是觉得课堂太死板了，开始了自由发展。写杂文、小说、诗歌，时间久了就和爱好文学的同学凑在了一起，互相谈一些创作经验，其实哪里有什么经验。忽然有一天，几位同学相约去二郎山，原来是《延河》杂志用了我的一首诗歌，寄来13元稿费。我才想起他是跟我要过几首诗歌的，没想到他会寄给杂志社，所不同的是他把自己的笔名也大模大样署在了前面。后来搬家时意外发现了高中时的笔记本，里面有一篇我写给同学的读后评论，很奇怪自己当时有那么“高”的欣赏水平，不免遗憾于今天的两手空空。

八十年代初期，我们搬离了神中那排长窑洞，住进离二中不远的独院，一进屋就是我贴上去的一张大大的费翔海报，看着就很带劲。电视也是新的，清清楚楚看的第一个节目是《梁山伯与祝英台》，那音乐那情境什么时候想起来都很美。其实早在上小学的时候，我在老城的海报栏里看到了《梁祝》的电影简介，也不知怎么想起就回家给母亲原原本本说了一遍。母亲边做着家务边听我说，母亲的神态告诉我自己说得很完整，一点都没漏。正是那化蝶一幕，反复萦回，开启了我对美的无限追求和向往，也是真正感悟到了艺术的魅力。而且，语文课本里的那些古今中外阅读，都是我喜欢的。我听收音机，后来才知道听的是《安娜卡列妮娜》，电影《两个人的车站》也是在电视里偶然看到的，看《茶花女》也不止因为是世界名著，我还真是没有刻意去读四大名著。当年大姐已在西安上大学，给我买细条绒喇叭裤买时髦的质地很好的大格子立领夹克，后来送小姑子时都觉得没穿够，再后来小姑子要送人时也是说舍不得。一直想念那件衣服，那样子现在穿起来都很文艺范。

文学不远不近，但不想考大学也就等于没有什么远大的理想，英语成了天书，不爱做作业，知识没办法爆炸。难得喜欢鲁迅的每一篇文章，觉得每一个文字都是活的，最是《祝福》的悲剧力量，奠定了我日后关注小人物的路子。县文化馆办了一份《驼峰报》，我很认真地去投稿，得到了不少鼓励，从此信心大增，这样离大学校门也就相去甚远了。本来就不是一个用功的人，别说复习资料，课后的题都没有好好去做。自己不喜欢的科目，书放在桌上半天也翻不过几页。最为我们前途命运担心的是父亲，当年大姐不想去住西安那个学校，父亲把行李卷往卡车上一扔不走也得走，现在看来是好事。而我的一次机会是在高二时来临的，父亲得知榆林政法系统要在全区范围内招收一批政法干部，一定让我去考。成绩出来我考了全区第五名，录取的时候就有了问题，我高中还没有毕业。父亲就带着小米绿豆一次次往榆林跑，每次都说行了，而父亲每次要走的时候，一进门的地方就有一小袋一小袋小米绿豆挨个放在一起。我看着那些站着队的小袋袋，想这也算是传说中的走后门吧。等了大半年时间，什么也没等来，据说让别人顶替了。我找到班主任家里，很想回到班级参加高考，老师没同意，没有多说一个字，也不是委婉的口气。我转身就走，大约是眼里噙着泪花。作为老师，他考虑最多的还是升学率吧。

我提前成了社会青年，终于意识到了信心是个好东西，天天一大早起来就跑步爬山做运动。特别是在秋日晚饭后，习惯于一个人骑着自行车骑到石壑子，一路闻着庄稼地里夹杂着的淡淡的炊烟味道，听着玉米林子在风中发出的声响，总觉得隐隐有什么在束缚着自己，有什么在等待着自己。当同学们在紧锣密鼓迎战高考的时候，他们总以为我是去哪里写小说去了。

其时父亲早给我选择了一条自学成才之路，参加一年两次的法律专业自修大学考试，一考就是十四门。笔记做下一大摞，不亚于考大学。忽然有一天父亲要我去考粮食局酒厂，指标是只招收一个。我考是考上了，心想该不会是让我去洗酒瓶子吧。当时家里还来了位女同学，以为我不去，她想去了。这么一说还是个好机会，我就去报到了。等待的时光算是美好的，从来不爱体育的母亲，那时候和我一场一场收看女排比赛，紧张得不行，都站起来了，女排夺了五连冠又激动得不行，这是我唯一一次看到母亲那么高兴。1986年我给父亲说看能不能分配在农村，刚好永兴粮站有个中年女同志调了多少年调不回城里，就和我对调了一下。从那一刻开始，我就正式自由了，回归了自然。还是坚持天天爬山，一个人一本书，一首信天游从这个山头唱到那个山头。窑洞里的桌子上放个砖头大小的收录两用机，脚地上摆放一溜球鞋，其中有一双是霹雳鞋。更多的时候手里拿一本书，这在农村有点和谁也不一样，我被当成上进青年入了党，还被评为县上的新长征突击手，也“遇”到了我的爱人。爱人说那一次他和亲戚路过永兴粮站，见我在大门口和老乡说话，想着能找上我这样的对象就好了。又一次见我是在回城的班车上，因为没座位，我站着抱一颗篮球，就有几个后生笑我走哪里都抱着球，不好的那个意思。我没理，他看在眼里却没有说话，我“认识”他时已经到了“第三次”。后来他大风天骑着自行车上来，还带了一件子羊肉。我那时还不想找对象的事，如果要找也是想能给我一书架书就好了，根本不想别的。就因为有前两次的“见面”，我相信了缘分，特别是那种成不成都愿意舍一件子羊肉的“精神”让我看到了真心。1989年我们登记结婚，什么也没要，其实是人家什么也没有，连两床细面子被子都缝不起，我也落了个“聪明”“不俗”的名声。爱人一直在农村工作，我吃住都在娘家。1990年底我以文学特长调入文化馆，正逢那年《渴望》热播，序幕里的那个钟摆把一家人的心紧紧连在一起，让日子更有盼头。有房后大妈甚至当着面说母亲走路做事都像刘慧芳，还把母亲叫回家亲口说了一回，喜欢得不行。那位大妈因为发现了生活中的刘慧芳，只要见到母亲就会很高兴。我忙于自学，考来考去总算是进入了最后阶段，总算把所有科目的成绩单都集齐了。把十四门成绩合格单寄出去的心情是愉悦的，而最终没等来毕业证却收到一封信。本以为是什么好消息，不料是说民法考了59分，瞬间脑子里就“轰”了一下，这一分不是要人命吗?我不得不等四年转一轮回再考民法。民法是最难考的，成绩单上明明写着及格分数，哪里出问题了，这个事我从来就没有想明白。成绩单已寄到榆林招生办，手里无凭没证，只有再补考，这一补就补到了1994年。前后搭进去八年“抗战”时间，耗进去的岂止是青春，耗到我含着眼泪去榆林考试，哪里谈得上搞创作。也因为有了孩子，后来又开始修房子，很多担子要落在母亲身上。最难接受的是1994年“三八”妇女节那天母亲被查出重病，我泪流满面骑着自行车，路也看不见，只好下来推着。是想母亲胃不好也不说，还在给我看孩子，还在天不亮就起来给工人做饭，大中午做饭本来馒头稀饭就挺好，非要蒸成素包子。灾难岂止是一记重拳，一跺脚就是一百八十度大逆转，生活已经远远不是油盐酱醋茶。我在旧文化馆没有人的院子里失声痛哭，不愿让任何人看见我的情绪。所有的爱叠加在一起，就像无数双手，无数颗心捧起的生命高度。经霜斗雪，人生长恨水长东，也只是随着母亲病情加重而感到爱的微弱。

1995年，我收到了《诗林》编辑的一封信，是决定采用我的组诗《我的陕北》，并让我再寄一些诗歌作品，后来我收到样刊和一百多元稿费。就因为这封信，编辑老师的名字让我记了很多年。不久我的《古铜色》也获得了《诗刊》等社主办的全国第二届新田园诗大赛三等奖，几乎谁也没告诉，我不觉得是什么成绩，只感觉这些都很正常。从这一年开始，年年有发表或获奖的消息，我给全国有影响的诗歌刊物投稿，可以说都给我发表过作品。1998年《诗刊》的编辑李小雨老师来过神木，我不知道，后来我寄去了几首诗歌，没想收到了拟用通知，只是最后也没发表。之后给《光明日报》副刊和《散文》杂志都投过，都收到了拟用通知，虽没有刊发，却也在等待中长了志气和信心。后来才知道要经过几次审稿，只有收到采用通知才算数。倒是有一次去工会，看见《工人日报》的投稿地址，把一篇《红帐篷蓝帐篷》寄去了，以为石沉大海，谁料文章刊登在《工人日报》纪念建国五十周年的文艺副刊上。虽说是我一直想要的结果，却也有一点意外，这让我之后每每看到《工人日报》都倍感熟悉和亲切，信心一直都在。一直以来，我都没给自己定过创作任务，还是想积累能多一些，观察能细一些，感受自然就深一些。好多东西，堆积在心里就和五谷一样，时间久了也该酿成酒了，当是最好的寄托。再说自修大学像一片狗皮膏药终于有了揭去的一天，想想这法律迟早会被我忘得一干二净，不免有所失落。只有在创作上能有一点收获，才算是一种安慰吧。我把自己发表和获奖的东西给母亲看，但这又有什么用呢。我从小跟着母亲，一直在母亲身边成长，后来又看护我的孩子，等于还住在一个家里，一步也不愿意离开。最爱母亲也最怕伤害母亲，却是傻傻的不懂疼爱和珍惜，任由母亲在病中还非要给我看小孩给工地上的工人做饭。傻到都不想让母亲看到自己的内心，不想去触碰母亲那颗已开始撕裂的内心。母亲把痛苦留给她一个人，我却把自己隐藏在痛苦里。也许是我太“无心”了，在一次亲戚来过要离开时母亲看我了，我竟然给母亲“笑”了一下，那时母亲已不能下床，我能笑出来吗？我忘不了母亲看我的眼神，我不能说。母亲付出那么多，最后病成那样我却无能为力，都没办法为母亲输一次血。一天天看着母亲瘦到皮包骨头，耗尽生命的最后一滴眼泪。母亲去世一周以后我就开始上班，伤在心里，不必让任何人知道。现在我正处在母亲当年的年龄，还是那么傻傻的不思进取，唯有满腹辛酸，想着自己真是辜负了母亲。幸亏还有梦，就算梦到母亲悄悄走了多少年都没回来，梦到我们在寻找，我多想能够一直找下去。梦永远是温暖的，三天五天，十天半月，几十年都在，爱在，痛在。

进入新世纪，和儿子一起成长，背着胶片相机，骑着自行车去杏花滩红碱淖，追赶日出日落，把周围的沟沟峁峁走了个遍。创作上也零星有一点进步，还算在这条路上吧。2005年，我给《诗刊》的青春诗会投稿，诗会没参加上，有一首诗歌选在作品小辑里，也是文友看到告诉我的，我上网一查就又高兴了半天。之后就年年在《诗刊》上有作品发表。记得在2007年发表过我的三次作品，有的还是组诗。有一年的《诗刊》杂志在卷首总结时还特别提到我的一首诗。我有意累计了一下，那些年在《诗刊》上发表了有三十多首诗歌。而且那时候照相机已经和我的文字很好地结合在一起，我不停地下乡赶集会，和民间组织的演出队，和下乡干部，和亲朋好友，只要能下乡就行。最想去的是黄河边，可以一个人走得很远很远，可以隔着窗户听着黄河的声响，看着窗户上的月光，想象一下黄河边的生活和爱情，不知不觉过去了一年又一年。那个时候，黄土黄河，乡风民情都不断地出现在我的作品里，诗歌和散文都先后登上了国家级刊物，黄河和黄河边的人们给了我太多的生命体验和真情实感，也让我逐步形成了自己的创作方向和语言风格。当我在2012年中国作协的申请表格里清一色填上诗刊两个字的时候，我还是没把握能不能加入这个协会。我不知道那种所谓的关系到哪里找去，心里还是有这个事。又有一天，又是那个文友电话告诉我中国作协发展新会员名单里有我。快得我都不敢相信，快得我都没定下来是不是也得去哪里找找入会关系。我还是上网核查了一回，不由对中国作协多了几分敬意。也算松了一口气，不再怕被人提起是不是国家会员时少了那么一点滋味。

几年过去，多了摄影，少了创作，也算出版了几本诗文图集，心里想写的东西没有去写，感觉到没有一年是奋斗过来的。从2009年文联的副主席，到2014年的文联主席，时间被上下班被会议和文件分割了，被组织进文联的工作中了。创作成了欲罢不能的心病，成了新年钟声里的年复一年。心中有了许多放不下的人和事，一天不写一天就在撕咬着自己。习惯于看着一个地方，那是一个烽火台，是我望向窗外有意无意要“触碰”的地方，似看非看，似想非想。忽然就看见那里越来越亮，月亮明晃晃的就上来了。原来我站在那里是在等一个月亮，心就有点急，不想让月亮升得那么快，真是一种久违的感觉。时间久了这种感觉就是一块石头，不是压着你，就是挡着你，让你拔不出来。身在不算官场的官场，却也不愿意应酬不愿意被人叫领导，互相尊重便好。总觉得文化不是在大彩门红地毯上走出来的，不是拍手拍出来的，是要弯腰出力脚上沾着泥土的。不全是低调，却也不愿看见太多的形式和浪费。怎么说文化都不是一顶帽子，应该是一颗心吧。能默默地为文化做点事，多感受一些清风，走得端正一些，把那些该死的形式和官僚去了再去，也就够我乐上一阵子了。那么文学，总归是在怀抱了，总归是在春风里。

还有，某天我刚放下摄影背包，在阳台上小站，要转身时意外发现一只小蝴蝶飞在玻璃上。我看着她的样子，心想这是怎么样的一种缘分，刚刚还在楼下听见小女孩叫小蝴蝶小蝴蝶，怎么会跟着我。

这就有点意思了。

诗人管清志

作者简介

管清志，山东诸城人。1974年1月生。山东省作家协会会员。中学时期开始尝试诗歌写作，踏入社会后务过农、经过商、当过流水线上的工人，至今半工半农，白天忙于生计，业余时间写诗。2014年开始发表文学作品，诗歌见于《山东文学》《时代文学》《北方文学》等报刊，并被多种年度选本收录。入选《山东文学》首届齐鲁诗会。出版诗集《宋词里的秋雨》（与人合著）。

诗人管清志

管清志诗十六首

乡村的秘密

乡村的秘密在起伏的群山后面
在成片的芦苇的深处
月亮是乡村醉醺醺的灯笼
猫头鹰潜伏在季节四周

一场老电影
把剧情深深地印在石灰的山墙上
爱了或者恨了
有一些人哭着回来
有一些人笑着离开

苹果花在春风里受孕
一个女人在四周无人的时候
轻轻经过树下
那个粘知了的孩子迷了路
整个夏天
他变得支支吾吾

乡村的夜是水井深不可测
杨树往天上钻　蝙蝠倒挂在屋檐下
看门狗无端地叫
猫跳上窗台　猪梦见了飞翔
栏里的牛　它的反刍
变得神秘而忧伤

村中心端坐的大槐树
是这个浮世中的智者
他洞悉乡村所有的秘密

在次第流失的黄昏里
纹丝不动一言不发

香椿胡同口的孩子

奶奶　在那一年春天
我一个跟头重重的
摔在香椿胡同的石板路上
磕破了新年的裤子
爬起来　拎着撒了酱油的瓶子
哇哇大哭

奶奶　夏日的香椿胡同密不透风
除了蝉声
漏下来的　还有
我每次雨后　用力摇晃香椿树
纷纷落下的水滴

奶奶　香椿树再一次落叶
远方的人还没有回来
我拿着一根铁丝沿着胡同
串了一串又一串树叶
你把它们用力地塞进
红红的炉膛

奶奶　腊月里我漂亮的女老师出嫁了
九岁的我把人生一个秘密
写在瓦片上
塞在了香椿胡同的墙缝里面
你笑着　把我奖状高高的
贴在炕头

奶奶　小时候磕的伤疤还在
我用力地摇动香椿

却摇不下一颗水滴
香椿树的叶子落了
那个经常要你喊他回家吃饭的人
却再也没有回来

奶奶　香椿胡同低矮的院墙后
是你的窗户　一盏油灯
总是把你的影子拉得很长
像你扫过的大街那么长
像你离开我们的时间那么长
像我年复一年的记忆那么长

乡村医生

年轻的乡村医生
在四月，被院子里的一树桃花
扰乱了心神
把就诊者的病
治成了更严重的病
此后，再也没有病人来找过他

年轻的乡村医生
看上去也是一个病人了
他总是在桃树下喃喃自语
有时候会大开着院门
偷偷离开村子几天

一有空
他就给自己家的桃树治病
从此，他家的桃花再也没有开过
据说桃树被他注射了大量的避孕药
整整一年，桃树上上下下
挂满了吊瓶

采石场

东山顶上露天的采石场
是地球上一道深深的伤疤
那是我年轻的父亲
用他脾气一样的雷管火药一点一点
撕开了它

一马车一马车的石头
父亲黑着脸咬着牙
他的心一定要硬过石头
才能凿出舂米的臼、研米的磨
凿出人间温暖的物件
才能把石头做成房子的铠甲
做成房子的肋骨
守护着锅台、土炕
许多小小的心脏
守护我顽劣的童年

父亲离开采石场
他的心就慢慢软了，蹑手蹑脚
走在城市水磨石的地面上
他总是小声地嘀咕：这里用机器磨出来的面粉
做的馒头不筋道，豆腐
根本没有一点奶香

直到有一天
他的身体变成荒野里冰凉的石头
我们把他小心翼翼地放在
一片向阳的山坡上
一群石头的中间
山坡的对面
我又看见那个采石场
因为常年积蓄的雨水

采石场变得像一只巨大的眼睛
更像天地之间一颗晶莹的泪水
这时我分明听见了父亲一声“放炮啦”的喊叫
分明感觉到我心中那块他一直没能爆破的顽石
在他的喊声中轰炸得粉碎

哑巴时代

一个忠于自己内心的人，一个预言家
一个百无聊赖的下午，一杯隔夜的茶水
一个迟到的夏天
一个巨大的广告牌横亘在必经之路
从繁荣路到和平街，阳光明亮到使人无法看清真相

就像墨水河不再是一条河，狮子湾上高楼林立
善人桥不再是一座桥，律师巷住满了龙城市场的老乡
文化路边端坐一位的先生，用五十四张扑克来决定
那些路过的年轻人的幸福与未来
“沧湾之水，可否濯缨浴足？”

具体一点说
我在一个夏日午后历数了这个城市
并且最终穿越了那个广场
但却无法穿越巨大的沉默和来自心底的疼痛
看上去任何事都跟我无关，但我的意图
毫无掩饰

青春卷宗001号的失火事件

她用下颚死死抵住明天的那扇门
众妙之门，日子躲进一块古老的瓦当
走失的雨滴踏云而来打湿神秘的纹理
一些魂灵在墙隙中悲鸣

芳草未歇，弦月映照远山
大地写满冰凉的月光
少女的命里，蚊虫刻画着咒语
百足虫在凌晨驼走了她的鞋子
让她老去，生或者死

从一片叶子里谛听江河
从一块石头中观望火山

无极，总能听见有人在说笑
一个向死而生的幽灵，蹑足
逆向进入一本过期的日历，带着火种
找到少年亲吻女孩的那一页点燃

修剪树木的过程

需要一把手锯，锯不走空路
在树枝根部水平开口再大幅度拉开，保证伤口面最小
锯掉树干粗大的旁枝，它是在疏忽的时间里长成
它的存在已经影响了树在你心目中的姿态

鸡爪子状的主枝，中间部分如竖起的中指
只有忍痛去掉，光和空气才能自由的经过
平行的枝丫非常危险，不分层次、争强好胜会忽略最终结果
你要懂得取舍

需要一把剪刀，树冠中的走了歪路的枝条下手要毫不犹豫
左右手配合，一招拿下
疏除侧生枝。有几根你有意保留下来
你对它们还抱有幻想

速生枝是靠不住的，过旺徒长是一棵树的大忌
压在别人身上的枝条，花儿都坐不住

对于出墙的部分，你犹豫了几分钟最后还是剪掉了
别家的阳光，永远成就不了自家的果实

“我会对的你成长负责！”像一位长者的忠告
落叶之后或萌芽之前，一个下午地工夫
那顶大沿的工作帽，遮蔽了一些流言般纷纷落下的木屑

一件无人认领的行李

高个子的服务员问她什么她都摇头
根据一本破损的笔记本
人们知道了这是一个叫小何的年轻人
为了躲避似是而非的爱情
十年前一个人从南方来到了北方

夹层里的票根早已经过期
一本关于财经方面的杂志
看来陪她度过了一段
无聊的旅程　几件单衣
本来打算一起与她度过
这个北方的乍暖还寒的春天

一定是她再次遭遇了爱情
心神不宁手脚慌乱使她字迹潦草
她在每一个梅雨季节来临之前怀念南方
更换下的手机里
有一条尚未发出的短信

可能是她从这个小城再次逃跑
我们对她的去向一无所知
我想象着她蜷缩在一列慢吞吞的火车上
像那件无人认领的行李

无铁可打的老曹是否还是曹铁匠

老曹是方圆十里
妇孺皆知的人物
人们曾经用他一手打造的利器
割下了亿万成熟庄稼的头颅
把隐藏在群众内部的野生植物
一一斩草除根

如今，村里的劳力只剩下几个留守的光棍
收获的季节，各种冒着黑烟的庞然大物
大腹便便，一下子就把农田
豁出一道大口子
越来越多不熟悉的小媳妇
站在地边，嗑着瓜子数数今年的粮食
比往年多了几袋，颗粒比往年
诚实还是虚伪

街面上没有老曹的叮叮当当
一样不安静，不时有谁家看门狗被盗
谁家小子又出了车祸的消息传播
一家的山墙高过了另一家
又一个考取了功名的小屁孩
雇一辆福田轻卡把家庭从村子
连根拔起

老曹把那块放砧子的木墩摆放在墙根
佝偻着身子，坐在上面
天黑的已经严丝合缝了
如果不是多年的煤灰导致他呼吸的时候
发出嗞嗞的声音
过往的乡亲就会把老曹当成
那块多年以来一言不发的黑砧子了

他目睹了那场大火

他目睹了那场大火
我的儿子
刚刚过完他三周岁的生日
他幼小的思维里
还找不出什么词汇
来形容
他的恐惧

事情已经过了好几年
就像许多火
曾在我青春里燃烧过一样
这场火已在我的记忆中渐行渐远
要不是
九岁的儿子
有一次偶然跟我谈起
火前和火后
曾经的表情和光景
我以为这件事就从我们的生命中
就这样过去了

若干年后
我的儿子
长大成人
那时候我不知道
是不是还能记得、还能不能
再次跟我谈谈他三岁那年
亲眼目睹的大火

泥瓦匠之子

若干年前的一个下午
泥瓦匠的大儿子，一个人

跳上一辆人货混装的黄河牌客车
一头扎进雾气腾腾的城市
几截巨大的烟囱
挡住了他的去路

他很快就熟悉了拉面馆在老母庙巷的位置
黑龙沟的乡亲经营的老汤锅几点开火
偶尔蹲在旧书摊前
翻看那几本破书
他跟河西市场贩卖盗版录像带的人混得厮熟
依靠来自故乡的几棵大白菜
度过了生命中最寒冷的一个冬天

他低着头走过城市每一个喧嚣的清晨
对一个个迎面而来浓妆艳抹的女人置若罔闻
他找到一个内向的女人
在她身上种下希望的种子
梦想让种子扎根于城市
他那辆二手的摩托车
跑完十万公里后突然熄火再也没能发动
他在一条叫作扶淇的河边
看着肮脏的河水日夜北去
看见有一个人在夜深的时候
慢慢潜入水中

他就是那个在和平街绿化带中间
在某次醉酒后偷偷撒过尿的人
他就是那个马桶边放着一本泰戈尔诗集的人
他的眼神和白发掩饰不住心中的秘密
他的呓语是这个城市神秘的隐喻

他就是泥瓦匠的大儿子
他就是那个早起挤公交车的人
他要去舜耕路 106 号

他的青少年时代结束于2003年的那场大火
他的奶奶在乡下老去
——不知名的杂草高过屋顶

漂

在被改造为一只鱼缸之前
这个圆圆的玻璃器皿
一直孤独地浮在海面上
漂——是它的宿命
也是渔民对它的命名

打渔者早已上岸
结束了摇晃的生涯
他小心翼翼地
捧着那个玻璃器皿来到村子
低矮的房间里，断断续续
有外乡人出入

后来，他在村子里慢慢地老去
这个孤独的老者沉默寡言
经常一个人围着村子走来走去
他佝偻着身子
一头长发悬在身前
晃晃荡荡

我有好几次看见他
躺在一根树干上睡觉
风很轻，慢慢摇晃
他的脸，孩子一样恬静
我还看见他没事时
对着那个圆圆的鱼缸
一愣一愣地出神
长时间跟一条鱼对视

我自以为自己长大了
他却再也不理会我
他宁可一个人
紧闭着眼睛和嘴巴
躺在阳光里

——我曾经认为他跟我说谎
他把耳朵紧紧地贴着鱼缸
告诉我说他听见了海洋鱼群的呓语
听见了海风呼呼吹过
千军万马的声响

蚂蚁上树

还是那只蚂蚁吗？
黑色的躯体背负着沉重的命运
沟河边，槐树上，跋涉于树纹纵横的沟壑
用触角感知未卜的前途

还是那群蚂蚁吗？
喧嚣的世界里永远保持沉默的集体
在故乡，在异乡
这场景似曾熟悉

还是那棵槐树吗？
时光已经把它的内部掏空
身上贴着的那个大红囍字
是隔壁羊倌
迎娶了邻村的哑巴新娘

还是我吗？
那个身着黄军装的孩子
那个和蚂蚁对话的人

在村口的路旁若无其事的
等待——那个叫秀秀的女孩经过

野孩子的春天

我用力伏下身
接近那些苦菜、芨芨草、婆婆丁、灰灰菜
还有更多无名的青草
我浊重的呼吸碰落了一些
叶片上的露珠

在沟河，在障日山脚下
我的那些年幼的小伙伴们
牛跑了，菜篮子倒了
对大人们的呼叫也
无动于衷
他们和我要比一比
谁先爬上远处那棵
高高挂着三个鸟窝的
老白杨

我就闭着眼睛跑啊跑啊
（我晚上做梦的时候也是不止一次的这样跑）

后来我很少看见那些小伙伴了
那个放牛的牛牛已经三十多岁了
他牵着他的老牛
慢吞吞
经过沟河上面的浮桥

孙小哨

孙小哨旁边的河水和河水旁边的孙小哨
是相互照应的关系
一直以来他对自己的爱情嗤之以鼻
但是又不得不理会埋伏在日历里的
诡异目光和声响

那个女人的笑声是一件很旧的衣服
她轻俏得把瓜子皮和口水
混在一起吐向水面
河水拽着孙小哨的目光
一次又一次漂到
故事情节之外

其实你可以跟她随便聊些什么
比如那个在桥上张望的人
昨晚梦见的贝壳、童年记忆里的蝴蝶
楼道里遇见的那只胆怯的狗

这是一个多么漫长的下午
漫长的可以让人回忆
一个人的流淌
以及一条河
成长的时光

作为结局
最后，桥上的那个人
还是跳了下来

一个人的战役

一
会在很多时候醒来，仓皇与迷茫
恍然置身于一盘未知的棋局

二
已经不记得
自己是如何正襟危坐摆开阵势
是如何帷幄着出车
运筹着跳马，如何
把一个小卒
一步一步地走到了
异乡

三
甚至不记得
棋局是什么时候开始的
也不知道会在什么
时间结束。坐在我对面的是谁
站在旁边的那个人是哪位
谁站在暗处
操控着
进与退、纵或横

四
我挡住了自己的车路
我绊住了自己的马腿
我暴露了自己的九宫
我像贪食蛇咬住了自己的尾巴，陷入
自己的连环

五
已手无寸铁

却还要在废墟和泥淖中高屋建瓴
左右驰骋
已身无片甲
却还要用最后的稻草抵抗
有史以来最大的风暴

六

也许有一天我会黯然离场
楚河与汉界之间将建立新的秩序
那一天
车窗外风真的会很大，像那场
死缠烂打不依不饶的战争

七

我期望——那天夜里十点的繁荣路
车轮卷走所有的落叶
而前方，除了直行
左转也是绿灯

农耕文明式微下的心灵探求

——论管清志诗歌中的城乡叙事

陈　萱

中国的诗人普遍有一种“乡土情结”，自《诗经》始，以乡土为题材的作品便层出不绝，直至改革开放以后，城镇化的崛起逐渐缩小了农村与城市的物理差距，越来越多的农耕地被工商业化，原始的乡村风情也在现代化的挤压下逐渐消失，“乡土”渐渐沦为了一代人记忆中的符号，尤其对于出生于二十世纪七八十年代的多数人来讲，它更多地仅仅承载了儿时零散的记忆，而这根植于记忆深处的精神印迹，不单是对于传统农耕文明的先天眷恋，更有着身在社会变革时期的焦虑和迷茫，因而，他们笔下的乡土诗也被赋予了新的内容及内涵。

严格地说，管清志并不能算是地道的“乡土诗人”，他的诗歌更多地聚焦于自身及周边熟悉的人和事物的描写，有乡村的，也有城市的，有记忆中的，也有进行时的，并非刻意迎合“乡土情怀”，但他在诗歌中不自觉流露出来的对于乡村故人旧事的深切回望和真挚情感，无论是“村中心端坐的大槐树”“香椿胡同的石板路”“东山顶上露天的采石场”，或是“不能自医的乡村医生”“为生活奔波的泥瓦匠的儿子”“无铁可打的曹铁匠”等等，无不印证了其内心深处对于农耕文明式微的追溯和叹息，即使是在城市生活的书写中也隐约透着几分乡村的影像。在这些诗中，作者常常以一个在场者的身份介入其中，同时又站在一个旁观者的视角对那些人、事、物进行清醒的审视。

还是那只蚂蚁吗？
黑色的躯体背负着沉重的命运
沟河边，槐树上，跋涉于树纹纵横的沟壑
用触角感知未卜的前途

还是那群蚂蚁吗？
喧嚣的世界里永远保持沉默的集体
在故乡，在异乡
这场景似曾熟悉

——《蚂蚁上树》节选

《蚂蚁上树》一诗，作者借蚂蚁比喻生活在社会底层身处不同环境下背负着生活压力默默劳作的平凡且普通的芸芸大众，从个体（一只蚂蚁）再到群体（一群蚂蚁），这是一群无力把握自己命运的小人物，明天的不确定性导致了他们的焦虑、无奈、彷徨。作者没有刻意灌输“顽强”“抗争”的“正能量”，只是真实地表达出了内心复杂的感受，也正是这份“真实”轻易地便唤起了读者的感同心受。“还是那棵槐树吗？/时光已经把它的内部掏空/身上贴着的那个大红囍字/是隔壁羊倌/迎娶了邻村的哑巴新娘/……还是我吗？/那个身着黄军装的孩子/那个和蚂蚁对话的人/在村口的路旁若无其事的/等待——那个叫秀秀的女孩经过”（《蚂蚁上树》节选）在诗的后两节，麻木而机械的生活令作者将思绪从现实中抽离，飘回到乡村的大槐树，飘回到曾经年少生动的自己，然而“时光已经把它的内部掏空”，槐树身上贴着的大红喜字，更像是对日渐衰落、再也回不去的时光的一种反衬。

“回不去的时光”是管清志诗歌中常常流露出来的一种情愫，多以诗人充满回忆性的个人叙述为主，例如《香椿胡同口的孩子》中，作者在“摔在香椿胡同的石板路上磕破了新年的裤子”的孩童的“引领”下回到了从前，并借着对奶奶的怀念和倾诉完成了对“过去时光”的一次追悼，“石板路”“香椿树”“蝉声”“落叶”“灶膛”“油灯”……所有的意象既是能指亦是所指，既是客观存在的也是幻象的，“奶奶 香椿胡同低矮的院墙后/是你的窗户 一盏油灯/总是把你的影子拉得很长/像你扫过的大街那么长/像你离开我们的时间那么长/像我年复一年的记忆那么长”（《香椿胡同口的孩子》节选）不加雕琢的情感表达加强了诗人对于幼时纯真的向往、对亲情深切的追思，及乡村生活的无限怀念。“我自以为自己长大了/他却再也不理会我/他宁可一个人/紧闭着眼睛和嘴巴/躺在阳光里”（《漂》节选）—— 一去不复返的并不仅仅是那些逝去的人，还有一种生活方式的转变，一种精神的退场，这种无力挣扎的沉默更为现实平添了一份苍凉。

作者对于土地和乡村始终存怀着一份天然的亲近感和敬畏心，他不时以自己的方式为之代言——“我用力伏下身/接近那些苦菜、茇茇草、婆婆丁、灰灰菜/还有更多无名的青草/我浊重的呼吸碰落了一些/叶片上的露珠”（《野孩子的春天》节选），在作者的笔下，每一株植物都是朴素的、野生的，和那些童年的小伙伴一样，脆弱地承受着岁月的冲逝，“我就闭着眼睛跑啊跑啊”——与其说这是对于年少时光的追寻，不如说作者为自己构筑了一个精神的乌托邦，一个灵魂短暂的栖息地。

亲情与乡情构成了管清志诗歌的主要内容，个体的成长体验是他的视觉切入点，而城乡二元结构下的精神诉求则是他下笔的核心所在。对于作者来说，成长的过程也是从农村走向城市的过程，乡村与城市的距离表面看在缩小，实质上仍存在着巨大的鸿沟。“如今，村里的劳力只剩下几个留守的光棍/收获的季节，各种冒着黑烟的庞然大物/大腹便便，一下子就把农田/豁出一道大口子/越来越多不熟悉的小媳妇/站在地边，嗑着瓜子数数今年的粮食/比往年多了几袋，颗粒比往年/诚实还是虚伪”（《无铁可打的老曹是否还是曹铁匠》节选）——以简陋劳动工具进行生产的“小农经济”逐渐被淘汰，先进的生产机器取代了代代传承的手工劳作，以农民为代表的原始劳作者仿佛瞬间被赖以生存的土地抛弃了。但“进步”了的乡村依然是不平静的，生产力的提升非但没有弥合“农村”与“城市”的距离，反而加大了彼此之间的隔阂。“街面上没有老曹的叮叮当当/一样不安静，不时有谁家看门狗被盗/谁家小子又出了车祸的消息传播/一家的山墙高过了另一家/又一个考取了功名的小屁孩/雇一辆福田轻卡把家庭从村子/连根拔起”（《无铁可打的老曹是否还是曹铁匠》节选）日出而作日落而息的旧的生产规律被打破，越来越多的人选择了离开乡村，土地抛弃了农民的同时，农民也抛弃了土地。

父亲离开采石场
他的心就慢慢软了，蹑手蹑脚
走在城市水磨石的地面上
他总是小声地嘀咕：这里用机器磨出来的面粉
做的馒头不筋道，豆腐
根本没有一点奶香

——《采石场》节选

乡村有乡村的痼疾，城市亦有城市的顽症，“乡村”与“城市”从来就不是两个独立的地域概念，而是基于不同生产制度下的产物，是千百年来根深蒂固的传统模式与新兴思维之间的分歧，作者深知这种分歧是社会发展的必然结果，也是都市文明和农耕文明碰撞的必然结果，正如《礼记·中庸》所曰“万物并育而不相害，道并行而不相悖”，然殊途同归，因此，作者在字里行间并未对两种文明的此消彼长产生强烈的对立情绪和反抗倾向，始终理性、包容，甚至是被动、接受的姿态——“已手无寸铁/却还要在废墟和泥淖中高屋建瓴/左右驰骋/已身无片甲/却还要用最后的稻草抵抗/有史以来最大的风暴”（《一个人的战役》节选）。作者的内心是矛盾的，一方面有着对往昔乡土质朴生活的怀念和热爱，一方面又渴望在繁华富足的城市扎根，这种矛盾可以说是这一代“农转非”群体的普遍心理状态。

德国哲学家海德格尔曾经说过，诗人的天职就是还乡，还乡使故土成为亲近本源之处。此处的乡土，已然跳出了“家乡”“故乡”的狭隘概念而作为一种精神积淀的文化之本而存在。比起很多作者隐忍含蓄的书写，管清志在诗歌中的情感始终是充分敞开的，“从一片叶子里谛听江河/从一块石头中观望火山”（《青春卷宗001号的失火事件》节选），作为“一个忠于自己内心的人”，他将对童年、青春、亲人的怀念置于对乡情和现实的观照中，笔下的每一处无不紧贴着时代，深入至生活的肌理，以细节的刻画抒发人最本真的生存及情感状态。谢冕先生认为，优秀的诗人应当是人文精神诗性关怀的使者。在管清志的诗歌里我们看到，毋论城市还是乡村，毋论出世或是入世，诗人始终保持着一种与生俱来的纯粹与真诚，在散发着儒家浓厚的亲土观念和传统礼乐人伦的思想意识下自觉地完成了对农耕文明式微下的心灵探求。

诗坛峰会

探索与发现

汉诗新作

新诗集视点

探索与发现

青年诗人谈诗

作者简介

羌人六，四川平武人，青年作家。曾获《人民文学》“紫金·人民文学之星”散文佳作奖、四川少数民族文学奖、滇池文学奖。著有诗集《太阳神鸟》，散文集《食鼠之家》，中短篇小说集《伊拉克的石头》，长篇小说《人的脸树的皮》。现供职于四川省平武县文化馆。

重建巴别塔

——诗与思

羌人六

《圣经·旧约·创世纪》第十一章，讲述的是巴别塔如何被毁灭的前前后后，简而言之，当时天下人的口音言语一样。洪水过后，人类在示拿地遇见一片平原定居下来，繁衍子嗣。人多了，就想搞点事情，反正闲着也是闲着。“来吧，我们建一座城和一座塔，塔顶通天，为要传扬我们的名，免得我们分散在全地上。”有了这个打算，人们开始忙碌起来。然而，耶和华不干了，他微服私访看了世人所建造的城和塔，很是担心：“看哪，他们成为一样的人民，都是一样的言语，如今既干起这事来，以后他们所要干的事就没有不成的了。”为防后患，耶和华率领跟班下凡搞了次大拆迁，在那里变乱他们的口音，使得他们的语言彼此不通。人类从此分散开来，不再团结一致，所以那城名叫“巴别”，巴别，就是变乱的意思。那座荡然无存的塔，就是巴别塔。时至今日，巴别塔被一些翻译家津津乐道，也许是他们正好干的就是解决沟通障碍的工作，因而有人形容翻译家是挑战上帝，重建巴别塔的人。在我看来，诗人们通过各自的写作也是为了扬名，是为了在精神上重建巴别塔的人。

我在孔夫子旧书网买过一套“中国古典十大禁书”，其实，就是些古人们写就的高水准情色小说。书是好书，作者的名字不是真名，不是什么樵云山人，就是什么梧岗主人。在古代，小说这种文体是不入流的，上不得台面，许多作品只能在民间流传，小说地位不像诗词那样显赫，因此被视为“不务正业”。所以，到今天《红楼梦》的作者是不是曹雪芹，依然众说纷纭，即便是我更喜欢的《金瓶梅》，作者也只是留下“兰陵笑笑生”这样一个“网名”。散文家穆涛在其散文集《先前的风气》专门写到过这个问题：“小说的名字以小开头，颇有自知之明，但在当下的中国文坛，小说却是正果，是正宗。”无论置身哪种场合，我们在见到一个小说家的时候也许立马能够想起他写过哪些作品，但如果是诗人，难，比赶鸭子上架还难，比一口吃成大胖子还难。当然，事情不能简单地二元对立，诗人们所面临的种种失落和尴尬，有时代、社会风气的左右，也必然有诗人们自身的原因。无论诗人，还是小说家，最终，还是要用作品说话。作品就是诗人作家们的面子。没有让人记得住的作品，就算被批评家捧上天，就算发遍世界上所有文学刊物，就算获奖无数，也是白搭。当今诗坛最显著的特点，或者说毛病，就是活动多如牛毛，好诗太少，专门不引人注目、故意无病呻吟的劣作充斥着这个国家大大小小的刊物，或集体躺在一座座名字叫年选、全集、排行榜之类的石棺里面。我曾经，现在依然，希望自己靠写作多挣些钱养家糊口，也羡慕这样那样的荣光和狗屎运，但我心知肚明，“为稻粱谋”不是写作的初心，最多算是蒙在初心上的灰尘。倘若在这篇信马由缰的随笔之中不埋下几行真话，不种上内心深深的期许，真是对不住自己。

作为诗人，一年写一首诗或者几年不写诗，是可以的；一天写一首诗或者十首诗，是可以的。但要试图通过写诗升官发财，我想，这是万万不可能的。迄今为止，我能想到关于诗人最为精辟的描述，就是翻译家、诗人舒丹丹女士翻译的一首诗，名叫《为诗人辩护》，作者是丹麦诗人尼尔斯·哈夫，他如此写道：

“我们拿诗人怎么办？/生活使他们不幸，/他们衣着黯沉看上去如此可怜，/皮肤因内心的暴风雪而泛蓝。//诗歌是一种可怕的瘟疫，/被传染的人们四处走动，抱怨，/他们的尖叫声污染了空气，/像从精神核电站泄出的物质。如此狂乱。/诗歌是一个暴君，/它让人们在黑夜失眠，毁掉婚姻，/它将人们拉到隆冬的荒凉的小山村，/他们在痛苦中枯坐，戴着耳套和厚厚的围巾。/想象一下那种折磨。//诗歌是一个害物，/比淋病更糟糕，一种可怕的厌憎。/但想想诗人们，正艰难地/忍受它们。/他们兴奋莫名，仿佛怀着双胞胎。/他们睡觉时磨牙，他们吃土/和野草。他们数小时地待在怒吼的风里，/为惊人的隐喻所摧磨。/对他们来说，每一天都是神圣。//噢，请可怜诗人们，/他们又聋又瞎，/搀着他们穿过车流吧，当他们以那无形的残障/四处蹒跚，脑子里寻思各种素材。/不时会有其中一个停下来/倾听远方救护车的呼啸。/体谅他们。//诗人像疯癫的孩子，/被整个家庭逐出家门。/为他们祈祷吧，/他们生来不快乐，/母亲为他们哭泣，求助于医生和律师，/直到她们不得不放弃，否则自己也会变疯。/噢，为诗人哭泣吧。//没有什么可以挽救他们。/被诗歌骚扰就像秘密的麻风病人，/他们囚禁在自己的幻想世界里，/一个令人惊悚的隔离区，充满了恶魔/与复仇的鬼。//当某个晴朗的夏日，阳光明媚，/你看见一个可怜的诗人从公寓楼里摇晃着出门，面色苍白/有如行尸，容颜因思虑而憔悴，/那么走上前去帮帮他吧。/系好他的鞋带，领他去公园，/扶他坐在阳光下的长椅上。/为他轻轻地唱首歌，/给他买支冰激凌，/再给他讲个故事，/因为他这样悲伤。/他已经完全被诗歌毁掉。”

据介绍，这名诗人还是三部短篇小说集的作者。他认为写诗和写小说并不矛盾，就像一个人“分属两个不同的家庭”。在小说方面，他将自己归于“契诃夫家族”，在诗歌家族，他将米沃什称作“伯父”。

比起这名风趣的外国诗人，遇到的一些国内诗人就让我有点一头雾水，摸不着头脑了。

2014年冬天在北京，一个素未谋面只知其名的宁夏诗人不动声色走到我面前，跟我握手，笑逐颜开地自我介绍后问我：“兄弟，现在写啥？”我如实交代：“写诗，也写点小说。”没想到的是，我的回答竟点燃了这位诗人强烈而正义的怒火，那会儿，我知道他写诗，不知道他只写诗。该诗人翻脸比翻书还快，说了句“那你他妈的，堕落了！”说完，气呼呼地扬长而去。他妈的，疯子遍地都是，我当时没当回事，事情过了就过了，反正人家也打不赢我。然而，一大伙人晚上喝酒聊天的时候，这位喝得满脸通红的诗人竟然隔着好几张桌子，用玻璃都要震碎掉的声音冲我吼道：“羌人六，他妈的，在四川，你写小说写不过阿来，你他妈的干脆就别写了！”大概意思就是这样，我当时就冲这个满嘴“他妈的”的诗人走了过去。朋友们赶紧围了上来，生怕我们打架，我也没动手，手指着他问：“写诗，你他妈的没写过人家米沃什、艾略特……你他妈的是不是就不写了？”气氛很不愉快，大家很快不欢而散。第二天，这位诗人才貌似恢复正常，跟我赔礼道歉，说昨晚喝多了。

还有一次，在内蒙古呼和浩特，参加《民族文学》笔会。一刚结识的诗人朋友忽然把他手中的电话递给我，说快接电话。我以为是熟人呢，结果不是。那人在电话里操着半生不熟的普通话一个劲儿说我是某某啊，我是某某啊。我还真是目光短浅了，打电话过来的人，根本不认识，听清了名字，仍然没有丝毫印象。为了避免扫兴，我只好见机行事，勉强应付一番然后挂了电话。后来才知道这某某人是西南地区的诗人兼批评家。果然是大人不记小人过，这位批评家不久后就在一篇评论里专门挑了我一首诗，说了一堆看不懂的废话，但最后三个字和感叹号倒是记得清清楚楚："很败笔！"

这件事给我造成了巨大的阴影，听到批评家这三个字，有点胆战心惊。

搬出这些鸡毛蒜皮的往事，并不是想抹黑什么，在事实面前，任何看法都虚无缥缈，可有可无。锅底永远都是黑的。就像棉花，白的永远都是白的。诗人可以软弱，可以贫穷，但内心必须要有强者的灵魂。

云南诗人于坚在其雄论《在喧嚣中沉默，自由派诗人的成熟》里谈到一个观点："中国历史的伟大进步就在于，面对集体意志的道德优势，终于有了沉默者，个人可以保持沉默，甚至质疑了。诗人是一个具体的作者，而不是一个集体，他不会因为独自一人而害怕。"在我们这个时代，诗歌和诗人们的沉默大多数是因为平庸。

礼失求诸野，凭我个人的理解，就是向生活取经，以敏锐的目光关注时代，透视时代，就是要清心寡欲，就是要在没有路标的道路上，披荆斩棘，成为先驱，成为自己。诗应该是自由的，诗人应该是自由的，不是作为某种轻浮、奉承甚至个人情感的宣泄的工具而存在。

"一个独立的以个人手艺、语言独创为基础的庙堂……传统的雅被摧毁了，但雅依然是汉语的最高标准，我们要做的只是在我们时代的语言中复活他……"总而言之，当下诗人们不得不面临的一个事实就是，诗歌很"繁荣"，诗坛很热闹，但在这个时代里的被冷落和边缘化，是不争的事实。诗歌被冷落是因为它坚持了"无用"，于坚说的不无道理。即便如此，诗人这一"存在"或者身份，在我眼中依然神圣不可替代。借用辛波斯卡的一句诗，这都是因为：我偏爱写诗的荒谬，甚于不写诗的荒谬。

人人都有各自的活法，写诗，是诗人的生活，是诗人的活法，恰如布罗茨基在其诺贝尔文学奖受奖演说里说过的那样："我们知道，存在着三种认识方式：分析的方式、直觉的方式和《圣经》中先知们所采用的领悟的方式。诗歌与其他文学形式的区别就在于，它能同时利用这所有三种方式，因为这三种方式均已被提供出来；有时，借助一个词，一个韵脚，写诗的人就能出现在他之前谁也没到过的地方——也许，他会走得比他本人所希求的更远。写诗的人写诗，首先是因为，诗的写作是意识、思维和对世界的感受的巨大加速器。一个人若有一次体验到这种加速，他就不再会拒绝重复这种体验，他就会落入对这一过程的依赖，就像落进对麻醉剂和烈酒的依赖一样。一个处在对语言的这种依赖状态的人，我认为，就是诗人。”

一个处在对语言的依赖状态的人，就是诗人。我想我这个笨嘴拙舌的无名之辈，微不足道的诗歌练习者，是处于这种状态的。回想自己，落入这种依赖，是在2004年烈日炎炎的八月，十六七岁的我离开平武老家到江油城里念高中，在那之前，我从未在真正意义上出过那么远的远门。虽然，江油和出生地之间，区区四十多公里。离开群山环绕的老家，封闭的视野和心灵渐渐宽阔，我才知道江油还是课本里那位鼎鼎大名的唐代大诗人李白的故乡，一千多年过去了，人们仍然在以各种方式纪念他，那些水泥的、石材的塑像，那些以他的名号命名的街道、公园、酒店、茶楼，随处可见。就是在这样一种“背景”之下，思乡心切的我用油珠笔浑身颤抖着写下了自己的处女作，一首小诗《归宿》。从此一发不可收拾，高中三年，我写了足足七八十个笔记本。许多习作后来再也不忍卒读。前些日子，上海诗人肖水兄嘱我寻些早年诗歌手稿捐赠复旦大学刚成立不久的诗歌资料收藏中心。据说，诗人北岛已经第一时间赠出手稿。遗憾的是，我早年的那些笔记本均已被我在父亲去世的那年秋天，拎到离家不远的半山腰上，一把火烧掉了。只好硬着头皮抄了八首近作寄过去。古人说字如其人，我想我是潦草的。我的生活是一部草书。这是我的自我定位，也是我的局限，好就好在，我已调整好心态，开始慢慢接受这样一个自己，刻意经营自己的方方面面，不如以平常心好好活人，认认真真写诗。

在个人诗作《我把影子撒了一路》里，我如此描述已经过去的诗歌岁月的轮廓：“为了挪开空气，我把影子撒了一路；/为了挪开自己，我把自己写成书、落叶和尘土。”

这里的“影子”，并非实指，而是暗喻我在已经死掉的那部分我，在已然湮灭的流淌岁月中间写过的诗文。因此，似乎可以说，我就是一堆影子，人就是一堆影子，所谓个体，就是过去的某种延伸、叠加、化身或者膨胀之物。我们居住的这颗古老星球，则像是一个包罗万象、碎片汹涌、变幻无常的综合体。

“人生卑微，不如草芥，草芥有根，枯了可再荣，年复一年葱茏度日。人没有根，死了就死了。如果不想一了百了，就多做些事情。人做事情就是给自己扎根。名垂青史的那些大人物，正是把自己植根于世道

人心里面。”（穆涛）

诗人理当如此，义不容辞。

我把影子撒了一路，写诗为文，就是为自己“扎根”的过程。真正的诗人，卓越的诗人，也是植根于世道人心的，比如屈原，比如杜甫。“我不想成为上帝或英雄。只想成为一棵树，为岁月而生长，不伤害任何人。”这是波兰诗人米沃什的诗句，我想，他描述的不仅仅是他个体的愿望，也是我的“启示录”，不随波逐流，无论阳关道、独木桥，都不如自己的“心路”。

大多数诗人都不会愿意在人群中公开声称自己是诗人，诗人不是职业，没有教授头衔。波兰诗人辛波斯卡在《诗人与世界》中回忆，在遇到的诗人当中，唯有俄罗斯诗坛的骄傲、诺贝尔奖得主布罗茨基乐于以诗人自居——出于对青年时代经历的粗暴的羞辱的挑衅，因为，他曾因此被判处境内流放，他们称他为“寄生虫”，因为他缺少授予其诗人权利的官方证书。辛波斯卡还指出，“在更为幸运的国家，人性尊严尚未轻易受到侵犯，诗人当然渴望出版诗集，被阅读，被理解，但他们不会为超越于普通民众和日常事务之上而有所行动。在并不久远的二十一世纪前几十年，诗人还竭力以奇装异服和乖张举止震撼我们。然而，这一切只不过是为了向公众炫耀。但那个时刻总会到来，当诗人们关上门，脱下披风、廉价而艳俗的服饰以及其他诗歌道具，就需要在寂静之中面对依然空白的稿纸，耐心地等候他们的自我。因为，最终，这才是真正有价值的。”

那个时刻总会到来。只有在那样的时刻里，诗人脱离肉身，成为语言的祭司、首领和主宰，成为诗人。时至今日，我从未跟身边的诗人们打听过他们写诗的状态，那注定是一场难以描述的艰难旅程，一个字，一个句子，一个意象的处理，甚至一个标点，都可能耗上大把的时间。然后是反复的修改、删减，直至筋疲力尽。“我们需要的书，应该是一把能够击破我们心中冰海的利斧”，诗人们的苦苦求索，跟卡夫卡的这句至理名言不谋而合。

“把诗这个汉字拆开，一半是言，一半是寺。言是语言，说话；寺是寺庙，是神灵照临之所，心灵修炼之地。诗，即语言和心灵的相互结合，相互属于。”（王家新）

对诗人而言，作品就是他的生命。死亡，从来不是活到几岁几十岁，然后停止呼吸、心跳，闭上眼睛，在生活的视线里彻底消失，躲到泥壤之中睡大觉，而是一种由柴米油盐、吃喝拉撒、喜怒哀乐等诸多生活细节和片段堆积发酵起来的过程。好诗是酒坊里酿出来的酒，是油坊里榨出来的油，总是恰到好处，浑然天成。

诗歌是凝练的艺术，何为凝练？穆涛的随笔中提到过这样一件事——“欧阳修主笔《唐史》的时候，给编修们开过一个著名的编前会。在大街上，见到一匹疯跑的马踩死一条狗，同僚们尽显笔端功夫，十几个几十个字不等。欧阳修说，诸公这么修史，一部唐史，我要盖多大的房子才装得下。有人问，内翰以为如何？曰：逸马杀犬于道。”写诗，在某种程度而言，也是写史。应该像欧阳修学习。

优秀成熟的诗人，总是能够熟练地运用精准的词语和意象，来呼应内心的感觉。诗是智力的产物，也是节奏的艺术。一首好诗，不应该披露事物，而是应该帮助我们去发现和理解事物。譬如河南诗人马新朝的《大风》：

风很大，/有很多事物，飘了起来/我用石头压住我的房子，灯火，文字，姓氏//黎明，我独自站着，像一只锚/压着了水，山又飘起。

譬如希腊诗人扬尼斯·里索斯的几首短诗：

《屈从》：她打开窗。猛地，风/撞击着她的头发，像两只肥大的鸟儿，/在她双肩之上。她关上窗。/两只鸟儿在桌子上/瞅着她。她把头伏低在/它们之间，静静地哭了起来。

《早晨》：她打开百叶窗。她把被单挂在窗台上。她看到白昼。/一只鸟儿直视着她，映在眼中。“我是孤零零的。”她悄声说。/“我活着。”她进到屋里。镜子也是窗户。/如果我从中跳出来，我就会落进我的双臂里。

《嫌疑犯》：他锁上门。他在他身后怀疑地看着/把钥匙塞在他的兜里。就是这时他被捕了。/他们拷打了他数月。直至一天夜里他坦白了/（这被当作证据）钥匙和房屋/是他自己的。但没有一个人理解/他为何会想把钥匙藏起来。所以，/尽管他被判无罪，他们仍然把他看作一个嫌疑犯。

《花环》：你的脸藏在叶子里。/我一片一片地砍掉叶子去接近你。/当我砍下最后一片叶子，你却走了。然后/我用砍下的叶子编了一个花环。我没有任何/可以赠送的人。我把它悬在我的前额。

譬如诗人韩东的《我们不能不爱母亲》：

我们不能不爱母亲，/特别是她死了以后。/衰老和麻烦也结束了，/你只需擦拭镜框上的玻璃。//爱得这样洁净，甚至一无所有。/当她活着，充斥各种问题。/我们对她的爱一无所有，/或者隐藏着。//把那张脆薄的照片点燃，/制造一点烟火。/我们以为我们可以爱一个活着的母亲，/其实是她活着时爱过我们。

“在诗歌上，诗人必须承认不可知，诗歌具有巫术的特征。这也是诗歌得以在技术时代独立并高踞于精神生活之巅的原因。没有比诗歌写作更困难的事了，每一个诗人都知道，他不是在白纸上写作，他是在语言的历史中写作，你每写一行，都有已经写下的几千行睥睨着你呢。”（于坚）

是的，我们应该清楚，我们不仅仅是在一张白纸或者电脑上对着文档写作，也是在语言的历史中写作，在诗的河流边写作。

写诗难，写好诗更难。在这样一个碎片化、商业化的眼花缭乱的时代，诗人如何立言，担负起应有的使命，重塑尊严？批评家雷达先生关于现实主义生命力的思考，兴许于思考有所助益：“对时代生活，人民疾苦和普通人命运的密切关注，对人的尊重，以及对人的生存境遇的密切关注，对民族灵魂的密切关注，为此它能勇敢地面对，真实大胆地书写，以至于发出怀疑、批判、抗辩的声音。”

诗歌的核心，我觉得应该是言之有物，言之有物，是诗歌的道，也是文学的道。“孔子先生当年经常在水边给学生上公开课，见到现实的场景，经常小题大做，展开他沧桑的心路。典型的有两次，一次是在波涛汹涌的河段见到一位船夫，一次是见到激流漩涡里酣畅淋漓的泳者。孔子用轻水和忘水点评船夫，轻水是了解水，掌握了水的性格可以做船夫。忘水，是和水打成一片，像鱼那样融于水。孔子向技艺高超的泳者提出问题，问他为什么游得那么好。泳者说：我是在水边长大的，在山靠山，在水吃水，慢慢地，水就是我的命了。孔子得出的结论是，成就事业者，都是找到自己本命的人。”我在穆涛散文集里读到这个故事，我得出的启示就是真正的诗人，应该是热爱诗歌如热爱生命的人。

前两天，在三径书院微信公众号上读甫跃成的《他看书看得心潮澎湃》，真心感叹这个研究核武器的兄弟把诗也写得入木三分：“他看书看得心潮澎湃。/他看见理想，捷径，黄金屋，看见平庸之辈前赴后继。/而终有一人，要从群氓中站起，/力可扛鼎，让时代的大风在他身后柔软的撞击。/他心痒难挠，发一声喊，/提起簸箕大的拳头冲出门去。/外面的世界有些安静，面如死灰的人们在尘埃里奔波。/他忽然一愣，不知这一拳，/该砸向什么地方。”

这首诗不但言之有物，写出了世道人心，也写出了当下诗人们的焦虑和困境。诗人应该关注这个时代，我们应该关注这个时代，因为我们的命运和这个时代是紧密相连的。关于写作，古代有个说法叫“吾丧我”，简单点说，写作是一场没有“我”的表演，是一个诗人脱离狭隘的个人，对其所在时代独到的观察和洞悉。作为一个诗人，理当把自己的写作扎根世道人心，唯有如此，才能无愧于我们的时代。

对一个诗人来说，生活很重要，读好书也很重要。书就是药，西药中药，这些年也古今中外采了不少药，现在，我觉得还是中药好。礼失求诸野，道法自然，达则兼济天下穷则独善其身，这些东西几千年前就整好了，问题是如何借鉴，如何吸收消化。

无论如何，大多数中国诗人这辈子都不可能向特朗斯特罗姆写得那么少了。

于我而言，写诗变得越来越难。埃兹拉·庞德在其晚年诗集《比萨诗章》有句诗经常在我的脑海盘旋：“与世界搏斗，我失去了中心。”事情太多，力不从心。我就是如此解释我写得越来越少的原因的，其实不是。只是觉得写来写去，无非是某种重复和无病呻吟，没意思。诗人应该克制，不如多读书。不如少写。正如雨果所说：“我将在节日里独自退场，这流光溢彩的幸福世界什么也不会少。”不如尽力写好，正如里尔克：“它们要开花，开花是灿烂的。但我们要成熟，这叫作居于幽暗而自己努力。”

可否这样理解？诗人是不存在的，诗人只是尘世的一道幻影，一个循环于灵魂深处的过程。每一首诗的写作，就是成为诗人的过程，也是为灵魂重建巴别塔的过程。陀思妥耶夫斯基坚信“美拯救世界”，这个积极善意的美好愿望兴许已经过时。诗人唯一能做的，就是关上门，在那首尚未成形的诗歌面前，耐心地等候他们的自我。

最后，我要说，我想说，缪斯来临之际，诗——这智力、想象和心灵的古老化身，也开始了对诗人的庇护和拯救。

诗六首

羌人六

若泽·萨拉马戈们的黄昏

深夜无眠，怀念自己已经死掉的那一部分
也怀念一些人，死后照样活着的那一部分
比如，若泽·萨拉马戈与歌德
两个精力旺盛的老顽童，都曾在各自的黄昏
在死神的门槛边缘，用有限的光热
以针挖井的态度，写作
夜以继日，废寝忘食，似乎缓缓来临的夜

无关痛痒，更不会把他们的激情涂黑
老年若泽·萨拉马戈，老年歌德
必然也有过放浪形骸的中年，
纵欲过度的青春，不明不白的少年时光
然而，在他们晚年的皮肤下，那些“时候”
剧终了，阵亡了，烈士了，墓碑了，废墟了
理智，把它们撕碎，只剩下梦幻在心扉，摇曳。
这些不知疲倦的老年人，
总在记忆深处晃动的镜子
用最昂贵的麦克风来歌颂，也略显轻浮
没法跟他们严谨的著作相称、匹敌。
他们是对的。否则，他们不会一次次卷土重来
不会让远在中华人民共和国，
刚刚三十而立的我为之惊艳的同时也自惭形秽。
虽然，我的黄昏还很远。
若泽·萨拉马戈们的缺席，以及
被他们用旧也被他们擦亮的黄昏——
让我忍不住质疑自己，质疑自己是否
过着一种失败的生活？安于现状，浑浑噩噩，
不知轻重，仿佛秤杆上少了秤砣。

陀思妥耶夫斯基

失眠，如物体迟缓，哑寂
黎明被夜的栅栏隔着，还很远。突然想为过去
举办一个名副其实的葬礼，回报它也曾
送我一程。很快，被夜浸黑了的想法，
又被握着开瓶器的手送回摇篮。
陀思妥耶夫斯基，因为你，我回忆了死
尽管它有时真假难辨，的确，对于你
死，才是你的影子。把你风急浪高的过去
碾成粉末，一饮而尽如何？不为亲吻你的痛苦
而是为了免疫喧嚣。
人们贪求快慰，急于为自觉新鲜的事物命名。

生命，水一般没有过去的词，
历史和未来的分水岭，你就像一面镜子
让我迟钝得仿佛一块石头。
我刚刚出版的诗集《太阳神鸟》紧挨
一本尤·谢列兹耶夫为你写就的传记
你略显疲倦的肖像——幽暗的呼吸，深邃的目光
稀疏的俄罗斯头发，鼻孔踢开金色的胡须
往后撇的耳朵，继续聆听书外的动静。
卓绝的先知，读你。心怀朝圣者的喜悦与严肃。
在那花了两百块钱买来的书架之上，书像森林
但为何唯有你的存在让我倍感激动?
也曾被侥幸捉弄过的赌徒，这么多年过去了，
有人出版的著作能把书架累垮，可笑的时间
也并没有将你的伟大封死。你的死
也不止被别在一处。忧郁的大师，你依然
怀揣着痛苦和希望上路，吹来一股新风
时间知道你的去处，我知道你的去处。
最后，所有的黑夜都将成为你的读者。
而你饱满的光环中，黑暗已消逝，
野兽们已从人群里散去——钻进更大的笼子。
你爱的安娜以及人类，依然对你不离不弃
低垂而又仁慈的夜幕，
使得浩瀚的星光和悲伤在静悄悄的屋顶上突然
一落千丈。

水寂无声

长久地凝视老家门前
绿汪汪，谦卑，无声滑动的河水
看它如何刺穿虚空
将一根寂寞的骨头缓缓擦亮。
也长久地凝视吹过大地的风，
看它如何伸手
去握紧一棵树的孤独。

再长久地，用大河涨水的姿势，
把自己置身在人世边缘
置身于事物内在的幽暗，
像朝圣的沙粒
一边听岁月老去的声音，
一边跟饱满的星空遥相呼应：
水寂无声，像深情之人
偷偷献给命运的长吻

母亲和她的姐妹们

母亲和二娘年轻时为饱肚皮
偷吃了别人家
故意喷过农药的苹果
后来上吐下泻，差点洗白
擦肩而过的悲剧，经过岁月洗礼
已然成为一大家人逢年聚会的
著名笑料。
作为当事人，二娘和母亲
依然毫发无损地活在各自死亡的回声里
一拨人中间，她们笑得最灿烂
不但笑出了声音，笑出了眼泪
也笑出生活背后
难以言传的苍白与荒谬，我相信
这正是她们乐此不疲的原因

大风之夜

那天深夜，他自灵魂深处取出
许多粗粝、混沌的大理石碎片
精挑细选上百粒汉字作为诗歌材料。
卧室里哈欠连天的妻子、
枝形吊灯催促过好几次

他却浑然不觉，完全沉迷在
这古老的游戏里。
当他尽抒胸臆，捧着热气腾腾的手稿，
天都快亮了，大地拖着半透明的翅膀。
吱吱长出的皱纹、恍惚和白头发，
使他显得异常疲惫。
而一场史无前例的大风，正在窗外的
黑暗中撕心裂肺地吼叫。
他打开窗，向风展示苦心凝成的作品。
直到抽回手来，准备再改一次：
刚刚还停车场一样闹哄哄的诗，
现在仿佛一面孤单又悲伤的白色旗帜
已经空荡荡的，没有半个字，
需要修改润色，需要他投入更多

蜗 牛

短短两年时间，我窝身的这座二流城市
越发陌生、肤浅，房价却如日中天
从最初几千到如今飙升过万
媳妇儿算了算，我们省吃俭用
拼老命买来的房子似乎也搭上了机会的末班车
摇身一变，涨了好几十万
事实上，除了鲁尔福、马尔克斯、卡夫卡
那些亦真亦幻的小说
我从未有过如此魔幻、荒诞和复杂的体验
有段时间，我感觉完全不像自己
走路、说话、看书、写作是飘的
遍地疯狂繁殖的楼盘，是飘的
小区附近多如牛毛的房产中介公司，是飘的
随处可见的售房广告，以及它们
分开空气时产生的轰鸣，仍是飘的。
后来，我终于恍然大悟，妻子算的那笔账
有着太多的片面和假象，甚至，没有带上

我们每月必须按时清账的房贷，长达二十年的
负重。这些，也叫成本，无法计算的阻力。我们
从远古跋山涉水地来到世上，如今
或许又到了开始向新物种进化的边缘：
蜗牛，就是幽灵为我们设置的最终模型。

作者简介

孙立本，80后，甘肃岷县人。中国作家协会会员。诗作散见于《人民文学》《诗刊》《星星》《诗探索》《飞天》100多家纯文学期刊。参加第八届全国青年作家创作会议。获第26届柔刚诗歌奖主奖；《中国报告文学》首届“希望杯”中国文学创作新人奖；甘肃省第四届、第五届黄河文学奖等。主编民刊《轨道诗刊》。出版诗集《大地如流》。

诗歌的河流

孙立本

我是一个不善于用诗歌以外的文体表达诗歌的人。

中国新诗四十年变革与转化背景下的个人诗歌写作，这样一个宏观的命题，让我想起那则古老语言中的蜈蚣，四十只脚究竟应该怎样依次向前爬行？我左思右想，矛盾重重，一无所获，想到最后连自己已经学会的奔跑方法都给忘了。

一条河流，自有它存在的历史，仿佛一个人的生命自有他的诞生一样。一条诗歌的河流，从西周的《诗经》中流出，在我们出生之前，它已经在那里了。当我们的生命消逝之时，它仍旧会在那里流淌。

很多个静谧的早晨，我都喜欢去洮河边散步，看那些密集的流水和坚硬的卵石。流水有时波光粼粼，有时泾清渭浊，而卵石则被泥沙覆盖，更多的趋于沉默。还有那些生长在河畔的树，如何被丰富的季节涂抹，树叶在更替中慢慢地由绿变黄，每一条变幻的枝丫间，都藏着生命的记忆与过往。

而遥远的诗歌之水，川流不息，不舍昼夜，它是否也会如人一般，经历内心的静水流深，波澜壮阔？

一个诗人的写作生涯有多长，那份附随于生命的热爱之情，会不会持之以恒的存在？它的意义又在哪里？是正义、幸福、自由、美好和爱情，还是我们诉诸笔端后留下的精神威力？

很多时候面对诗歌，我感觉自己就是一匹进入夹道的马，一旦进入，就几乎无法回头。2014年出版个人第一部诗集《大地如流》后，即遭遇瓶颈期，甚或对诗歌其意义产生了怀疑，极少成诗。更多时间为生计奔波，少有读书和思考。如何延续，突破和为诗新的萌芽，曾一度是为我所彷徨的事。再次失业后，貌似闲适的生活，在诗歌的骨子里却是极为忧郁的东西。这忧郁里，更多包含的是对虚度光阴的麦秀之思，黍离之感。

很多个下午，我会坐在书桌前置身于一张纯洁的白纸，却久久写不下一个字，抽烟，喝茶，不经意间回头，发现记忆就在我身后的影子里。

当我们沉淀与积累越深，对待世界和物象的看法也会愈加不同，甚至大相径庭。曾经追求诗歌文字中的意趣，似堪华丽。对山水的流连光景，欣然有会，却往往只是对事物表象的简单描摹与不及物。如何用朴素、凝练的诗句表达出生命、生活、情感与灵魂的苦味，成为我现在更多咂摸的命题。

诗歌应该是类似结晶的过程，诗人通过对它的文字生成，形成一种透明的、光彩的，坚硬如钢的晶体。

寻找典型的，有特色的事物，也许是每一个诗人喜好的元素。中国新诗四十年的变革与转化，自有它或清晰，或模糊的发展脉络。很多时候，我们追求的是一种东西，写下来时，则成了另一种。这犹如树叶的形状，正面经受了大自然的阳光雨露，风霜雨雪，它的呈现似乎更为清晰。叶子正面经受过的，反面其实也经受了，重要的是诗人看见了什么，表达了什么。

凝练是大多数人在诗写中追求的，它删掉了一切多余的东西，一切不可以说的东西，只保留非说不可的东西。

诗歌应该讲求细节的呈现之美，那冰天雪地中沿街乞讨的老妇，那孩子睡着时均匀的呼吸声，那童年时深陷于胡麻花开的蓝色中……以及那夜空星辰的璀璨和产生真理的那种思想的闪光，无不蕴藏在我们生活的细节中，像太阳照耀万物的从容，春雨滋润人间的无声。

每一个人都在写，尽可能地努力。每一个诗人以文字耕耘，他们之所以珍贵，不仅在于结果，更在于写作的过程，而写作过程中自我对于人类世界的感悟，对于生命本源的洞察，都是我们或多或少的为自己所置身的生活开掘出了质量不同的精神财富。

当我置身于鲁院学习，在稿纸上写下这些文字时，北京的黄昏已经降临。鲁院的春天，微风的吹拂，树叶的呼吸和玉兰、梅花的绽蕾，不知名鸟儿的啁啾时断时续，像一种水晶，仿佛是阳光小心翼翼地把这些响亮从枝头透过608室的窗户带给我。

我无比渴望自己的融入，弥漫出强烈的鲁院和诗歌的味道。露珠在某一棵属于我的枝柯上滚动，渗透进我从陇原带来的丝绸和飞天的气息中，像一个小小的闪耀着文学光芒的太阳。

越来越迷恋落日的悲怆与燃烧，也迷恋它爆裂成黑暗天宇的星星，当它们以闪烁呈现在夜晚的幕布上，等待我们作为诗歌的孩子，一颗一颗去数。

诗八首

孙立本

对 峙

雪不冷，却一点一点裹紧自己
看我醉酒的心
和一盘踉跄的月亮
如何作揖河山，互为肝胆

我越走越慢，向星空掏出难眠的心事
寒风有微暗的火，绕指的柔
却赐我一柄钢刀
和黑暗中万物的影子对峙

独坐河边的人

黄昏在鸟鸣里现身，独坐河边的人
他的沉默像一块河道中
隐姓埋名的顽石
夕光被浸泡，穿过水流的浑浊
似乎还是昨天的淌法
但时间已经不是
独坐河边的人，看见几截枯枝

从他眼睛里流过去了
而对岸的岷山仍然坐在那里
他不再去想生命的有限与纵深
独坐河边的人，用整个衰败的秋天
等待一场刮过骨缝的大风
爱发生在春天，那曾经
筑在心里的巢窠，现在已和
落日一同掉进水中

心是酒最好的容器

一个人在沉默的河道抽刀断水，他要去
时间的上游寻找源头，而随波
逐流的河水曲解了他？

那些吹过他灵魂的寒风，吹落河边树林
最后的黄叶
鸟鸣有不易察觉的忧郁和焦虑

对于生活，心是酒最好的容器
对于生命，有什么比得上爱和失去

你不知道我这样想过你

很多时候在夜晚，我望着星空
或看白花花的雪落下来
也许你不知道，这样的场景
我已看见和经历了多少回
我努力忍着生活带给我的伤和疼
认真地辨认它们
多好啊，星空里有你水汪汪的眼睛
把最美的闪烁给了我
多好啊，白花花的雪在我面前

尽情地跳跃、飞舞
落白我最初的非分之想
而我所有的想念，都来自灵魂的战栗
和爱的召唤

红　雪

此刻，这些火苗，它们漂浮、下坠
给地下的父亲捎去零花钱
阳光依旧轻盈如初
十年前的秋天，落叶衰老
我们一起动手把病逝的父亲埋了
整理遗物时，我一句话都没有说
就像小时候，父亲偶尔默默地
整理我为数不多的玩具和小人书
该下葬了，泪水还是不争气的决堤了
我从来没有那样哭过
点燃纸钱，那些蹿起的火苗
撕心裂肺，肆无忌惮地燃烧
像一朵朵红雪
它们噬在我脸上，是疼的

卖火柴

那一年，十二岁的我像一根
插在雪地上的火柴
一开始是安静的，我的安静里
弥漫出冬天的陡峭
那一年，十二岁的我跺着脚，哈着气
向腊月里跟集的路人大声吆喝
兜售火柴。我用一根火柴的勇敢
努力赚取一点点学费和零钱
每卖出一包，就仿佛我自己

被点燃了一遍
寒风吹着我
像吹着一根瑟瑟发抖的火柴
寒风吹着我左脚破棉鞋里的脚趾
像吹着
另外五根红肿的火柴

麦穗的黄昏

天地宽敞，夕光洒入叶竹河的筋骨
这是麦穗的黄昏

多少次在前湾或大水沟，我加入他们
学着收割、拾掇那些
不太金黄的麦子，流着汗
累了，舅舅们坐在塄坎上喝水、抽烟
我则画地为牢，给那些从麦穗中
驮取粮食的蚂蚁
制造永远回不去的迷宫

有时候，我也会无缘无故地看着远山发呆
水瓶鸟儿飞来，在我头顶敲响
落日的大钟，我就抬头仰望

和母亲腌腊肉说起过去的事情

细长铁丝上，我和母亲挂起过年的腊肉
我们默契的把盐巴和花椒
依次翻撒在新鲜排骨上

疏雪落在房顶、树枝和窄小的院子里
有些落在早晨的母亲头上
白雪和白发，是一对时光的故人

母亲突然说起过去在乡下年关的事情
一块手中的排骨，在她心里放大
我应着说有一年腊八杀猪那天
我莫名其妙地点燃了场院的麦草垛——

舅舅们忙活着把刚刚归西的大黑猪
放进沸腾的筲水里褪毛
挂在支起的木架上，准备开膛破肚

洁白的猪安静——
在我点燃草垛的一瞬，火光穿过肉身
看上去多么像仁慈的菩萨

作者简介

麦豆，原名徐云志，江苏连云港人，1982年冬生，硕士研究生。诗歌散见《诗刊》《星星诗刊》《特区文学》《中国诗歌》《诗歌月刊》等刊物，有作品被选入多种选本。曾获汉江·安康诗歌奖、首届江苏省青年诗人双年奖（入围奖）、江苏省第六届紫金山文学奖、4次入围华文青年诗人奖等。曾参加诗刊社第30届“青春诗会”、鲁迅文学院第31届中青年作家高级研讨班。已出版诗集《返乡》。

我对现代诗及其写作的一点认识

麦　豆

一

2003年，我在盐城工学院读大学三年级。有一天，诗人赵恺来我们学校图书馆做讲座，我被校广播站的朱福林拉到图书馆，听了刚从法国归来的赵老师的诗歌讲座。没想到，16年过去，我至今仍记得赵老师在讲座中随口说出的两句诗，“如果说生活是面包和盐/那么，盐城本身就是生活的一半/另一半，燃烧在丹顶鹤的额头上”，要追溯，这应该算是我最早的现代诗启蒙了。

其实，我在进入大学之前，就喜欢五四以来的散文和小说。至于诗歌，也读了冯至、徐志摩、戴望舒、卞之琳等，但都不甚理解。说不理解，似乎又能理解诗歌里面的美好意境。直到有一天，朱福林拿着从图书馆借来的《后朦胧诗选》，万夏编的那本，我翻开一看，心头顿觉一阵紧张。我自负文学才华过人，可是，都大学三年级了，我竟然读不懂现代诗。当时的感觉就是羞愧和奇怪，为什么每个字我都认识，却不知道作者在说什么呢？其实，这个问题困惑了我很多年，可以这样讲吧，直到今年，才勉强搞清楚是怎么回事：当年的我被一些所谓的经典现代诗唬住了。好的现代诗和好的古诗一样，尽管你不全懂，但还是比较容易进入的。

二

关于新诗的称呼，有人称为现代诗，有人说是新诗。与我而言，第一次区分是在2014年10月的一个晚上，北大的徐钺拉住宏伟和刘年等一帮兄弟，在三亚的某个酒吧。徐钺好像是学哲学的，记得那晚上他好像在讲概念世界和经验世界的区别。这对于从未接触过哲学的我来说，无异于天书，也是从那时候起，才慢慢关注西方哲学。

记得徐钺当时讲新诗这个概念时，他特别强调了是和旧体诗相对的一个概念。他说我们现在写的古诗不能叫古诗，“古”是一个时间概念，现代人怎么能写“古诗”呢？他说我们应称现代人写的“古诗”为“旧体诗”。我对徐钺的这个说法印象很深。

至于新诗，我是自己在不断的写作实践中摸索得出的一个概念。目前，大家流行说的“新诗”，我认为是相对于“古诗”而言的，强调作品的写作时间和内容。我的理解是，现代人写的“旧体诗”也属于新诗范畴。

但是现代诗，很显然就不是这个概念。自从被徐钺的哲学聊天刺激之后，我私下里便开始了解西方哲学。我觉得，现代诗也强调时间这个概念。但是，从现代诗在西方出现的时间来看，我想现代诗更多强调诗歌的思想与启蒙性。如果一首诗歌不具有17世纪以来的批判、怀疑、内省意识等，就不能称为现代诗。

三

基于对现代诗来源及其产生的一点粗浅认识，我目前的诗观如下：诗歌是一个人的宗教，是光和爱，是一个人的灵魂的言说。诗歌是一种信仰，是那个可望而不可即的人之初。诗歌给了人参与创世的一种可能，并将最终勾勒出“人”的样子。

基于对西方哲学的一点粗浅了解，我的“现代诗”定义如下：诗是语言中不可言说的那部分。诗由语言构成，诗在语言中，但却不可言说。究其原因，诗歌是一个概念世界里的神秘成员。我们可以言说的世界是可以把握或至少可以想象的经验世界。但诗歌存在于与经验世界相平行的那个概念世界里，是我们经验不到的，所以，它是一种不可能被清晰阐述的存在，比如说上帝。我认为，在某种意义上来说，诗是一种语言对人类的恩赐，而这也正好回答了诗歌为何总被诗人自己称为创造之物。此创造之物从本体世界下降一个维度，恰好就是那个实体，再下降一个维度，在自然世界里恰好就是众说纷纭的诗歌。

四

诗歌写作应该是人的写作，有温度的写作。关于人的写作。诗歌来源于经验，这其中最重要也无法否认的便是语言。语言或概念是经验的产物。但诗人最可贵或曰最可爱之处在于，他要用语言这经验之物去表达那不可见之物或曰经验之外的东西。诗歌正是在表达不可见之物或曰经验之外的事物时，才成为一种创造之物。好的诗歌像一支蜡烛，让不可见之物显现。

经验对写诗为什么重要呢?

首先，我认为，我们的生活大部分得靠经验做主。经验引领我们向前，经验帮我们解决问题。我们靠经验的惯性作出判断、明辨是非。当然，个别掌握真理如牛顿者除外。

当读诗写诗已成为一个人生活的一部分，或一种自觉活动之后，诗歌与生活的界限就比较模糊了。生活就是一首诗，生活的重要性等同于写诗的重要性。生活在文本中的再现就是经验在文本中的再现。

其次，我认为，对一般人而言，没有经验的写作不太可靠，或者难以为继。原因有二：一是写作进入自觉阶段后，靠灵感的短小作品自我重复率太高，许多诗歌可写可不写，从内容到形式上基本没有创新，除去技巧和水分，干货很少；二是就某一主题的书写，内容上捉襟见肘，缺乏细节和多角度描写；另外，作者的不在场反映到文本，就是其空洞和虚假，而这必然会降低作品的艺术感染力——没有经历过，就没有切肤之痛。

五

目前，我对现代诗在进行一种新的“日记体”写法。这与伊沙他们所说的“截句”体有点类似。

我的具体理论如下：诗歌以日记体呈现是当下快节奏生活对诗人的一种要求，同时也是工具时代人保持为人的一种需要。可以想象，当人的死亡被科技不断延迟之后，唯一可以表征人的就是人的情感和独立思考。日记体诗歌写作为回避盲从提供了一种可能。当满眼都是低头捣鼓手机的人群，盲从显得理所当然冠冕堂皇——否则你会被社会淘汰。

日记体诗歌写作可以随时随地写作，因为它的短小。但并不因为短小就降低了诗歌写作的难度，相反它提高了诗歌写作的难度。这点上，中国的五言、日本的俳句、伊朗的阿巴斯等都说明了这一点。短诗要想写好，绝不是散文的分行。要想在短短的字数里表达所思所想甚至一个人的三观和学识，绝非易事。

另外，日记体诗歌写作也可以看成是一种行为艺术，是抒写和行动的结合。如果承认记忆、思考、情感、死亡等这些人的基本属性，那么我们在一个工具时代用日记体写诗，则是保持人自身完整性的一种必须。与机器（工具）相对应，这种诗歌写作方式，可以保持住人自身的柔软性、人性的一面。

日记体诗歌写作，可以充分利用海绵里挤出的水，洗涤一个现代人匆忙的灵魂。日记体诗歌写作的初衷乃是希望每个人都写诗或读诗。美无处不在，只要我们保持思考、相信真善美，继续在认识“人是什么”的道路上往前走，则每个生命必然精彩。

擦星星的人（外一首）

麦　豆

晚上十一点，昏暗的灯光下
有人在翻书，有人在深拥
有一个人蹲在河边

他的身旁堆满了
从天上掉到地上的星星
肮脏衰老的星星

晚上十一点，他蹲在河边
用布蘸着河水小心地擦拭着每颗落地的星星
他把擦干净的星星扔进水里
让它们重新回到天上

我默默、远远地望着神秘的擦星人
就像望着孤独、美和光明的使者

这个人是谁？从哪里来？
擦星星是一门古老失传的手艺吗？

渐渐地，他仿佛发现我在看他
就化着一阵黑暗融进了深夜

擦星人真实存在还是我的幻觉？
抬头仰望，天上的星星仿佛从未曾来过人间

在皇冠镇

——赠Y

一
在皇冠镇
我们比雨滴还轻
我们是走在细雨间的阳光

溪水清澈
草木尚未凋零
我们的衣服也很奇怪地居然没有湿

二
来的时候
天就晚了
我想到自己刚随母亲来到这个世界时的那点光。

群山之下
我感知来自高处的阵阵凉意
人生的秋天是否从头就已开始？

三
许多人来到这里
令我惊讶
我不想赞美。

秦岭深处
我没有朋友
只有敌人——

除去金丝猴、大熊猫、朱鹮、羚牛
还有一个白胡子老神仙。

四
青山依旧长着翅膀
一群人来到这里
欲望使身体异常沉重

一个人脱离人群会有什么危险?
众人眼中的一只小兽
正不知深浅，蹚水过河。

五
河水静静吃着石头。
一条蛇满腹经纶。

我看见清澈见底
我就看见了眼泪——

一块石头的点点滴滴都将消融于溪流中
不可感知的痛苦
紧紧包裹着它圆形的身体。

六
喜悦来自于对痛苦的反刍。

Y，我们是因为慢才相聚的
最后的时光到来之前
我们相聚在这个摇摇晃晃带着酒精气息的房间

四周的空气潮湿
哦，两朵蘑菇吗，还是香菇
我们已经没救了
我们病得不轻，只能互相安慰了。

人造的台灯比不上太阳
只够照亮我的一个晚上
Y，我要看着你的脸
慢慢享用这个古老而怀有敌意的夜晚。

七

离别的时候
照例是拍照留念
梦里的面孔比别处清晰。

天空飘着蒙蒙细雨
我们在雨里来
也是在雨里离开的。

作者简介

时培建，男，1987年生。山东省作协会员，山东省青联委员，滨州市作协副秘书长。作品见《中国作家》《山东文学》《星星》《时代文学》《延河》《绿风》《百家评论》等刊物及年度选本、全国统编教材等。曾获杜甫国际诗歌奖、万松浦文学新人奖及《诗刊》《星星》等主办的全国诗歌大赛奖等。荣获山东省作家协会定点深入生活项目签约扶持。

以诗歌加身，并在黑暗里发出回音

时培建

我正在走向内心。

林莽先生说过，我们生活的这块土地是一片充满了诗意的土地，我们可以不是一个诗人，但必须作一个具有诗意情怀的人。

经常一个人静默，已不习惯用口和嘴唇表达内心的情感和思维，又经常有所顾忌，害怕给诗歌以无形的负担和枷锁，我更愿意让诗歌为我带路，向前走、跳或者跑，这种对诗歌的饥渴，就是我的需求，对汉语的需求，对文字的需求，正是这种需求，引领了一切。

在我的生命里，与诗歌结缘并持之以恒地坚持到现在，是我的荣幸，文学是人类古老的心灵沟通术，诗歌是中华文明最精粹的部分。唐人的一首绝句，可以穿越古今，涵盖生死、历史、山河、人生以及个人最隐秘的伤痛，都能得到深切的呈现和处理，这些年我也一直在追求这样的精神气度和美学品质。当我勇敢地写作，在对日常诗意的捕捉中，通过挖掘素材来传递内心的向善向美，从而不断确立对世界的认知和感悟。

我是多么渴求文字带给我的快感，又是多么渴求诗歌给我精神上的洗礼和慰藉。就像我的诗中对旷野、平原、黄河、土地、秋风、故土、黑夜、时间、亲人、坟墓的描写发自肺腑，对城市生活、乡土文化的爱和关切，也就在这种细腻的日常感知中，表达出鲜活而纯净的抒情，再通过对自己反复的诘问，引发与读者的共鸣。“好诗应该具有让时光重现、让万物复活并再度生长的力量，它能发出召唤人心的声音，这种能量将无限拓宽我们对文学的理解空间”。

诗歌是艺术品，艺术品都是源于无穷的寂寞，深深地从内心出来，既不能强迫，也不能催促。从1917年胡适先生在《新青年》杂志发表白话诗到今天，现代汉语在百年时间里把自由体诗歌推上了前台，尤其是从1978年改革开放开始，新诗同样经历了最为辉煌的年月，生于六十年代的诗人群落成长到80年代，铸就了无比辉煌的一个诗歌时代，海子、顾城、江河、杨炼……一代诗人迅速发展起来，诗社、诗集、诗印本层出不穷，甚至已经走进了千家万户，走进了高校之中，走进了恋人、朋友、亲人之间，对诗歌的狂热追捧达到了时代的最高潮，而随着社会的转型和进步，新诗又作为一种特殊的文化元素，回归到相对纯粹的艺术领域。这样的写作背景，给我的诗歌创作提供了深广的空间和足够的精神资源。

里尔克曾告诫青年诗人：“要躲开那些普遍的题材，归依于自己日常生活呈现给你的事物。”而我，更愿意刻画最熟悉的人和事。曾经父亲的离世，让我以诗代言，将更多的感受和触动融入文学创作中，发现诗歌竟有如此魅力。福柯说：“在西方，从马拉美开始，写作就拥有了神圣的维度”，这也是我的写作态度和创作理想，信赖祖先的思想和语言，接续伟大的创新，成就我诗歌中的汉语文明心灵，如草木在阳光下。

诗歌写作的多年中，我慢慢认识到，诗歌并非最贴近日常生活的文体，但同散文、小说一样，也都是表现心灵、传递感情的重要载体。既然是表达，就注定了诗人在创作时，对主题的理解，要充分建立在对生活和命运的理解之上。经历，是最宝贵的创作财富，涉世不深就不可能完成内涵丰富的创作。近几年，我也一直在琢磨，究竟该如何处理诗歌与日常的关系，我觉得，诗歌需要我们时刻张开感官和触觉，对生活做出条件反射似的反弹。

“诗者，在心为志，发言为诗”。无论是发表，还是获奖，这些年来我始终有一个“坚持”：坚持让每一首（组）诗都能找到一个属于它的归宿。诗歌需要纯粹的精神，好的作品，首先是来自人民、来源生活的，其次就是语言，语言的张力和精准度，更重要的是文本是否具有与时代境遇所匹配的某种复杂性和对社会对自然对人性的敏锐的洞察力。

创作过程中，我不断从自己的身体里出发和返回，不断地发现与开采，用幽深、寂静、谦虚的真诚描写这一切。以诗歌探索自身的秘密，然后对世界、对生命不断地觉醒。一个成熟诗人或作家的写作，应该是从日常生活的感受开始，走向内心的终极，并在努力突破生存的各种束缚中呈现出一个真实的世界和自我。我时常有这样的经历，偶尔想起一些什么，立即在本子上记下来，之后可能就不管了，过一段时间再翻出来，认真审视，觉得哪几句有点意思，整理出来，觉得像一首诗，就更高兴了。

诗歌写作离不开阅读，“一个读书的人比一个不读书的人更难被打败”。习诗多年来，文字成了我最好的伴侣，李白、杜甫、里尔克、海德格尔、米沃什、惠特曼、布罗茨基、荷尔德林等著名诗人早已深深驻扎在我的文学词典中。而当我们面对十九世纪的欧美文学，尤其是伟大的俄国小说，或者当我们面对莫言、张炜、贾平凹等国内当代作家的作品，我依然愿意慢下来，沉下身子，试着去解读、去赏析、去评论一篇好的作品，在书中享受日深，感激日笃，观察更为明确而单纯，对于生的信仰更为深沉，在生活里也更幸福博大。

对社会对自然始终保持新鲜感和敬畏感，才会永远觉得有东西可写。在根本处，也正是在那最深奥、最重要的事物上，我们是无名的孤单。文学创作是有技巧的，用独特的方法来表现独特的文本经验，这样的作品才能经得起时间的推敲，历史的检验。

“学会在黑暗中看，分辨快乐与快乐。”诗歌读的多了，写的多了，我有这样的感觉：诗歌不仅是一种文体，它更是一种能量，一种气质，一种腔调，无论以什么样的形态表现出来，都能体现出内在的光芒。西汉著名文学家刘向在他的著作《说苑•建本》中有这样一句话：“学，所以益才也，砺，所以致刃也”。对于诗写者而言，由心到脑，再从脑到手，这两段路程既短暂又漫长，只有真正的高手才能将它打通为一条坦途。当我们通过阅读和思考积累和沉淀了大量的诗学感知、美学修养和哲学思维，势必要付诸手中的笔将它表现出来，用诗歌的语言将我们的内心世界和情感以文学的形式呈现出来。诗歌写作，同样需要工匠精神，所以，我始终会把自己定义为一个爱琢磨、好奇心很重的文学学徒，这不是谦卑，是我的本分。

就像诗人胡弦说的，在文学这座树林中，我们既要像树木那样，坚定自己的理想和信念，茁壮成长成材；同时，我们也要像鸟儿那样，百家争鸣，放声歌唱，献出我们心底最真实的声音！

诗六首

时培建

九点整

城市夜浅，时间使我变厚
晚祷的钟声不容分说
将眼前的黑，一律覆盖
仿佛为世界加冕王冠和心愿

街上驶过一台拖拉机
突突突的喘息声，由远及近
扬起的尘埃正在生产一种假象
一阵小心翼翼地白，让我误以为
月亮正在爬过故乡的土墙

深夜想起一个人

夜很浅，远不如白骨埋得深
忽然想起了父亲
单薄的黑暗里波澜四起，语言里
寄生的荒草和风
正在虚构一个巨大幡幌

乌云在胸腔里集结
悲伤，瘦成一道闪电直插脊梁
车轮反复碾压着最后的雷声

来啦！终于来啦
一场罕见的雨水，竟然
意外地在眼睛里决堤。我打开灯

温和的光铺满卧室和心房
两个世界不再冰冷

指认光阴

小城的寂静，更适合我的孤独
起风了，天气提前套用了冬的格式
偌大的黑凌乱不堪，约等于
我对时间的思考。这么快
冷，又在温和的灯光里，复活

一个空酒瓶装不下的夜
流亡我的诗里，叮叮当当的响动
和着九点的钟声，敲击着骨头
隐隐的疼，变得韵律清晰

平原苍茫，心也苍茫
形式主义的赞美终究被线装成册
很难说出一条大河的血型
就让她陪我安睡，撩去来路不明的战栗
哪怕只是，瞬间的、暂时的、陌生的

夜　空

城市的夜空弥漫着什么，院子里
盛开着巨大的黑，使空气显得更加古老
身体被灌满了蝉鸣，多少次深夜
在诗里遇见另一个自己，从虚无抵达虚无

风来，杨柳哗哗笑出了声，无言地控诉
正在逼迫我，借天光翻阅一本旧书
月光、绿树簇拥着我，让我更加孤独
密集的文字间浮动着人影，我无法穷究真相

塔机停了，高楼拔起，夜晚被托举得很高
活在幻想中的人们，都是神设置的比喻
尘埃铺满了肺管，夜色流淌渗出战栗

这一切都是我爱的事物，仿佛在等我
假装咳嗽一声，幻境微澜，露出浅显修辞

自己，雪

肖邦的夜曲刚刚开始，雪越下越急
冬天岂能没有雪、幻想和预言?
写封信给自己，告诉他这里的真相

——时间、灯光和风，湿漉漉的
如果还有故事，也是浸润了水分
但这，都不是我写诗的理由

我爱它自上而下的覆盖和淹没
呼吸、心跳、脚印、指纹
所有存在的证据，销声匿迹

我爱这自下而上的寂静或静寂
雪下进身体，染白了骨头
溶化、死亡和蒸发，不动声色

缓缓地填充这个世界，点一根烟
借火光寻找最后的文字。跋涉在汉语中
完成永不封冻的控诉。一切苍白之前
我要用方言，重复一个词的黑暗

时光笔记

九点的钟声，瞬间走完了大街小巷

又一个黑夜复活，时光百口难辩
我和身体里的自己坐在一起，仰望天空
随时准备交出高高的颧骨，和罪孽

屈指可数的春日，又翻过一页
以物喜以己悲的性情，自觉春深夜静
柳絮纷飞横冲直撞，又丛生怜悯
这种真实，大于等于穿梭于胸的虚幻

空气中，加速生成一层冷艳的霜
用来分隔世界，一边是云翻雾绕的市井
一边是加速消逝的生命。身体里一条大河
正穿针引线，像急于缝合岁月的伤口

作品与诗话

在现代诗与现代抒情诗之间

——刘志峰诗细读

邱景华

一

刘志峰早慧，19岁就以一种奇异和独特，开始他的现代诗创作。

这种奇异和独特，并不是对西方现代派诗歌的简单模仿，也不像当年先锋诗把在诗中表现哲理，当作最高的艺术目标。刘诗的主题是爱情，他对西方现代派诗歌“自由联想”和“内心独白”形成的意识流手法，有特殊的兴趣，因为正好用它来表达初恋失利后纷乱的内心情感，但又不是照搬。他的长句式，也不是当年流行的晦涩“翻译体”，而是融入了散文诗的句式；并且表现出对现代汉语的高度敏感——句式虽长，但文字简洁而凝聚。

刘志峰找到了他所擅长的诗艺：奇诡的想象力，奔腾的语言流，复杂多变的情感和思绪，超现实的梦境，一下子展示出令人眼花缭乱的强烈艺术效果。现实生活中单纯和清浅的初恋，经过诗人奇异而怪诞的想象，那种具有冲击力和特殊魔力的长句式，把读者带到一个如梦如幻，如歌如泣的艺术境界。

比如，《当我决定适从周遭时，我想起了那个早晨》（1990年），这样长句式的题目，不但怪异少见，而且令人费解。但你必须静下心来，有足够的耐心，就能读下去，并且发现它的特殊魅力：

你还记得我如麻如草如荒冢的头发吗
或者希望我留下来和你说话
或者希望我牵着你的手
或者希望我吻你，代表支离人的敬礼

开篇：“你还记得我如麻如草如荒冢的头发吗”，这样的自由联想，这样的长句式，在“丑”的联想中，暗示出爱情失败者内心的苦楚和悲痛。这种具有现代审美趣味的长句式，不是初学者能写出来的。

第三段，跳出内心的倾诉，出现了一个奇异的画面：早晨，一只小鸟在“我”发梢低飞。叙述者“我”，把这个发现，说给内心所爱的女孩听。告诉她：森林里藏着一只疲惫的小鸟，和“我”一样有悲怆的周遭。于是，小鸟在“我”发梢低飞的画面，就有一种同病相怜的意味，这个画面，就成为客观对应物。最有意思的是：“我”不对女孩明说，希望她来安慰自己；而是让女孩用“稀疏的奶水”去救救小鸟。“你是否带去了箍桶的竹篾给小鸟编织一个家或者用你残余稀疏的奶水救救小鸟／然而／小鸟最终在我发梢低飞。”借用小鸟在发梢低飞的客观对应物，从前面的内心情绪流中“跳”出来，再来做间接的表现。显示出作者在想象中能入又能出的理性节制力，这是很不一般的。

第四段，又从个人的悲伤中“跃”出来，展示了一个云开雾散的新境界：“我知道，在我身边嘀咕而过的班车都挤满曾经在一起喝啤酒的朋友、弄不清谁是谁／我们微微颤抖地握了握剩下的手，田野豁然开朗地出现，我站在哪里中央忽然间长大了呢”。

班车“嘀咕而过”，写出了失恋者的特殊感觉。“握了握剩下的手”，也堪称奇绝，暗示失恋者的失魂落魄。但是，转机突然出现，“田野”豁然开朗地出现了，“我站在哪里中央忽然间长大了呢”，“哪里中央”，写出了失恋者还没有完全清醒，不知道自己身在何处？因为是“忽然间长大”，所以句尾的“了呢”，还带着少年稚嫩的语音。

整首诗，把少年失恋者的感觉、想象和心理状态，用长句式的语言流，精确而生动地描述出来。如果采用抒情诗的短句，是表现不出来的。年轻的诗人，竟能驾驭这种复杂而纷乱的长句式，其艺术的奇异和成熟，令人感到惊讶。

《城市·木屐·钻燧取火》（1990年），也是写失恋，但换了一种写法。

诗中出现一个临近冬天，穿着木屐，长久跋涉的少年形象。冬天，还穿着夏天的木屐，而且在长途跋涉，显然是怪异而不合时宜。导致少年这种怪异的行为，是因为他所热爱的女孩，在城市中“深藏不露”。现在，城市对穿木屐而行的少年而言，变得遥远而不可企及。但城市最初的记忆，却是美好的：

我曾经过的城市，那里正扯着满街的雨。水样的东西在我的手臂上轻轻碰触而且荡漾，是我平生第一次温柔城市虽然美好，但通向城市的途中，却是令人不安的，这也是城市变得遥远的原因：

在通向城市的路上，牛群斜着三角眼从我身旁慢慢踱去，甚至耀武扬威地挥动着尾巴，对此，至今我还深感莫名其妙和不安

我怀疑我真的能够无所顾虑地默认前前后后发生的事情吗

有时候会听到熟悉的歌声，它使我投入记忆中似乎蒙上蓝色的过去。也只有在这种氛围中，我才能够深深地思念我的女孩

随后，又引入燧人氏钻燧取火的传说，再展开新的层面。诗的语境是冬天，冬天寻求火的温暖，是一种习惯性的联想。钻燧取火，是传说中中国人最原始的取火方式，能诱发联想到人的初恋：纯情的投入，还不懂得机心和手段。或者说，诗中穿木屐的少年，追求女孩的初恋，与“钻燧取火”有相似之处，都是最初的尝试。这样，在诗的语境里，钻燧取火的传说，融入诗中，产生新义。

“正如冬天来了，我的女孩，我们现在距离遥远，你知道吗？／但我无法清楚你还在城市吗你听见木屐声吗你懂得钻燧取火吗”。诗的最后一段，把城市女孩、木屐、钻燧取火，全部融合起来，完成了一个超现实境界的创造。

还有《做一个开门的人》（1991年），《1991年1月23日，龟裂的墙》等，早期这几首诗，都是写初恋失败的题材，题材并不新鲜，但由于采用了一种完全不同的写法，老套的题材，就表现出新鲜和奇特。对诗而言：“想象就是深度”（波德莱尔），刘志峰奇异而多变的想象力，多样化的现代手法，长句式的语言创造力，得到鲜明的展示，昭示了一个青年诗人不同寻常的开始。或者说，在福建诗群中，他一开始就独树一帜。

二

从1990年开始，刘志峰就喜欢用这种长句式，并且一直保持和发展下来。从表面上看，采用这种散文诗式的长句，就是写散文诗了。也有人把《生活经典》诗集，看成是散文诗集。但刘志峰认为，他写的是现代诗而不是散文诗。长句式的现代诗，这就是刘志峰的自觉艺术追求，也是他诗歌特色之一。

如果从诗体上辨析，诗的长句式，与散文诗的长句，是有很大的区别。诗是分行，是根据诗人内在情绪流动起伏而建构的；而散文诗是不分行的，主要是根据内容而分段；诗的分行，也是诗人飞跃式想象的

产物；而散文诗的想象，更多的是叙述式的联想。由此观之，刘志峰的长句式，并不是散文诗的分段，而是分行诗的长句式，虽然有时每行的句式很长，但那是情绪喷涌流动的需要。刘志峰还擅长在长句与长句之间，留足空白，作想象的跳跃，推动结构的进展。虽然多为长句，但也讲究句式的长短交错变化，表达出一种内在的旋律和语言的节奏感。以此弥补长句诗在格律上的不足。所以，读这样的长句诗，并不感到是散文化，它仍然是诗，是好诗。

但是，当刘志峰把这些长句诗收入诗集时，根据编辑的要求，改成短句诗时，却发现艺术效果大减。比如，《早晨，你好》（2000年），改成短句诗，竟成这样：

从一出发
我就脚步匆匆
我登临高峰的时候
你还在低谷
就像我将近死亡
而你初诞生
从未有过烦恼
一开始
我们就高谈阔论爱情
虚伪和造作
同样是爱情的一部分
影响我们对生活的审美
就这样吧
你走过来
紧贴着我
我们需要已久
春天平静
夜的喧哗躁动正在酝酿之中
夜
让我们赤裸

而《早晨，你好》，原来的长句诗却是另一种审美形态：

从一出发，我就脚步匆匆。我登临高峰的时候，你还在低谷。就像我将近死亡，而你初诞生，从未有过烦恼

一开始，我们就高谈阔论爱情

虚伪和造作同样是爱情的一部分，影响我们对生活的审美。就这样吧，你走过来，紧贴着我。我们需要已久

春天平静。夜的喧哗躁动正在酝酿之中

夜，让我们赤裸

同样的诗句，但不同的建行，却产生如此差异不同的艺术效果。《早晨，你好》，是表达灵肉一体的爱情快乐，那种生命中被性爱激发出来的奔腾力量，使叙述者充满着幸福的内在激情，需要倾诉，只有在长句式中才能充分表达，并形成一种高昂而激越的旋律。如果改成短句，虽然字数都一样，但短句的排列，使得激情无法表达，变成平淡的述说。而且长句诗，虽然是以长句为主，但也有短句交错，以调节节奏。

让我爱你赤裸的身体，你在夜里才会向我展示它的美丽。让我爱你的唇。让我爱你乱颤的乳房

人生苦长

爱情苦短

爱情就是要淹没在海洋的中心

有时起有时落的爱情

升腾的力量

第一行长句是淋漓尽致地表现性爱，但不能再展开，再展开有可能向“性诗”发展了。于是，就出现富有哲理的短句“人生苦长 / 爱情苦短”。是理性的介入，在激情汹涌喷发时，能作这样一个停顿，一个喘息，特别是一个具有艺术概括力的思考，是很难做到的。这就是理性的节制，也是不同于西方超现代主义诗歌“自动写作法”的关键之处。激情停顿之后，又再次展开，但换用隐喻的暗示：“爱情就是要淹没在海洋的中心”“有时起有时落的爱情”“升腾的力量”。隐喻的写法，其实就是一种情诗升华型的写法，把性爱升华了，写得这么美妙。这其中的艺术分寸感，非常微妙，一般诗人是难以掌握的。

与早期的长句诗相比，后写的诗，虽然还多长句，但内在诗质不断发生变化。如《我在阴影里摩擦出一丝火花》（2002年）：

我发现人群中有一张熟悉的面孔，她的一颦一笑，在四周弥漫，还向我飘荡过来。

我发现，人群中还有一个阴影。

……

只有阴影，灰色的阴影

发现阴影我就会颤抖一下，好像我已在阴影里摩擦出一丝火花

阴影在人群中流动，和我路过许多人一样

……

有一种幸福，那就是我在阴影里摩擦出一丝火花

发现阴影，我就想起她的美

一开篇，是一个美好的意象："我发现人群中有一张熟悉的面孔，她的一颦一笑，在四周弥漫，还向我飘荡过来。"令人想起庞德著名诗篇《在一个地铁车站》："人群中这些面孔幽灵一般显现／湿漉漉的黑色枝条上的许多花瓣"（杜运燮译）。但又不全相似，因为作者马上就打断这个美好联想："我发现，人群中还有一个阴影"、"灰色的阴影"。"发现阴影我就会颤抖一下"，但是，接下来奇异的想象出现了："好像我已在阴影里摩擦出一丝火花"，这是一个超现实的意象，如何在阴影里摩擦出一丝火花？这是常人无法做到的。

第二节只有一句："阴影在人群中流动，和我路过许多人一样"。阴影因流动，其暗示的威胁不断加强。虽然只有一句，却能诱发和刺激读者人生经验中对"阴影"的种种联想。具有很强的艺术概括力。第三节，叙述者又说："她"那张熟悉的面孔不是"阴影"，"好像是我最新推出的爱情，好像是哪本杂志的封面"，这是一种客观化的描述。"我翻完杂志的最后一页，就会返回到阴影里"。接着，又告知："其实，阴影是跟着我的，跟着我路过白天、路过黑夜"。这就把"阴影"与"她熟悉的面孔"彻底分开。原来阴影是一直跟着"我"，又令人感到"阴影"无声的威胁。

但到最后一节，"阴影"的威胁消失了："有一种幸福，那就是我在阴影里摩擦出一丝火花"。特别是最后一句："发现阴影，我就想起她的美"。这又令人联想起顾城名诗《一代人》："黑夜给我黑色的眼睛，我却用它寻找光明。"虽然其中的悖论相似，但又不存在着悖谬。也就是说，"她的美"，能使我在阴影中发现幸福。但如果是这样的单一直说，就没有诗味了。

西方现代诗有一个特点，就是局部清晰，整体朦胧。这首诗，在艺术上也具有这样的特点。"阴影"隐喻什么？是恋爱中必然会出现的阴影？还是处在恋爱中的叙述者心里的阴影？是，又不是。因为"阴影"

具有很大的不确定性，无法明确定义。但就是这种“不确定性”，能激发读者，根据自己的经验，进行独立的联想：在女性、爱情、阴影、美、幸福……之间进行思索。也正是这种隐喻的“不确定性”，暗示出爱情的“不确定性”和复杂性：爱中有阴影，恋爱的悲剧更是常见；但爱中也有美、快乐和幸福。

现代诗的解读原则是：“文本无定解”。我们无须为这首诗找到唯一的“定解”。如果能欣赏这首诗的“不确定性”，我们就能欣赏现代诗的艺术。

三

刘志峰的不同寻常，还在于从一开始，他就尝试多种诗体的写作。20岁时，还写《春天的情节》，两样是长句式，但探索的是另一种审美形态的诗。

春天的发丝把我们遮起来。
河在流，河在流。我们开始沉醉在幸福而忧伤的音乐中
软软的阳光，带着谁的颤抖，来了。我们的软软的阳光，现在，还是你能够这样动人。
河在流

第一句“春天的发丝把我们遮起来”，就叫人神往。这种想象是恋人们沉醉在爱情之中的美好感觉。“春天的发丝”，是拟人化的想象，把春天想象成有着长长头发的女神，她垂下的发丝——而不是头发，发丝是头发的末梢，有着柔软和温暖的感觉，“把我们遮起来”。一对妙人儿，带着青春的羞涩和童贞，藏在春天女神的浓密的发丝中相拥相爱，这是多么美妙啊！（春天的发丝，可能是从春天柳树低垂的叶梢而引发的联想。）虽然只有一句，就把少男少女恋爱中的多种感觉和想象，都暗示出来，具有很强的艺术概括力。

春天的温暖阳光，照着；照在他们身上，变成“软软的阳光，带着谁的颤抖，来了。”又是充满着恋人的美好感觉和想象。不写妙人儿在幸福中的颤抖，而是明知故问：“带着谁的颤抖，来了”。却又忍不住说出：这是“我们的软软的阳光”。是什么使阳光变软？当然是心爱的女孩：“现在，还是你能够这样动人。”最后，还是以“河在流”结束。此节写的不是实境，而是想象中的春天爱情的美好境界。

《春天的情节》分为五节，每一节的内容和手法，都不相同，都有变化。第五节，是对前面内容的概括和升华：

春天不醒，春天是锁门的链。

而我们坚持作为睡春的恋人。

希望“春天不醒”， 也就是拒绝四季的轮换。希望“春天是锁门的链”：就是不让外人进来，而他们坚持作“睡春的恋人”，希望永远睡在春天里，这是一种少男少女初恋时洋溢着天真的永恒希望！但新颖的极致概括，让人感动。

《春天的情节》，其实就是“春天的爱情”，本是传统抒情诗已经老套的题材；但在诗人的笔下，却能以新的感觉、新的想象和新的意境，把初恋时的童贞、天真和梦想，升华为永久的诗意。在形式上，《春天的情节》句式有长有短，抒情性明显增强，充满着新鲜的感觉和浪漫的语调。

但，是不是抒情诗就不能用长句式？显然不是，后写的《春天里的花繁叶茂》，也是写春天的爱情，则是长句式。

稚嫩的春天，用自己的小手揭秘般松开了胸脯。我看见她没有丝毫缠裹的乳房，正散发着童真无邪的光晕

我看见未来饱满的果实

我甚至还看见一种坚挺的意志，那是象征不可亵渎的圣洁

我因为看见，萌芽了对爱情的憧憬

刘志峰的情诗，一般不用“少女”一词，喜欢用“女孩”“我的女孩”，有一种特别的温情。他喜欢女孩给人的那种纯真的感觉和美好的想象。这首诗，就是把女孩当作春天来写，用春天来暗喻女孩的美妙，两者融为一体。于是，有了“稚嫩的春天，用自己的小手揭秘般松开了胸脯”。叙述者“我看见她没有丝毫缠裹的乳房，正散发着童真无邪的光晕”。

第一个长长的句式之后，接着是三个有长有短的句子，是叙述者对“女孩”未来的跳跃式想象：“我看见未来饱满的果实 / 我甚至还看见一种坚挺的意志，那是象征不可亵渎的圣洁”。能在女孩的人体美中，发现一种“象征不可亵渎的圣洁”，这就是升华型情诗的想象特点。女孩如此美好，于是“我因为看见，萌芽了对爱情的憧憬”。

虽然，《春天的情节》和《春天里的花繁叶茂》，是属于抒情诗的题材，但其长句式的形式，又不同于新诗史上以短句和短诗为主的现代抒情诗。现代抒情诗，或者说，这两首诗，是在现代诗与现代抒情诗之间相互渗透的新的诗歌形态。

中学时代，刘志峰酷爱徐志摩的诗，其实就是接通了现代抒情诗的传统，以及中国古典诗歌李商隐和李煜的抒情传统。有了这些艺术资源，刘志峰就能进行创造性的继承和发展。于是，他不仅能写长句式的现代抒情诗，也精于写短句式的现代抒情诗。读以下这几首抒情诗，如果读者对新诗的现代抒情诗传统，有相当的了解，你会感到一种熟悉的亲切，也会看到陌生的新奇。刘志峰的诗中，有很强的季节感：特别是他人到中年以后，写秋天的诗多了起来。比如，《临秋即景》：

秋天到了
这是黄昏下我的家
我的爱人就住在这里

我秋别故乡
不知道什么时候回去
再与我的爱人
踩着斑驳相会

这首短诗，前后作了较大的修改。原稿第一节第三行："我想念的人就住在这里"。修改稿更明确："我的爱人就住在这里"。原稿第二节："我秋别故乡／不知道什么时候回去／再与我的亲人相会"。诗就以直抒而结束了，缺少境界。修改稿把原稿的"想念的人"和"亲人"，都改为"我的爱人"，就更统一更明确了。最重要的是增加了最后一行："踩着斑驳相会"。虽然只加了一句，但境界出矣。"斑驳"是诗眼，指秋天不同颜色的落叶，堆积在故乡树林中的小路上。"再与我的爱人／踩着斑驳相会"，就变成一幅一对爱人，在故乡小树林里，踏着落叶散步的美好画面，充满着浪漫的情调。但是，"我秋别故乡／不知道什么时候回去"这美好的希望，不知何时能实现。所以，带着浓重的伤感和惆怅。

这首抒情短诗，只有47字，语言纯净，意象疏朗，意境深远。在明朗的抒情中，散发着秋天的情思，产生了难以说清的意味。令人想起徐志摩、何其芳、戴望舒的某些具有汉诗情韵的名篇。一首短诗，作者反复修改，说明了其创作的认真和严谨。原稿比较一般，但修改稿却是抒情精品。

《雨水不忘梦乡》，在诗中融入了现代派的手法，更新了抒情诗的表现形式。

雨水不会忘记梦乡
也不会忘记隔山隔海的想念
被淋湿的时光
远远地被我记惦
也曾淋湿信笺
洇透我的爱恋
还有梦中走过的那条小路
还有梦中坐等的那条小船

雨水，本是自然之物，与人的主观梦境毫无关系。但雨水又是诗歌中多情（情丝）的象征，与爱情的梦境，又自然有关联。于是，就有“雨水不会忘记梦乡／也不会忘记隔山隔海的想念”，这样新颖而奇异的诗句。也就是说，是“雨水”在思恋，而不是人在思恋，用西方现代派的客观化手法，但又不会突兀和晦涩，因为有第二句“也不会忘记隔山隔海的想念”。接下来，由“雨水”展开新奇的想象：“被淋湿的时光”，隐喻被爱情光临过的多彩岁月；“也曾淋湿信笺”，同样是隐喻情书。爱情本是主观，但因为用客观化手法表现，屡见不新的爱情，就有了新奇的想象，奇异的“陌生化”表现。作者还注意与传统抒情相融合，最后二行又转入新一层境界：“还有梦中走过的那条小路／还有梦中坐等的那条小船”。不仅换了一种想象，也换了一种句式，采用工整的对偶句。“梦中坐等”，既虚又实，堪称奇妙。两句11字的长句，写出梦中的缠绵和多情，与前面的12字的长句：“也不会忘记隔山隔海的想念”相呼应。

这首诗放弃了传统抒情诗的“明喻”，而采用西方现代派的隐喻，用客观化的手法，来表现主观的爱情，但又不是全新，仍然保持传统的抒情。整首诗，新中有旧，又自然天成，不同寻常的“化欧”工夫，给人以新鲜而奇异的审美感受。

《乡土的歌唱》，在主题上有新的开拓：

我的心中有过一轮月亮
时圆时缺地
穿过林莽，涌向江海
那片天空深蓝而宽广
远远望见矗立风中的标杆
有猎猎作响的情韵
要赶在星云的前面

热盼歌者的抵达
飘摇的是那片潮声
独自枕梦入眠

这首诗的主题，是常见的对乡土的思恋和歌唱，但不是常见的直抒，而是用意象和画面来表达，写得异常开阔而又细致深情。一开篇，就把叙述者对乡土的思恋，暗喻为“心中有过一轮月亮”，不管是圆还是缺，都在穿过林莽，涌向江海——故乡就在近海的地方。这是把主观的思恋，转换成客观化的自然物象——月亮，而且句式又是抒情的。

叙述者的思恋，奔向近海的故乡，但又不直接写海，而是转为写故乡的“那片天空深蓝而宽广”，这是与前面心中的月亮相呼应。接着从天上，写到地上，“远远望见矗立风中的标杆／有猎猎作响的情韵”。不写风中飘扬的旗帜，而是写矗立在风中的标杆，有一种刚硬的骨气，但又有风中旗帜那种“猎猎作响的情韵”，给人一种意味深长的联想。“要赶在星云的前面／热盼歌者的抵达”，又转入另一个层次的表达：从思恋、想象中回到乡土，再转为心中的歌唱。

奇妙的是最后两句：“飘摇的是那片潮声／独自枕梦入眠”。整首诗写的是在异乡对故土的思恋，和想象中时时回到近海的故乡。所以，从小就熟悉故乡的那片潮声，在思恋中，在想象中，不时隐隐约约地传来。作者用“飘摇”一词，甚好。写出想象中，潮声传来的那种飘荡的感觉。如果与下一句连起来，就更有意味：“独自枕梦入眠”。常见的是睡眠后，才有梦出现，而作者却写“枕梦入眠”，可谓神思。如何未睡先有梦？其实这个梦，就是故乡那片潮声所诱发的思恋乡土之梦，思乡者枕着乡土之梦入眠，也就顺理成章了。但如此这样按逻辑推理明写，也就没有诗味了。“独自枕梦入眠”的“独自”也有讲究，更增加了在异乡思恋故土的情感强度。诗中没有一句明写思乡，但充满强烈而饱满的思恋乡土的深情，非常感人。思恋乡土，歌唱乡土，是传统的主题，但作者写出新意。在语言上，无一字不妥帖，具有鲜明的汉诗特点，凝练、含蕴，且有象外之境，境界开阔深远，在艺术上达到了一个新的高度。

进入中年后的刘志峰，有了多种生活的历练，视野开阔，感悟遂深，诗的题材也不断拓展。比如，《心中有莲》，借佛教中的“莲花”意象，写中年对人生的感悟：

心中有朵莲
藏在以莲花命名的寺庙

任尘世浸染的岁月
熏烟总能缭绕出
暮鼓晨钟的沉响
我也总能闻及
那来自莲心的禅声
平安与祈福
济世的佛家思想
就端坐在莲花的花瓣里
拥围着我对生活的虔诚
心中有莲
其实是藏在心中
最喜欢的地方
一个向愿的世界

莲花，在佛教中象征一种出淤泥而不染的净土，一种清净的功德和清凉的智慧。叙述者“我”，最初“心中有朵莲”，是来自“以莲花命名的寺庙”。即在莲花寺里，感悟到莲花所蕴含的佛理。所以，心中的这朵莲花，是“藏在”莲花寺里，才能免受尘世的浸染。虽然“我”身处尘世，但“也总能闻及／那来自莲心的禅声”。此为第一层意思。佛教中的菩萨，就坐在莲花座上。但写诗不是宣扬佛理，而是表达作者的领悟。所以，诗中的莲花座上，端坐的不是菩萨，而是“平安与祈福／济世的佛家思想”。世俗之人，对菩萨所求的就是“平安与祈福”。莲花座上的花瓣，也“拥围”着叙述者“对生活的虔诚”。此为第二层意思。

结尾的第三层意思，是转折，是对前面“心中有朵莲／是藏在以莲花命名的寺庙”的否定，这是更深一层的醒悟：“心中有莲／其实是藏在心中”。莲花，不在寺庙，不在佛理，不在身外，而是藏在每个人的心中。莲花也就是佛性，禅宗认为：每个人心中都潜藏有佛性。藏在“最喜欢的地方／一个向愿的世界”。“向愿”，就是人心向善，怀着光明和希望，超越尘世，向往净土。即所谓“心净莲花开”。

《心中有莲》，是一种禅悟，一种人生的感悟，也就是诗的悟性。悟性不是说理，而是如盐溶于水，融在抒情性之中。诗的最后四行：“心中有莲／其实是藏在心中／最喜欢的地方／一个向愿的世界”，把这种悟性到来时的喜悦和心境，流水般地抒发出来。

《心中有莲》的语言，简洁、含蓄，且多味。“熏烟总能缭绕出／暮鼓晨钟的沉响”。“沉响”两字，很有讲究，无法说清其确定的意思；但把寺庙生活的氛围，渲染出来。“沉响”，也为后面“我”对寺庙莲花的超越，埋下伏笔。又如，“我也总能闻及／那来自莲心的禅声”。“莲心的禅声”，也表达得非常精妙。“拥围着我对生活的虔诚”，“拥围”两字，也有深意。暗示“我对生活的虔诚”，也是坐在莲花座上，才会被众多的花瓣所“拥围”。如果作者的想象中，没有浮现出一连串的莲花座画面，是不可能从无意识中涌出这两个字。在诗的语境中，“拥围”，也生成精美的意象和画面，并且作为一种意脉的转折，从佛理到悟性，引出“我“最后四行的抒情。结构上，这首诗有三个层次，不是靠情节，而是由语言引领，语言所萌发的视觉、听觉、情绪和意念的联想和想象，把内容引向新的方向，新的层次。

四

刘志峰在艺术上苦苦探索实践了20多年，他写得最多最好的是情诗，这已是共识。著名诗人余光中认为：情诗有四种类型，幻想型、发泄型、肉欲型，升华型。最好的情诗，多属于升华型。刘志峰的情诗，就是升华型的情诗。这种情诗，是把个人的情感经验，通过想象虚构和美的形式，创造出一种新的艺术真实，升华为一种普遍的意义。

刘志峰的情诗，主要是受浪漫主义诗歌的影响，始终保持着浪漫主义的理想和诗意；但是他对爱情的多样性和复杂性，又有着清醒的认识。对爱情矛盾的两面：天堂和地狱，对爱情给人带来的幸福和痛苦的各种形态和心理，都进行深入的探索。这也是他的情诗，富有广度和深度的原因。

最难得的是，在艺术上，他能用现代诗和现代抒情诗——两种诗体来写爱情，写出爱情的各种不同审美形态。诗界最常见的是：多种题材，但只能用一种诗体一种形式来表现。也就是说，多题材容易，但多诗体多形式，是太难了。而刘志峰却是一种爱情题材，用两种诗体来写，创造了多彩的情诗艺术，显示出他多样化的才华。从创作伊始，他就一直自觉地沿着两种不同的诗体作艺术上的探索：这两种不同的诗体，虽然是各自发展，但又相互渗透、相互吸收和相互融合；并且在两者之间保持一种艺术张力，这是他诗艺探索的内在动力，也是他能取得艺术成就的重要原因。

刘志峰后期的诗，其诗体的分界，已经不那么明显；诗体之间的相互融合和综合，出现了多种新的形式。又如，《我也许会跟着你一样永不停息地行走》，这首短诗，只有五行：

我也许会跟着你一样永不停息地行走

虽然我一脚已经踏上孤独与寂寞的旅程

我也许会跟着你一样激越地歌唱
尽管春天还离得很远

啊，大地

这首诗采用的是双行体，表现矛盾的两面，其对比冲突的功能，把握得很准确。“我也许会跟着你一样永不停息地行走／虽然我一脚已经踏上孤独与寂寞的旅程”。“我”处在矛盾中，还不确定的多种选择——也许。也许这样，也许那样。“我也许会跟着你一样激越地歌唱／尽管春天还离得很远”。假如春天已经来临，那么“我”跟着“你”一样激越的歌唱，是一种必然。但是，现在春天还离得很远，“我”就跟着“你”激越的歌唱，是不是一种盲目的跟从?

最后，又以单行结束：“啊，大地”。从两个双行，跳到单行，是一个想象的大跳跃，让人在突兀中，又感到豁然开朗。前面双行中的“你”，就是指“大地”吗？是，又不是。“大地”会行走吗？虽然它不会像人一样行走，但如果联想到地球的自转，地球的自转，不也是一种行走吗？并带来四季轮换，带来春天吗？“大地”会歌唱吗？不会，但把大地似人化了，“他”就会歌唱。短短一首诗，在意象的不确定中，隐藏着多种选择的可能性，能诱发出多种的联想。能把一首小诗，写得这么开阔宏大，意境深远，反映出诗人胸襟的开阔，视野的远大。

他在对艺术多样化的坚定追求中，逐渐形成自己的艺术个性，对于诗质的关注和孜孜不倦的探索和实践，使他超越了福建诗群对于地域的重视和表现。很有意思的是，在现实生活，刘志峰凭借着故乡特点和人脉，以此为舞台，策划了众多影响深远的文学活动和文化创意项目，展示了他生龙活虎似的才干；而在诗歌创作中却相反，他所倾心的不是地域题材，而是貌似陈旧的永久题材：爱情、季节、人生，以及佛教中的荷花；但他在表现这些题材时的感觉、想象、语言句式和旋律，都是新的，独特的，形成了一种鲜明的形式感，焕发出一种勃勃生机的艺术创造力。

刘志峰今年才四十多岁，正当盛年，对诗歌艺术有着强烈的自觉意识，自我要求甚高，不求量多，只求质高，而且不跟潮流不随俗，只遵从自己独特的艺术个性，低头走自己认定的艺术道路。长期以来，他在策划和传播蔡其矫诗歌研究上，花费了很多的时间和精力；同时，作为一个诗人，他对蔡其矫博大精深的诗歌艺术，也有着不断深入的学习和领悟。如果他能把这种学习和领悟，化作自己的诗艺，一定会给我们新的惊喜！

刘志峰诗八首

心中有莲

心中有朵莲
藏在以莲花命名的寺庙
任尘世浸染的岁月
熏烟总能缭绕出
暮鼓晨钟的沉响
我也总能闻及
那来自莲心的禅声
平安与祈福
济世的佛家思想
就端坐在莲花的花瓣里
拥围着我对生活的虔诚
心中有莲
其实是藏在心中
最喜欢的地方
一个向愿的世界

乡土的歌唱

我的心中有过一轮月亮
时圆时缺地
穿过林莽，涌向江海
那片天空深蓝而宽广
远远望见矗立风中的标杆

有猎猎作响的情韵
要赶在星云的前面
热盼歌者的抵达
飘摇的是那片潮声
独自枕梦入眠

你的方向

你在哪里
我要到哪里找你
如果是风中
我还会发现一朵枯萎的玫瑰
要是在雨中
我还有一朵枯萎的玫瑰
你是在云里
云彩的世界
栽满了玫瑰
我不知道哪一朵是你

微澜生香

在海上
一块礁石就可以阻断你的去路
一块礁石
也能让浪花生香
你闻不见的芬芳
只有浪花自己作最后的表白
绕过已碎的泡沫
或可展开我们新的航程

怀　想

总有一种春天的感觉

在下雨的傍晚
光临我朴素的房间
引我
在林涛间穿越疾奔
汹涌的不只是林涛
我的怀想比林涛激昂
有无数的想法
如鸟嘴洒落的种子
遍地生长
让我们同游天地
追求绿意葳蕤

秋天的诗意

告诉你一些秋天来了的消息
告诉你一些秋天里的诗意
告诉你一些秋天遗落的梦境
秋风起
梦境里枫叶纷飞
生活的四季
收获的季节不一定最美丽
但能跋涉到秋天的人
绝不会写出一行行晦涩的诗

我也许会跟着你一样永不停息地行走

我也许会跟着你一样永不停息地行走
虽然我一脚已经踏上孤独与寂寞的旅程

我也许会跟着你一样激越地歌唱
尽管春天还离得很远

啊，大地

我在阴影里摩擦出一丝火花

我发现人群中有一张熟悉的面孔，她的一颦一笑，在四周弥漫，
还向我飘荡过来。
我发现，人群中还有一个阴影。

我很少把自己和年华、和爱情联系起来，甚至在我的想象中，
一切都是茫茫白白的
只有阴影，灰色的阴影
发现阴影我就会颤抖一下，好像我已在阴影里摩擦出一丝火花

阴影在人群中流动，和我路过许多人一样

但是她那张熟悉的面孔不是阴影，好像是我最新推出的爱情，
好像是哪本杂志的封面，右下角标明了期号
我翻完杂志的最后一页，就会返回到阴影里
其实，阴影是跟着我的，跟着我路过白天、路过黑夜

有一种幸福，那就是我在阴影里摩擦出一丝火花
发现阴影，我就想起她的美

诗坛峰会

探索与发现

汉诗新作

新诗集视点

汉诗新作

新诗七家

作者简介

谢虹，河北省作家协会会员，出版诗集《温暖的尘埃》，诗歌入选《2015中国年度诗歌》《当代精美短诗百首赏析》等多种选本。偶有获奖。作品见于《诗探索》《中国诗歌》《诗歌月刊》《作家导刊》等多家刊物。

窑变与情歌（组诗）

谢 虹

黑 陶

子夏　等明月再亮一些
我们摆上棋局　在烈焰和黑暗之中
在太阳到来之前
收集历代君王的坚定和喜悦
孤独和必然的溃败　用黄河之水淘洗我

子夏　带上你的卫河和桑叶
从龙山出发　上袭仰韶下启殷商

邀神农作瓦　水火既济
就让月光下熠熠生辉的麦子们发声
做我最后的歌者吧

如此　我才会
泛青铜之光　鸣美玉之声　呈墨韵之美啊

窑　变

要招惹多少唐风宋雨
才练就腰身婀娜　吐气如兰
窑神香火旺盛　窑事艰难

不要爱上我
如果你执意前来
请先爱上窑内缭绕牵扯的火焰
爱上众神涅槃前的舞蹈

我会在浓烟之中掀翻一枚枚桃花
让梨花洗心革面
黑豆、黑小麦、黑土地、黑旋风
让所有的黑在流光溢彩中内蕴其光

窑神将调和所有的浓烟与墨色
框定你的来世与今生

癸　巳

彼时　我在聊斋里散着步
侧身就遇到了雨水日
还有乔生的一张还阳符
只苦于时辰未到
对着三月的河水我只画好了半张脸

我若为鱼也定会浮出水面
还我能舞的双足多好　当然能开口说话更好
刀割　我绝不喊疼
我等癸巳清明的白露对雨水使个眼色

惊蛰未到　我和小虫子们早就全乱了

蛰　伏

前年冬天我只喝了三杯竹叶青
还未把珠帘卷起来　就被白雪晃倒了
从指尖到脚踝都是冰凉的

我只有取酒续命
缩成一团　像藏起花信子的蛇
在甜蜜的阴影里昏昏欲睡

香寒炉冷　光阴过了一半
我的小牙还在不停地磨
天越来越冷了
别给我机会　我会咬你的肠子
一边咬一边哭

醉春风

赤脚　鹅卵石的小径
那些不知名的花朵　比桃花媚比杏花小

一袭薄衫　伴春风入梦
我要赶在谷雨之前到达草鞋码头
从青花姑娘那里选三只上好的瓷罐
用黎明前的雨水润泽了
待到四月小满　果子们酸甜可口

一罐青梅　一罐胡颓子　一罐桑葚
用老冰糖加上桃花蕊细细地酿

当然　在你到来之前
我必须趁着春色先把自己灌醉

虚　构

不要绳索　要读心术
有草树　河岸　生命的细茬和汗水
有懒懒的月和攀爬月亮的梯子
有啪的一声张开的翅翼
可以丈量雷鸣的高度

要冷静　要热烈　要烛光和典籍
有足够光洁的额头　教会我魅惑之道
要超越时光的行程和破茧而出的笑声
要反复擦拭的声音
使柔软和坚硬都达到顶峰

你悲悯的闪亮　会照亮我的再生之美

故乡，让我们素颜相见

就青草罗裙吧
让我们素颜相见
崇尚自然　醉心于风、雅、颂
称万物为父母

开卷在木兰花令、醉花荫中
携千蔬唤百谷
拱手施礼向大地学艺取经

今夜　风行于水
我们席地而坐
呼清照、柳永、秦观在农事的歌声中
免过往　免案牍
一粒又一粒饱满的种子
是我们相见的物证

我是一只早春的凤蝶

我试图在微风里侧身行走
沿着光线飘到篱笆墙外
我听到蚯蚓松土的沙沙声　草籽的呐喊声
蛾子、青虫、一条小蛇的蠕动声
偶尔会传来枯枝细小的破碎声
熟悉的　不熟悉的小兽们的呼唤声
树木、溪流、草场、群山的震颤声
万物种子的萌动还有男人女人的嬉闹声

她们是那么熟悉而美妙
以各自的方式　试探着　吸引着
我区别于他人的是在隐匿之所把故事说给太阳听

在早春　我只是一枚贪食的凤蝶
把自己　把所有的声音一再缩小了又缩小

妈　妈

妈妈　我们耕种过的土地上
玉米和套种的豇豆在风中翩翩起舞
风吹着你的笑

我们把玉米掰下来放进篮子里
你哼着歌　万物细小的低语在你身后

我听到了小甲虫　蚂蚱　稗草的赞美之声

在老屋后的空地上　你弯下腰
木栅栏几经风雨已显得陈旧
残垣上的荒草在摇　我已经长得和你一般高了

妈妈　藏进麦缸里的苹果没有消失
那些过往的时间也没有消失

作者简介

曲青春，男，1970年11月出生于山东省招远市。1993年毕业于湖南大学建筑系。现居郑州。

诗七首

曲青春

我看到龙了

我看到龙了　父亲
你不需要再竭力向我描述了
我已明了它的各种变化
只是
你能否说一下　究竟
是怎样的爪子紧紧摁住了你
当你已不能说话　当我
也置身于它巨翅扑动的阴影中

你不再是一条河流了　父亲
不再有水花
我带来你最亲的孙子看你
我知道你潜在一口深井里　只是
当我的儿子唤你时
你要睁开眼睛　好让他
给你添加一些井水

是啊　父亲
那时候你追着我跑过田野　攥着铁锹
我现在还在跑着　父亲

那些恐惧我已经远远抛在身后了　父亲
我已经看到龙了
父亲

当　然

当然　太阳是一个诗人
当你说身体的花园以及
那些词语的蝴蝶和蜂鸟的
翅膀上
阳光在闪耀
是啊　阳光是一个意象派诗人

当然　月亮是一个诗人
当你说黑暗的森林
内心百兽潜伏　唯有
猫头鹰的眼睛是明亮的
是啊　月光是一个意象派诗人

当你说到桂花香　鱼腥
每天你从淤泥里拔出脚时
脚趾里的腐臭以及
天灵盖上的荷香
毫无疑问

清风是一个诗人　当然
清风是一个意象派诗人

是啊
我们怎能满足于
仅仅
做一个意象派诗人　终于

我清空了所有　你
以光速穿过真空
不会再有意象反射了
此刻
我真正拥有了你　好像

我是一个真正的诗人

蟾　蜍

池塘边的小路上　它
突然
跳了一下　缓慢的

毒包　一下子
在我们身上长满
鸡皮疙瘩　蛤蟆的丑陋

是凸透镜
世界惊悸地变形

负着潮气　秋后最后几场雨里
那些词

心跳一样
蟾蜍动了一下

一面镜子被藏在屋顶上

九岁　夏天
放学后我穿过村庄　王好辉家
门前那棵一抱粗的杨树　突然
倒下

一根树枝扫断我的右腿

两年前　造纸厂车间的皮带也一直等着我父亲
直到
吃掉他的右膝盖

母亲说　那个瞎子说的是对的
我们的宅子正对着南方
一只兽

一直在看着我们

母亲把一面镜子藏在屋顶上　那只兽
收拢了爪子，在太阳初升
的光芒里
离去

每一面青山

每一面青山
都是一种姿态：山林苍翠
欲滴
云雾缠绕　好像

如果我们静坐　山泉
哗哗作响

每一块石头都有一颗
流水的心

像翅膀一样轻

——卡尔维诺

每一片叶子都是翅膀　花
是云朵

玫瑰
是朝霞　紫薇
是晚霞　牡丹在春天翻卷着
海边大风里
夏天一般硕大的彩云　荷花
用清香告诉我们
夏天的脊柱是碧绿的　空心的
通往
深秋的湛蓝里那舒卷自如的
空性的云朵

而雪花总是寂静地下在
每一片花瓣里　仿佛
每一个时辰里都有四季　仿佛
每一个季节里
都有冬天

花瓣飘落　我们
是叶子
振着翅膀　飞向
大地深处的天空

夏　日

槐荫　柳荫　桐荫……
越来越喜欢待在树荫里　看
外部的明亮

此刻　你不停地说着
街道上汽车驶过　剪草机在轰鸣　鸟儿像
一阵阵的风

原谅我的阴暗　原谅我长满的叶子
每一阵风吹过

我都会回应你
以毫无意义的沙沙响动　如果

你缄默
你会听到另一种风声　每一根纤维
都是风道

从大地的深处
过往埋葬的一切
都被抽到天空　万事
万物盘旋着

多好啊　那些报应
你微笑的漩涡是个漏斗　风眼里
一片寂静

用一片叶子测量内心的风声　万事
万物盘旋着

今生的一切尚在空中

作者简介

陈丽伟，中国作协会员，天津作协全委。出版有长篇小说《开发区人》，文学理论专著《中国经济文学概论》，散文集《给枯干的花浇水》，诗集《城市里的布谷鸟》，旧体诗集《枕河楼集》等。《滨海时报》高级编辑。

短诗十首

陈丽伟

新经济时代

丢两天手机，像死去两天
与这世界一下子没了瓜葛

买个新手机，像重生一次
一切事情都需要从头再来

补卡，绑卡，开通各种功能
才有户口、身份和各种交易

没有手机的人，是不存在的人
像没有名字、身份和大脑一样

手机成了人类一个新的器官
未来或有种刑法：夺去手机

木　笔

饱蘸春风
就可以在整个世界挥洒墨香

冬天的笔帽早不知去向

饱蘸阳光
就可以在史书写下璀璨的悲伤
少年的爱情早不知去向

毫写乱了，就去画山水
花瓣里有多少铭心的温柔
山石上就有多少刻骨的伤痕

两棵玉兰树

远处围墙里那一树盛开的白玉兰，童年的
邻家女孩一样，一动不动地默默地看着我

一动不动地默默地看着我，一下子我就老了
青春的黑发在春风里飘落，像白玉兰的花瓣

满树紫玉兰含苞欲放，在宾馆的天井里
每一扇窗子，都能看见她从少女到白头

花要开了，我要走了，流浪人的哀歌
在树下响起。花瓣飘飞，如天鹅的羽毛

等待一场没来的雪

盼了一年的雪，还是没来
盼了一辈子的雪也还没来

曾经写下："人生处处是天涯"
今天写下："人生处处是故乡"

每一次出行都是天涯

每一个脚印都是故乡

每一场夜雨都缠绵悱恻
每一场白雪都梦绕魂牵

雪定会如约而来，像今生的故人
它不会落在屋顶，不会落在大地

像是一次次刻骨铭心的关怀
雪先落在头上，再落进心底

一片秋叶有多大

一片秋叶细胞一样小
它混进红血球，血液的颜色一下就淡了

一片秋叶天一样大
它轻轻落下来，很多人的梦就都黄了

惊蛰，想到一只毛毛虫

小时候，被豆叶上的毛毛虫蛰得哇哇哭
现在想，那只毛毛虫不知死了多少年

步行上学，白杨树被毛毛虫吃光了叶子
路上爬满了毛毛虫，他们现在去了哪里

人类不留意的地方，毛毛虫一代代生长
在城里看不见农村的，在农村看不见城里的

万物复苏，毛毛虫也该醒来了
你不碰它，它一般不会蛰你

毛毛虫也应该不会有灵魂，否则
那一代代死去的毛毛虫的灵魂在哪

人类的一小时有3600秒
毛毛虫的，顶多有1秒

白尾鹞

我昨天见你，你独自在飞
我今天见你，你独自在飞

在寒冷的冬天，在空旷的原野
麻雀，是一群一群地在飞

你无语扇动巨大的翼
低矮的芦苇丛藏不下你

你扇动一次，天地开合一次
你扇动两次，风就变成了云

你巨大的背影滑过干枯的树梢
可怜的树木像你零落的羽毛

天地间响起冬日的挽歌
听起来像是春天的序曲

旧时光

想到旧时光，总记着那些美好和遗憾
总忘却了那些苦难。想到故人

总记起那些旧时光，以及那些美好和遗憾
旧时光和故人都远了，秋天来了

满地都是金黄的叶子，各种形状的叶子
像晒干了水分的旧事，晒干了细节和波涛

轻轻一声落地，又轻声走到角落里
像一声叹息。那最后的叶脉

是心头的千千结
是地上的人生路

问　扇

去年的扇子，扇着今年的风
去年的风去了哪里
昨天的风，吹着今天的星辰
今天的星辰不是昨天的

去年的月亮，照着今天的人
去年的人去了哪里
昨天的路上，走着今天的人
今天的人走不回昨天

今天的路上，遇到昨天的人
想不起昨天的人叫什么名字
去年的扇子，画着去年的江山
去年的江山还好吗

高铁站台

绿皮车换成了高铁，站台还是站台
加宽了增高了，站台还是站台

速度越快，相握的手越容易分开
站台越宽，流浪的身影就越多

从家到站台，从站台到他乡
或从他乡到站台，从站台到家

世界网一样撒出去又收回来

作者简介

赵青，生于1968年7月，在四川泸州上小学和中学，1985年考入国防科技大学，因病退学后开始阅读文学名著，九十年代末尝试诗歌写作，2001年首次发表诗歌作品，作品散见于《诗探索·作品卷》《诗刊》《中国诗人》，有作品入选《中国年度诗歌》《中国年度作品·诗歌》。现为河北省作家协会会员。供职于安全环保研究院检测中心。

诗五首

赵　青

在雨中

乘木船逆江流而行
不多时就可抵达对岸
沿歪歪斜斜的石板路走上一会儿
有个依山而建的小镇
每当赶集的日子
十里八乡的人都拥向那里
我喜欢桂圆、柑橘
项链一样串在一起的栀子花
你却常在镇旁的竹林幽涧
看各色各样的竹雕

有一回
忽然狂风大作
匆匆散去的集市一片狼藉
你和我跑进放竹雕的棚子
暴雨过后　空山清寂
偶尔传来三两声布谷的啼鸣
淅淅沥沥的雨

隔开了远近的喧嚣
一同欣赏和合二仙笔筒
恍惚间觉得
这草棚就是我们一直说起的山居小屋

走在返回渡口的石板路上
我们的身后是层峦叠嶂
我把左手轻轻插入你右手的指缝
前方是缓缓东去的大江
雨若有若无

不眠之夜

初见蚊帐上竹叶的影子
是中学住校的第一个夜晚
木床轻轻一动就响
室友高低不齐的呼吸声
还有妈妈为我炸的油饼的香味
都令人辗转反侧

忽然
竹叶的影子不太对劲
一个尖尖的脑袋
吓得我在床上缩成一团
窗外的风
吹得竹林沙沙作响
秋虫的鸣叫
一阵一阵此起彼伏
我的蚊帐
好像露天电影被风吹歪的银幕
一只老鼠
探头探脑了好一会儿
开始慢慢爬向
我挂在墙上装有油饼的橄榄绿书包

许多年后
读加缪的《鼠疫》
我才开始为昔日的油饼保卫战
心有余悸
可在那个不眠之夜
只想着　母亲为我做的油饼
绝不能让老鼠叼走

逐　日

当年
钟婆婆家的红灯牌收音机
是 301 家属楼全体小伙伴的宝贝
“小喇叭开始广播啦”讲的成语故事
常被我们一遍一遍说起
还有的甚至被改为游戏
比如夸父逐日
那时的规则是下午放学后一同起跑
从东向西穿越的桂圆林
跑出林子的先后
就是离收音机远近的次序

在灰色办公楼里坐得久了
开始喜欢奔跑
逆时针方向穿行于树丛草坪
似乎可以回到童年
那时　青山滴翠
碧空如洗
桂圆林从坡地一直延伸到大江边上
江风吹过
一簇簇淡黄色的桂圆花
仿佛在为我们摇旗呐喊
一、二、三

我们尖叫、欢笑着拼命奔跑
太阳　就在前方

墙角有一树淡紫色的花

离开百泉轩
观赏了镌刻于唐代的《岳麓寺碑》
我沿碑廊缓步而行
刚找了个游人稀少的地方坐下来
一缕幽香
似山林中传来的袅袅笛音
令人不禁环顾四周　寻它的来处

树牌已斑驳锈蚀
我看不清她的名字
只依稀读出了她的年龄　110 岁
两只白头翁追逐着
掠过随风摇曳的枝头
隔着山风与岁月
我仿佛看到一位不够惊艳的少女
腼腆地立于书院院墙的一角
正盼望着自己喜欢的学子

有一种等
是静静地站在一旁
等了一百年
依然还能　温柔地开着一树淡紫色的花

相　识

父亲坐在病床上
低着头
津津有味地吃着西红柿打卤面

对和他说话的我
视而不见

我只好把目光转向窗外
从四楼居高而望
养老院院墙外的湿地公园
可尽收眼底
初春的风
一定在那片浅灰色的寒林中
“弹琴复长啸”
泛着微光的湖面上
有一只黑色的鸟
久久盘旋
好像我含在嘴里不知该怎么说才好的
一句话

我和父亲
爱了这么多年
现在却不得不在反复的解释中
重新相识

作者简介

李双，男，1969年12月生于河南杞县。作品散见《诗刊》《诗选刊》《诗潮》《扬子江诗刊》等刊物。

诗七首

李　双

灯　光

卫生间的灯亮了，我看看表
才两点。
它亮了一下，又灭了。
忽然又亮了，有一阵风扑着窗户。
这一次，我确定没有任何声音
它又亮了。
它好像有一个人的惊慌。

园　丁

他用了三种工具：铁锹，斧头，砍刀。
树根上的土被移到一尺开外　铁锹
呼哧呼哧的
根上有细细的绒毛　像它不习惯
阳光的
私处
树枝上的花在砍刀下一颤一颤
堆到了墙根下

那些紫荆　合欢　白玉兰　红叶李　暴马丁香

在四月
变成了柴火

早　上

羊要生了
女人喊着　声音里下着小雨
这是一个早晨

它将有不同于人的鬈发
不同于人的眼睛
第一下没站住　踉跄着歪倒在地上
一只手摸着它
给它洒上草木灰
它将有不同于人的四只脚　它抬起头
像是空气的哀求
我见过羊心
比人的略小
现在它跳动着
哀求着
对着墙壁和早晨的空气

和曲兄一起下山

我们在等级森严的山路上摸索一下午
槐树有圆形的叶子，荆条的花
是蓝色的
让人心碎
那些死去的人在山坡上探出灰色塔尖
我们讨论了几个对抗时间的人，一个
中风了
另一个诗风骤变，在深夜降临
北京国际机场
路过三个男人和两匹马一匹骆驼的时候

我们先闻到了气味
三角形的树四角形的卧石多边形的天空
都不在我们的购买清单上
我建议他清理掉岩石上肮脏的覆土
唉，那些心跳
在我们下山的时候
微弱到听不见

瘸腿李印的狗和诗

在下雨天　那个苹果园是湿的
一根木棍流着水
传递给下面的一根
我从左面的缝隙爬出来的时候
苹果掉了
几粒泥巴沾在苹果上
像它粗糙的疖子
我把苹果递到他手上　他吃一口
我看一眼
泥巴沾在他的胡子上
就像他站在人家门口　把一碗剩汤
一口气喝完
我看见他的喉结上下颤动　我的喉结
也上下颤动
我大张着嘴
一下一下哈气
但他不看我
他的脚面上有几粒滴下来的汤水
我嗅了嗅
闻出它们有他胃病的气味
有他夏天棉袄的气味
但他不看我
直到过了村子
他看着我跑到河边　伏在水面上

喝水
河水从山那边流过来　太阳漂在水面上
像一块一块金币
我抬起头看看他
他的眼睛里
好像没有再次卖掉我的意思

说一说黄河

天黑的时候，去黄河滩割草的队伍
回来了
拖拉机上是青草
青草上坐着妇女
她们有一个单数
数不清的黄河沙也有一个单数
铁铲已不再锋利
摊开的青草在天亮以后
再摔打一次
星群隐去
翻晒青草的人
倒出鞋子里的沙粒

秋　日

初六，履霜，坚冰至。
路旁的草丛已经藏不住人了
是脚印带来了郊外的霜迹吗
还是霜迹藏起了一个个失踪者？
三十里外有一处矮山
桧柏的叶子一年到头挂在黑色枝干上
从那儿向下看
即使是夏季
玉米田也像是一群哑巴
喂着村庄的死亡

作者简介

林水文，男，广东廉江人，现居广东肇庆，1979年9月出生，有诗作发于《作品》《诗选刊》《诗潮》《绿风》《星星》《诗林》《中国诗歌》等刊物。是“湛江诗群”重要成员之一。

诗十首

林水文

灯 光

黄昏，我们从深圳书城里出来
没有尽头的灯光向远方延伸起伏
我们的幸福感和存在感源于这些
它仿佛移植于我们的体内
多年后，我回想我们依偎坐在书城附近
万象广场，依然幸福如昔
那时，我们同在关外的工艺厂上班
假日最喜欢到书城，万象广场
坐一坐，看一看灯光感觉也好
灯光能澎湃起我们挣扎的激情
暮色里，灿烂的光把苍茫推远

暮 雨

暮晚，大颗颗的雨，盐粒般落下
空气摩擦中像密集的掌声
一个比人世间更寂静的空间在荡开
雨是公平，平均落在九十六平方公里的小城
落在富贵人家的闲情逸致里
也落在骑三轮车赶路白发丛生的中年人

雨不停在寻找落脚的地方
而这个世上，还有许多人在雨中寻找落脚点

走着走着，许多人也成了前仆后继的雨点
渐渐地，雨把无数的黄昏引领到夜晚下

回　乡

走在小城，时光比省城缓慢
街道狭窄，像夏季的河流
压力倍增，杂物更多
性急的人到此地，暮色更轻薄
主干道像大河接纳百川
容纳那些从各大城市回来变异的乡音
再将它们洗一洗，加力道向前推
暮色很平均抹在他们的脸上
看不出是庄重或疲惫
而一些神色异样的人
必定是从乡下进来逛小城
趁着天黑来临之前回家的人

他乡的天空即将披满群星
插满红烛的坟在群山之中闪烁
墓碑苍黑，鞭炮声阵阵传来
人心焦急，别催他！

在夜晚

夜晚都是在黄昏之后形成
在灯光或风里晃动
一个人的夜晚形成是不同的
宽大的口袋填充不同的内容
有人装进石头，毒蛇，棉花

有人装进粮食，难言的苦与乐
风吹过那么多相似的夜晚
黑暗中的幻象，与生俱来的孤独
扰乱了夜晚中那些事物安然的秩序
升起的月亮，像传染病般
他们看到了夜晚的某种宿命，钻进了口袋
隔着一墙的黑暗睡去
醒来，群山在夜里起伏

暮色过廉江

河唇火车站，余下的光从车站的遮雨棚
漏下来，滴在旅人的双脚上
车站来去匆匆的旅人
本地人的背影都有斑驳的故事
经常写到肇庆，却忘记
廉江，河唇，肇庆，这一段路中衍生
不规则锋利之相

越往西，夕阳越顽强
看似背后模糊，前往市区的路光明一片
摇曳的桉树林过滤光线和声音
闭上眼睛，还能看见什么?
少年离乡，中年返乡又离去……
口袋塞满那么多热闹的城市
却像沙和尚在流沙河每日受飞剑穿

多少黄昏，顺着这条路回市区
蘸着渐暗的暮色打开另一段旅程
落日有其苍茫的美，桉树林有起伏的美

星　空

伯母苦累的大半生
随檀香烟逸出，化为星辰
每条路都会抵达星空
有一颗星子必然对应人世的悲喜
我的困惑：人生悲欢，生老病亡
孩子们的恐惧，此时都变得朴素

暗黑中有纸钱灰飞舞
仿佛在祈祷祝福，仿佛灵魂在飞

此夜正酣，虫始鸣

一群老牛

在进城区的路上，我刚从乡村出来
遇上一群解放的老牛。我们一起进城
它们挤在拥挤的大卡车
有的牛哞几声
像兴奋地谈论愉快的旅途
我也兴奋地看着后退的树木，看着它们
它们或许也看到了
“进城的人愉快着……”
它们不知道此去路途的命运
我却看到了它们快乐的牛哞中背后的命运
而它们看不到我的命运，当时我也看不到

一个人喝酒

一个人独自喝酒很容易将自己灌满
喝着喝着，天色就暗了
天空像锈迹斑斑，风有些冷

喝着喝着，自己似奔跑在铁轨上
后面有列车追着，空气推波助澜
喝着喝着，忘记了妻子儿女
像乡下的酒鬼，一把花生，黄糖佐酒
仿佛就是盛世
杂乱的炊烟似仙境，释放出更多的自己

一杯又一杯入肚，身体变轻了
眼前的光多么朦胧美，将生的忧虑稀释
喝着喝着，黑夜的旅人温暖宜人
儿子成绩不如意，父母年迈
世界对自己磨刀霍霍
那让酒精浇灌成刀枪不入的铜身

酒醒之后，风一吹过来
黑夜的马在嘶鸣着……
风吹过来，什么都吹散了

肇庆帖

一方端砚在包公的心里重于泰山
书生的风骚，着墨于赵佶的花鸟草丛

西江骑着高头大马，金渡口的村落
稍稍弯曲下，说不尽炊烟下的苍茫

一纸江水上，渡口旅人
买一双草鞋吧，旅途长且阻
渡船日落之前会到来

黄昏的西江

它的流向是向东南，面向大海
水上人家的炊烟挽留不了它
它知道它的宿命，命运的力量裹挟着
只有不停地走
奔向出海口的汹涌
只有羚羊峡的江面暂时按住它的激情
连绵群山是最想见的背景
一转身，村落错落参差

一轮机动船放慢了脚步，粼粼的江心
像孤独的步行者，过一桥，过二桥
背后拖着长长的叹息尾巴
落霞成飞鸟，抵近水面
鱼儿跃出水面，一日的孤独
鳞光闪闪
波涛迭起，连绵的江水起伏
将沿岸的影子，八年的光阴
运进辽阔的江水
江底是另一个波澜壮阔的世界

作者简介

第广龙，1963年生于甘肃平凉。中国作家协会会员。参加《诗刊》第九届“青春诗会”。已结集出版六部诗集，八部散文集。甘肃诗歌八骏。获首届、第三届中华铁人文学奖、敦煌文学奖、冰心散文奖。中国石油作协副主席、西安作协副秘书长。

七星湖（组诗）

第广龙

七星湖

七星湖换一种姿势
会微微倾斜
这给我带来了失重感
走在木头路上
鞋底多出来的花纹
夏天才有
我来了才有
左边的湖水和右边的湖水
大雁飞过去
界限不再分明
大雁体内的指针
来自七星湖
为了平衡太过空阔的虚无
也为了识别
最北边的高地
矗立着一座塔楼
夜晚置身其上
才能进一步确认
七星湖和天空的关系

那么多的人关心星座
胜于关心季节变化
我还能轻松地谈论命运吗
给湖水兜底的是淤泥还是别的
天上白云飘
似乎并不涉及这个问题

望火楼

被树木围拢
望火楼上
夜晚太过漫长
人是孤独的
——树木不孤独
一棵一棵青松
都是亲生的
都留在身边
孩子也在望火楼上出生了
孩子在长大
青松在长大
长大的孩子
孤独的孩子
离开又回来
守在望火楼
——把树木当孩子一样生养
树木不孤独
——孤独的人
接纳了孤独

围场晨雾

泥土张开了
无数毛孔
树木不真实
泥沼里
成片的小黄花
梦幻里出现
走在浓郁的雾气里
我也在辨认
另一个我
有没有丢失
当太阳的光线
扫帚一样
把围场打扫出来
所有生长
所有绿色
都再一次证明了
来源和出处

时　差

早起拉开窗帘
我蓦然一惊
天亮了！
祖国辽阔
一路向东
横贯两千公里
我的家乡还漆黑一片
此刻在坝上
陡然打过来的光芒
险些把我
生生地拽出窗外！

有的土地

有的土地
不需要垦荒
人来了还得离开
森林消失了
庄稼不再生长
沙漠肆意行走
成为风暴的源头
自然之力
也无法恢复原有的
茂密的毛发
许多年后
再次过来的人
赎罪一般
运来了树苗

短诗一束

看到波浪（外一首）

依米一

有人将莱昂纳多·迪卡普里奥的
新旧照片并列放在一起
发到朋友圈，却一句话都不说
我一个人扳着手指
默默算了算两张照片相隔的时间
是二十二年。那时
他是那个样子，现在他是这个样子
我也如此。有人一眼就看出
我迷恋过的男人已经老了
有人发出一声叹息“岁月啊”
无人应答，无神应答
抬眼看，我没有看到风
我看到的是海面皱纹一样的波浪

旧房翻新

旧房翻新，工程进展顺利
到第十天，装修人员发信息来问
你家原用的窗户边框是银灰色的
现在继续用银灰色吗。我说
不，请改为白色。我没有说出的是
请用重新开始的白
焕然一新的白。颜色里面
最没有事情发生的白，颜色里面

什么事都可能发生的白
最不耐脏的白，最难以清洗的白
白天的白，夜晚的白，柔软的白，坚硬的白
涵盖我的实用和虚无

二奶奶在这个冬天走了（外一首）

孙殿英

二爷爷去世后，和善的二奶奶
渐渐失去了脸上的笑
和眼里的光
见人说话，木木的，没了表情

没了二爷爷，孙庄的炊烟
开始粗黑呛人
没了二爷爷看护的两河坝的树
开始缺少生气
没了二爷爷侍养的牛羊
开始变得瘦骨嶙峋，有气无力……
孙庄在二奶奶眼里
彻底变得陌生起来

有一天，二奶奶开始寻找先前的日子
她从白天找到黑夜
夜深了，还是一直在找
她村里村外、大街小巷地寻找
越是寻找，就越找不到

迷迷糊糊，竟然认不出回家的路了
她不知道，孙庄所有的亲人也都在找她

最后，她在一段河水里

看到一条发光的路
她沿着那条路慢慢走远了

一场洪水淹没了我们的村庄

我们的村庄就这么说没就没了
在平原不能再深的深处
我们没有听到呼喊
没有看到挣扎
和惶然无助

甚至我们也没有看见洪水
它是什么样子
我们已经很多年没见到洪水了

我们不相信洪水会来
那些沟渠被杂草堵塞多年
那些老的堤坝被点点蚕食
成了温顺的耕地

我们的村庄就这么说没就没了
仿佛没有存在过
那些牛羊和粮食
那些日子也只是在谁的梦里出现过

刺　猬

姜显遵

喜鹊飞临收割的麦田
它们没有捡拾遗落的麦粒
蒲公英的伞兵
在圆球儿上集结

正在等待着一场盛夏的风暴
经过先人们的坟茔时
我看见有一只白色的刺猬
在草丛中咳嗽着
向前攀爬
很像我们村小时候被拐卖
很老了才找回家的李二嫚
开始拄着棍子，后来扔掉棍子
颤巍巍，跪趴着找到了
她爹和娘的那座荒坟——

骨灰（外二首）

宋心海

在火化间，大哥静静躺着
他没有哭
嘴唇里喷涌着火焰
牙齿间
也咀嚼着火焰

渐渐地，我已经无法
从火焰中辨认他的样子

送葬的路上
我紧紧抱着他这一小堆骨灰
怕一阵突然的风
把他吹散

梦醒时分

母亲、爱人、妹妹，还有我的儿子
这些再平常不过的称呼
这些每天围在我身边的人
我却不知道他们是高高的山巅上
最明亮的一部分

在视野所不及的远方，在我眼睛的潮湿中
他们也同样构成了
我心跳的一部分

在今天，明天，不死的时间深处
他们是我
——一个刚刚重生的人
最柔软的部分

白发如铁

妈妈白发生得早
一边生一边掉
有些是我帮她拔下的

阳光下
它们，越来越尖锐
一根根，扎进我的眼睛

我越来越疼
眼角淌出铁锈

一厢情愿（外一首）

杨犁民

多少年后，你会不会一个人去清明的荒坡上
看望一个人。一堆石头，想和它说说话
会不会，在某个街口
看见我的儿子，一个清瘦的我，情不自禁凝望
似曾相识，默视他渐渐远去
心口莫名地痛，想起许多往事
眼眶潮湿。我已经没有时间了，生命停止在某个
清晨或是晌午，人世间，再无任何消息
而你仍带着我的回忆，继续生活，一想到这里
我坟头的野花，就忍不住开了。它足以证明
有些东西，是生死，也无法隔断的

心　病

我无毛无病，按时回家，
可母亲总是对我说，要注意肺，
要提防腰，要和鲜艳的女人，
保持足够距离。

她相信多年前，父亲就是被这些毛病，
夺走的，有些东西，会在血液里遗传。
三十多年过去了，她仍然没有放松警惕。

惊蛰（外二首）

陆支传

屋脊上有些站不稳
父亲在院子中喊着
母亲帮我扶着梯子
釉面的红瓦光滑
父亲说过，去年冬天的雪
没有一片能存在屋顶

我小心地移动着身体
努力找出父亲说的那片碎瓦
屋后，那条新修的高速
车辆比往年更多

明媚的阳光下
更遥远的路捎走更思乡的人

余　辉

沿着秋岗往下走
马堰河细小的腰身藏于草木间
天上无云，落日更显落魄
三月了，春天就要来临

习惯性地跟在父亲身后
像多年前那样
当自己是怯生生的孩子
父亲腰驼得厉害
上身几乎与大地平行
俯身和父亲说话

抬头刚好迎上
一脸金黄色的光辉

废　墟

常常在夏日看到稚气的少年
用青色的秸秆造楼
梯形的田野流水磅礴
家禽们羽毛顺滑
远处课堂的钟声
空气一样稀薄

我也曾练习拼接些什么
比如现在。那些易碎的东西
都有锋利的面孔
阳光从暗夜照进初启的黎明
破败的镜像在池塘中升起
逝去的过程漫长
从祖父、父亲到我
对于迎面跑过来的女儿
我不知道，该递给她什么

一个小女巫（外一首）

柴　棚

我整天无所事事，我自恋
我爱着身体的每一个部位
我爱单眼皮、矮个头
甚至爱着正在疯长的肥肉

我装扮成小女巫
在你的眼皮底下上蹿下跳
不断地问：漂亮还是不漂亮
你敢说不漂亮我就掐死你

我有时候躲进厨房里
用三分之二的时间研究香气
将我所有的好和一点点坏

统统捣碎
制造出各种各样的味道
以此迷惑你
你离开半步也休想！

羞 愧

我的羞愧正是来自于一粒种子
在这之前，请原谅
原谅一位藏在深闺独享幸福的女人
终日只对着风花抒情，雪月说爱
原谅一位整日在纸上描山绘水的女子
童年丰衣足食
不知盘中餐粒粒皆苦
不知道父辈曾经面对着饥饿的恐慌
战乱的苦难
不知道从出生甚至到死
每天都要亲近的大米
每一粒浸透出难以想象的辛酸

旧货（外二首）

潘新安

窗外一阵吵嚷，是一个收旧货的
一边敲着铁皮罐，一边吆喝
每天早晨
我都会被这吆喝声吵醒
旧货有卖吗，旧货有卖吗，旧冰箱，旧彩电，旧手机……
但所有的旧家什
我都还在用
一如这旧日头，我还指望着过下去
指望着有一些潮湿，活着青苔
只有一个旧梦，昨夜又梦见了一次
它那么真，那么美，但是我怕
把它摔碎了
请问，你要不要，收不收

一个女警朝这里走来了

一个女警朝这里走来了
略显肥大的作训服
衬出她，娇小、娉婷、妩媚
你眯缝起眼睛
这是秋日下午，四点半的阳光在她身后
依然扎眼

一个女警朝这里走来了
卖盆栽的女店主，愕然起身
之前，她正躬身
用湿毛巾，轻轻擦拭叶片上的灰尘
我正走到门口，傻傻地
抱着刚买的仙人球

一个女警朝这里走来了
腰间铿亮的手铐，一晃一晃走来了
贝雷帽压着长长的鸭舌
看不清她的脸，不知道出了什么事
她朝这里走来了
长长的影子已经附上我的身体

一路向西（外二首）

聂　泓

一辆我叫不出名的新车
向十字路口开来。车是咖啡色的
加深了这个黄昏的颜色

车开得很慢，很明亮
像新买的电脑；华灯里一切都上了色彩
开车的男子侧过头来，她用笑抱住
那种笑，乡下的木匠做不出来
夜太安静，又努力张扬

突然想起乡村的某个早晨
一池的鱼集体泛塘
也在这样的季节，风吹过来带来新氧

今天是农历六月初六
日子成双结对，像传说中的日子
我因与生活争执，而停不下来
继续往西走，走了很远的路
看见挂在西楼的月亮，弯刀一样

幽蓝之夜

十点以后，人群散去
夜色中，草木隐姓埋名
弯月挂在西楼
此时，除了风在动
其他的都在沉默

如此幽蓝之夜
我真的不想走了
院子这么大，我想把母亲接来
白天做不好的事，就在梦里完成
然而这不是梦，我也不想再等

不要等到八月
月儿圆了。我在城里
母亲还在乡下

我丢失的诗集，你无法赔

就算你拿来一本新的
也不是他译的那本，就算是他译的
也不是我双手捧过的那本
就算我捧在了手里，也不是我等待过的

干旱的夏夜里，月亮总是又圆又亮
父亲翻过的田野里，有我等待的阴影
等待的幸福很小，像一只小猫蜷缩在屋檐

我知道，只有等到父亲回来
月亮才会离开，翻过的水田才会插上新秧
十月才会重返金黄，冬天才会冒出热气
春天才有新衣服穿

父亲光着膀子，替豆秧除草为麦苗分行
母亲会站到水田里，把新长的稻秧再插一遍
溪水从屋后流过，一晃就不见了
门前的池塘突然接不住天上的雨水
田地荒草已长成了死疙瘩

没有这样的等待，就不要说赔我一本新的
每一次快递送来，我都要跑下三楼
这么多年，我一直在等，在寻找
每一次跑下三楼，都有一首诗在消失
每一次捧着新书回来，都不是我自己

出生地(外二首)

姜　桦

我蹲在地上烧纸
烧给亲人，也烧给久违的故乡
火焰在地上匍匐、窜动、翻滚
我不敢用树枝去拨动它
一拨动，那故乡就飞了
沉默的亲人就会走散

冬至之日我回过一趟老家
没能找到曾经的出生地
却替暂且苟活的自己
提前安排好了最后的栖身之所

去　处

一切的去处都是死亡之所
一切的目的地都是草木之乡

我最终什么都不会给你们留下来
亲人已被我送走，朋友已一一告别
留下一对儿女，他们最多将我的名字
写在一张白纸上，而不会像我
将年迈的父亲背回深山

十三株植物

袁同飞

第一株植物，是扦插在夏天血液里的蒲公英
从下往上看，它像一帘飞瀑

第二株植物，是蝉鸣在窗前的最后一片蛙声
从里往外看，它像一轮皎洁的明月

第三株植物，是滋长在身体里的一块胎记
从遗传学上看，它只隐居在春风里

第四株植物，是隐藏在七月里的流火
从表象上看，它的眼中只有一缕缕青烟

第五株植物，是缠绵在梦中的影像
从诊断学上看，它如一根根刺扎在心上

第六株植物，是把所有的爱都喊出来
从心理学上看，它如一朵云彩从天外飞来

第七株植物，是星星踩着露水的脚步声
从本质上看，它的灵魂闪着寂寞

第八株植物，是一大片桃花咳出的血
从哲学上看，它在紫色的夜越陷越深

第九株植物，是流星划了一个巨大的感叹号
从时间上看，它只隐去，不留下一丝痕迹

第十株植物，是曾经的轰轰烈烈
从历史上看，它如昙花一现，随风飘散

第十一株植物，是忧伤的枯枝在摇曳
从美学上看，它只有空谷的回音

第十二株植物，是一朵云站在石岸上
从下向上看，它只活出自己的精彩

第十三株植物，是“勿忘我”
从形状上看，它突然就泪流满面了

金　秋

凌　峰

数着时间还是把秋天忘记
某一天，给老家打电话
父亲说谷子熟了，已收割晾干
若有时间，回来一趟，碾新米几袋
拿过去尝尝，今年的米比往年香
赶在老年过完之前，新米才香

地里的苞谷还有些日子，最近下雨
我们都在家看电视，早晚摘辣椒卖钱
小日子过得开心，别牵挂
开车慢点，到年底
回来杀年猪，一起热闹热闹
我只有眼泪汪汪的嗯嗯
别的，我真的说不出口

看花灯（外一首）

张　喆

元宵夜，花灯在湖水上
慢慢地开
有的白，有的红，有的绿
开到湖中心，开出一片七彩的幻境

我听到光的声音，呼啦一下
在湖面上打着滚
在树梢上耍欢，闪烁其词

从上游穿过下游
穿过拱形桥。此起的火焰浩浩
彼伏的火焰绵绵。寂静燃放

欢笑落在水中，水面玉珠飞溅
湖水涨落
水晶宫深藏其中

一个接一个游人，打马，坐船
从唐代而来。一个小姑娘手提一盏莲花灯
照亮自己的前世

遇见古屋

一间屋子连接一个屋子，飞檐翘角
两侧的墙上，挂着许多史记

如果有人解说，我相信有许多故事
会从时光的缝隙里长出来

一只迷途的野兔，在花丛里弄出声响
多么慌乱的笑话啊
行人双手合十

庭院深深，花鸟虫鸣
圆形的门环
有历史的闪电，沉默的春雷

一个下午的时光，我快速地走过春天
沿着来时的路
我又重新回到人间

雨水（外一首）

吴梅英

“立春之后就是雨水，
然后，气候回暖……”

你说着，我努力吸口气
针就在这时扎进静脉
我没有直视，对于未知世界
浩瀚宇宙，复杂精妙的人体器官
我始终，心怀恐惧

漫天的雨落下来
我们紧贴房檐疾走
我的鞋子进水了，有些冷
就像掉进童年的河流，就像回到少年

“如果提前知道人生？”
我会备好雨具再来……

选 择

重新活一回，我还是选择
长成今天的模样，在一个有雨的午后
临溪悬崖上，砍下一棵竹子
让坎坎伐竹声，穿透岁月的山梁
让羞愧随流水冲走

然后我看见自己，在夏日的傍晚
微风拂面，雨后叶片泛着微光
像身后，奶奶微笑的眼睛

地丁（外二首）

娄 军

当我，紧挨着一棵草坐下来的时候
听到了风带着阳光
从我耳畔轻轻抚过

当我站起来的时候
我的脚丫触摸到了泥土的松软
根部的深度

凡是吵闹的地方
都聚集着鸟类
凡是安静的地方
都生长着茂密的草

我已经学会如何融于，这些
贴着地皮生长的草

神怎样用阳光和雨露

爱一棵开小花的紫花地丁
也会怎样爱我

大半生

流水载走，日出，日落
把村庄，草木，石头
抛在身后

流水载走一个人的姓氏，出身
载走一条鱼的，来龙去脉
把传说，故事，笑谈
留在身后

在我的家乡潍河
我的老父亲
总是拿着瓢
将河水一瓢一瓢
舀向河边的庄稼地里
多少年了，他的动作不厌其烦
试图，仿佛想舀回
流水载走的大半生

北京的鸟

我看见的麻雀
在北京五环丰台区
灰溜溜的羽毛
和初家沟大山里的麻雀一模一样
我甚至怀疑
它们，就是初家沟的麻雀

我看见的鸽子

在故宫闲庭信步
昂首挺胸，淡定而优雅

我也看见过乌鸦
落在信访局永定门西街的杨树上
一群来京城告状的人，站在大门口，
土灰色的面孔
戴着灰黑色的帽子
穿着黑色的羽绒袄
在十一月的北京
他们看上去
和树上的乌鸦一个颜色

沉默的苍穹（外一首）

紫藤冰冰

越来越羞于启齿
都是些发白用旧的词语，甚至
可以辨别，几千年前埋下的伏笔
索性剔除多余的皮肉
站成一副无人问津的骨头

对每个陌生人微笑
不关心世事如何一遍遍易容和重提
占用之物仔细清洗，保管
随时等曲水流觞，新的机缘
登门索取

沐手，焚香
看天光反复修补残缺
至于人间，完全托付给石头吧
它们远离凡尘，却执掌着各色灯火

更能护佑万物山川缓慢迁移

一本无字可写的书，宜
闭关，扪心
若要下雨，当是落几滴薄泪
趁打雷，便大声嘶吼

花　凋

所有云，都许过开花的愿望
面朝大海修炼，蜕变成
一朵永不枯萎的蓝

风，修剪着她的枝条
光影流转，打理出重重花瓣
神的国度空空如也
菩萨们已经失语数千年

补血草想起前世，竟纵身凋落
宁愿到人间水火里
再走一回

我们没有记忆，每次遇见都是新鲜
爱过和没来得及爱上的
最终会卸下白骨
黑暗中冷却，并从此消散

梨树沟采风诗歌作品小辑

梨树沟的春天（外二首）

林　莽

青灰和赤褐色的山石
那么俊秀地挺立在晴空下
长城在它们的肩头安卧

在北方　在凛冽寒风吹过的地方
严冬过后
洁白的梨花明媚地开放
将春天呈现给我们

我看见
雪色的枝头正漾出翡翠般的嫩芽
像我们溢满了春意的心境

欢悦中登临苍茫的山地
心如溪水　渴望着洁净的淌过
岁月的烟云

写给一株开满花的梨树

在我们千年的诗歌典籍里
梨花在叹息中明媚地闪烁

它是寒雪
潮湿的阴雨缠绵的泪痕

它是飘零
月色破碎在清澈的溪水上
它是冷艳
相思的寂寥　怀想的悲苦

即使那一丝似有若无的清香
也伴着柔弱的闺怨
落在窗外雨后潮润的石阶上

可我明明看见春天的阳光下
你明艳得如一团白色的火焰
蜂群围绕你跳起了欢快的舞蹈

月光下　一树梨花像一颗柔美朦胧的果实
在春之大地的果盘里柔柔地发着光
我梦见八月的满月照着中秋收获日的金黄

我想起美国诗人赖特的那首《幸福》
是啊　当我们走出了水泥的森林
摆脱了生命与琐碎生活的桎梏
我们的身体也能开出一树如雪的繁花

注：美国诗人赖特《幸福》一诗中写道：一个人黄昏时走出城市，来到牧场，亲近两匹印第安小马，诗人突然感到了生命的释放，如果自己是一棵树，这时也一定会绽放出一树鲜花。

走进梨树沟

沉寂了亿万年的火山
为梨树沟留下了黑色的记忆
我是带着画笔和诗意来的
溪水潺潺
你晨雾中的群峰
以缥缈的幻象建构了无数张

感人的画卷

洁白的梨花
在山阴的背景中闪烁
嘹亮的乐曲在寂静中升起

山巅的明长城蜿蜒着
这享誉世界的奇观
伴小小的梨树沟走进了历史

在某些时间的节点上　或许
我是第一个在这里栽下梨树的人
那些纯白的花朵
飘落在我屋前的院落里
岁月更迭　田园即是牧歌

或许　我曾是一名戍边的将士
心中既有烽火亦有柔情
梨花开放　恒久地开在含泪的思念里

今天
我是第一个将诗句写给梨树沟的人

昨夜　瑞雪纷飞群峰素裹
今晨　梨花带雨大地含春

梨树沟古火山（外一首）

蓝　野

鸟儿在山沟飞翔
昆虫潜伏在树林里
穿过树梢的是移动的光芒

满山的石头，满山的树木
和山下走来的我们
没有谁是时间的主人
此刻，我们在海拔近千米的火山口
有一刹那，看着那远的近的
瞬间的恒久的奔涌而来
感觉时间，不过是鸟儿划过的弧线
不过是昆虫那清亮的一声鸣叫

下山的寂静中
那些花儿在绽放
在我眼前，这一瞬
枝头上，火山一样喷薄，炸响

迎着春光走来的一定是你
是你在燕山运动的亿万年后
碰巧，拥有了这个时空
站上了
这个转瞬即逝，而又永恒不变的剧场

梨树沟的栗子树

几百年了
那时紫禁城正在修筑哪一座宫殿？
而这个僻远安静的山沟里
有人栽下了你

——她是躲过了宫斗的女子？
他是逃离了官场的男人？
还是逃荒的一家人在此砌墙盖屋住了下来？
还是爱情让他们找到这座山谷？

——这些冠盖葱茏的大树，也许知道
但我没法听取它们的讲述

它们的方言是燕山口音，是平谷语调
说着大自然最温和，也最神秘的
话语

站在这里，梨树沟的古栗子树下
想着远处大城里的喧闹
觉得将自己栽下，扎根
再也不离开安寂的山谷
做一棵树真是幸福

夜宿梨树沟（外一首）

杨 方

想到不远的地方，梨花正一树一树地开放
就无法入睡
梨花敏感，冰凉
借助它的形状，想象，意念和咒语
有些事物，可以离地三尺，变得轻盈
有些人，可以变得不切实际
想到这个春天，梨花在梨树沟开放
也会在别的什么地方开放
白色思想，在大地上漂移，流动，迁徙
那陌生的，广阔的未知和遥远
梨花在那里被照得更亮
想到这些，我就想追赶着梨花一一经过
梨花的白也会出现在天上
想到是风把梨花吹到了天上去
或者梨树沟的梨花，本就开在天上
我就想绕着农家大院跑上几圈
但其实我什么也没有做
只是拥被而卧，把梨花的白想了一遍又一遍

梨树沟的梨花

梨树沟的春天是属于梨花的
从沟底到山腰，到山顶
这迟缓于人间四月的白，更纯粹，也更干净
其中一棵梨树，不是最高的那棵
也不是花开得最多的那棵
孤独地，站在山崖边，呈现出神奇的力量
如同梦中的白色之物那样危险
我的眼睛，要避开它的明亮，偏执和冰凉
避开那些，冷不丁闪现的悲伤
一棵占据了象征位置的梨树
它的世界观和美学观念，是自己长成的
它的心碎神离，也是自己一瓣一瓣开出来的
它白得比我透彻，白得随时可以飘走
那山冈之光，虚幻，易逝，且无法掌握

梨树沟（外一首）

灯　灯

吹过芦苇的风，也吹过石头
斑鸠叫着，喜鹊叫着
声音里有失散多年的收音机

我记得，梨树在山腰
要从山色中，取出洁白给我们看
白云在山顶
有和梨花一样的水袖

我所见山河，是梨树开满花的山河
一树树繁花
像我纯洁的姐妹，我所见四月

是石阶向上，溪流翻卷

我们不问来处，不问归途。
白云在山顶，仿佛
赠予人间的哈达：

——我来了，就不想走了。

清晨，石林水库

琴声把鹰的翅膀
送到离天近的地方，接着是白鹭
我远远望见
一黑一白，像博弈，也像白天
和夜晚的更替
我知道
正是这种力量，使山上的松树、枣树
苦楝树
在湖水中，找到自己的影子
我知道还不够多，比如野百合在山顶
越开越春天
比如，梨树在山腰，一树又一树
守着内心的洁白
我知道的还不够多呵

——湖水涟漪丛生，湖水从光之中
领到光的善意：

一只蜘蛛，正沿着光线攀岩。

梨树沟（外一首）

谈雅丽

相比满坡满沟的梨花盛开
我更喜欢——被杏树和荒草掌管的梨树沟
喜欢石头上摇摇摆摆走来的大鹅
荒破的民居，干枯的艾蒿
和门前一条无人认领的小路

板栗树底，落满浅褐的刺猬壳
幸运的是，我找到一两颗漏下的甘甜
深红山楂果也落入院内的草丛
干透了，仍捡数颗泡进米酒
晚餐时——喝至微醺

大山在身侧起伏
我注意到松林里的两只松鼠
鸟一样在枝头翻走，背上有白色
流线型的条纹。关键是它们灵活、可爱
还没有学会害怕人类

相比让人心惊肉跳的玻璃栈道
我更喜欢荒野这种蓬勃的力量
几棵冒出嫩青的白杨，仿佛一夜就席卷了春天
活泼泼闹喳喳的两只喜鹊，大巢建在树顶
而树下是一间白墙红瓦的四合院
院里用竹节新接了一股山泉

风把杏树摇动得幅度大一点
喜鹊的叫声会更明亮
杏花落下的花雨，就会让人感觉到
美得铺天盖地

石林峡晨曦

用什么来测量人心的高度
万丈峰巅不会有人居住
但我更爱这绵长的峡谷，低处的静谧
两脉青山造就一座春风小镇

黎明第一颗星辰落下
已把居宿前安睡的两只喜鹊叫醒
清晨，我在小街不紧不慢地闲游
杏花在村头，水库在村尾

有多少美丽的相遇，在清亮露水声中
我拜访了一条清碧的水系
任凭野草肆无忌惮
任凭阳光浅缓漫延
但却只照亮水库前，一小片枯黄的芭茅

我看到了湖镜里的重山
倒映春水，那里是否永存金灰的幻象
朝霞唤醒的是你心中的神灵吗?
——从石林峡飞溅出来的一股泉声

捕鱼人手拿鱼叉，他并没有射中那条
跃出水面的红鲤，只有波纹扩大
牛声、鸟啼，大鹅嘎嘎叫唤
晨曦把整个雕窝村的村民唤醒

是晨曦热热闹闹打开了商铺客栈
路边一小担嫩绿的香椿
被一个春风一样的乡村姑娘
挑到街巷——沿街叫卖

梨树沟，或是春天（外一首）

林　珊

我还没来得及爱上一个人
所有的梨花就开了——
在梨树沟
草木在暮色里隐没
花喜鹊暗藏喜悦
偌大的鸟巢挂在树丫间
风一吹，它们就跟着摇晃
我朝向它们的手指
突然停下来：
快看，多么美的鸟巢……

那时风已经停了
鸟巢静寂，一动不动
好像还没来得及
爱上这个春天

哦，梨树沟

暮晚是安静的。有一点点微风
吹得很低很低
从梨树沟下山的途中
我们遇见过许多乌鸦
它们拥有硕大的身躯
沙哑的嗓音
落日的余晖下
它们飞过苍茫的大地
废弃的屋顶

一天是这样美好——

山川辽阔，枝条饱满
旧年的梨树上
开满新年的花朵

在梨树沟

风　言

在梨树沟
青涩被一朵朵花苞礼遇
这些小可爱，傲娇得
多像我八岁的小儿子蛋蛋
——以后你们结不结果子，我都一样欢喜

鸟鸣拎着山涧走
这些怀孕的弱水，让天空的倒影
蓝得都有了先秦的契阔。我想问的是
究竟是哪一瓢，能与我成悦

那提着裤子满山跑的胡峰，多像
一个幸福的皇帝
要把这二十万亩的梨花，都变成自己的后宫？

雕窝，多像燕山的胳肢窝
我一伸手
群山战栗，转瞬间，梨花开遍了山崖

梨树沟里

柴福善

清明过了

山外杏花落了
仿佛还没尽兴
悄没声又凑过来
像山外那样
悄悄地开着

沟里的梨树呢
那边背阴
才酿出含着的骨朵
这边向阳
已缀满数九的雪瓣

总觉山里山外
沟阴沟阳
差着一个时节
而山顶长城
蜿蜒着管不了这些

不知戚继光
登上城头没有
反正厮杀声远了
只留一道石崘
沧桑着岁月

城墙下几户人家
啥时搬沟外了
散落的院子
长满一人高的蒿草
枯寂地摇曳

诗人来了
灵光眼中一闪
霎时天下了几滴雨
脱口一秀，就

梨花一枝春带雨了

雨着走出沟外
直叫李白
梨花院喝酒
对影三人人不醉
醉了莽莽燕山

梨树沟诗章（外一首）

陈　亮

走进梨树沟，我发现了那么多的白
从粗壮黝黑的枝丫间
纷纷呐喊着汹涌而出
万物仿佛刚刚醒来
没有了黑暗的恐惧，隐隐焕出光来

我惊讶于这来自地心的原始的力量
或是来自星空的魔幻力量
让一切的不能成了发生

——我从很远的地方寻找到这里
两手空空，满脸苦涩和羞愧
像一座努力多年也没有怀春的山谷

在梨树沟，风用小口轻轻地吹着
阳光暖暖地抚摸着伤口
快速的时光似乎经过这里时打了个旋涡
终于，慢了下来——

在梨树沟，我开始慢慢孵化

脱下了坚硬的壳，开始孩子样
为了一个针鼻儿大的事物突然号啕大哭

野山坡

与众多的游人不同，下山的时候
我选择了一条驴友小路，在路边
一面向阳的坡上向导指认出一些
獾的窝或野兔的窝
洞口边上有一丛丛的野花紧密簇拥着

洞口幽深而神秘，我有些手痒
打开了手机上的灯照了进去
竟传出了呦呦的恐惧的幼崽之声

不禁为自己的冒失或唐突的造访
而自责脸红起来
——遂仓皇离开
然后向不远处的虚空处摆了摆手
表示出自己的抱歉或善意

这也许会平复外出觅食归来
隐藏在附近的一位母亲惊悚的神经吧

当我回望，洞口的野花剧烈晃动
虚惊后的欣喜，整座山都感受到了

新诗集视点

新诗集视点

"诗灵"护佑的诗人

——《林季杉<第21号夜曲>》序

王光明

最早读到林季杉的诗，是在十几年前。那时荣光启在我们首都师范大学文学院攻读文艺学"中国诗歌理论"方向的博士学位，当时我接受了花城出版社选编"中国诗歌年选"的工作，每年请在读的研究生们推荐当年读到的好诗。一天，光启给了我几首林季杉发表在民刊上的诗，读后觉得不错，就将其中的一首编入了《2004中国诗歌年选》。

后来光启告诉我，林季杉是他的未婚妻，我半开玩笑对他说："季杉的诗比你写得好。"

也许光启心里不服，因为写诗他出道得早，曾在就读和工作的大学校园赢得过不少荣耀。而且，他也的确不是那种只会在学术论著上旅行的纯经院学者，而是有感觉、有性情、兼诗人与批评家为一身的现代"学人"。《2011中国诗歌年选》选入过他多首诗作，便是明证。

不过我说季杉的诗不输光启，也非信口开河。在艺术世界，专门知识和理论修养固不可少，却不是权威的导师，因为"诗灵会在一个人里面拯救他自己。法则不能使他成熟，只有感觉和自我警觉可以。（济慈语）。在我看来，季杉正是这样有"诗灵"在里面护佑着的诗人，你读读她的《白天黑夜》，那还是十几岁时的习作，诗中那"像一只只四处散落的拖鞋"的睡梦人，那"像在罗丹的雕塑面前模仿逼真的石头"的有情人，让人不得不注目留神。不只是别致的感觉与情趣，还有想象的转换和语言节奏的控制——

于是清晨像一只漏斗
总有什么巨大的降落体从高处层层砸下
一个人摔倒的声音

一个人摔倒的声音
与一个人睡眠的姿势
极其相似，即使在白天

除了晨光的想象力，这里值得注意的还有诗行复沓和词的复沓所产生的特殊效果：一方面是承前启后、转换视听；另一方面又在“即使在白天”这个“补语”的协同下，使旋律、节奏与“白天黑夜”的循环交替互相应和。令人惊讶的是，这一切竟是如此自然，如同一些现代诗人向往的“自然诗”：词与物，心象与意象，情感节奏与语言节奏彼此照应，互动相生。

就个人的诗歌趣味而言，我是比较喜欢“自然的诗人”和“自然的诗”的，虽然现代社会早已把包括诗歌写作在内的许多体力、脑力劳动职业化。职业化、专业化大大丰富了智力运用的技巧与形式，但我仍然相信写诗的前提是有话要说，而好的作品则要有诗歌意义上的“自然”。所谓有话要说，就是不能为写诗而写诗，不能以诗的名义谋求诗之外的东西。而所谓要写“自然的诗”，就是要清醒意识到不是所有想说的话、所有真情实感都可以成为诗，必须有诗歌的感觉和写诗的“自我警觉”，有高度的语言自觉，能够实现感觉与意象、情思与节奏的自然转换。

林季杉诗的最大好处正在这里。从根本上看，她不属于当下任何一个诗歌圈子，写的也不是当今流行的诗人之诗：她无意让别人把自己尊为一个诗人，也没有用诗去关怀现实改造世界的野心。她写的是自己的心事，整理的是自己的心情，寄托的是自己心思，是个人面对世界无言以对时的一种言说，无法表达的一种表达。因此，她的题材与主题或许是大家共同面对的，但写出的，一定是她所独有的。譬如《关于衰老如何到达死亡》，这个题材老叶芝也写过，通过衰老歌唱了爱情的神圣与永恒（不幸的是《当你老了》前几年被改编成了油腻不堪的流行歌曲），但季杉在想象这段“其实我很想省略”的人生章节时，却在充分领略虚无的同时展现出难得的从容：

孩子们都长大，甚至也长老了
拥抱的姿势还在
那种嘟嘟的肉感，一去不复返
曾经的所有期待因为得到而宣告失败
如今，幸好已经没有期待

“腰已经弯了，心情还是没有能够愉快地长起来”的遗憾属于普遍的人生，但“期待因为得到而宣告失败”却是诗人独特的感觉。重要之处还不在于那种虚无的感觉，而在面对虚无的态度。人生最大的困局是已知衰老与死亡的逼近，活着不能没有期待，而期待却又如鲁迅所谓的“绝望之为虚妄，正与希望相同”。这是虚无的根源，却也让人看到了从中跳出的契机：鲁迅给出的方案是取消两者的界限，“不妨到荆棘里走走”；而在季杉的这首诗中则是将其当作“只是一个水到渠成的事件”坦然接受。

我们千万不要小觑了将存在的大茫然转换为自然“事件”进行重新审视的意义。在后现代语境中，对给定思想结构进行“事件性”阐述，是扭转法则、实现解放的一种策略，同时正是通过这种策略，彰显了诗歌作为“信物”的价值，“跨越时间延伸个人的踪迹和记忆”（海德格尔）。在此方面，《母亲长成记》也是个值得重视的文本，尽管它在结构上略嫌松散，但心情阴郁、满目虚空的诗中说话者“洗漱如梦一般陈年往事”，最终却通过生命对生命的肯定赢得了拯救——

我有药可救
真的　只要
一个婴儿的微笑
就能解开整个成人世界的剧毒

都说是母亲给了儿女生命，哺育了他们成长，但在这里却是母亲因为儿女获得了拯救和“长成”：从此她重新理解了时空、命运，开始用另一种眼光看待性欲和身体。原来她老怀疑一个女人不小心孕育了生命，“是上帝的奇迹还是男人的阴谋？”，现在却觉得“都不大重要”而把问题轻轻放下；开始她在洗澡时看见自己变化的乳房不由得哭了，后来却欣悦与骄傲地发现——

它们居然公然成了食物
哦，日夜被小心眼惦记的食物
哦，乳白色的纯洁的食物

《母亲长成记》中写到不少女性生活的细节，这也是20世纪80年代以来众多诗人想象性别权力，争取阅读市场的“宝贝清单”，但不同于那些比赛道德反叛勇气和吸引读者眼球的写作，林季杉诗中的细节让生命的纯洁、高贵和尊严得到了复活，让诗歌作为人类信物的力量得到了见证。

而在这本题为《第21号夜曲》的诗集中，最能见证这种力量的，是第四辑中的六首“哀歌”。

不信？你打开读读。

2018年5月20日于北京四季青

汉密尔顿的早祷（外二首）

林季杉

早晨
有光送来风
有风送来的光
秋天的哈密尔顿与我一齐苏醒
灵魂里的躁动开始缓缓披戴宁静
有一种低语　或吟唱
在身体里悄悄进出

天使在一旁端坐
天父在默默看我爱我
树木在阳光下变幻色彩
圣母的忧伤灼烧了我一季的寒冬

圣灵轻轻环绕轻轻到来
如同少女轻快的芭蕾舞步
在天梯上编织音乐旋转上腾

疯狂的石头——E诞生记

妈妈，
这是个孩子，不是石头

从她出生的那一刻
我才知道我不再是个孩子
疼痛原来如此盛大
疼痛又如何？挣扎又如何？
惨叫还是呻吟又如何
生命的到来就是要经历死亡的痛苦
我选择的也是一种别无选择

然而，比起疼痛更疼痛的是疼痛的记忆
肉体不断地替换掉肉体
肉中的肉，骨中的骨
说不清是破裂还是继续破裂？

一个毛茸茸的肉团团
裹着一层忧郁又黏稠的蜜
赤裸地依靠在我胸前
好像没有眼睛
却在心里看着我
羞涩地吮吸着我的乳头

医院的消毒药水麻醉着嗅觉痛觉味觉触觉
被缝上的伤口孤寂地慢慢渗血
洁白的纱布　草莓酱面包
破碎的毛细血管，扭曲的脸

剪掉脐带吧，孩子的父亲
这个孩子是个疯狂的石头
你种下的性感的石头

不久以后
这个黏在身上粉嫩的小面团
会长成一只不可靠近的刺猬
以满身的尖锐宣告长大
充满能量　四处乱窜

向我们索要训练无素的爱
或是训练有素的伤害

脆弱如何抚养娇弱？
这是一场生生不息的游戏？
还是在酝酿一场不加节制成人的阴谋？

哀　歌

哀歌之一

至于我，根本无力触及本质
婴孩木然的时候，大地无语
乳房梦呓一般地隐藏

黑暗中发光的翅膀
悬挂在夜空天使的眼泪
透明，深邃，无与伦比

进入其中吧，虽然它并不唤你进入
还是，进入其中吧

至深处有一潭深水
水中有你的形象
这样的形象你不曾见过
众声欢呼，你也无力回响

会有一只细长的手臂
从亘古出发，环绕你的颈项
如同玉，古老而纯粹
虽然脆弱，却无法不去依赖

哀歌之二

有如阴间的鼓声
剥离你的耳膜
拆毁你幼年的所有玩具

你仍必须相信
你在童年的所有看见
都是有所看见

即使在今日，有人用现实搪塞
捂住纯洁的口，你的牙根松动
激情也似乎在湮灭

只有留心察看之人
发现爱情破碎之处
依然存留玫瑰的幽香

死亡之后初熟的果实
充盈，稚嫩，清脆，透亮
向儿童微笑

当这一季的花期过去
那些注定的早逝者
像园丁一样抚摸花脉

看啊，他已转身
白天鹅俯身碧湖
从天而降

春天，大概了解这样的微笑
春天，大概熟悉这样的求爱方式

哀歌之三

寻找的时候已经背离
登高的时候已在坠落
表象拥抱自己

纵使与你我无关
请欣赏那些美
——无与伦比

美，难道是
住在至高不可触及之处
在绝妙之处转折
到达的一种默契

寂寞穴居的松鼠
一再划伤少女白皙的脸庞
怎样认识我们所寻求的
怎样认识一度年轻，一度风华正茂

可能性在光中
在一切之外吸引群羊
有风　穿行其内
有牧歌　清唱

哀歌之四

我一从枝头脱落
便匆忙求死
请求归入他者的目光
源源不断，报偿失丧者的灵魂

森林经历了沉睡之后
精灵奔向有水的地方啜饮

有手轻轻搭落在你的肩上
允许有少许惊讶的表情

已经忘记拥抱的姿势
我们在彼此之内消失
不再目睹相关之物
只有一种真实，也并不突兀

回复到遥远的起点
仿佛一生从未到来过
安然躺卧的仍然是子宫
柔软的体态，舒缓的节奏

若是孤独曾经存在过
现在都化为歌声
隐约在赞美，窥见
不可窥见的万光之光

哀歌之五

疲倦的时候，翠鸟
也不再歌唱，渴望水
清澈的水

有整整一个冬天的雪
洗去你的黑暗
收藏严肃的表情
或许暂时可以隐藏死亡

疲倦中你依然微笑
并且，可以沉睡
沉睡中依然可以倾诉
石头可以成为你的低语

大地在深处敞开
建造巨大的耳朵
透亮的耳朵
并且心存温柔，安静等待

没有痕迹的开端

哀歌之六

当你看到水中有鱼的时候
请不要言语
低头啜泣时，请不要有眼泪
死者向你招手的时候
请以歌声回应

玻璃弹珠滚落的时候
仍然选择做一个孩童
纵使快乐已经落入拥挤的街头
纵使不知所措，无所适从

当你来到一棵树下
先咀嚼一片叶子
咀嚼一个花骨朵
再等待果实

求生的人啊，请你
请你在摇篮里浅睡一会
要比那猫儿更灵敏一些